패트릭과 함께 읽기

● **ssiat 1**

패트릭과 함께 읽기
어느 문학적 우정의 기록

1판 1쇄. 2022년 6월 20일
지은이. 미셸 쿠오
옮긴이. 이지원

펴낸이. 안중철·정민용
책임편집. 이진실
편집. 심정용, 윤상훈, 최미정

펴낸 곳. 후마니타스(주)
등록. 2002년 2월 19일 제2002-000481호
주소. 서울 마포구 신촌로14안길 17, 2층(04057)

편집. 02-739-9929, 9930
제작. 02-722-9960
이메일 humanitasbooks@gmail.com
네이버 블로그 /humabook
f ⊙ 🔰 /humanitasbook

인쇄. 천일인쇄 031-955-8083
제본. 일진제책 031-908-1407

값 22,000원

ISBN 978-89-6437-412-2 04840
       978-89-6437-411-5 (세트)

패트릭과 함께 읽기

어느 문학적 우정의 기록

온 힘을 다해 말하거나 때론 말하지 않는 것

온몸으로 뛰어들거나 때론 멈추어 있는 것

온 삶을 통해 쓰거나 때론 쓰지 않는 것

온 마음을 다해 읽거나 때론 읽지 않는 것

가르치며 배운다는 것

믿는다는 것

그리고 사랑한다는 것

교사와 학생을 넘어, 존재와 존재, 역사와 역사로서의 아름답고 위대한 만남과
발견의 순간들이 섬세하고 깊은 내면의 독백을 따라 반짝인다. 교사 미셸 쿠오
의 치열하고 진실한 날들을 응원하는 마음으로, 때로는 역사를 품고 현재를 살
아 내는 패트릭과 함께 묵묵히 걷는 마음으로 읽었다. 책을 덮었을 때 내가 도착
한 곳은 무겁고 선명한 질문 앞이었다. 우리는 어떤 시선을 가져야 하는가. 존재
에 대해. 그리고 우리 사는 세상에 대해.

• 권나무, 교사, 음악가, 작가

이 책은 … 이 책을 대체 뭐라고 해야 할까? 이 책은 인종에 대한 책이고, 법에 대한 책이고, 계급에 대한 책이고, 체념에 대한, 희망에 대한, 가족에 대한, 글쓰기에 대한, 연대에 대한 책이다. 하지만 무엇보다 읽기란 결국 서로가 서로에게 희미한 빛으로 닿는 일임을 증언하는 책이다. 우리는 왜 읽는가? 읽음이란 곧 활자에 대한 읽기일 뿐만 아니라 사람에 대한 읽기이기 때문이다. 우리는 읽고 씀으로써 아주 드물게, 아주 잠깐 나 자신과 그리고 타인과 진정으로 만난다. 패트릭이 그랬고 쿠오가 그랬듯이.

• 김겨울, 작가

내 생각에 이 책의 특별함은 미국식 교육 미담 클리셰의 요건을 충족하면서도 클리셰에서 완전히 벗어난다는 데 있다. 엘리트 교사의 열정과 헌신으로 하층 계급 청소년이 중산층 세계에 편입한다는 식의 개운치 않은 감동극에서 말이다. 인간이 신념을 갖는 일은 곧 다른 인간과 정직하고 대등하게 관계하는 일이며, 교육의 성과는 여느 상품처럼 숫자로 계량할 수 없음을 되새겨 주는 아름다운 이야기.

• 김규항, 작가, 『고래가 그랬어』 발행인

이 책에 쏟아진 찬사들

미시시피 델타 지역의 작은 마을에서 한 학생과 나눈 문학적 우정에 관한 미셸 쿠오의 이 풍성한 회고록은, 아마도 우리가 계속해서 책을 읽는 이유는 무엇보다도 우리 자신을 가치 있는 존재로 느끼게 해주는 책의 힘 때문임을 시사한다. … 읽는 행위는 미셸의 학생들에게 자신을 무언가 해낼 수 있는 존재로 여길 기회를 주고 내면에 공간과 관심, 가치를 부여하게 해주었다. … 쿠오는 말끔한 교훈을 제시하기보다는 우리를 고민하게 하는 복잡한 이야기를 들려준다. •『타임스 리터러리 서플먼트』

문학과 삶을 아우르는 감동적인 수업은 구치소 안에서도 깊이를 더해 가고 … 그것이 지닌 변화의 힘을 목격할 수 있다. •『뉴욕타임스』

미국에서 가난한 흑인으로서 성장하는 것에 관한 이야기인 동시에 아시아인으로 성장하는 것에 관한 이야기. … 비범하다. •『프로비던스 저널』

연민 어린 메시지, 교육에 대한 탐구, 사회적 불평등에 대한 통찰력 넘치는 일별을 담은 눈을 뗄 수 없는 서사. •『하이픈 매거진』

한 사람이 어떻게 다른 사람의 삶에 영향을 미칠 수 있는지에 대한 힘 있는 숙고. … 이 책의 가장 큰 미덕 중 하나는 가르치는 일에 내재한 위험을 이야기하는 데 있다. •『시애틀 타임스』

의욕 넘치고 실력 있는 교사층—가르친다는 게 단지 정보만 전달하는 것이 아니라 삶을 바꾸는 일이라는 사실을 잘 알고 있는 이들—이 두터워지게 해줄 중요한 책. • 빌 모이어스, 언론인

이보다 더 시의적절할 수는 없다. 우리가 어떻게 서로 연결되어 있는지, 그리고 다정한 관심이 어떤 힘을 발휘할 수 있는지를 분명히 보여 준다. 우리는 누군가를 구원하기 위해 소외된 곳을 찾는 게 아니다. 하지만 그곳에서 우리는 깨닫게 되고, 모두가 구원을 발견하게 된다. • 그레고리 J. 보일 신부, 홈보이 인더스트리 설립자, 『덜 소중한 삶은 없다』 저자

모든 이가 읽어야 할 놀라운 회고록. 솔직하고 다정하며 겸손하고 현명한 이 책은 오래도록 우리 시대의 중요한 이야기로 남아 언어와 책의 힘을 증언할 것이다. • 클레어 메수드, 『다시 살고 싶어』 저자

이 책에서 미셸 쿠오는 단단한 지성을 가지고 정직하게 스스로를 반성하며 인종과 특권의 문제, 그리고 공동체가 가장 소외된 구성원에게 어떤 빚을 지고 있는지 이야기한다. 아름답고 절박하며 가슴 아픈 회고록. • 다시 프레이, 하버드대학 영문과, 『마지막 기회』*The Last Shot* 저자

이보다 더 시의적절하고 특별할 수 없다. 미국 사회의 인종과 특권이라는 문제를 흡입력 있고 애정 어린 시선으로, 그리고 놀랍도록 솔직하게 성찰하면서 형사사법과 교육에 관한 국가적 논의에서 흔히 — 의도적인가 싶게 — 간과돼 왔던 측면, 즉 한 젊은이의 내적인 삶과 창의력을 강조한다. • 웨스 무어, 『다른 웨스 무어』 *The Other Wes Moore* 저자

눈을 뗄 수 없다. … 구조적 인종차별에 관해 우리의 사회적 대화에 없어서는 안 될 책이자 우리 사이의 '연결' — 헌신적인 교사와 학생 사이, 역사와 우리의 현재 사이, 문학과 삶 사이의 연결 — 을 다시금 생각하고 공감하게 하는 책이다. 독서가 가진 변화의 힘을 이보다 더 고무적으로 증언하기는 어려울 것이다. • 엘리엇 홀트, 『너도 그들 중 하나』 *You Are One of Them* 저자

폐부를 찌르며 오래도록 뇌리에 남는다. … 열정적인 글쓰기와 공들여 얻어 낸 경험에서 우러나온 지혜가 돋보인다. 교육, 인종, 빈곤, 형사사법을 다룬 글은 많지만 지금껏 이런 책은 없었다. • 제임스 포먼 주니어·아서 이븐칙, 『애틀랜틱』

이 도전적인 책을 읽고서 내 삶을 바꾸자고 생각하지 않기란 어렵다. … 문학비평은 물론이고 교수법, 인종주의, 미국 내 범죄자 수감 문제에 관심 있는 사람이라면 누구나 이 책에 마음을 빼앗길 것이다. • 제임스 우드, 『뉴요커』

올해 당신이 읽은 가장 감동적인 책이 될 것이다. 분노하다가도 경탄하게 되고, 믿기지 않다가도 영감을 얻게 되며, 속절없이 좌절하다가도 벌떡 일어서 응원하게 되는 책. 이런 다양한 감정의 스펙트럼을 경험하는 것만으로도 이 책을 당장 읽어야 할 이유는 충분하다. • 『크리스천 사이언스 모니터』

자신이 가장 아끼던 학생이 아칸소 구치소에서 살인죄로 재판을 기다리는 동안 ⋯ 쿠오는 패트릭의 유일한 지지자를 자처하며 함께 책을 읽기 시작한다. 둘이 함께한 시간에 대한 다정한 회고록. • 『O: 오프라 매거진』

살인을 저지르고 재판을 기다리는 청년과 그를 가르쳤던 젊은 교사가 남부의 구치소에서 함께 책을 읽으며 쌓아 가는 관계에 대한 놀랍도록 솔직하고 통찰력 넘치는 성찰. 손에서 내려놓기 어려울 정도로 흥미로운 이 책은 두 가지 놀라운 일 — 어떤 특수한 관계에 대한 가슴 아프고 감동적인 이야기를 들려주는 동시에 가족, 인종, 빈곤, 교육, 문학의 힘을 둘러싼 보편적인 주제들을 면밀히 살피는 — 을 동시에 해낸다. 이 책을 내려놓고 일상으로 돌아간 후에도 오랜 울림을 남길 것이다. 최고의 책, 최고의 교사가 그러하듯이. • 캐럴 S. 스타이커, 하버드 로스쿨 헨리 J. 프렌들리 법학 교수

따뜻하지만 결코 감상적이지 않으며 통렬히 자신을 되돌아보는 회고록. 내가 읽어 본 중에서 학생과 교사의 관계를 가장 깊고 섬세하게 감동적으로 그려 낸 책으로, 학생과 교사가 얼마나 깊이 서로의 삶을 변화시킬 수 있는지 보여 준다. 쿠오는 타인을 돕는 행위의 한계와 문제점들을 잘 알고 있으면서도 결국은 용감하게, 고집스럽게 그것을 해내고야 만다. • 라리사 맥파커, 『물에 빠진 낯선 이들』Strangers Drowning 저자

솔직하고, 사려 깊고, 인간적이다. 쿠오의 책은 비범한 우정에 대한 증언일 뿐만 아니라 사회정의와 인종 문제에 관심 있는 사람이라면 누구나 읽어야 할 책이다. •『커커스 리뷰』

미국에서 가장 빈곤한 카운티 중 하나로 손꼽히는 곳에서 문학을 가르친 경험에 관한 이 회고록은 글을 읽고 쓸 줄 아는 능력이 어떻게 삶을 바꿀 수 있는지를 다시금 되돌아보게 한다. 강력 추천. •『라이브러리 저널』

여러 가지 면에서 쿠오가 평생의 업으로 삼은 것은 선생이 되는 것이었던 것 같다. 비단 패트릭과 헬레나의 학생들뿐만 아니라 독자로서의 우리들에게 말이다. 쿠오는 가르치는 일이 매일매일 자기 자신을 변화시키고 협상하고 관찰하는 일임을 잘 알고 있다. • 카야 오크스, 『아메리카 매거진』

쿠오의 이 놀라운 회고록을 통해 나는 우리가 언어를 나눔으로써 정말로 변화할 수 있음을, 그리고 그것이 얼마나 값진 것인지를 알게 됐다. … 우리는 간직할 만한 이야기를 하고 있을까? 우리가 어떤 사람인지, 우리가 무엇을 사랑하는지 말하면서 우리는 무엇을 전하고 있을까? 미셸과 패트릭은 그것을 잘 알고 있다. 패트릭은 편지와 시 속에서 시간이 멈추는 걸 느낀다. 그의 시 쓰기와 편지 쓰기는 자신의 어머니에 대한 기억에서 시작해 딸과 함께할 미래에 대한 상상으로 확장하면서 힘을 갖게 된다. 그것은 사랑에 대한 기억이자 꿈이다. • 케이트 보울러, 『모든 일에는 이유가 있어 그리고 내가 사랑한 거짓말들』

인종과 인종 사이, 계급과 계급 사이의 구분 속에서 복잡하게 얽혀 있는 우리 관계와 그런 구분에 기반한 교육제도와 법 제도에 대한 심오한 성찰. 희망은, 학생들의 문해력을 강화하고, 그들에게 훌륭한 문학작품들을 읽히고, 그들의 글쓰기 능력을 개발하는 것을 도우면서 학생들로부터 배울 줄 알게 된 교사 쿠오의 능력 속에서 움튼다. 궁극적으로 쿠오는 딜레마에서 빠져나오는 쉬운 방법이나 빠른 도덕적 해결책을 제공하지 않는다. 대신 자신과 부모, 패트릭과 델타 사람들, 그리고 미국 사회의 복잡성에 대해 힘들게 그리고 고통스럽게 길어 낸 깊은 통찰을 보여 준다. • 2018 데이튼 평화문학상 최종 심사평

어머니 화-메이 린 쿠오와 아버지 밍-샹 쿠오께,

사랑과 감사를 담아

체면 세울 생각은 그만하세요. 우리 삶에 대해 생각해 보고 당신의 특수한 세계에 관해 들려주세요. 이야기를 만들어 주세요. 서사는 혁명적이라 그것이 창조되는 순간에 우리 역시 창조됩니다. 설사 당신의 시도가 당신의 능력을 벗어난다 해도, 설사 당신의 언어가 사랑으로 불타올라 화염 속에 스러지고 데인 상처밖에 남지 않더라도, 혹은 당신의 언어가 외과 의사의 손길 같은 과묵함으로 그저 피 흐르는 곳만을 봉합하더라도, 당신을 탓하지 않겠습니다. 당신은 그 일을 제대로 해낼 수 없을 겁니다 — 단번에는 말이지요. 열정만으로도 안 되고 기교만으로도 안 될 일이니까요. 그래도 시도해 주세요. 우리를 위해 그리고 당신을 위해 세간의 평판에 대해서는 잊어버리세요. 어두운 곳에서 당신이 경험한 세상은 어땠는지, 밝은 곳은 어땠는지 들려주세요. … 오직 언어만이 이름 없는 것들의 무시무시함에서 우리를 보호해 줄 수 있습니다. 오직 언어만이 명상입니다.

• 토니 모리슨, 1993년 노벨상 수상 연설 중에서

차례

글머리에

나는 흑인문학을 통해 미국의 역사를 가르쳐 보자는 명확한 구상을 품고 미시시피 델타°로 향했다. 내게 감동을 주었던 작품으로 수업하는 장면을 나는 상상했다. 학생들이 8학년 때의 나처럼 마틴 루터 킹의 「버밍엄 구치소에서 온 편지」에 고무되고, 고등학생 때의 나처럼 맬컴 엑스 전기에 매료되는 모습이 그려졌다. 나는 그들이 제임스 볼드윈을 읽기 바랐다 — 그는 야유하는 백인 군중을 헤치고 학교까지 걸어간 흑인 아이들의 영웅적인 평정심에 관해 썼다. 랠프 엘리슨이 말했듯이, 이런 흑인문학은 내게 세상을 똑바로 마주하고 자신의 경험을 정직하게 평가해 보겠다는 의지를 경탄하도록 가르쳤다.°° 책은 나를 변화시켰고, 내게 책임을 안겨 주었다. 그리고 나는 책이 학생들의 삶도 변화시킬 수 있으리라 믿었다. 염치없이 낭만적인 생각이었다. 나는 스물두 살이었다.

° 미국 미시시피강과 야주강 사이의 충적평야 지대로, 미시시피주 북서부와 더불어 아칸소주와 루이지애나주의 가장자리에 걸친다. 아칸소주에 해당하는 지역은 아칸소 델타로 부르기도 한다.

°° 1945년, 랠프 엘리슨은 리처드 라이트의 『블랙 보이』에 대한 서평을 다음과 같은 말로 끝맺었다. 라이트는 "자기 파멸과 도피를 향한 미국 흑인의 충동을, 세상을 똑바로 마주하고 자신의 경험을 정직하게 평가해 당당하게 그 결과를 미국의 죄의식 앞에 내놓겠다는 의지로 전환시켰다."

나 자신의 배경은 내가 생각하기엔 평범했다. 나는 타이완계 이민자의 딸로 1980년대 미시간주 서부에서 성장기를 보냈다. 걸어서 학교에 다니고 피아노를 치고 오빠의 친구들을 짝사랑했다. 눈이 내리기 시작하면 첫 며칠은 오빠와 함께 접시 모양의 싸구려 플라스틱 눈썰매를 가지고 나가 빙빙 돌리며 타고 놀았다. 여름방학이면 부모님이 일하러 나가면서 시킨 대로 둘이서 얇은 SAT 영어·수학 연습 문제집을 매일 꼬박꼬박 풀었다.

어떤 면에서 부모님은 미국에 매우 잘 적응한 분들이었다. 그들은 마이클 잭슨과 존 바에즈의 음반들을 거실에 잔뜩 쌓아 두었고, 선거 때면 한 번도 투표를 거르지 않았으며, 이따금 저녁으로 닭튀김 한 통을 사오곤 했다. 하지만 다른 한편으로는 이방인이라는 본인들의 위치를 끊임없이 의식하는 것 같았다. 두 분은 억울하게 죽어 간, 아무도 기억해 주지 않는 미국의 아시아인들에 관한 이야기를 하며 내게 주의를 주곤 했다. 1982년, 디트로이트의 빈센트 친은 결혼식을 일주일 앞두고 야구 방망이에 맞아 죽었다. 친은 반일 감정이 지배적이던 자동차 업계에서 일했다. "우리한테 일자리가 없는 건 빌어먹을 네놈들 때문이야." 살인범들은 — 둘 다 백인 남성이었다 — 그렇게 말했다(친은 일본계가 아닌 중국계였으며 미국에서 자랐다). 그들은 감옥에 가지 않았다. "감옥에 보낼 부류가 아니었으니까요." 나중에 판사는 그렇게 말했다. "우리는 범죄에 맞는 처벌이 아니라 범죄자에 맞는 처벌을 내립니다."

부모님은 또 디프사우스 지역Deep South° 루이지애나주에서 열여

° 흔히 미국 남부의 조지아주, 앨라배마주, 사우스캐롤라이나주,

섯 살짜리에게 일어난 일도 들려주었다. 그는 실제로 일본인이었고, 우리는 그를 "일본인 교환 학생"이라 불렀다. 1990년대 초, 할로윈 파티에 초대된 그는 영화 <토요일 밤의 열기>에 나오는 존 트라볼타처럼 흰 정장을 차려입고서 주소를 잘못 찾아갔다. 그는 초인종을 누른 후 직사거리에서 총에 맞아 숨졌다. 총을 쏜 사람은 치사로 기소되었다. 법정에서 살인자는 아이의 움직임이 수상했다고 말했다. 변호인은 배심원단을 향해 그가 "그릿grits○○에 설탕 뿌려 먹기"를 즐기는 "보통 사람"이자 "여러분의 이웃"이라면서 자기 집을 지키기 위해 한 일이라고 말했다. 그는 무죄판결을 받았다.

"이런 얘기는 아무도 안 해줄 거다." 부모님은 내게 말했다. "네가 조심했으면 해서 하는 얘기지."

조심해라. 그것이 주된 메시지였다. 이민자들이 흔히 그렇듯 부모님은 걱정이 많았고, 비극은 모퉁이 하나만 돌면 맞닥뜨릴 수 있다는 걸, 총이나 야구 방망이를 든 무지한 사람 하나면 언제든 가능한 일이라는 걸 어떻게든 내게 각인시키려 했던 것 같다. 사실 통계상으로는 1980, 90년대에 아시아인이 살해당할 확률은 매우 낮았다. 하지만 어떤 의미에서 부모님은 중요한 무언가를 일러 주었다. 그들이 하고자 했던 말은, 우리가 미국인의 의식 속에서 전혀 중요한 존재가 아니라는 것이었다. 실제로 대학교 2학년이 될 때까지 나는 산 사람이든 죽은 사람이든 아시아계 미국인에 관해서는 그 어떤 수업에서도 그 어떤 선생님에게서도 배운 적이 없었다. 이민자 집단으로서 우리는

미시시피주, 루이지애나주를 통칭한다.

○○ 말린 옥수수 가루로 만든 죽으로 남부의 대표적인 가정식.

편리하면서도 궁극적으로 쓰고 버리기 쉬운 존재였다. 우리가 성공을 거두면 사람들은 막연히 우리를 가리켜 아메리칸드림의 증거라 했다. 하지만 우리가 아시아인이라는 이유로 살해당할 때 미디어는 관심이 없었다. 우리의 죽음은 미국의 신화나 이상에 배치되지 않았다. 왜냐하면 우리는 미국인이 아니었기 때문이다. 우리가 누구인지는 우리 얼굴에 드러나 있었다.

많은 이민자와 마찬가지로 부모님은 교육이 위해를 막아 줄 방어막이자 안전과 번영으로 가는 사다리라 믿었다. 특히 수학은 그들에게 안도감을 주었다. 수학은 그들의 작은 섬나라 타이완에서나 미국에서나 똑같이 익숙한 것이었다. 영어를 몰라도 상관없었고, 은밀한 사회적 규칙들을 익힐 필요도 없었다. 수학은 시간만 들이면 할 수 있었다. 오빠와 내가 초등학교에 다닐 때 아버지는 매일 밤 우리에게 수학 문제 풀이를 시켰다. 답이 틀리면 아버지는 소리를 질렀고 우리는 훌쩍거렸다. 어머니는 죄지은 사람처럼 우리에게 차를 가져다주었다.

나는 말문이 늦게 트였고 수줍음이 많았다. 내 취미는 혼자서 하는 것들이었다. 이를테면 나는 제법 감정을 실어 피아노를 치곤 했다. 한 번은 쇼팽을 치며 카덴차 부분에서 열의가 넘친 나머지 악보대에 머리를 박기도 했다. 나는 어머니를 닮아 나태하게 지내는 걸 못 견뎌 하는 성격이었고, 덕분에 경쟁이 그리 치열하지 않았던 공립학교에서 꽤 좋은 성적을 거둘 수 있었다. 부모님을 기쁘게 해드리는 게 좋아서 6학년 크리스마스에는 내 성적표를 선물로 포장해 드리기도 했다. 나는 책을 엄청나게 읽어 댔지만, 돌이켜 보면 딱히 잘 이해하고 그랬던 것 같지는 않다. 도덕적으로 절대적인 것들을 좋아했고, 패러디는 잘 소화하지 못했다. 『돈키호테』를 읽고는 그가 영웅이라고 생각했고, 『미들마치』를 읽고는 도러시아처럼 학식 많은 남자와 결혼하고 싶었다.

하지만 다른 종류의 글들은 내 성실함에 보답해 주었다. 예를 들어, 마틴 루터 킹이 그러니 문제는 우리가 극단주의자가 될 것이냐 아니냐가 아니라 어떤 종류의 극단주의자가 될 것이냐 하는 것입니다라고 말했을 때는 직접 그의 부름을 받은 느낌이었다. 맬컴 엑스의 글도 읽었다. 그는 나와 마찬가지로 미시간주 출신이었고, 어머니는 내 고향 마을 캘러머주의 정신병원에 입원한 적이 있었다. 맬컴 엑스는 흑인 독자들에게 백인 진보주의자를 믿지 말라고 경고했다. 그가 당신에게 얼마나 친절한지는 중요하지 않다. 언제나 기억해야 할 사실은, 그가 정말로 자기 자신이나 자기 부류를 보듯 당신을 보는 일은 거의 없다는 것이다. 그는 당신이 안될 때는 곁에 있어도 잘될 때는 그러지 못한다.°° 나는 그 같은 질책을 제임스 볼드윈에게서도 들었다. 그는 이렇게 말했다. 진보주의자들은 좋은 책은 다 사고 적절한 태도는 다 취하지요—그러나 그들에게는 진짜 소신이 없습니다. 정작 일이 닥쳤을 때, 자기들도 분명 느꼈을 만한 것에 대응하는 실천이 있어야 할 때, 어찌 된 셈인지 그들은 거기에 없더군요.°°°

°   「버밍햄 교도소에서 온 편지」, 『나에게는 꿈이 있습니다』, 이순희 옮김, 바다출판사, 2018, 271쪽. 이어서 킹은 "극단적으로 증오를 추구하는 사람이 될 것인지, 아니면 극단적으로 사랑을 추구하는 사람이 될 것인지" 이야기한다.

°°   알렉스 헤일리 지음, 『말콤 엑스 – 상』, 김종철·이종욱·정연주 옮김, 창작과 비평, 1983, 61쪽.

°°° James Baldwin Interview at Florida Forum, WCKT, Miami(1963/06/28).

어찌 된 셈인지 그들은 거기에 없다. 나는 이 비난을 문자 그대로 받아들였다. 나는 어디에 있어야 할까?

미시간 교외의 조용한 내 방 안에서, 나는 반인종주의를 웅변하는 이런 상징적인 문건들에 완전히 매료되었다. 충성스러운 제자가 될 준비가 되어 있던 어린 영혼은 그렇게 은밀히 복음화되었다. 단지 읽고 배우는 것, 흑인 문필가를 경탄하는 것만으로는 부족했다. 경탄은 무의미했다. 열정이 행동으로 뒷받침되지 않는다면 그것은 한낱 역할 놀이일 뿐이었고, 무엇을 칭송하고 무엇을 배척해야 할지 안다는 걸 보여 주는 데 불과했다. 내게 교육은 구체적이고도 영적인 의미를 띠게 되었다. 교육이란 책을 읽으면서 나를 불편하게 하는 관념들에 관해 숙고하는 것을 의미했다. 교육이란 거울을 들여다보며 이렇게 자문하는 것이었다. 내가 손해를 감수하며 한 일이 있는가? 나는 말할 자격을 얻었는가? 나는 어떤 노력을 했나? 교육이란 확신을 무너뜨리고 자기방어를 허무는 것을 의미했다. 그건 무기도 없이 무방비로 공격에 노출되는 것과 같았다.

그런데 한 가지 문제가 있었다. 볼드윈, 킹, 맬컴은 흑인과 백인에 대해서만 말했는데 나는 어느 쪽도 아니었다. 아시아계 미국인은 무엇을 위해 싸우고 죽었나? 우리에게는 무엇이 소중했나? 역사 교과서와 대중문화는 내게 아무것도 알려 주지 않았다. (드문 일이었지만) 아시아계로 보이는 남자가 티브이에 등장하면 나는 가슴이 둥당댔다. 문제는 그가 웃음거리가 될까? 가 아니라 어떤 종류의 웃음거리가 될까? 였다. 내 예상이 빗나가 그가 여느 사소한 캐릭터나 매한가지로 드러나면, 그러니까 아무 억양도 뚜렷한 특징도 없는 기억에 남지 않는 인물이라면, 나는 그것으로 만족했고 심지어 감사한 느낌마저 들었다.

나는 내 역할 모델을 책에서 찾았다. W. E. B. 듀보이스, 랠프 엘리슨, 리처드 라이트, 앨리스 워커, 마야 안젤루. 내 눈에 이들은 겁 많아 보이는 아시아계 미국인과 달리 용감했고, 미국 역사와 무관해 보이는 우리와 달리 미국 역사에 꼭 필요한 존재로 보였다. 나는 하버드 대학에 들어가 처음으로 활동가들을 만났다. 내가 가장 닮고 싶었던 이들에게는 1960, 70년대 민권운동과 베트남전 반대 운동에 참여한 부모들이 있었다. 그들은 워싱턴 행진의 현장에서 마틴 루터 킹의 연설을 들었고, 블랙파워 운동에 참여했다. 나는 대화로 가득한 가정을 머릿속에 그려 보곤 했다. 열정과 분노의 역사를 계승한다는 건 어떤 느낌일까? 나는 궁금했다. 그들은 그래서 더 강해지고 대담해졌을까? 나는 그렇지 못해서 나약하고 온순하고 순종적인 걸까?

난 마음을 굳게 먹었다. 아예 밑바탕부터 새로이 다져 나가리라 다짐했다. 부모님의 영향을, 안전한 선택지를 골라 성공하고 안정을 얻으려는 성향을 잡초처럼 뽑아내리라. 나는 무리수도 마다하지 않았다. 학부 시절에는 홈리스 쉼터에서 일하면서 금요일마다 거기서 밤을 보냈고, 하필 과제물 마감이 코앞일 때 추가 근무를 신청하곤 했다. 나는 의대 예비 과정을 그만두고 사회학과 젠더학을 전공했고, 인종·계급·섹슈얼리티를 다루는 작은 잡지를 편집했다. 컨설팅이나 헤지펀드 업계로 진출해 고액 연봉자가 될 다른 아시아계 미국인을 만났을 때 나의 판단은 가혹했다. 입은 열지 않았지만 가늘게 뜬 두 눈으로 나는 이렇게 말했다. 당신이 어떤 사람인지 알아. 뻔하지.

졸업이 다가오자 진로가 고민이었다. 나는 사회운동을 고려해 보았다 — 내가 가장 존경하는 이들은 활동가였다. 하지만 재능이 없었다. 비영리 페미니즘 단체에서 일한 적이 있었는데, 로비 대상인 의회 직원들에게 압력을 행사해야 할 내가 업무 시간을 방해해 미안하다며 사과하는 성향이 있다는 걸 깨달았다. 더 나아가, 힘 있고 자기본위적인 사람들의 마음을 바꾸기란 너무 어려운 일이라는 생각도 들었다. 나는 일손이 귀한 곳에서 분명하고 직접적인 영향을 미치는 일을 하고 싶었다. 그때 티치포어메리카Teach for America⁰의 모집 담당자를 만났다. 그녀는 아시아계 미국인이었고, 미국에서 가장 가난한 지역 중 하나인 미시시피 델타의 학교들이 심각한 교사난에 시달리고 있다고 말했다.

오늘날의 델타가 어떤 상황인지에 대한 설명을 듣기는 그때가 처음이었다. 면화와 극빈의 땅이었던 이 지역은 초기 민권운동과 블랙파워 운동의 주 무대였다. 로버트 케네디는 빈곤과의 전쟁의 일환으로 델타를 순회했다. 스토클리 카마이클은 블랙파워라는 말을 여기서 만들어 냈다. 델타는 변화를 염원한 영웅적인 사람들이 그들의 신념 때문에 불구가 되고 총에 맞고 체포되고 살해된 곳이다. 마틴 루터 킹도 파업 중이던 청소 노동자들을 지지하고자 방문한 델타 최북단 멤피스에서 암살당했다. 제임스 메러디스는 멤피스에서 미시시피의 주도 잭슨으로 향하는 전설적인 일인 행진을 시작했다가 둘째 날 저격수의 총에 맞았고, 소작농 패니 루 해머는 유권자 등록 운동을 벌였다는 이유로 체포되어 구타당했다.

그런데 왜 나는 오늘날 델타 사람들의 생활상에 대해서는 들어

---

o 대학 졸업자들을 선발해 단기 훈련을 거친 후 미국 내 저소득 지역
   학교에서 2년간 일하게 하는 비영리단체.

보지 못한 것일까? 진보주의자와 교육 받은 중산층 ― 볼드윈 시대에 그를 실망시켰던 이들 ― 이 막상 그곳을 방문하는 일은, 거기서 살고 싶어 하는 경우는 더더욱, 드물어서? 나는 민권운동과 블랙파워 운동이 끝나면서 그 지역도 미국인의 의식에서 완전히 사라져 버린 건 아닌지 의문이 들지 않을 수 없었다. [도시에서와 달리] 백인 폭력과 결부되지 않은 농촌 흑인의 빈곤은 너무나 평범해서, 그곳의 대의를 위해 기꺼이 목소리를 높여 줄 이름난 지도자들의 관심을 끌기 어려웠던 걸까?

마침 '브라운 대 교육위원회' 판결°의 50주년 기념일이 다가오고 있었지만, 그 무렵 시행된 4학년생 대상의 전국 읽기 능력 평가에서 백인 학생은 45퍼센트가 통과한 반면 흑인 학생은 13퍼센트밖에 통과하지 못했다. 티치포어메리카에 지원할까 고민하면서 나는 민권운동이 못 다한 부분을 이어 갈 수도 있겠다는 생각이 들었다. 마틴 루터킹은 이렇게 말했다. "이것이 우리의 희망입니다. 바로 이 믿음을 가지고 저는 남부로 돌아갑니다." "미시시피로 돌아갈 때, 앨라배마, 사우스캐롤라이나, 조지아, 루이지애나로 돌아갈 때, 그리고 북부 도시의 빈민가로 돌아갈 때, 어떻게든 이 상황이 바뀔 수 있고 언젠가는 바뀌리라는 확신을 가지고 돌아갑시다."°°

나는 그런 영웅적인 행위에 동참하거나 혹은 적어도 그 가까이에서 일하고 싶었다. 나는 제임스 볼드윈의 권고가 옳다고 믿었다. 우리는 … 마치 연인들처럼, 상대에게 의식을 가지라고 요구하거나 그들의

° 공립학교에서의 인종 분리가 위헌이라는 1954년의 미국 대법원 판결.

°° 『나에게는 꿈이 있습니다』, 309, 308쪽.

의식을 일깨워야 한다. … [그럴 수만 있다면] 우리는 어쩌면 … 인종주의의 악몽을 끝내고 이 나라를 바로 세우고 세계의 역사를 바꿀 수 있을 것이다.° 그리고 나는 볼드윈이 내게 무엇을 요구하는지 알 것 같았다. 그건 바로 내가 몸과 마음을 다해 치러야 할 배상이었다. 1963년에 볼드윈은 백인들에 대해 그들의 순진함이 곧 죄라고 썼다. 이 순진한 사람들에게는 다른 가망이 없기 때문이다. 그들은 사실상 자신들이 이해하지 못하는 역사 속에 여전히 갇혀 있으며, 그 역사를 이해하기 전에는 거기서 풀려날 수 없다.°° 나는 생각했다. 그래, 내가 순진하지 않다는 걸 증명하자. 순진함이란, 무지함을 가리키는 볼드윈의 더 부드러우면서도 더 엄중한 말이다. 만약 내가 델타 중심부에 위치한 농촌 마을인 아칸소주 헬레나에서 학생들을 가르친다면, 볼드윈이 말한 죄를 벗는 데 도움이 될지 몰랐다.

부모님과는 1600킬로미터도 넘게 떨어져 있었기 때문에 나는 쉽게 델타 행을 결정했다. 전화로 사실을 알렸을 때 두 분은 어리둥절해하다가 이윽고 화를 냈다. "거기 내려갔다간 비명횡사할 거다." 어머니가 말했다.

이 말에 나는 깔깔대며 웃었다. 그러자 아버지는 심각해졌다.

"웃을 일이 아니야, 메이메이." 아버지는 여동생을 뜻하는 중국어를 썼다. "거긴 위험한 곳이야."

자라면서 나는 부모님에게 미국에 대한 어떤 과민 반응, 슬픈 오

○ 「십자가 아래에서: 내 마음속 구역에서 보낸 편지」, 『단지 흑인이라서, 다른 이유는 없다』, 박다솜 옮김, 열린책들, 2020, 145쪽.

○○ 「나의 감옥이 흔들렸다: 노예해방 100주년을 맞아 조카에게 보내는 편지」, 27쪽.

해가 있다는 생각이 들었다. 하지만 부모님과 달리 나는 미국에서 태어난 미국인이었다. 이런 느낌은 대학 때까지도 내내 이어졌다.

나는 그들에게 문해력 관련 통계를 인용하기 시작했고, 내 경건한 어조를 감지한 부모님은 나를 멈춰 세웠다.

"월급은 받는 거냐?"

나는 지방 교육청에서 급여가 나온다고 대답했다.

"그래 봤자 얼마나 되겠어." 아빠가 말했다. "하버드 학위는 내다 버릴 셈이냐?"

난 기분이 상했다. 하지만 부모님의 반대는 하루도 못 가서 친구들과의 농담거리가 됐다.

티치포어메리카가 나를 배정한 곳은 "스타"라는 다소 어울리지 않는 이름의 대안 학교였다. 지역 당국은 일반 학교에서 퇴학당한 무단결석생이나 마약중독자, 문제아나 싸움꾼 등 소위 불량 학생들을 떨궈 내는 용도로 이곳을 활용했다. 스타는 공교육에서 완전히 배제되기 직전의 아이들이 마지막으로 체제 잔류를 시도해 보는 곳이었다.

여기서 나는 패트릭을 만났다. 그는 열다섯, 8학년°이었다.

온순한 성격의 그는 걷는 자세도 건들거리기보다는 구부정한 편에 가까웠다. 수업 시간에는 말하는 것보다 듣는 걸 더 좋아했다. 패트릭은 누구도 괴롭히지 않았고 아무에게도 욕하지 않았다. 그는 스스

ㅇ 미국에서 중학교 과정에 들어가는 시기는 주마다 다르지만, 보통
7~8학년이 중학교 과정, 9~12학년이 고등학교 과정에 해당한다.

로 정한 규칙 — 혼자 지낸다, 말썽 피우지 않는다, 남의 일에 상관하지 않는다 — 을 따르는 것처럼 보였다. 하지만 정당한 이유가 있을 때는 기꺼이 규칙을 깨뜨렸다. 한번은 싸움을 말리려고 여학생 둘 사이를 막아섰다가 떠밀려 바닥에 넘어지기도 했다.

다른 학생들은 점심 급식 줄의 맨 앞자리를 차지하려고 서로를 밀쳐 내며 소란을 피웠지만 패트릭은 뒤로 물러나 기다렸다. 그의 마음은 항상 어딘가 다른 곳에 있는 것 같았다. 수업 시간에는 자주 콧노래를 흥얼거렸고, 보통은 누군가가 쿡쿡 찌를 때까지 깨닫지 못했다. 과제물은 책상 위에 헤뜨려 놓고 가버리거나 주머니 안에 쑤셔 넣었다가 다음 시간에 그대로 펼치곤 했다. 그의 미소는 절반만 웃는 미소여서, 마치 한때 활짝 웃기를 연습하다가 이제는 포기해 버린 듯했다.

무엇보다 패트릭은, 스쿨버스에 올라탄 건 어쩌다 생긴 실수인 양 길을 잃은 것 같았다. 그리고 역시나 학교에 나오기 시작한 지 한 달째부터 나타나지 않았다.

패트릭이 학교에 오지 않는 이유는 어렵지 않게 짐작이 갔다. 어쩌면 그에게 학교는 그저 우울한 곳이었을 것이다. 학교는 폭력적이었다. 학생들이 싸움을 벌이면 학교는 때로 경찰을 불렀다. 온 학교가 지켜보는 가운데 경찰차에 태워진 아이들은 새로 생긴 상처와 멍을 안고 카운티 유치장에서 주말을 보냈다. 어떤 교사는 아이들이 거기서 "자기 삶이 어디로 가는지" 생각해 볼 수 있을 거라 했다. 우리 교사들 역시 폭력적이었다. 급우나 교사에게 욕을 하는 등 상대적으로 가벼운 잘못에도 매를 들었다. 체벌은 아칸소주에서 합법이었고 만연한 관행이었다. 아칸소 교육위원회의 인장이 찍힌 신형 몽둥이는 더 빨리 휘두를 수 있도록 구멍이 뚫려 있었다. 나는 직접 체벌을 가하지는 않았지만 아이들을 교장실로 보낸 대개의 교사와 마찬가지로 공범이었다. 하지만 우리가 가장 흔히 사용한 징계 방법은 학생을 그냥 집으로 돌려보내는 것이었다. 아이들은 모두 무상 급식 대상자였기 때문에, 말썽을 피우려면 오후까지 기다려야 한다며 농담을 하곤 했다.

이 모든 상황에도 불구하고, 패트릭을 비롯한 대다수 학생들이 자기 미래에 대해 낙관적이었다. 패트릭은 졸업 후 정비사가 되고 싶어 했다. 뉴욕에 가보고 싶다고도 했다. 좋은 일자리를 얻어 할머니 할아버지를 돌보고 싶다는 아이들도 있었다. 그런 희망의 원천이 무엇인지 물었을 때, 아이들은 대개 하나님이라고 답했다. 하나님에 대한 그런 믿음, 인간은 하나님의 형상대로 지어졌으므로 본원적인 가치를 지닌다는 그런 생각은 내게 낯설었지만 델타에서 지내는 시간이 길어질수록 점점 더 수긍이 갔다.

나는 볼드윈이 조카에게 쓴 말을 자주 떠올렸다. 이 순진한 나라가 너를 게토에 떨군 건, 실은 너를 소멸시키기 위해서였다.° 다만 델타 사람들에게 게토는 도시의 한구석이 아니라 지역 전체였다. 이 게토가 내 학생들이 아는 전부였다. 나는 그런 생각이 들었다. 만약 내가 결코 벗어날 수 없는 어떤 곳에 살고 있는데, 그곳에서는 차가 없으면 돌아다니거나 일을 할 수 없고, 땅은 끝도 없이 펼쳐져 있지만 내게는 허락되지 않고, 보험금이 집값보다 높아서 사람들이 자기 집을 불태우고, 빈집 마당은 지나가는 이들의 쓰레기장이 되고, 물은 도주한 비

° 같은 글, 25쪽.

료 회사에 의해 오염돼 있을 수 있다면, 아마도 눈앞에 보이는 그런 상황과 나 자신은 전혀 닮은 데가 없다고 믿고 싶을 것이다. 마을의 쇠락은 나의 미래를 반영하지 않으며, 마을의 불결함이 내 내면을 더럽힐 수 없고, 마을이 텅 비었다고 해서 내 포부까지 허황한 건 아니라고 믿고 싶을 것이다. 실상 나는 날 때부터 아름다움과 연결되어 있고, 기쁨 가득한 부활의 힘과 연결되어 있다고 말이다.

하지만 학생들의 근본적인 믿음에 관해 오랜 생각을 하긴 했어도, 내 주된 고민거리는 어떻게 그들이 읽고 쓰고 말하게 할 것인지, 어떻게 패트릭과 같은 애들이 학교에 나오게 할 것인지 하는 당장의 과제들이었다. 대체로 나는 그들이 학교를 졸업한 후에 맞닥뜨릴 위험에 대해서는 깊이 생각하지 않으려 했다. 그들이 마주하게 될 모든 상황을 나는 온전히 인정하지 않았다. 신탁을 받은 자가 내 방문을 두드리고 패트릭의 미래를 알려 주었다 해도 나는 믿지 않고 문을 닫아 버렸을 것이다. 그리고 그랬더라도 그건 잘못이 아니었을 거다. 어떤 아이들은 우리가 가진 모든 희망을 끌어모으게 하니까.

1부

〔1〕

태양 속의 건포도

헬레나와 접한 미시시피 강변은 조용하고 평화롭다. 여름 명금鳴禽은 개구리와 함께 티 티 튜 튜 치르 치르 수런거린다. 가파른 비탈면에 피어난 야생 듀베리는 잘 영글었어도 사람 손을 타지 않고 살랑거린다. 그 아래 물속에서는 바람결에 섞여 드는 것들을 집어삼키려는 메기들의 그림자가 어른거린다. 강은 수천 년 동안 주기적으로 이 기슭을 범람해 세계에서 가장 비옥한 토양을 조성했다. 19세기 중반 농장주들은 이곳에서 단 한 가지 작물, 즉 면화를 재배했고 면화는 이곳을 노예의 고장으로 만들었다.

델타의 노예주들은 미국에서 가장 부유한 거물들이었고, 아칸소 인구 10퍼센트에 해당하는 부자들이 토지의 70퍼센트를 소유했다. 증기선과 철도는 서로 경쟁하며 헬레나로부터 면화를 실어 날랐다. 남북전쟁 후에는 목재업 붐이 일었고, 델타 늪지대의 활엽수림은 또 다른 부의 원천이 되어 주었다. 사람들은 밤낮없이 돌아가는 제재소와 부두의 일자리, 생선 튀김과 주크박스가 있는 식당, 오페라하우스와 술집을 찾아 이곳으로 몰려들었다. 그리고 매일 같이 주사위를 던지고 목재를 나르고 밀주를 만들었다. 마크 트웨인이 1883년에 쓴 대로, 헬레나는 강 유역에서 가장 매력적인 입지를 점한 곳이자 번창하는 드넓은 지역의 상업적 중심지였다.

하지만 내가 헬레나에 도착한 2004년에 트웨인이 본 도시를 상상하기는 어려웠다. 중심가인 체리 가의 창문들에는 나무판자가 덧

대어 있었다. 한 버려진 상점 앞에는 '서성이지 마시오'라고 쓰인 팻말이 붙어 있었는데, 사실 사람들이 어슬렁대는 곳은 길 건너편에 있는 마을 유일의 주류 판매점 주변이었다. 오래전 폐업한 상점의 간판에다 '스타벅스 입점 예정'이라고 짓궂은 장난을 쳐놓은 것도 보였다. 교회는 무척 많았는데 진지한 내용의 간판은 그쪽에서 찾기 쉬웠다. 그중 하나에는 '예수님 없이는 재활도 없습니다'라고 쓰여 있었다. 커피숍, 서점, 영화관은 한 군데도 없었고 레스토랑도 몇 안 됐다. 괜찮은 커피를 사려면 어디로 가야 하느냐고 물었을 때 사람들은 내게 맥도날드를 추천했다(사실 그리 나쁘지 않았다).

오래된 기차역을 개조해 만든 박물관에서는 도시 역사의 매력 중 하나인 블루스를 홍보하고자 노력 중이었다. 박물관에는 헬레나에서 공연했거나, 헬레나에 살았거나, 헬레나를 방문했거나, 헬레나를 발판 삼아 시카고에 진출했거나, 시카고에서 실패한 후 헬레나로 은퇴한 흑인 음악가들의 이야기와 사진이 전시돼 있었다. 그들의 이름은, 이를테면 '블라인드 레몬 제퍼슨', '하울린 울프', '슈퍼 치킨'처럼, 신체적 결함이나 동물을 환기하게 하는 경우가 많았다. 전시품들은 '투지의 유산'이나 '풍요의 땅에서의 투쟁' 같은 희망적인 제호를 달고 있었지만 방문객은 거의 없었다.

헬레나의 본격적인 쇠락은 모호크 타이어가 문을 닫으면서부터였다고 한다. 1979년, 모호크가 사업을 접으면서 흑인과 백인을 망라한 중산층이 대거 도시를 떠났다. 그 후 비료 회사 아클라 케미컬이 문을 닫았고 이어서 볼링장과 영화관, 상점, 고급 레스토랑이 사라졌다. 이곳에 살던 사람들은 일자리를 찾아 리틀록이나 멤피스, 페이엣빌, 텍사스로 떠났고 이곳에 정착하기 위해 유입되는 사람들은 사라졌다.

처음 이곳으로 오면서 나는 티치포어메리카의 표준 계약 기간인 2년을 채운 후에 헬레나를 떠나는 교사들을 현지인들이 어떻게 바라볼지 걱정했다. 그러나 곧 내 질문에 한 가지 가정이 깔려 있음을 깨달았다. 그것은 헬레나를 떠난다는 게 이곳 사람들의 삶의 경험에서 뭔가 새로운 것이리라는 가정이었다. 하지만 정작 새로운 건, 이곳으로 오는 젊은 교사가 한 명이라도 있다는 사실이었다. "가장 슬픈 날은 고등학교 졸업식이에요." 나중에 어떤 학생의 조부모가 타지에서 기회를 찾은 아이들을 언급하며 이렇게 말했다. "걔들은 돌아오지 않을 테니까요."

이곳 사람들은 할 수 있는 일은 뭐든 다 했다. 노인들은 집집이 문을 두드리며 푼돈 벌이로 마당에 떨어진 나뭇가지를 주울 수 없는지 묻고 다녔다. 카운티 교도관도 맥도날드에서 파트타임으로 일했다. 강 건너 바로 맞은편에 있는 카지노는 엄밀히는 미시시피주에 속했지만 이곳 사람들에게 중요한 일터였다. 장례업 경기는 꾸준했다. 플라자 거리를 따라 800미터도 안 되는 블록에 장례식장이 세 곳, 석물 가게가 하나, 꽃집이 한 군데 있었다. 석물 가게 앞 잔디밭에는 명문銘文 없는 커다란 비석이 빛을 반사하며 누워 있었다. 월마트도 장사가 잘됐다. 주중에도 언제나 십 대 소녀들이 아기 용품 구역의 여러 매대를 살피는 모습이 눈에 띄었다(주말에는 건물 밖에서 교회 고등학생회가 순결 운동 팸플릿을 나눠 줬다). 헬레나에 청사를 둔 필립스 카운티는 미국에서 가장 가난한 카운티 중 하나였고, 공중 보건 수준이 아칸소주에서 가장 열악했다. 십 대의 출산율은 94개 개발도상국보다도 높았다. 시내에서는 주기적으로 총격이 벌어졌다. 마약이 문제였고 밀매에 연루된 경찰들이 FBI에 검거되기도 했다.

여기서 일하며 먹고사는 백인들도 분명 있었지만 그 자녀들은 좀

처럼 눈에 띄지 않았다. 백인 아이들은 인종 통합을 우회하기 위해 설립된 델타의 사립학교 중 하나인 드소토에 다녔다. 드소토가 개교한 1970년에도 신념 있는 백인 가정들은 의도적으로 자녀들을 막 통합된 공립학교로 보냈고, 초창기 이 학교들은 번창했다. 흑인 선수와 백인 선수가 보기 좋게 어우러진 헬레나의 농구팀은 아칸소주 최고의 팀으로 손꼽혔다. 그러나 경제가 망가지고 부동산 가치가 급락하면서 모두가 헬레나를 떠나자, 소수 인종주의자의 보루로 출발했던 드소토는 남은 백인 가정 모두의 대피소가 되었다. 헬레나의 공립학교인 센트럴과 엘리자 밀러는 학생 99퍼센트가 흑인이다. 이 글을 쓰는 현재까지 드소토는 단 한 명의 흑인 학생도 받아들인 적이 없다. 따라서 도시 전체의 고등학교 졸업반 학생이 다 합쳐서 200명도 안 되고 영화를 보려면 160킬로미터나 떨어진 곳까지 차를 몰아야 하는 이 작고 외딴곳에서, 백인 아이들과 흑인 아이들은 자라면서 거의 부딪힐 일이 없었다.

스타의 교실에서 보낸 첫 몇 달은 초현실적이었다. 한 번도 아시아인을 만난 적이 없는 대부분의 학생들은 나를 뚫어져라 쳐다봤다. "선생님은 뭐예요?" 그러면서 그들은 진지한 표정으로 내가 성룡과 친척인지 물었다(좀 더 버릇없는 아이들은 "꺼져, 중국년아"라고 말했다). 한번은 열여섯 살짜리가 친구들의 부추김에 교실에다 오줌을 질렀다. 어떤 아이는 온통 회초리 자국이 난 다리로 학교에 나타났다. "아동보호국에 전화해야 할까요?" 나는 다른 교사에게 물었다. "아니, 그럴 필요 없어요." 그곳에서는 다들 그렇게 규율을 유지했다. 잘못하다 걸린 아이들이 정학보다 체벌을 선호한다는 건 널리 알려진 사실이었다. "걔들은 그게 익숙하거든요." 교무행정사가 설명해 주었다. "그리고 집에 가기 싫어서이기도 하고요."

이 모든 것이 내게는 충격으로 다가왔지만 무엇보다 충격적인 건 내 자신이었다. 나는 아이들에게 소리를 지르고 심술궂게 굴었다. 처음에는 얕보이기 싫어서 엄한 척한 것이었지만 이런 왜곡은 점차 내 통제를 벗어났다. 나를 중국년이라 불렀던 12학년생에게는 맥도날드 취직도 어려울 거라고 악담을 했다. 여학생을 뚱보라고 부른 남학생에게는 "누군 아닌가 봐" 하고 쏘아붙였다. 학생의 그림을 낙서로 생각해 찢어 버린 적도 있다. 수업에 집중하게 할 의도로 충격을 준 것이었지만, 아이는 나를 결코 용서하지 않았고 나 역시 영원히 후회할 일이었다. 학부모에게 현장학습 승인서에 서명해 달라며 뇌물을 준 적도 있었다. 그녀는 걸핏하면 집을 비우는 마약중독자였는데, 동생들을 위해 아동보호국에 전화를 건 딸, 그러니까 내가 가르치던 학생에게 화가 나 있었다. 나는 집으로 그녀를 찾아갔다. 그 어머니는 승인서에 서명할 테니 컬러 티브이를 사달라고 했다. 우리는 타협을 했다. 나는 월마트로 가서 그녀에게 아동용 간이 풀장을 사주었다(월마트 계산원은 내가 산 물건을 거대한 비닐봉지에 밀어 넣으며 말했다. "댁의 애들이 엄청 좋아할 거예요. 여기 낮이 좀 뜨거워야 말이죠."). 한 번은 어떤 아이가 내 엉덩이를 움켜쥐었고, 나는 그를 교장실로 보냈다. "체벌로 할까요, 정학으로 할까요?" 교장이 물었을 때 나는 답했다. "그 녀석더러 정하라고 하세요." 아이는 체벌을 택했다.

나는 오늘날 델타가 미국인의 의식 속에 존재하지 않는 이유는 그곳이 미국인들의 마음을 불편하게 만들기 때문이 아닐까 하는 생각이 들기 시작했다. 오늘날의 델타는 우리가 미국에 대해 품고 있는 신화를 일부 무너뜨린다. 민권운동의 탄생지인 이곳이 여전히 가난하고, 여전히 인종적으로 분리돼 있고, 여전히 극적인 사회 변화가 필요하다면, 대체 민권운동은, 그 맹렬함과 그 순교자들과 그 열정 어린 행동들은, 다 무엇을 위해서였단 말인가? 그때 건설된 뜻깊은 한 세계는 이제 완전히 무너져 내렸다. 지금 이곳은 그 운동이 미국인의 상상 속에서 조작된 것이 아니었나 하는 의구심마저 불러일으켰다. 그리고 실제로 한참 뒤, 순수한 의혹을 품은 열여섯 살 남학생 하나가—그의 형은 꽃집을 털다가 백인에게 죽임을 당했다—내가 갖고 있던 마틴 루터 킹의 워싱턴 행진 장면을 담은 포스터 가까이로 다가왔다. 그는 사진에 얼굴을 바싹 갖다 댔다. 군중 속에 섞인 백인 시위대와 그의 코가 거의 맞붙었다.

"이거 선생님이 만든 거죠?" 그가 말했다.

"뭐?" 나는 무슨 뜻인지 몰라 되물었다.

"백인은 절대 흑인을 돕지 않아요." 그는 내가 사진을 조작했다고 생각했다.

첫 학기 수업은 가혹하리만치 힘겨웠기 때문에 나는 내 자신이 되풀이하고 있던 진부한 전개—중산층 외부인이 찾아와서는 진저리를 치는—를 거의 의식하지 못했다.

나는 교실에서 지켜야 할 규칙들을 끊임없이 만들고 끊임없이 수정했다. 손을 들고 말한다. 욕하지 않는다. 반 친구를 무시하지 않는다. "호모 새끼"라는 말을 쓰지 않는다. 누구든 때리지 않는다—찌르지 않는다 — 아예 건드리지 않는다. 엎드리지 않는다. 수업 시간 내내 엎드려 있으면 0점 처리된다. 규칙을 위반한 학생은 대개 "경고"를 받았다. 경고를 두 번 받으면 구석으로 가서 "반성문"이나 경우에 따라 사과문을 써야 했다. 거부하는 학생은 교장실로 보냈다. 헬레나로 오기 전 휴스턴에서 받았던 티치포어메리카의 여름 실습에서는 이런 방법이 통했다. 하지만 이곳 학생들은 나이도 더 많았고 전부터 훨씬 더 심한 처벌을 받았기 때문에 도통 개의치 않았다. 다만 한 가지 상황에서만은 흠잡을 데 없는 수업 태도를 보였는데, 그건 이따금 학교 경찰관이 교실로 들어설 때였다(우리 학교에는 지도 상담사도, 음악 교사나 미술 교사도, 쓸 만한 도서관도, 체육관도, 스포츠팀도, 아니 사실 그 어떤 팀도 없었지만 경찰은 있었다). 그가 나타나자마자 수업 분위기는 돌변했다. 푸른 제복을 입은 그가 벨트에 경찰봉을 달고 서있으면, 아이들은 순식간에 내가 하던 말에 빠져들었다. 그는 교실 건너편에서 내게 윙크를 해보였다.

나는 내가 만든 체계를 회의하기 시작했고 처벌 자체에 회의감이 들었다. 말할 때 손을 드는 걸 깜박한 아이가 누군가를 멍청이라 부른 아이와 똑같은 경고 처분을 받아야 할까? "호모 새끼"라는 말이 나오면 아이를 질책하고 끝낼 게 아니라 모두가 함께 잘 지내려면 어떻게 해야 하는지 토론해 보는 계기로 삼아야 하는 게 아닐까? 규율과 관계된 문제들 — 학교 경찰, 체벌, 내 안의 하이드 — 에 마음을 빼앗겼던 나는 문득 내가 정말 가르치고 싶었던 게 무엇인지 떠올리게 되었다. 난 학생들이 무엇을 배우기를 바랐던가? 나는 영어 교사였지만 책에 대해 생각조차 하지 않는 날들이 허다한 것 같았다.

책. 헬레나에서는 책이라는 단어마저 쓸모없는 것이 되어 버린 듯했다. 개학 전에 교장은 내게 스타의 8학년생은 읽기 능력이 4학년이나 5학년 수준밖에 안 되니 적절한 "콘텐츠"를 찾아 써야 한다고 경고했다. 나는 그 말이 무슨 뜻인지 몰랐고, 어쩌면 알고 싶지도 않았던 것 같다. 아무튼 나는 수업 시간에 제임스 볼드윈의 단편소설을 다루었고, 아이들은 말이 너무 어렵다며 짜증을 냈다. 맬컴 엑스의 연설문으로 자극해 보려고도 했지만 애들은 지루해 했다. 그리고 2004년 그해 민주당 전당대회에서 선풍을 일으킨 젊은 주 상원의원, 버락 오바마의 연설도 비디오로 보여 주었다. "내 아버지는 외국인 유학생이었습니다. 케냐의 작은 마을에서 나고 자란 분이셨죠." 하지만 오바마 연설의 모든 것, 거기 담긴 역사적 언급들과 간곡한 권고들이 아이들에게는 너무 동떨어져 보이고 이해하기 어려웠다.

뭐가 잘못된 걸까? 나는 생각했다. 순전히 독해력 차원의 문제일까? 역사 이해 상의 맹점? 내 수업 장악력의 부족? 아이들과의 교감 부재? 나는 내가 소중히 여기던 흑인문학 전통에 속한 글들을 아이들과 나누기가 두려워졌다. 그런 글들이 그들에게 아무 의미가 없다면, 내게도 그 의미는 퇴색될 수밖에 없었다. 나는 마지막 시도라 마음먹고 로레인 한스베리의 『태양 속의 건포도』[박정근 옮김, 동인, 1998]°를 소개했다. 독해 난이도가 낮은데다 등장인물들이 서로 직접 대화를

° 1950년대 시카고 빈민가에 사는 흑인 가족의 이야기를 다룬 희곡으로 주인공 월터 리는 백인 가정에서 가사도우미로 일하는 어머니 레나, 아내 루스, 의대에 가려는 여동생 베니타, 그리고 아들 트래비스와 함께 낡은 아파트에 살고 있다. 그런데 월터 리의 아버지가 죽고, 어머니 레나가 1만 달러의 사망 보험금을 받게 된다. 월터는 그 돈을 주류 사업에 투자하고 싶어 하지만, 레나는 빈민가를 벗어나 집을 구하는 데 돈을 쓰고 나머지는 베니타의 학비에 보태려 하면서 갈등이 시작된다. "태양 속의 건포도"라는 희곡의 제목은 랭스턴 휴스의 시 <할렘>에서 따온 것으로 백인들의 핍박으로 움츠러든 흑인들의 꿈을 의미한다.

나누는 희곡이라는 형식이 아이들에게 새로웠고, 이야기의 중심에 흑인 가족이 있었다.

결과는 대성공이었다. 월터와 아내 루스가 발끈하며 주고받는 재담에 아이들은 웃음을 터뜨렸다. 비좁은 집에 사는 것에 대한 부부의 불만에는 고개를 끄덕였다. 루스가 임신 사실을 알고 절망하자 교실은 조용해졌다. 그리고 학생들은 하나같이 할머니[레나]를 좋아했다. 모두 그녀를 자기가 잘 아는 사람처럼 여겼다. 미시시피에서 태어난 신앙심 깊은 그녀는, 주류 상점을 열겠다는 아들을 나무라고, 하나님은 없다고 말하는 딸의 뺨을 올려붙이고, 낙태를 원하는 며느리에게 호통을 쳤다. 배역을 나눌 때 학생들은 너도나도 할머니 역을 맡겠다며 아우성이었다. "캐릭터가 진짜 실감 나요." 애들은 감탄하며 말했다.

나는 학생들에게 할머니가 미시시피를 떠나 시카고로 이사한 이유가 뭐라고 생각하는지 물었다.

"우리 동네는 별 볼일 없으니까요." 한 학생이 아무렇지 않게 말했고, 나는 우리라는 말에 현기증을 느꼈다. 다른 아이들도 거리낌 없이 동의하며 고개를 끄덕였다.

처음으로 미국 역사에 관한 대화가 무리 없이 이어졌다. 보통은 학생들의 기본 지식 부족이 너무나 큰 장애물로 작용했기 때문에 진척을 보지 못했다. 예를 들어, 애들은 노예제가 언제 끝났는지 몰랐고, 해방이라는 기본어휘도 몰랐다. 노예였던 이들에게 땅을 나눠 주겠다는 약속이 지켜지지 않았다는 사실도 몰랐다. 델타에서 흑인에 대한 폭력이 있었다는 건 얼핏 들어 봤지만 대개는 필립스 카운티의 흑인 소작농들이 조합을 결성하려다 학살당한 사건을 알지 못했고, 린치라는 단어도 몰랐다. 그러나 이 한 가지 질문, 흑인 가족이 어째서 델타를 떠났는지에 대한 질문만큼은 그들도 어렵지 않게 답할 수 있었다.

나는 학생들에게 헬레나에서 벌어진 폭력의 역사—그것은 지역의 흑인과 백인 모두가 금기시하는 주제였다—에 관해 이야기했다. 이 폭력은 시카고 등지로의 대량 이주를 일으킨 한 요인이었다. 나는 흑인에 대한 위협을 방관하고 심지어 가담하기도 했던 주 정부들에 관해 이야기했다. 그리고 린치 현장을 담은 사진 한 장—매달린 몸은 불에 타 검게 그을려 있고, 가장자리는 섬뜩하게 뭉그러져 있었다—을 돌려 보게 했다. 당시 상황이 얼마나 잔혹했는지를 이해한다면 학생들이 분노를 표출할 통로를 찾고 끈질긴 흑인의 역사를 자랑스러워할 이유를 찾을 수 있지 않을까 나는 생각했다.

"이건 옳지 않아요." 한 학생이 역겹다는 표정을 지으며 말했다. 그는 사진을 전달했다. 또 다른 학생은 사진을 자세히 살펴보며 말없이 고개를 저었다.

내가 보기에 그들이 느낀 두 가지 감정, 분노와 각성은 둘이 모여 하나의 일관된 전체를 이루는 무언가였다. 중학교 때 린치에 관해 배웠을 때, 분노는 내 안의 힘을 자각하게 해주었다.

다음으로 사진은 데이비드에게 전해졌다. 몸이 호리호리한 그는 할머니와 함께 살았고 동물 그리기를 좋아했다. 그는 꼼짝 않고 사진을 응시했다. 마치 숨쉬기를 멈춘 것 같았다. 그러더니 사진을 뒤집고 책상 위에 엎드렸다.

나는 목이 화끈거리고 명치가 딱딱해졌다. 엎드리는 건 규칙에 어긋났다. 지켜보던 학생들은 내가 흔들리는 걸 보았다.

"고개 들어." 나는 최대한 엄하게 말하려 애썼다. "안 그러면 0점이야."

마침내 데이비드가 웅얼거렸다. "이런 건 아무도 보고 싶어 하지 않아요."

그가 그렇게 말한 순간, 내가 뭔가 본질적인 것을 놓치고 있음을 깨달았다. 그의 어조가, 갑작스레 달라진 태도가, 내가 선을 넘었다고 말하고 있었다. 나는 그의 책상에서 도로 사진을 가져왔다. 그저 흘깃 쳐다보기만 했는데도 가슴이 철렁했다. 이제 그 사진은 달라 보였다. 그건 내가 전혀 알지 못하는 무언가였다. 마치 내가 아닌 다른 교사가 그걸 찾고 출력해 돌려 보게 한 것만 같았다.

나는 교실 앞으로 걸어가 다시 보드 앞에 자리를 잡았다. 그리고 아이들이 내 얼굴을 보지 못하도록 등을 돌린 채 판서를 하며 시간을 끌었다. 나는 가슴이 터질 것만 같았다. 내가 린치를 어떻게 그렇게 가볍게, 아니 더 나쁘게 우쭐대는 태도로 다룰 수 있었을까? 나는 학생들에게 그들의 역사를 들이밀면서 그게 무슨 비밀인 양 폭로함으로써 그들을 고통스럽지만 꼭 필요한 깨달음으로 인도해 줄 것처럼 굴었다. 나는 흑인에 대한 폭력의 역사라는 주제를 과감하고 비규범적인 방식으로 제시하려 했다. 하지만 데이비드를 비롯한 반 아이들은 학교가 그런 기억으로부터의 피난처가 돼 주기를 바랐는지 모른다.

내가 다른 면에서 잘못을 저지를 수 있겠다는 생각은 했었다. 그들의 상황에 대해 감상적이 된다거나 동정심에서 시혜적인 태도를 보일 수도 있겠다고 말이다. 하지만 우쭐거리게 될 줄은 몰랐다. 자, 여기 이걸 보고 배우렴. 수상쩍은 동기를 품은 교사가 미소를 지으며 말한다. 너희 역사를 배워. 안 그러면 0점일 줄 알아.

수업이 끝나고 나는 그 사진을 뒤집어 서랍 속에 넣은 후 다시는 꺼내 보지 않았다.

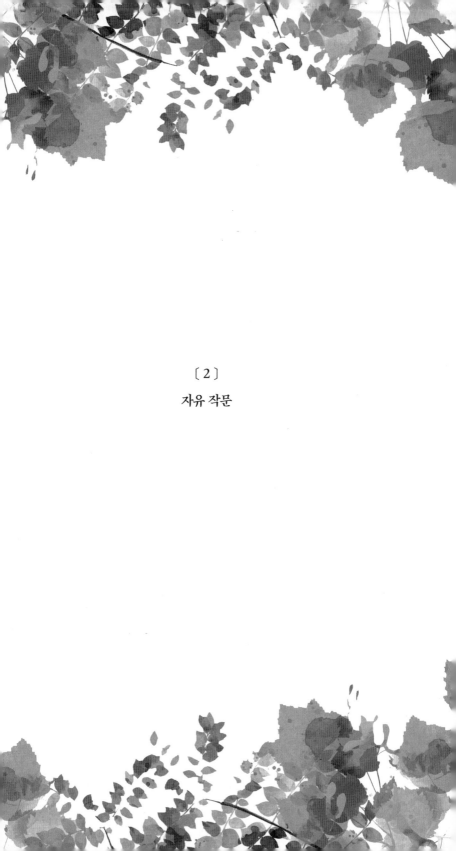

〔2〕
자유 작문

한 해가 지났는데도 나는 여전히 의기소침한 상태를 벗어나지 못했다. 달라진 점이라면, 베이글과 서점, 영화관, 커피숍이 더더욱 그리워졌다는 것이다. 100킬로미터나 떨어진 테네시 주 멤피스까지 차를 몰고 나가는 토요일이 갈수록 잦아졌다. 멤피스는 그 역사로도 유명했지만 내게 가장 중요한 건 그곳이 도시라는 점이었다. 붐비는 차량과 신호등이 있는 곳! 커피숍, 해피 아워, 태국 음식점, 주차장, 타워크레인, 산책하는 가족들, 어딘가로 향하는 멋진 차림의 젊은이들, 아시아계 사람들! 차들은 경적을 울리고, 운전자들은 조급히 움직이고, 도시는 노래를 불렀다. 나는 그리 멀지 않은 곳에 두부 파는 가게가 있다는 걸 보지 않고도 알 수 있었다. 노후화된 동네에 가면 벽에 그려진 그라피티가 신나게 소리를 질렀다. 헬레나에서는 만연한 빈곤에도 불구하고 그런 그라피티를 본 적이 없었다. 나는 돌연 마음이 무거워졌다. 그리 대단치 않은 낙서 수준의 그라피티조차, 그곳 젊은이들의 불만은 헬레나에 비해 더 호기롭다는 사실을 드러내고 있었다. 다시 말해 대중적 저항 정신, 적(사유재산, 사회, 국가, 권력자)이 누구인지에 대한 확신, 색채로 사람들의 주목을 요구하는 데서 오는 전율, 그리고 적어도 스프레이 페인트를 살 만한 여력이 그곳에는 있었다.

한편, 도시의 더 고급스러운 지역은 익명성에서 오는 담력과 열렬한 소비욕이 느껴지는 또 다른 종류의 황무지였다. 한번은 반스앤노블스 서점 안 카페에서 줄을 서있는데 내 앞으로 웬 남자가 끼어들었다 — 헬레나에서는 줄이 생기는 일 자체가 드물고 새치기하는 사람도 없다. 나는 충격에서 벗어나자마자 곧장 행동에 나섰다. "사과하세요!" 교사 특유의 말투로 나는 소리쳤다. 아무렴 어떤가? 그는 다시 볼 사람이 아니었고, 아마 좀 전에 그도 같은 생각이었을 것이다. "사과하세요!" 나는 흥분해서 다시 더 크게 소리를 질렀다. 남자는 당황한 듯했다 — 내가 부끄러웠는지 자기 자신이 부끄러웠는지는 분명치 않다. "미안합니다." 그가 유순하게 말했다. 카운터에서 나는 탐욕스럽게 머핀과 커피를 주문하고는 별다른 이유도 없이 탄산음료까지 시켰다.

난 카페가 얼마나 널찍하고 통풍이 잘되고 구석구석 깨끗한지 감탄하면서 노트북으로 로스쿨 지원서를 작성했고, 이따금씩 하던 일을 멈추고 주변의 대화를 엿들었다. 로스쿨이라면 델타를 떠날 때 조금은 그럴싸한 변명이 되어 주리라 판단했다. 내 이기심에는 약간의 이상주의도 섞여 있었다. 민권운동을 공부한 이후로 줄곧 나는 전미유색인종지위향상협회 법률방어기금NAACP LDF을 동경했고 거기서 일하고 싶었다. 애초에 델타에 끌린 것도, 1950~60년대 남부에서 인종 분리 철폐를 위해 투쟁한 법률가들의 이야기 때문이었다. 그렇지만 나는 절실히 그곳을 떠나고 싶기도 했다.

그러다 뭔가가 달라졌다. 델타가 좋아지기 시작했다. 어느 일요일에는 학생이 다니는 교회 — 허름한 판잣집 안에는 드레스와 정장에 큰 모자까지 갖춰 입은 사람들이 가득했다 — 에 가서 손뼉 치고 춤추고 땀을 흘렸다. 어떤 날은 전봇대를 휘감아 오른 칡넝쿨 잎사귀를 오후 내내 사진에 담았다. 빽빽한 녹색의 삼각형들은 기이하고 아름답고 비현실적이었다. 나는 더는 주말마다 멤피스에 가지 않았다. 대신 포치에 앉아 얼음 넣은 홍차를 머그잔에 따라 마셨다. 팔만 뻗으면 닿을 곳에 무성한 무화과나무가 있어서 디저트를 따먹을 수도 있었다.

교실에서는 드디어 학생들과 농담도 주고받고 손쉽게 권위를 내세울 줄도 알게 됐다. 늦은 9월, 한 학생이 수업 도중에 불쑥 내가 야오밍과 친척인지 물었다. 나는 차분하게 그를 바라보며 한동안 침묵을 지켰다. 그리고 마침내 말했다.

"넌 코비 브라이언트 친척이고?"

다른 학생들이 폭소를 — 내가 아니라 그를 향해 — 터뜨렸다.

"선생님, 그건 인종차별인데요." 그가 발끈하며 항변했다.

"그러니 잘 생각해 봐." 나는 이렇게 말하고 수업을 이어 갔다.

부모님께 전화해 로스쿨에 지원한 사실을 알리자 두 분은 큰 관심을 보였다. 변호사라는 직업을 잘 알지는 못했지만 두 분 모두 그 소식에 흡족해 했다. 누구도 변호사는 함부로 대하지 않기 때문이었다. 이민 오기 전 그들이 미국에 대해 가진 주된 인상 중 하나는 사람들이 걸핏하면 소송을 당한다는 것이었고 여기 살면서 그 인상은 더욱 굳어졌다. 그러나 딸이 소송을 제기하는 쪽이 될 수도 있다는 생각은 한 번도 해본 적이 없었다.

이제 부모님은 반색하며 말했다. "합격하면 아칸소를 떠나겠구나, 그렇지?"

내게는 두 분의 흥분이 하나의 단서였다. 부모님 마음에 드는 생각이라면 의심해 봐야 했다.

"아마 떠나겠죠." 내가 말했다.

"잘됐다. 이제 애들이 너한테 중국 사람 깔보는 소리를 내는 일도 없겠구나." 아빠가 말했다.

"못된 녀석들이었지." 어머니는 마치 내가 벌써 이곳을 떠났고 아이들은 그저 과거의 추억이 되어 버린 양 웃으면서 말했다.

그 순간 나는 학생들에 대한 그간의 내 묘사에 그릇된 점이 있었다는 느낌이 들었다. 아무래도 불평이 너무 많았던 것이다. 나는 로스쿨에 지원한 동기가 올바르지 않았고, 델타에서 학생들과의 생활에 익숙해지기 시작했으며 그들에게 다가갈 방법을 찾기 시작했음을 부모님께 털어놓을까 하는 생각도 들었다. 하지만 그런 소소한 성취들을 설명하기는 너무 어려울 것 같았다. 난 그들이 나를 좋아하고 존중해 주기를 바랐다. 두 분은 내가 그곳을 떠나 로스쿨에 진학할 거라는 전망에 모처럼 기분이 좋아진 것 같았고 나는 찬물을 끼얹지 않기로 했다.

패트릭은 그해 초부터 내 수업을 듣고 있었다. 하지만 그는 조용했고, 조용한 학생들은 무심코 지나치기 쉬웠다. 그는 늘 뒷자리를 골랐고 고개를 숙이고 지냈다. 목소리도 낮았다. "패트릭, 큰 소리로 말해 볼래?" 내가 종종 이렇게 말하면 그는 무슨 우스운 소리라도 들은 것처럼 살짝 미소를 지었다. 그는 산만하면서도 조심스러워 보였다. 눈동자는 시선 둘 곳을 찾아 교실 벽을 훑곤 했다. 두어 번인가는 자리에 앉은 채 가까운 책장으로 팔을 뻗어 어떤 소리가 나는지 살짝 두드려 보았다. 그리고 그는 공감할 줄 알았다. 한번은 한 학생이 다른 학생의 뒤통수를 가볍게 쳤는데, 패트릭은 자기가 맞기라도 한 것처럼 움찔하더니 고개를 돌렸다.

더 이상 내 관심을 끌지 못하는 학생도 있었다. 그들에게서 나는 사납고 못된 성미를 보았다. 열다섯 살 레이도 그중 하나였다. 한 교사는 말했다. "걘 항상 심술궂은 얼굴을 하고 있어요, 그죠?" 다른 교사는 이렇게 충고했다. "애쓸 거 없어요. 걘 이미 글렀으니까." 레이에게 필요한 건 상담사였지만, 나도 한동안은 애를 써봤다. 레이가 내 포스터를 훔쳤을 때는 희망을 느꼈다. 눈먼 남자가 식사하는 모습을 그린 피카소의 청색 시대 작품이 분명 그 아이를 감동시켰을 거라고 생각했다. 그가 시를 쓰게 하는 데 성공한 적도 있었다. 하지만 그런 일은 예외였다 — 대개 그는 마음을 굳게 닫고 있었다. 뭔가 재미난 일이 있어 학급 전체가 폭소를 터뜨릴 때도 결코 웃지 않았다. 엎드려 있는 일이 잦았고 누가 말을 걸면 욕을 하며 꺼지라고 했다. 소문에 따르면 어머니가 중독자였고, 다른 애들과 달리 돌봐 줄 조부모도 없는 것 같았다. 그렇지만 나는 지쳐 버렸고, 내가 그의 편이라는 걸 보여 주는 데 진력이 났다.

두 번째 해에 접어든 후로 나는 이미 실리적인 관점에서 아이들을 바라보고 있었다. 어른의 관심이 약간만 더해져도 엄청난 성과를 보여 줄 아이가 누굴까? 이 물음에 패트릭만큼 부합하는 학생은 없었다. 그는 노력하고 싶어 했고 격려에 목말랐지만 성적은 낙제점이었다. 누군가가 곁에서 매 순간 독려해 준다면 탁월해질 수 있었다. 하지만 그는 계속 수업을 빠지고 있었다. 그제야 나는 그가 왜 스타로 보내졌는지 이해했다 — 그는 아예 학교에 오지를 않았다.

12월까지 패트릭은 수업을 너무 많이 빠졌기 때문에, 곧 다가올 시험에서 낙제할까 염려가 된 나는 집으로 전화를 걸었다. 그가 왜 결석을 하는지 알고 싶었다. 웬 남자가 "팻은 아파요" 하고는 전화를 끊어 버렸다. 나는 패트릭이 학업을 포기했나 싶어 걱정스러웠고, 그를 찾아가 보기로 결심했다.

패트릭은 빈번한 총격 사건 때문에 시의회가 통행금지령을 내리겠다고 경고했던 "게토 중의 게토"라 불리는 지역에 살았다. 동네의 번지수 표시는 대부분 희미했고 빈집이 많았다. 십 대 소년 한 무리가 도전적인 몸짓으로 도로 한가운데를 활보했고, 차들은 그들을 피해 옆으로 돌아갔다. 이리저리 헤매다가 길을 잃은 나는 결국 포기하고 차를 세웠다. 그리고 자전거를 타고 지나가던 소년에게 패트릭 브라우닝이 어디 사는지 아냐고 물었다. "팻은 바로 저기 살아요." 그는 바로 몇 미터 떨어진, 포치가 딸린 작은 정사각형 집을 가리켰다.

나는 방충문을 두드렸다. 내부는 어두웠다. 속셔츠 바람의 한 남자가 천천히 소파에서 일어나 절룩거리며 문 쪽으로 다가왔다.

"패트릭을 가르치는 쿠오 선생이라고 합니다." 나는 방충망 너머로 말했다. "전에 한번 통화하신 적 있으시죠?"

그는 나를 보며 "예, 예" 하고는 다시 어둠 속으로 사라졌다.

다른 사람이 다가왔다. 패트릭이었다. 밝은 곳으로 얼굴을 내민 그는 나라는 걸 알아보더니 미소를 지었다. 누군가의 주목과 호의에 대한, 소년다운 크고 환한 미소였다. 갑자기 몇 살은 더 어려 보였다. 하지만 다음 순간 결석한 사실을 떠올리고는 얼굴이 일그러졌다.

"버스가 안 왔어요." 패트릭은 허둥지둥 둘러대더니 내 눈을 피했다. 그는 자기가 거짓말에 능하지 않다는 걸 알고 있었다.

"버스를 놓쳤어요."

그리고 말했다. "죄송해요, 선생님."

우리는 포치에 앉았다.

"집에서 아무도 …" ─ 나는 몸을 돌려 현관문이 닫혔는지 확인했다 —"아무도 학교에 가라고 하지 않으시니?"

"그분들 잘못이 아니에요, 제 잘못이에요. 부모님은 학교에 가라고 하세요, 근데 가끔 제가 너무 가기가 싫어서…." 그는 말끝을 흐렸다. "어머니는 정말 바쁘세요. 항상 일하시거든요. 그리고 아빠는, 음…."

패트릭은 말을 멈췄다. 아버지에 대해 나쁜 말을 하고 싶지 않은 것 같았다.

"근데 넌 어쩌다 스타에 오게 된 거니?" 나는 물었다.

"열한 살 때 사고를 쳤어요." 그가 이야기를 시작했다. "휘발유가 쌌어요, 1갤런[약 3.7리터]에 1달러요. 집에 1갤런짜리 한 통이 있었어요. 전 그냥 뒷마당에서 바닥에 떨어진 나뭇가지에 휘발유를 부으면서 놀고 있었어요. 그냥 재미로 그랬어요, 정말로요. 휘발유가 잘 탄다는 거에 대해선 아무 생각이 없었어요. 정말 멍청했죠. 병 하나에 통째로 불이 붙었고, 불길이 확 치솟았어요. 아래를 보니 제 바지가 불타고 있었어요. 순식간에 마당 전체에 불이 붙었어요. 다행히 누나랑 여동생이 마침 있어서 수건을 갖다줬어요."

나는 이미 델타에서 충분히 시간을 보낸 터라 그가 뒤뜰에서 무심코 불을 냈다는 사실이 놀랍지 않았다. 헬레나에는 월마트에 가는 것 말고는 할 일이 별로 없었고 지루함은 사고를 흐렸다. 그건 악의가 아니었다. 오히려 그 반대였다. 패트릭은 남에게 폐가 되지 않는 재밋거리를 찾으려 했던 것이다.

나는 리처드 라이트가 자신의 회고록 『블랙 보이』 도입부에서 비슷한 장난을 시작하는 대목이 떠올랐다. 소작농의 아들인 라이트는 델타에서 자랐고 1910년대에 헬레나에서 몇 년을 보냈다. 네 살배기

라이트는 난롯가에서 석탄이 타는 걸 지켜보며 지루함에 온몸이 쑤셨다. 그는 이렇게 썼다. 마음속에서 새로운 장난에 대한 구상이 자라나 뿌리를 내렸다. 불 속에 뭔가를 던져 넣고 타는 걸 지켜보면 어떨까? … 지푸라기 몇 가닥 가지고 누가 신경 쓰겠어, 그는 빗자루에서 밀짚 몇 가닥을 뜯어내며 생각했다. 불은 그의 관심에 보답했다 — 그것은 탁탁 소리를 내며 활활 타올랐다. 나의 구상은 점점 더 자라나 활짝 피어났다. 그는 궁금했다. 만약 지푸라기에 불을 붙여 보풀보풀한 하얀 커튼에 갖다 대면 커튼은 어떻게 보일까? 경악스럽게도 머지않아 집 전체가 불길에 휩싸였다.o

패트릭은 화상으로 커다란 얼룩이 남은 한쪽 다리를 내려다보았다. "병원에 몇 주 입원해 있었고 학교는 몇 달 못 나갔어요. 선생님들이 집으로 숙제를 갖다주셔야 했는데 안 그러셨어요." 마치 그 정도의 소홀함은 일상적이라는 듯 그의 단조로운 목소리에는 화가 묻어나지 않았다. "병원에 티브이가 있어서 타워가 무너지는 걸 봤어요."

타워. 패트릭을 9·11 테러와 연결 짓자니 왠지 어색했다. 아마 그어떤 국가적 경험과의 연결도 마찬가지였을 것이다. 그 순간 나는 내마음속에서 델타가 미국의 나머지와 동떨어진 장소로 존재한다는 걸깨달았다.

"걷는 것부터 다시 배워야 했어요. 2~3개월을 침대에서 지냈으니까요. 공부는 뒤처졌어요. 7학년을 다시 다녀야 했죠. 8학년도요. 그런 다음 스타로 오게 됐어요."

나는 그가 집에서 어떤 생활을 했을지 상상해 보았다. 어머니는

o 『깜둥이 소년』, 이홍률 옮김, 푸른미디어, 1998, 8쪽.

낮엔 일터에 있었을 것이다. 아버지에게는 뭔가 문제가 있었다. 어쩌면 패트릭은 멍하니 창밖을 내다보거나 티브이 채널을 이리저리 돌리다 거리의 다른 자퇴생들을 바라보며 싸구려 대마초를 피우는, 그런 나른한 종류의 자유에 이미 익숙해져 버렸는지 모른다. 학교의 틀은 분명 그에게 이질적으로 느껴졌을 것이다.

"지난번에 보니까 싸움을 말리고 있던데 무슨 일이었지?" 내가 말했다.

그는 주름이 깊이 파이도록 이마를 찡그리더니 고개를 숙였다. "메이는 제 사촌이에요. 리아나는 이웃이고요. 사촌이 동네 친구랑 싸우는 건 보고 싶지 않아요. 전 애들이 싸우는 게 싫어요. 왜들 그러죠? 다들 대안 학교까지 와서는. 말이 안 되잖아요. 그냥 사는 걸 포기할 셈인가 보죠. 그게 제가 생각할 수 있는 유일한 이유예요."

나는 고개를 끄덕인 후 로댕의 〈생각하는 사람〉 엽서를 건넸다. 엽서 뒤에는 이 조각상을 보면 네가 생각난다는 글귀를 적어 두었다.

그는 손끝으로 모서리를 잡고 주의 깊게 사진을 들여다보았다. "고맙습니다, 선생님."

나는 돌아오는 주말에 계획된 현장학습에 그도 포함시켜 둔 상태였다. 그가 참여할 생각이 있을까?

"네, 선생님." 나는 학부모 승인서를 건넸다.

"감사합니다, 선생님. 감사합니다."

나는 감사는 그만하면 됐다고 말했다.

그리고 그가 분명 8학년을 잘 마칠 수 있을 거라고 했다.

"예, 선생님." 그는 작고 낮은 소리로 말했다.

나는 그를 위해 나도 노력하겠지만 그 역시 조금씩이라도 꾸준히 노력해야 한다고 했다.

"예, 선생님." 그가 다시 말했다. 이번에는 고개를 살짝 돌려 나와 눈을 마주쳤다. 날이 어두워지고 있었고 길에는 가로등이 없었다. 하지만 그의 눈은 작지만 선명한 빛을 내고 있었다. 나는 내 눈도 그런지 궁금했다.

내일 학교에서 보면 좋겠다고 말하며 등교할 생각이 있는지 물었다.

고개를 끄덕이는 특유의 진지한 태도로 보아 그가 학교에 나오겠다는 확신이 들었다.

나는 그가 고등학교를 마치면 졸업식에 참석하겠노라고 말했다. 그러자 그는 싱긋 웃었고, 전에는 보지 못했던 앞니 사이의 틈이 드러났다.

나는 그렇게 약속하는 나 자신의 목소리를 들으며 동요했다. 델타에 머물고 싶어졌다. 그런 사람, 머무는 사람이 되고 싶었다.

내가 일어나 도로 쪽으로 발걸음을 옮기자 그는 놀란 표정을 지었다. 내가 조심성이 없다고 생각하는 것 같았다.

"여긴 안전하지 않아요, 선생님." 그는 집 밖까지 따라 나왔고, 나는 그가 차 있는 곳까지 날 바래다주고 있다는 걸 깨달았다.

라일리 선생님은 스타에서 내가 유일하게 마음을 터놓을 수 있는 동료였다. 그녀는 가스펠송을 불렀고, 성경과 타일러 페리º를 인용했으

○ 뉴올리언스 출신의 흑인 배우이자 영화 제작자. 미국 흑인들이 공감할

며, 점심시간에는 직접 만든 닭고기 만두 수프를 내게 나눠 주거나 가끔은 직접 떠먹여 주기도 했다. 그녀는 내게는 온화했지만 학생들에게는 엄했다. 여학생 두 명이 두루마리 휴지 하나를 찢어 온 화장실에 흩어 놓았을 때 그녀는 남은 휴지를 모조리 압수하면서 줄줄 풀린 휴지를 기다란 띠처럼 뒤에 매달고 선지자처럼 말했다. "나쁜 걸 쳐내느라 좋은 것도 덩달아 희생되느니." 라일리 선생님은 공식적으로는 "보조 교사"였지만, 교원 부족이 심한 델타에서는 보조 교사가 수업을 맡는 일이 흔했다. 그녀는 읽기를 가르쳤다.

어느 오후, 라일리 선생님은 점심을 먹으면서 새 교육감이 발표한 감사 보고서를 보고 있었다. "학교가 바보들 손에 놀아나고 있어요, 쿠오 선생님." 나도 보고서를 들여다보려고 그녀의 어깨 너머로 몸을 기울였다.

헬레나에서 흑인이든 백인이든 공립학교를 두둔하는 사람은 드물었다. 매해가 불명예의 연속이었다. 내가 가르친 첫 해에 헬레나의 성적은 아칸소주 최하위였다. 두 번째 해인 2005년에 아칸소주 교육부는 헬레나 교육청의 권한을 박탈하고 교육감을 직위 해제한 후, 직접 선발한 후임자를 리틀록에서 헬레나로 보내 재정 비리를 조사하도록 했다. 감사 결과 드러난 비위 중에는, 한 해 학교 관리자의 연봉이 교육위원회의 승인 없이 9만 달러에서 12만4997달러로 인상됐다는 의혹도 있었다. 당시 교사의 초봉은 약 2만7000달러였고, 보조 교사는 그 절반도 안 됐다.

"요즘 매든 선생 본 적 있어요?" 나는 물었다.

만한 소재를 다룬 B급 코미디 시리즈 <마디아>로 유명하다.

"일주일 내내 못 봤죠." 라일리 선생님이 말했다.

학교 교장인 매든 선생은 출석률이 가장 저조한 학생들만큼이나 출근이 뜸했다. 그때까지 그녀가 가장 크게 기여한 바는 학교명을 '스타'에서 '호프'로 바꾼 것이었다. 몇 달 후 그녀는 무슨 이유에선지 교명을 다시 스타로 되돌렸고, 10년 후에는 배고픈 아이들에게 식비를 지원하는 연방 급식 사업에서 100만 달러 이상을 횡령한 혐의로 기소되었다. 그러나 내가 있을 당시에는 그저 스타에 재직하면서 가외로 어린이 돌봄 프로그램을 운영하는 27세 여성이었다.

매든 선생은 1년 만에 네 번째 교장으로 우리 학교에 부임했는데, 결국 가장 오래 재직한 교장이 되었다. 첫 번째 부임한 가장 훌륭했던 랭킨은 아동상담학 박사였고, 교장실로 불려 온 학생들과 진솔한 관계를 맺었다. 하지만 내가 도착한 지 몇 달 만에 버스 운영을 감독하는 교통 서비스 부서로 "전근" 조치됐다. 그녀의 후임은 호턴 부교육감이었다. 그의 발령은, 재정 비리에 대한 주 정부 수사에 협조한 데 따른 보복성 인사였다. 그는 소송을 거네 마네 하다가 얼마 뒤 스타를 떠났다. 그의 뒤를 이은 에클슨 역시 몇 개월밖에 가지 않았다. 학생들은 교장이 없는 날을 "자유일"이라 불렀다. 그런 날은 규칙이 느슨해졌고, 아이들은 그 한계를 시험했다. 수업 중에 화장실에 숨어 버리기도 하고, 학교 식당에서 소리를 지르며 싸움을 걸기도 했다. 영리한 아이들은 문제가 심각해지기 직전에 멈췄다. 그리고 애들도 뻔히 알았다. 교사들 역시 책임을 물을 사람이 없을 때 게을러진다는 걸. 우리는 여느 때만큼 열심히 하지 않았고 일찍 퇴근했다.

나와 가깝게 지내던 라일리 선생님은 헬레나 출신으로 흑백 분리 정책 시절에 대해 자주 이야기했다. 백인 아이들을 태운 버스는 걸어서 등교하는 흑인 아이들의 몸에 진흙을 튀기곤 했지만 흑인 아이들은 상관하지 않았다. 그들은 서로를 의지하며 함께 걸었다. 아무도 이웃의 물건을 훔치지 않았고, 문을 걸어 잠글 필요가 없었다. 빨랫줄에 널어 둔 옷을 깜박하고 외출하면 빨래가 날리는 걸 본 이웃이 대신 걷어 집안으로 들여다 줬고 그래도 없어진 물건 하나 없었다. 아이들은 부모를 공경했고 부모는 교육을 존중했다. 라일리 선생님에 따르면 흑백 통합이 많은 걸 망쳐 놓았다. 통합된 백인 학교는 일반적으로 흑인 교사를 반기지 않았기 때문에 흑인 교사만 일자리를 잃고 백인 교사는 일자리를 지켰다. 센트럴 고등학교가 통합되었을 때, 학교 관리자들은 일자리를 얻은 소수의 흑인 교사들이 백인 학생들을 체벌하는게 싫어서 체벌을 대신할 다른 방안들을 내놓기 시작했다. 어쨌거나 백인들은 드소토 학교를 세웠으니, 대체 통합은 무엇을 위한 것이었을까? 헬레나는 분리되었을 때가 더 나았다.

라일리 선생님의 이야기를 이해하고자 하는 과정에서 나는 그것이 지나간 시절에 대한 그리움만은 아니라는 걸 깨달았다. 내가 읽은 자료에 따르면, 1968년에 교육위원회는 통합을 명목으로 델타의 한 흑인 학교를 우선 폐쇄한 뒤 거기서 근무하던 흑인 교사의 재고용을 거부했다. 교사들은 소송을 제기했지만 판사는 소를 기각하며 이렇게 썼다. 이는 학교 시스템이 법의 요구대로 통합을 이행하는 데 수반되는 조정 과정에서 안타깝게도 일부 교사가 "헌법이 요구하는 절차"의 희생자가 되고 만 또 다른 사례다. 이 판사가 통합을 경멸했고 흑인 교사가 당하게 될 불이익에 냉담했음은 어렵지 않게 감지된다.

패트릭이 학교에 나오지 않던 무렵, 나는 절대 실패하지 않는 수업 활동 하나를 발견했다. 그건 <나는>이라는 시였다.

    나는 _____.
    나는 느낀다, _____.
    나는 궁금하다, _____.
    나는 듣는다, _____.
    나는 본다, _____.
    나는 이해한다, _____.
    나는 말한다, _____.
    나는 꿈꾼다, _____.
    나는 노력한다, _____.
    나는 희망한다, _____.
    나는 원한다, _____.
    나는 척한다, _____.
    나는 운다, _____.

얼핏 보면 구조는 단순하다. 쉽게 점수를 딸 수 있는 빈칸 채우기 문제처럼 보인다. 하지만 그건 눈속임이다. 이 시는 억지로라도 자신을 성찰하게 한다. 나는 내 자신에 대해 무엇을 알고 있나? 나는 무엇을 원하고 무엇을 잃었나? 이 시는 거친 학생들에게 자기 내면을 털어놓게 한다. 내가 대놓고 이런 질문을 했다면 그들은 날 비웃었을 것이다.

일단 시를 쓰기 시작하자 거의 모든 학생이 자신들이 잃었거나 잃을까 봐 두려워하는 사람에 대해 이야기하고 싶어 했다. 그리고 나는 학생들의 그런 열망에서 자신들의 트라우마를 진부하게 여기지 않고 자기들의 이야기를 생생한 슬픔으로 받아들여 주는 사람을 접하는 일이 흔치 않았음을 짐작할 수 있었다. 그들의 어휘는 제한적이었지만 심장병과 당뇨만큼은 모두가 아는 단어 같았다. 대개는 조부모가 주 양육자였기 때문에 그들의 죽음은 엄청난 타격이었다. 더 극적인 이야기들도 있었다. 한 학생에 따르면 어떤 목사가 열대여섯밖에 안된 자기 사촌을 임신시켰다. 한 남자는 헤로인에 취해 의붓딸에게 황산을 뿌렸다. 그녀는 한쪽 다리를 잃었다. 어떤 알코올의존자는 총을 만지작거리다가 실수로 조카를 쏴 죽였다.

내가 가르친 아이들 중 가장 모범생이던 영리하고 깡마른 에런은 주저 없이 시 쓰기에 돌입했다. "선생님, 제 조카에 대해 써도 될까요?" 그가 물었다. "두 살인데 벌써부터 비뚤어지고 있어요."

"넌 정말 훌륭한 앤데, 어쩌다 여기 오게 됐지?" 나는 그가 왜 스타에 있는지 의아해 한 적이 있었다.

아마도 대마초가 원인일 거라고 짐작했다.

"싸움 때문이었어요."

"정말? 전혀 안 그래 보이는데."

이 말에 그의 얼굴이 밝아졌다. "밀러가 절 망쳤어요." 그가 말했다. "그 학교에선 싸움에 말려들기 쉬워요."

스타는 문제가 많은 곳이었지만 에런에게는 이곳의 소규모 학급이 잘 맞는 것 같았다. 그에 따르면 스타에서는 "모든 게 보였다." 모든 게 뭐냐고 물으니 그는 이렇게 답했다. "애들이 정말 얼마나 많은 도움이 필요한지가요."

에런은 마치 자신은 그렇게 도움이 필요한 학생들 중 하나가 아니라 조금 떨어진 곳에서 그들을 관찰하고 있다는 듯이 건조한 말투로 이야기했다. 그리고 나는 소규모 학급의 장점이 흔히들 말하는 명백한 이유, 즉 큰 교실은 문제 학생을 도외시하고 악화시키고 퇴출한다는 사실에만 있지 않다는 걸 깨달았다. 성공과 실패의 경계를 오갔던 에런 같은 학생에게 작은 교실은 자기와 처지가 비슷한 아이들을 평가할 수 있는 돋보기를 제공해 주었다. 그들은 무엇을 원하고, 무엇에 화가 나고, 어쩌다 자제력을 잃고, 어떤 도움을 받거나 받지 않기로 하는가? 자신의 거울상이기도 한 그들을 보면서 에런은 스스로가 달라지기를 원한다는 걸 깨달을 수 있었다.

나는 스타에서 에런이 싸우는 걸 단 한 번도 보지 못했다. 그는 모든 면에서 이상적인 학생이었다. 총명하고 호기심이 많았으며 출석률도 완벽했다. 그의 집에서 출결은 "선택이 아니"라고 했다. 감기에 걸렸을 때도 그는 학교에 나왔다. 어머니와 할머니는 모두 고등학교를 나왔고 에런도 그러기를 기대했다. 나중에 알게 된 사실이지만, 스타에서 꾸준한 출석은 학생들의 성공을 예측할 수 있는 가장 기본적인 지표 중 하나였다.

그의 <나는> 시는 다음과 같았다. 나는 듣는다, 주변 모든 사람이 욕하는 것을. 그래서 나도 욕한다. / 나는 본다, 이모들과 삼촌들이 항상 싸우는 것을. 그래서 나도 본 대로 한다. / 나는 운다, 욕을 달고 산다고 매를 맞을 때면. / 나는 노력한다, 착해지려고. 하지만 언제나 문제를 일으킨다. / 나는 희망한다, 언젠가는 내 딱딱한 껍질을 깨고 나와 새로운 사람이 되기를.

에런 옆 자리에 앉은 타미르는 겁먹은 표정이었다. 베낄 수 있는 과제도 아니건만, 그는 에런의 시를 뚫어져라 쳐다보았다. 나는 그에게 다가갔다. 종이 위에는 그의 이름 말고는 아무것도 적혀 있지 않았다. 그가 쓴 글씨는 너무 작아 거의 알아볼 수가 없었다. 그것이 지적받는 걸 피하기 위해 흔히 쓰는 수법이라는 건 나도 알고 있었다.

그는 다른 아이들이 들을까 봐 낮은 목소리로 말했다. "뭘 써야 할지 모르겠어요."

"아닐 걸." 나는 책상 옆에 무릎을 꿇고 앉았다. 이건 교사 일에서 내가 가장 좋아하는 부분이었다. 은근한 설득, 천천히 단어를 끌어내는 것, 종이 위로 마음을 옮기게 하는 것.

"여긴 어때?" 나는 이렇게 말하며 나는 본다 행을 가리켰다.

"선생님." 그가 말했다. "제가 보는 것들은 얘기할 거리가 못 돼요."

나는 침묵했다. 우리는 서로를 바라보았다. 그의 눈은 진지하게 반짝였다. 그는 쓰고 싶어 하고 있었다. 그는 나로선 결코 알 수 없는 많은 일을 겪었을 것이다. 할 수만 있다면 그에게 말하고 싶었다. 그래, 난 널 잘 몰라. 하지만 네가 정말 잘되면 좋겠어. 진심으로.

"분명 네 삶에서 너한테 소중한 누군가가 있을 텐데." 나는 말했다.

타미르가 눈을 깜빡였다. 누군가가 있었다. 그는 말을 꺼낼지 말지 생각하며 머뭇거렸다. "이모요." 마침내 그가 말했다. "근데 돌아가셨어요." 그는 이제 죽은 사람도 보이는 대상에 들어가는지 묻는 표정으로 나를 바라보았다.

"그래도 넌 여전히 이모를 볼 수 있을 거야."

타미르는 그 생각에 얼굴이 환해졌다.

"천국은 철자가 어떻게 돼요?" 나는 철자를 알려 주었다.

그는 이렇게 썼다. 나는 본다, 이모가 할아버지랑 같이 천국에서 행복한 모습을.

"여긴 어떻게 하면 돼요, 선생님?" 그는 나는 궁금하다 행을 가리켰다.

나는 말했다. "정답은 없어. 그냥 진짜 네 느낌을 적으면 돼. 네가 잠들면서 생각하는 그런 것들 말이야." 그런 다음 나는 일어서서 다른 아이들이 들을 수 있게 큰 소리로 말했다. "넌 할 수 있어." 그는 고개를 끄덕였다.

그는 이렇게 썼다. 나는 아침 해처럼 빨갛다. / 나는 듣는다, 내가 자려고 할 때 개가 짖는 소리를. / 나는 척한다, 아무것도 느끼지 않는 것처럼. / 나는 궁금하다, 내가 열여덟 살까지 살 수 있을지.

타미르는 마지막 행을 완성한 다음 시 전체를 나지막이 읊조렸다. 그리고 내 컴퓨터에서 자기 시를 타이핑해도 되는지 물었다.

밀러에서 갓 전학 온 8학년생 마일스도 시 쓰기를 꺼려 했다. 그는 스타에 도착할 때부터 유명했다. 밀러에서 가르치던 내 친구 비비언의 전언에 따르면, 마일스가 떠날 때 그곳 교사 몇몇은 파티라도 열고 싶은 심정이었다고 한다. 하지만 언뜻 보면 그는 괜찮은 애 같았다. 옷차림도 단정했다. 셔츠는 항상 넣어 입었고 바지도 내려 입지 않았다.

"중국 여자는 저리 꺼지시지." 그는 내가 가까이 다가가자 이렇게 말했다. 그러고는 칭 총 하며 조롱하는 소리를 냈고, 내가 어떻게 반응하나 살피려고 빤히 쳐다보았다.

나는 마치 그가 자기 자신에게 상처를 입힌 것처럼 희미한 슬픔을 가장하며 안됐다는 표정을 지어 보였다. 그리고 말했다. "이번 시간이 끝나면" — 나는 그러면서 천천히 차분하게 시계를 가리켰다 — "내 조상의 유산을 모욕한 데 대해 사과하도록 해. 그럼 기분이 아주 좋아질 거야."

학생들은 뒤에서 킬킬거렸다. "쿠오 선생님이 제대로 한 방 먹였어."

그즈음 나는 아시아계를 놀리는 소리에 익숙해져 있었다. 처음 학생에게 그런 소리를 들었을 때는 위에서 경련이 일었다. 나는 할아버지가 생각났다. 내가 2학년 때 할아버지는 매일 아침, 얼얼하게 추운 겨울날에도, 학교까지 나를 바래다주셨다. 할아버지는 이중의 이민자였다. 중국에서 태어난 그는 1949년 난민으로 타이완에 정착했고, 미국으로 건너온 건 불과 얼마 전이었다. 어느 날 우리 반 애들이 할아버지를 향해 그 멍청하고 기괴한 소리를 냈다. 나는 할아버지한테 이제 그만 바래다줘도 된다고 애원했다. 결국 우리는 타협점을 찾았고, 할아버지는 내 뒤로 좀 떨어져서 걷기로 했다.

이제 내게는 그 기억을 덮을 만큼 충분한 경험이 쌓여 있었다. 내가 화를 내지 않자 마일스도 한풀 꺾인 것 같았다.

"혹시 우리 형 알아요?" 그가 물었다. "스타에 다녔는데."

"형이 누구지?"

"브랜던 클라크요."

가슴이 철렁 내려앉았다. 브랜던은 내가 처음 가르친 학생 중 하나였다. 꽃집을 털다가 죽은 바로 그 애였다. 새해 첫날, 그는 역시 내가 가르쳤던 조용한 학생 윌리엄과 또 다른 친구 셋이서 가게로 들어갔다. 아마도 주동자였을 세 번째 친구가 가게 주인인 노부부에게 비비탄총을 겨누었다. 하지만 남편은 진짜 총을 가지고 있었고, 5발 클립을 비웠다. 아이들은 허둥지둥 도망쳤다. 브랜던이 막 문에 다다랐을 때, 한 발이 그의 뒤통수를 맞혔다. 쥐고 있던 돈주머니가 공중에 흩어졌다. 훔친 돈은 다 해서 103달러였다.

그가 죽고 며칠 뒤, 나는 수업 시간에 브랜던과 그의 죽음에 관해 학생들이 느낀 바를 글로 써보도록 했다. 그런데 그걸 어찌 알았는지 재스퍼 선생님이 ─ 그녀는 얼마 전 중증 학습 장애가 있는 열여섯 살 학생을 체벌했던 보조 교사였다 ─ 교실로 들이닥쳤다.

"모든 일에는 결과가 따르는 법이에요, 쿠오 선생님." 그녀가 소리쳤다. "선생님은 지금 학생들에게 브랜던이 한 일이 괜찮다고 말하고 있어요. 애가 강도질을 하다가 총에 맞았는데, 그걸 두고 시 따위를 쓰게 하다니요."

나는 멍해졌다. 학생들은 쓰기를 멈췄다. 그녀가 옳은 걸까? 글쓰기는 어리석은 짓일까? 그건 브랜던의 범죄를 옹호하는 행위에 불과한 걸까? 나는 확신이 서지 않았다. 재스퍼 선생님은 라일리 선생님과 같은 세대였다. 지난 30년간 실추된 도덕적 위상에도 불구하고, 그녀는 여전히 흑인 공동체의 활력을 믿었다. 그녀가 보기에, 브랜던에 대해 쓰는 것은 브랜던을 애도하는 것이었고, 브랜던을 애도하는 것은 그의 결백을 주장하는 것이었다. 나는 학생들에게 글을 쓰게 함으로써 수치심 외에 다른 감정을 승인하고 그럼으로써 브랜던의 강도짓을 승인한 셈이었다. 그녀는 수치심이 존엄의 원천이라고 믿었다.

브랜던을 죽인 꽃집 주인은 체포되지 않았다. 그는 정당방위를 주장했다. 나중에 워싱턴 행진에서 흑인과 백인이 함께한 모습을 담은 내 포스터가 가짜라고 의심했던 학생이 바로 마일스였다.

"브랜던은 좋은 애였어." 수업 종료를 알리는 종이 울릴 때 나는 마일스에게 말했다.

그는 거짓말인지 확인하려고 내 얼굴을 뜯어보았다.

패트릭은 나의 가정방문 이후 약속대로 곧 학교에 나타났다. 그리고 그 후부터는 하루도 등교를 거르지 않았다. 그는 예의 그 멍한 모습으로 책을 손에 들고서 마치 엉겁결에 실수로 학교까지 오게 된 사람처럼 버스에서 내리곤 했지만, 일단 출석한 이상 잘 지냈다. 패트릭이 누군가의 괴롭힘에 분을 참지 못한 나머지 교장실에서 나무 몽둥이로 체벌을 당할 염려는 전혀 할 필요가 없었다.

나는 학생들이 자기가 쓴 글을 자랑스러워하도록 <나는> 시를 벽에 붙여 놓게 했다. 그리고 놀라운 사실을 발견했다. 그들은 서로의 글을 읽고 싶어 했다. 어떤 학생들은 — 본래는 수업 시간에 내가 다 함께 무언가를 읽게 할라 치면 책상에 엎드려 버리거나 열심히 하는 다른 아이의 머리까지 툭 쳐서 (그들 말대로) "착한 짓"을 못 하게 하곤 하던 아이들인데 — 이제 다른 학생의 시 앞에 서서 한마디 말도 없이 검지로 한 줄 한 줄 짚어 가며 주의 깊게 글을 읽어 내려갔다.

"이거 좋네요." 다 읽고 나면 그들은 이렇게 말하곤 했다. 그리고 종종 똑같은 이유를 들었다. "이건 진짜거든요." 다른 아이들과 마찬가지로 패트릭도 모든 학생의 글을 읽었다.

며칠 동안 애들의 이런 행동을 지켜보던 나는 돌연 그간 내가 뭘 잘못하고 있었는지 깨달았다. 나는 읽기가 왜 좋은지 납득시키지 못했다. 책이 얼마나 개인적이고 절실할 수 있는지를, 그것이 <나는> 시와 같은 것임을 명확하게 보여 주지 못한 것이다. 『태양 속의 건포도』를 제외하면, 학생들은 그때까지 내가 고른 그 어떤 책에도 공감하지 못했다. 그래서 나는 새로운 방향을 시도해 보았다.

"너희들 모두 '척한다'는 말을 하지." 내가 말했다. "그 말을 어떨 때 쓰지?"

"누가 잘난 체할 때요."

"가짜 같을 때요."

"누가 말로는 뭐라 하는데 행동은 그렇지 않을 때요."

"누가 관심 끌려고 허튼짓할 때요."

나는 칠판에 썼다. 사람들은 내가 _____하다고 생각하지만 사실 나는 _____하다. 그리고 학생들에게 빈칸을 채우라고 했다. 그들은 이렇게 썼다.

사람들은 내가 무심하다고 생각하지만, 사실 나는 엄마를 사랑하고 엄
　마가 나를 자랑스러워하게 해주고 싶다.

사람들은 내가 배우기 싫어한다고 생각하지만, 나는 교육을 받고 싶다.

사람들은 내가 멍청하다고 생각하지만, 사실 나는 똑똑하다.

사람들은 내가 못됐다고 생각하지만, 나는 그렇지 않다.

패트릭은 이렇게 썼다. 사람들은 내가 아무래도 상관없어 한다고 생각하지만, 나는 그렇지 않다.

"우린 모두 어떤 척을 하지." 내가 말했다. "내가 책 읽기를 좋아하는 이유가 뭔지 알아? 책은 척하지 않기 때문이야."

효과가 있었다 — 그들은 듣고 있었다.

"책에서 우린 사람들의 생각을 들을 수 있어. 말도 안 되는 행동을 하는 사람이라 해도 어떤 마음인지 이해할 수 있어. 그 내면에서 무슨 일이 일어나는지를 이해하게 되지."

우리는 사람의 겉모습만을 본다는 게 뭘 의미하는지 이야기했다.

나는 물었다. "왜 사람들은 자기 내면을 감추는 걸까?" 아이들의 대답은 가슴 아플 정도로 통찰력 있었고, 가장 흔한 대답은 이런 이야기의 변주였다. "자기가 원하는 걸 솔직하게 말하면 그걸 얻지 못할까 봐 겁이 나서요."

또한 나는 학생들이 책 속의 인물과 이야기를 자기 것으로 느껴야 한다는 걸 깨달았다. 나는 십 대를 위한 작품을 쓰는 흑인 작가들을 조사했다. 월터 딘 마이어스, 샤론 플레이크, 샤론 드레이퍼, 시스터 술자, 니키 그라임스, 재클린 우드슨. 나는 이들이 쓴 책을 주문해 읽었다. 학생들에게 어떤 이야기가 필요한지는 나보다 이 작가들이 더 잘 아는 것 같았다. 주인공은 그들과 비슷하게 생기고, 그들처럼 말하고, 그들과 같은 문제를 겪었다. 샤론 드레이퍼가 쓴 『호랑이의 눈물』에서 십 대 앤디는 가장 친한 친구의 죽음을 자기 탓으로 돌린다. 니키 그라임스가 쓴 『재즈민의 노트』에서 열네 살 재즈민은 어머니의 보호자다. 샤론 플레이크의 『변화를 간청하며』에서 라즈베리는 소원히 지내던 아버지를 다시 받아들일지 말지 고민한다. 나는 새내기 교사를 위한 주 정부 지원금 800달러를 수업을 위해 쓸 수 있었는데, 그 전부를 이 책들에 할애했다.

"쿠오 선생님, 뭘 그렇게 애를 쓰세요? 걔들 어차피 안 읽을 거 아시잖아요." 내가 책이 든 상자를 낑낑대며 교실로 나르는 걸 보고 도드 코치가 창가에서 소리쳤다. 그는 얼마 전에 고용된 "지도상담사"로 고등학교 미식축구팀 부코치를 하다 교직원 자리를 얻기 위해 스타로 온 사람이었다. 누군가 안부를 물으면 그의 대답은 한결같았다. "그날이 그날이죠, 뭐."

나는 마치 중매인처럼 학생들과 그들이 좋아할 만한 책을 짝지어 주려 했다. 수요는 점점 늘어났다. 어느 책이 좋은지에 대한 소문은 빠르게 돌았고 책꽂이는 텅 비었다. 나는 곧 그 책들이 아이들의 가슴팍에 안겨 이 교실에서 저 교실로 옮겨 다니는 걸 볼 수 있었다. 학생들은 부적처럼 그 책들을 아꼈다. 새내기 독서가들의 탐독이 이어지면서 책 표지 안쪽에는 점차 영역을 표시하는 그라피티들이 생겨났다—이 책 괜찮음, JG. "JG가 누구지?" 아이들은 궁금해 했고, 누군지 알고 나서는 깜짝 놀라곤 했다.

"재스민이 그 책을 좋아했어." 나는 기분 좋게 답하곤 했다.

아이들에게 읽히며 손때가 묻은 책들은 기품을 더해 가고 있었다.

학생들은 책을 읽을 때 자기가 어떻게 보이는지 알까? 나는 궁금했다. 집중하고 몰입한 진지한 모습. 나는 그들의 사진을 찍었다. 카메라 폰이 일상화되기 전이었기 때문에 아이들은 설레는 마음으로 필름이 현상되기를 기다렸다. 내가 수업에 사진을 가져오자 그들은 예상치 못한 자신의 초상에서 눈을 떼지 못했다.

나는 그 사진들로 교실 벽을 장식했고, 그것들은 마치 수호 정령처럼 우리를 격려하는 듯했다. 우리는 벽에 격자무늬 종이를 붙여 놓고 네모 칸을 색칠해 읽은 쪽수를 표시해 가면서 책을 완독해 나갔다. 조용히 읽는 묵독은 내 수업의 관례가 되었다. 내가 깨닫게 된 묵독의 장점 중 하나는, 아이들에게서 전혀 예상 밖의 모습을 발견할 수 있다는 것이었다. 한 사람이 품은 고요함에 대한 열망은, 남들이 짐작할 수 있는 게 아니었다. 얼마 전 싸움 때문에 유치장에 다녀온 케일라는 가장 엄격한 묵독 집행관이었다. 누군가의 속삭임으로 고요가 깨질 때면 케일라는 몸을 꼿꼿이 하고 날카로운 눈길을 쏘아붙였다. 패트릭이 싸움을 말리려 했던 두 여학생, 리아나와 메이는 이웃한 빈백에 몸을 말고 앉았다 — 묵독은 일종의 휴전 같았다.

> <

나는 매일 아침 5시에 일어났다. 수업을 준비하고 퀴즈를 채점한 다음 6시 반에 차를 몰고 학교로 가서 관리인이 문을 열어 줄 때까지 주차장에서 기다렸다. 식습관은 불규칙해졌다. 학교에서는 전혀 먹지 않았고 집에서는 항상 먹었다. 엄청나게 살이 쪘다가 또 엄청나게 빠졌다. 나는 머릿속으로 무슨 실수를 했고, 무엇을 잘했는지 끊임없이 되뇌었다. 어떤 때는 나도 모르게 학생들에게 말을 걸고 있었다. "더 잘할 수 있잖아"라고 큰소리로 혼잣말을 하거나 "이건 참 잘 썼네" 같은 말을 허공에 대고 중얼거리곤 했다.

내 수첩은 이상했다. 그 안에 빼곡히 적힌 자기 권고와 다짐들은 종종 서로 상충했다. 친절하자. 못되게 구는 걸 두려워 말자. 어떤 글귀는 사이비 종교 집단에 들어간 사람이 쓴 것 같았다. 변화는 매일 일어나고 있다. 영적인 수고는 결코 헛되지 않다. 도스토예프스키[『카라마조프가의 형제들』]에서 따온 글귀는 딱 나에게 하는 말 같았다. 쉼 없이 일하라. 밤에 잠자리에 들 때 "해야 할 일을 하지 못했다"는 생각이 들면 당장 일어나 그 일을 행하라. 멤피스 방문은 전보다 덜했지만, 그곳 서점을 찾을 때는 자기계발서 서가에서 『긍정 마인드 유지법』, 『일주일 혁명: 인생의 잡동사니에 둘러싸인 직장인을 위한 생활 개조 프로젝트』 같은 책을 들여다봤다. 두 번째 책을 샀지만, 결국 지저분한 집 안에 무더기로 쌓여 가던 과제물이며 책, 옷가지들 속에서 실종되고 말았다. 난 청소할 시간도 생각도 없었다. 부엌에 파리가 생기면 네모난 파리잡이 끈끈이를 매달아 놓는 게 전부였다. 나중에는 끈끈이에 붙은 파리 사체가 쌓이다 못해 조리대 위로 떨어지기도 했다.

"톰슨 선생님," 내가 말했다.

역사 과목 상근 대체 교사인 톰슨은 돌아보지 않았다. 그는 '지뢰 찾기' 게임을 하고 있었다. 역사 교사가 그만둔 지 거의 1년이 지났지만 학교는 여전히 후임을 찾지 못하고 있었다.

수업이 없을 때면 나는 종종 전 시간에 결석했던 학생들을 찾아 나서곤 했다. 얼핏 보니 패트릭과 마일스가 컴퓨터 앞에 앉아 방한용 귀마개 같은 커다란 헤드폰을 쓰고 뮤직비디오를 보고 있었다.

"마일스랑 패트릭 잠시 데려가도 될까요? 놓친 진도 좀 보충해 주려고요."

톰슨은 화면을 향해 얼굴을 찡그리고 숫자가 매겨진 사각형에 눈을 고정한 채 꼼짝도 하지 않았다. 마우스 위의 검지만이 그가 살아 있다는 신호를 보내고 있었다. "쿠오 선생님," 그가 움직임 없이 말했다. "저한테 허락 맡을 필요 없다는 거 아시잖아요. 얼마든지 데려가세요."

마일스와 패트릭은 내 교실로 따라 들어와 나란히 놓인 두 책상에 앉았다. 나는 두 사람과 마주 보도록 책상을 돌려 앉았다.

난 둘에게 각자의 글쓰기 폴더를 건넸다. 마일스는 쉬는 시간을 빼앗겨 화가 났는지 폴더를 쳐서 책상에서 떨어뜨리며 이렇게 빈정거렸다.

"나한테 성깔 있다고 하지 마세요. 난 성깔도 뭣도 없고, 그리고 아무도 없어요."

책상에 웅크리고 있던 패트릭이 고개를 들었다. "그게 아무한테

나 무례하게 굴 이유가 되진 않아."

마일스는 머쓱해졌다. 그는 패트릭을 높이 평가했다. 패트릭은 외모가 어떻건, 가족이 어떤 사람이건, 읽는 게 얼마나 서투르건 절대로 누굴 놀리거나 괴롭히지 않았다.

다른 아이들도 패트릭을 높이 샀다. "패트릭은 시비 걸지 않아요." 누군가가 말했다. 사실이었다. 그는 주로 혼자 지냈다. 둘 다 열여섯 살이었지만, 그는 마일스보다 훨씬 나이가 많아 보였다.

"우린 다 각자의 문제가 있어." 패트릭이 말했다. "우리 삼촌은 코카인 때문에 이모할머니를 죽였어. 어이없게도 약에 취해서. 그게 어떤 느낌일 거 같아? 하지만 봐, 여기 사람들은 그저 널 도와주려는 거야. 쿠오 선생님 같은 분은 쉽게 만나지지 않아." 둘은 책상에 앉은 자그마한 나를 쳐다보았다. "선생님은 해를 끼치려는 게 아냐, 도우려는 거지. 넌 지금 그 도움을 받아야 해, 사람들이 널 포기하기 전에."

마일스는 눈을 깜박였다.

패트릭은 말을 이어 갔다. "사람들은 몇 년 안에 널 포기할 거야. 내 말 믿어, 난 알아."

마일스가 고개를 떨궜다. 아무도 입을 열지 않았다.

패트릭은 창문을 바라보았다. 유리창에 붙여 놓은 어휘 목록들 사이로 햇살이 비쳐 들었다. 의기양양한, 부지런한, 엄숙한 같은 단어들에는 마커로 표시가 돼 있었다. 그는 다시 한 번 포기라는 표현을 썼다. 전에 그의 집 포치에 앉아 이야기를 나눌 때 애들 싸움을 두고 그가 그런 식으로 말한 적이 있었다. "그냥 사는 걸 포기할 셈인가 보죠." 열여섯 살짜리가 그 느낌을 어떻게 그리 잘 아는 걸까?

하지만 지금 패트릭은 괜찮아 보였고, 나는 마일스와 둘만의 시간이 필요했다. 나는 패트릭에게 고개를 끄덕이며 빈백 쪽을 가리켰다. 그건 묵독을 의미했다. 그도 내게 고개를 끄덕여 보이고는 책을 고르러 책꽂이로 다가갔다. 나는 그가 책등을 하나하나 만지며 고심하는 모습을 보았다.

"마일스." 내가 말했다. 그는 팔짱을 끼고 있었다. "네가 글 쓸 준비가 되면, 그냥 준비됐어요, 선생님 하고 말해. 난 여기 있을 테니까." 마일스는 종이 위로 고개를 숙이고 간단한 유도 어구 옆의 빈칸을 응시했다. 나는 _____ / 나는 느낀다, _____ 어쩌면 타미르처럼 그도 이 문장들을 어떻게 완성해야 할지 정말 모르는 건지도 몰랐다. 나는 위험을 감수하고 그의 형 이야기를 꺼냈다.

"브랜던이 보고 싶니?"

그는 고개를 끄덕인 다음 시선을 돌렸다. "엄마랑 눈을 못 마주치겠어요. 엄마가 형을 생각하는 걸 아니까요. 형이 한 짓들을 생각하고, 나도 결국 형처럼 되진 않을까 걱정하니까요."

"넌 네가 … 너도 그렇게 될 거라 생각해?"

"미래는 알 수 없어요." 그가 짧게 말했다. "오직 하나님만 알죠."

마일스는 말을 삼켰다. 너무 많은 이야기를 했다 싶은지, 이제 그는 고집스레 입을 다물었다. 우리는 서로 상대가 말을 꺼내 주기를 기다렸다. 내가 먼저 입을 열었다.

"나한테 한 가지 생각이 있는데 말이야. <나는> 시를 네 형을 위해 써보면 어떨까?"

"어떻게요?" 그가 자기도 모르게 물었다.

"넌 브랜던이 지금 어디 있다고 생각해?"

"천국에요." 그는 망설이지 않았다.

"거기서 뭘 하지?"

"즐겁게 지내요."

"그것 봐. 네 첫 행이 나왔어."

이 말에 그는 미소를 지었다. 하지만 그 미소는 첫 번째 빈칸을 보자마자 사라졌다. 그는 뭘 해야 할지 몰라 얼굴을 찡그렸다.

나는 말했다. "이건 어떨까. 나는 브랜던 클라크고, 천국에서 즐겁게 지내고 있다. 잊어버리기 전에 얼른 적어 둬."

그가 적었다.

"이제 어떻게 해요?" 다음 행은 나는 느낀다, 였다.

"글쎄, 네 생각엔 브랜던이 지금 거기서 뭘 느낄 거 같아?"

그리고 우리는 남은 시간 동안 이런 식으로 한 행 한 행을 완성했다.

마일스에게 신경을 쓰느라 나는 패트릭에게 이야기하는 걸 깜박했다. 패트릭은 그런 식이었다 — 그는 사람들의 관심을 요구하지 않았다. 나는 그가 어떤 책을 골랐는지 궁금했다. 그걸 알면 내가 놓친 걸 만회할 수 있을 듯했다.

점심 먹으러 가는 길에 나는 그가 『오즈의 마법사』를 들고 가는 걸 보았다.

그날 저녁 부모님한테서 전화가 왔다. "로스쿨에서는 소식 없니?" 그것이 그들의 안부 인사였다. 지원 사실을 거의 잊고 지내던 나는 다시 상기하게 된 것이 못마땅했다.

"오늘 하루 어떻게 지냈는지는 궁금하지도 않으세요?" 내가 말했다.

"어떻게 지냈는데?"

> <

마일스는 그 후 며칠 동안 수시로 내 교실에 들렀다. 점심시간이나 아침 시간 혹은 교사들이 학생들에게 잠을 자거나 컴퓨터를 하도록 허락하는 "자유 시간"도 가리지 않았다. 내 수업 시간에 그가 그렇게 열심인 적은 없었다. 그는 다듬고 또 다듬었다. "이 철자 맞나요, 선생님?" 그가 물었다. "이거 괜찮은 거 같아요?"

객관적으로 봤을 때 그 시는 감상적이었다. 쓰인 언어도 단순했다. 완성하는 데 그리 오래 걸릴 게 못 됐다. 그는 천국, 꿋꿋하다, 닦다 같은 단어의 철자를 진즉에 알았어야 했고, 쉼표가 뭔지도 알았어야 했다. 그렇지만 그가 어디서 시작했는지 — 쓰기에 대한 불신, 형을 잃은 깊은 슬픔, 공격적인 감정 표출 — 를 생각할 때 그 시는 대단한 성취였다.

나는 듣는다, 엄마가 매일 밤 나를 그리워하며 기도하는 소리를
나는 원한다, 나한테 일어난 일이 내 동생에게는 일어나지 않기를
나는 말한다, 엄마, 당당하고 꿋꿋하게 지내세요, 난 천국에서 잘 보살펴 주니까요
나는 걱정하지 않는다, 예수님이 내 뒤를 봐주시니까
나는 운다, 그러면 예수님이 다가와 눈물을 닦아 주신다
나는 노력한다, 천국의 NBA에서 성공하려고
나는 희망한다, 모두가 내 걱정은 말기를
나는 천국에서 즐거운 브랜던이다.

나는 킨코스 멤피스점까지 차를 몰고 가서 이 시를 확대해 교실 앞에 걸었다―91×112센티미터 크기였으니, 교실에 있는 맬컴 엑스와 제임스 볼드윈의 포스터만큼 컸다. 그 옆에는 마일스의 미소 짓는 얼굴이 담긴 20×25센티미터 크기의 사진을 붙였다. 그러고 몇 주 동안 매일 아침 수업이 시작하기도 전에 마일스는 내 교실에 들러 자기 사진과 시가 여전히 벽에 붙어 있는지 확인했다. "선생님 제가 쓴 저 시 좋아하시죠?"

정말 그랬다. "그럼."

그의 어머니는 나중에 그 시를 브랜던의 묘비에 갖다 두었다고 내게 말해 주었다.

> <

"우린 계속 시를 쓸 거야." 나는 학생들에게 말했다.

"이건 진짜 공부가 아니에요, 선생님." 지나가 말했다. 지나는 총명하고 활달한 여학생이었는데, 밀러에서 몸무게 때문에 놀림을 받아 싸움을 벌인 적이 있었다.

우리의 글쓰기 활동에 대해 그런 말을 한 아이가 지나가 처음은 아니었다. 다른 아이들처럼 그녀도 문법 연습이 "진짜 공부"라고 생각했다. 아마도 그게 지루했기 때문이었으리라. 나는 그녀의 말에 개의치 않고 미소를 지었다. 그런 다음 아이들에게 희망의 은유를 생각해 보자고 말했다. 우리는 브레인스토밍을 했다. 촛불과 창, 빛줄기와 놀이터, 위로 뻗은 나무와 개가 파놓은 구멍 같은 것들이 나왔다.

패트릭은 글을 쓰기 시작했다. 그는 얼굴이 종이에 거의 닿을 만큼 잔뜩 웅크렸다. 왼손잡이였기 때문에 손이 종이를 가로지르면서 잉크가 손날에 묻어났다. 나는 어깨 너머로 그의 글을 들여다보았다. 하지만 그는 너무나 몰입해 있었기 때문에 내가 옆에 있는 것도 알아채지 못했다. 줄을 그어 지운 단어가 종이에 한가득이었다. 그는 마음을 지우고 텅 빈 마음을 적었다. 단어 하나하나가 난관이었다. 어떤 것은 그의 느낌을 제대로 표현하지 못했고, 어떤 것은 적절해 보이지 않았고, 어떤 것은 철자가 바르지 않았다. 그는 만족스럽지 못한 모든 단어를 자신의 실패로 여겼다 — 그는 작가처럼 글을 썼다.

"선생님, 가뭄은 철자가 어떻게 돼요?" 그가 말했다. "아니에요." 그는 자리에서 일어나 사전을 가지러 갔다.

마침내 그는 내게 결과물을 가져왔다.

팻은 개다
텅 빈 마음을 가진
거리의 동물.
목걸이를 건 채 마당 안
울타리 뒤로 숨어들고,
훈련시키거나 먹이 줄 주인 없이
언제나 스스로 살길을 찾는다.
밑바닥 존재로 여겨져,
개들끼리가 아니면
어디서도 신뢰받지 못한다.
가치는 가격으로만 매겨진다.
가뭄 때문에
목이 말라,

반쯤 죽어 있다.

나는 할 말을 잃었다. 그의 첫 번째 시도인 이 글은, 근원적인 의미에서 진짜 시였다. 마지막으로 패트릭은 제목을 적어 넣었다. <동네 짐승>. 그가 목을 펴자 딱 소리가 크게 났고, 나는 글을 쓰는 일이 얼마나 고될 수 있는지 깨달았다. 그것은 물리적인 변화를 일으킨다. 글 쓰는 사람은 숨쉬기를 잊고, 손이 아프고, 어깨가 결린다. 글쓰기에는 정서적인 도전 역시 동반된다. 글을 쓰기로 결심한 사람은 많은 위험을 감수한다. 가면을 벗어 던지고 그는 이렇게 말하는 것이나 다름없다. 바보 같아 보일지 몰라도 내 느낌은 이래 혹은 시간 낭비라 말할지 몰라도 내가 이해한 바는 이래, 라고. 글을 쓰면서 그가 얼마나 집중했는지, 그의 내면에 어떤 새로운 공간이 생겨났는지는 오직 그 자신만이 알 수 있다. 글쓰기의 핵심은 결코 타인과의 교감이 아니다. 하지만 교감에 실패할 경우 그 공간은 조금 줄어든다. 교실이라는 환경은 모든 걸 더 위험하게 만들었다. 철자를 틀리면 어떡하지? 철자도 모르면서 그 단어를 쓸 자격이 있는 걸까? 선생님이 도와주는 걸 누군가 보고서 직접 쓴 글이 아니라고 주장하면 어쩌지? 알랑대거나 물러 빠진 사람으로 보인다면? 자기 자신이 아닌 다른 사람인 척하는 거로 보인다면? 만약 너무 늦은 거라면? 학교에서 뭔가를 잘해 본 적이 한 번도 없다는 걸 모두가 알게 된다면? 이런 위험을 감수할 자유, 정신의 집중, 내재적인 욕구. 이것들은 글쓰기, 아니 모든 유의미한 활동의 조건이었다.

나는 수업 시간에 자유 작문을 과제로 내주기 시작했다. 자유 작문은 점수를 매기지 않는다. 교정도 하지 않는다. 학생들은 원하는 건 무엇이든 어떤 식으로든 쓸 수 있다. 나는 그들의 실수를 찾지도 않고, 그들의 어깨 너머로 기웃거리며 책상 사이를 돌아다니지도 않는다. 학생들은 원한다면 쓴 글을 제출하지 않아도 된다. 만약 그 글을 누군 가 읽어 주기 바란다면 나는 뿌듯한 마음으로 그렇게 하겠지만 평가 는 하지 않는다.

내가 이렇게 설명했을 때 그들의 얼굴에 떠오른, 그 믿기지 않는 다는 표정을 어떻게 묘사해야 할까? 드마커스는 말했다. "그럼 전 그 냥 아무것도 안 쓸래요." 커샌드라는 말했다. "선생님은 우리한테 뭔 가 가르쳐 줘야 하는 거 아니에요?" 그래도 모두 글을 썼다. 그리고 그 이상한 고요 속에서 — 무겁고 깊은 숨소리, 연필이 종이를 긁는 불규 칙적인 리듬, 말소리의 놀라운 부재 속에서 — 나는 그들의 어떤 열망 을 분명히 느낄 수 있었다.

어떤 학생들은 그 활동에 아무런 의심도 갖지 않았다. 패트릭은 곧장 고개를 푹 숙이고 글을 쓰기 시작했다. 종이를 가로지르는 그의 왼손에 잉크가 묻어났다. 이따금씩 그는 쓰던 글을 구겨 주머니에 쑤 셔 넣었다.

거칠고 눈이 부리부리한 케일라는 주먹이 세기로 악명 높았고, 싸움 때문에 스타로 오게 된 학생이었다. 그녀는 내게 자기가 왜 싸우 는지 모르겠다고 했다. 어쩌면 그저 자기가 잘하는 걸 하고 싶은 건지 도 모르겠다고, 그녀는 짐작했다. 그 무렵 그녀는 내가 하는 모든 말을 빠짐없이 잘 따랐다. 불과 3주 만에 그녀는 샤론 플레이크가 쓴 책 네 권을 모두 독파했다. <나는> 시에서 케일라는 자기 엄마가 돼 보았다. 아이 다섯을 둔 케일라의 어머니는 낮에는 유치원, 밤에는 카지노에 서 일했다. 또 다른 과제물에서 그녀는 이렇게 썼다. 인생에서 뭔가를 이루고 싶긴 한데 뭔가가 내 발목을 잡는 느낌이다. 근데 그게 뭔지 도통 알수가 없다.

자유 작문 시간에 그녀는 자신에게 편지를 썼다.

케일라에게,

지난 몇 달 동안 어떻게 지냈어. 잘 지냈기 바래. 또 싸우지는 않았겠지. 나는 누가 너한테 시비를 걸어도 그냥 당당히 고개를 들고 웃으면서 지나치면 좋겠어. 니가 가끔 어떤 기분이 되는지 알아, 하지만 생각해 봐! 싸운다고 뭐가 달라지겠어. 안 그래도 나쁜 상황이 더 나빠지기만 할 뿐이야.

미래에 난 십대 소녀들에게 시를 가르치는 선생님이 되고 싶어. 그리고 내가 저 교문을 나설 무렵엔 우리 학교 애들이 마음을 고쳐먹고 다시 새롭게 시작하면 좋겠어. 걔네들이 인생에서 무슨 실수를 하든 언제나 자기를 용서하면 좋겠어. 실수는 일어나기 마련이니까 그래도 괜찮아.

미심쩍어 하던 아이들까지 모두가 조용히 집중하며 고개를 숙이고 있었다. 뭉쳐 있던 감정들이 그들 앞에 놓인 종이 위에 리본처럼 풀려나왔다.

실수는 일어나기 마련이니까 그래도 괜찮아.

순수와 경험이 그렇게 공존했다.

니가 가끔 어떤 기분이 되는지 알아, 하지만 생각해 봐!

정해진 7분이 지나면 그들은 늘 시간을 더 달라고 했다.

〔3〕
다음 심판은 불

3월에 하버드 로스쿨 입학처에서 음성 메시지를 받았다. 합격이었다.

나는 부모님께 전화를 했다. 꽁시. 엄마는 이렇게 말하며 터져 나오는 웃음을 참지 못했다. 내 기분과는 맞지 않는 즐거운 외침이었다. 축하한다. 전화기를 가져간 아버지는 이제 외식할 핑계가 생겼다고 했다. 나는 아주 오랜만에 부모님을 기쁘게 한 것 같았다. 아마도 대학을 졸업했을 때가 마지막이었던 듯싶었다. 그래서 나는 로스쿨에 가지 않고 델타에 남기로 결정했다는 말을 하지 못했다.

"곧 봬요." 내가 말했다. 부모님은 5월에 헬레나를 방문할 예정이었다. 나는 두 분께 거의 전화를 드리지 않았다.

이어서 나는 이미 명문 로스쿨에 다니고 있던 한 친구에게 전화를 걸었다. 그 친구라면 뭔가 다른 관점에서 이야기해 줄 것 같았다.

"델타에 남아서 가르치는 게 뭔가 급진적인 면이 있는 거 같지 않아?" 나는 물었다. 그렇게 말하니 속이 후련했다 — 중국어로는 급진적인을 뭐라고 하는지도 몰랐다.

그러나 이제는 그 역시 다른 언어로 말하고 있었다.

"급진적이라고?" 그는 그 단어를 정말 오랜만에 써보는 듯했다. "법학 학위가 있으면 진정한 구조적인 변화를 일으킬 수 있지. 델타에 머무른다면 그렇게 못 할 거야." 그는 학교에서 배우고 있던 온갖 것들에 관한 이야기를 늘어놓기 시작했다. 전과는 다른 사람처럼 느껴졌다. 사실 로스쿨에 진학한 많은 진보적인 친구들이 변했다. 그들은 어딘지 다른 분위기를 풍겼다. 더 자신만만해지고 세상 물정에 더 익숙해진 듯했다. 그들의 분노는 더 간결했다. 그들은 재판과 소송, 판례와 해석에 관해 이야기했고, 은행과 기업과 로펌의 이름을 꿰고 있었으며, 그 이름들은 중요했다.

"순교자는 되지 마."

나는 마음이 상했다.

그는 내게 『타임스』에 실린 국가 감시 관련 기사들을 읽고 있는지 물었다.

"『타임스』?" 나는 멍청하게 되물었다. 내가 쓰는 어휘 역시 달라진 게 분명했다.

"그래," 그가 건조하게 말했다. "『뉴욕타임스』라고, 한 번 잘 떠올려 봐."

나는 속으로 『타임스』에 델타에 관한 내용은 거의 없다고 대꾸했지만 입 밖에 내지는 않았다.

"그나저나 요즘엔 어떤 걸 가르쳐?" 그가 물었다.

나는 침을 삼키고 목청을 가다듬었다. 이제 <나는> 시는 시시하게 느껴졌다. 내가 학생들을 어린애 취급하는 것으로 비칠까 봐 걱정이 됐다 ― 하지만 난 사실 그들을 무척 강하게 몰아붙이고 있었다. 그리고 친구는 내가 발견한 청소년 문학 작가들의 이름을 모를 게 분명했다.

나는 말했다. "아마두 디알로랑 경찰 폭력과 민주주의."

사실 그 수업은 잘 진행되지 않아 하루 만에 접었다. 친구와 나는 둘 다 디알로가 살해된 무렵 성년에 이른 세대였다. 기니 출신의 스물세 살 이민자 디알로는 무기를 소지한 상태가 아니었지만 뉴욕시 경찰은 마흔네 발을 발사했고 열아홉 발이 그를 맞혔다. 실망스럽게도 내 학생들은 분개하지 않았다. 그들은 그의 이름을 우스워 했고, 헬레나 경찰은 총을 쏠 줄 모른다며 농담을 했다. 그런 무덤덤한 반응은 예상 밖이었다. 백인 경찰의 폭력은 델타에서 중요한 문제가 아니었다. 헬레나에서 경찰은 델타 지역 대부분에서와 마찬가지로 서장까지 빠짐없이 흑인이었다. 흑인은 이곳에서 소수 인종이 아니었다. 아이들을 정말 화나게 하는 건, 경찰이 마약을 거래한다는 것과 친구들이 살해당한 사건을 수사하지 않는다는 것이었다. 우리의 수업은 이내 주제에서 벗어나 자질구레한 이야기로 흘렀다. 학생들은 뉴, 욕, 시를 각기 다른 장소처럼 따로 떼어 발음하며 거긴 어떤 곳인지, 볼링장은 있는지 물었다.

"디알로? 와, 멋진데." 친구는 감탄하며 말했다. "하지만 이제 떠날 때가 됐어, 미셸. 법학 학위가 있으면 네 영향력을 크게 확대할 수 있어."

패트릭의 묵독은 일취월장했다. 그는 온전히 책에 집중했다. 랭스턴 휴스, 딜런 토머스 선집, 운율 사전에 이르기까지, 그의 독서 취향은 다양했다. 봄에 열린 학교 행사에서 그는 "최고의 향상"을 보인 학생에게 주는 상을 받았다. 그를 추천한 건 내가 아니었다 — 걸핏하면 자리를 비우는 우리 학교 교장조차 그가 학교에 나오기 시작한 걸 알고 있었다. 패트릭은 자기 이름이 불리자 놀란 얼굴이 되었다 — 그는 상이라는 걸 한 번도 받아 본 적이 없었다. 학생들은 환호했다. 구부정하고 느린 걸음으로 머뭇머뭇 그는 연단으로 향했다. 외부의 인정은 그를 쑥스럽게 했다. 그는 여전히 박수를 치고 있던 학생들을 향해 몸을 돌렸다. 그러더니 갑자기 두 팔을 들어 올렸다. 승리의 포즈. 모두가 웃음을 터뜨렸다.

패트릭이 상을 받고 얼마 지나지 않아 머리가 희끗한 뉴욕 출신의 영화감독 리처드 웜저가 주름진 바지를 입고 추레한 모습으로 불쑥 헬레나를 방문했다. 그는 몇몇 사람에게서 헬레나의 "위기" 청소년과 이야기하고 싶다면 스타로 가야 한다는 말을 들었다고 했다. 그즈음 그는 아칸소주 일레인에 관한 영화를 마친 참이었다. 내지로 24킬로미터 정도 더 들어간, 필립스 카운티 중앙 부근에 자리한 일레인은 헬레나 주민들에게는 "시골"이었다. 바로 이 일레인에서 리처드 라이트의 이모부가 그의 번창하는 주류 사업을 탐낸 백인들 손에 죽었다. 그가 총에 맞은 날 밤, 가족들은 옷가지와 식기를 짐마차에 싣고 어둠을 틈타 헬레나로 도망쳤다. 장례식도 작별 인사도 매장도 없었다. 라이트는 이렇게 썼다. 백인들의 테러를 그렇게 가까이에서 접하기는 그때가 처음이라 내 마음은 크게 동요했다. 나는 어머니에게 왜 우리는 맞서 싸우지 않는 거냐고 물었다. 공포에 사로잡혀 있던 어머니는 내 뺨을 갈겨 입을 다물게 만들었다.∘

나는 웜저의 영화가 "일레인 폭동"을 다룬 것이리라 짐작했다. 여기 사람들은 그 사건을 그렇게 부르지만, 실은 잘못된 명칭이다. 그것은 명백한 흑인 대학살이었다.

시작은 한 교회에서였다 — 흑인 소작농들이 대금을 지불하지 않는 농장주들을 상대로 소송을 제기할 방안을 논의하고자 그곳에 모였

∘ 『깜둥이 소년』, 82쪽.

다. 백인들은 교회를 습격해 총을 난사했다. 그 과정에서 백인 한 명이 총에 맞자 마을은 이성을 잃었다. 며칠 만에 백인 수백 명이 이웃한 카운티들에서 몰려들었고, 길거리에서건 목화밭에서건 눈에 띄는 흑인이면 남녀노소 가리지 않고 모조리 잡아 죽였다. 연방군 역시 기관총으로 무장하고 진입했는데, 일부 역사가들에 따르면 이들은 도리어 흑인의 사살을 도왔다. 백인은 다섯 명, 흑인은 수백 명이 죽었다. 경찰은 흑인들만 체포해 헬레나의 카운티 구치소에 가두었다. 기소된 백인이 아무도 없었기 때문에 살해된 흑인도 아무도 없는 게 됐다.

리처드와 대화를 나누면서 나는 곧 우리 둘의 공통점이 무엇인지 깨달았다. 우리는 그 모든 참혹한 역사를 지나온 델타 사람들이 오늘날에는 과연 어떤 삶을 살고 있는지 알고 싶어 했다. 내 교실 밖에 서서 그런 이야기를 나누는 동안 4교시 수업을 마친 학생들이 교실에서 빠져나와 우르르 식당으로 몰려갔다.

"저 친구는 누구죠?" 구부정한 어깨를 하고서 느릿하게 걸어가는 한 명을 가리키며 그가 물었다.

"패트릭이에요." 내가 말했다. 나는 패트릭을 바라보는 리처드를 바라보았다. 그리고 깨달았다. 나만 그런 게 아니었다. 패트릭에게는 그를 돕고 싶게 만드는 뭔가 특별한 게 있었다.

"쟨 뭘 잘못했길래 이리로 치워진 거죠?" 우리 학교의 핵심을 곧바로 이해한 리처드가 물었다.

"결석 때문이었어요." 내가 말했다. "많은 학생이 그런 이유로 여기 와요. 하지만 우리도 별 도움이 못 돼요. 그래서 걔들은 또 수업을 거르기 시작해요."

리처드는 패트릭을 촬영하고 싶어 했고, 며칠 뒤에 리처드와 그의 제작팀에 있는 다른 두 명이 패트릭을 화면에 담기 위해 그의 집을 방문했다. 패트릭은 그런 관심에 기분이 으쓱해진 것 같았다. 그의 고카트[어린이용 소형 자동차]를 그들이 보고 싶어 할까? 우리는 그를 따라 뒷마당으로 들어갔다. 패트릭은 고카트의 사슬 톱니바퀴를 모두 직접 고쳤고 이제 브레이크만 손보면 된다고 말했다. 그는 몸을 숙여 볼트를 조인 다음 바퀴가 돌아가는 걸 보여 주었다. 바퀴는 흠잡을 데 없이 부드럽게 돌았다.

그는 고개를 들고 환하게 웃었다. 제작팀은 불과 몇 초 만에 패트릭의 매력에 사로잡혔다.

"정비사가 되고 싶니?" 촬영기사가 물었다.

"예." 패트릭이 말했다.

리처드가 카메라를 켜고 패트릭에게 스타를 어떻게 생각하는지 물었다.

패트릭은 나에 관해 좋은 말을 많이 했다. 내가 그에게 등교할 동기를 부여해 줬고, 결석하면 전화를 하거나 집으로 찾아왔다고 했다. "밀러에서는 그런 관심을 받지 못했어요. 그래서 낙제한 거고요." 그가 말했다. "여기 스타에서는 절대 낙제하지 않을 것 같아요. 쿠오 선생님이 정말 신경을 많이 써주시거든요."

나에 관해 이런 이야기를 들으니 행복했다. 제작팀 한 명이 몸을 돌려 나를 쳐다보았고, 나는 그녀의 감탄을 느낄 수 있었다. 학교로 돌아온 리처드는 카메라를 내게로 돌렸다. 나는 마치 광신도처럼 순진한 열정을 가지고 이렇게 말했다. "가장 기본적인 건, 이 아이들에게 관심을 느끼게 해주는 거예요. 아주 단순하죠."

5월 어느 주말 오후, 나는 "남부연합 묘지"라는 이름으로 더 잘 알려진 인근의 메이플힐 묘지를 찾아 나섰다. 걷다 보니 한때 대저택이던 곳이 나왔다. 늘어선 기둥들, 네모난 창문들, 그리고 현관까지 사다리처럼 이어진 폭넓은 흰 계단이 보였다. 계단 맨 위에는 다운증후군이 있는 한 여자가 앉아 고양이를 쓰다듬고 있었다. 그녀는 동네에 몇 안 남은 백인 중 하나였다.

나는 계속 걸었다. 떠돌이 개가 버려진 과자 봉지 속으로 머리를 들이밀었고, 그 개를 쳐다보는 나를 꼬마 둘이 쳐다보았다. 나는 녀석들이 "칭 총"거리기를 기다렸다. 하지만 그들은 아무 소리도 내지 않았고 나는 안도했다. 길게 늘어선 미루나무와 떡갈나무는 곧 사라졌다. 이제 뜨거운 태양을 가려 줄 그늘은 어디에도 없었다. 끔찍한 열기에 땀이 흐르기 시작했다. 얇은 후드티를 벗으니 받쳐 입었던 탱크톱이 드러났다. 목에서 땀이 뚝뚝 떨어졌다. 빅토리아 양식의 주택은 사라지고 대신 단층짜리 판잣집이 나타났다. 그 집들은 불편할 정도로 길과 가까워서 행인에게도 내부가 다 보일 정도였다. 유리 대신 비닐이 창틀에 테이프로 고정돼 있었다. 그중 몇몇 건물은 교회였다. 예수님은 천국행 티켓. 간판 하나에는 이렇게 쓰여 있었고 다른 하나는 기적이 일어나는 곳이라 광고하고 있었다.

떠돌이 개들이 더 나타났다. 학생 하나가 사는 거리의 이름이 눈에 띄었고, 나는 그가 탱크톱 차림의 내 모습을 볼까 걱정돼 다시 후드티를 입었다. 사람들은 집 밖에 나와 앉아 나를 쳐다보며 부채질을 했다. 아장아장 걷는 어린아이 하나가 더러운 플라스틱 컵을 가지고 놀고 있었다.

나는 걸음을 멈췄다. 저 멀리 남부연합 묘지가 푸르고 양지바른 언덕 위에 볼썽사납게 웅장한 모습으로 펼쳐졌다. 크고 튼튼한 묘비들 위로 울창한 나무 그늘이 드리워져 있고, 입구에는 아치형 철문이 서있었다. 그 묘지는 내가 헬레나에서 본 공공장소 중에서 단연 가장 고급스러웠다.

나는 언덕을 하나 오르고 또 하나 오른 뒤에 마침내 돌로 포장된 평평한 지대에 다다랐다. 빽빽한 향나무가 지켜선 그곳 한가운데에 높은 추모비가 서있었다. 목을 빼고 올려다보니 수염을 기르고 총을 든 병사의 동상이 꼭대기에 있었다. 기둥 위쪽에는 샤일로SHILOH, 그 아래에는 치카모가CHICKAMAUGA°가 새겨져 있었다. 열세 개의 별°° 위에는 '우리의 남부연합군 전사자'라고 새겨져 있었다.

그리고 대문자로 된 이런 명문이 있었다. 이 기념비는 애국심과 희생의 성지에서 영웅에게 바치는 숭배, 잃어버린 대의에 대한 충직한 기억, 그리고 이 기념비의 그늘 아래 묻힌 유·무명 병사들의 영예를 나타내고 상징한다.

"영웅에게 바치는 숭배", "잃어버린 대의"°°°라니. 대체 여기는 어디며 어느 시대인가? 2006년, 흑인이 대다수를 이루는 지역, 한때 면화 생산과 맞물려 노예 소유가 급증했던 곳에서, 도시의 몇 안 되는 공공장소가 여전히 남부연합의 대의를 기념하고 있었다.

1862년 북부연방군은 아칸소로 진군해 헬레나를 장악하고 1863

○ 두 곳 모두 남북전쟁의 격전지였다.

○○ 최종적으로 남부연합을 구성한 13개 주를 나타낸다.

○○○ 남북전쟁 당시 연방에서 탈퇴해 노예제를 비롯한 자신들의 삶의 방식을 유지하려 했던 남부 주들의 꿈의 실패를 일부 남부인들은 '잃어버린 대의'라고 부르며 이상화, 낭만화해 왔다.

년의 치열한 격전지인 빅스버그로 가는 보급선을 차단했다. 연방군 병사 2만 명이 헬레나의 방어를 맡았다. 그들은 주민을 퇴거시키고 농장을 수용하고 노예를 풀어 주었다. 델타뿐만 아니라 남부 전역에서 노예들은 헬레나까지만 가면 자유를 얻으리라 기대했다. 이주민의 수는 엄청났다. 수천 명의 사람들이 헬레나로 쏟아져 들어왔고 위스콘신 출신의 한 병사는 "막사 주위를 맴도는 그들은 무성한 블랙베리 같았다"라고 기록했다.

남부연합 의회는 연방을 위해 싸우는 흑인 병사는 모두 처형한다는 포고문을 통과시켰다. 그래도 그들은 싸웠다. 아칸소주 최초의 흑인 연대가 헬레나에서 편성되었다. 전쟁이 끝나기까지 아칸소에서 5000명이 넘는 흑인이 자원병으로 복무했고 그중 85퍼센트는 델타 출신이었다.

흑인 병사와 이주민들을 위한 추모비는 어디에 있나? 대체 그 후 한 세기가 넘는 시간 동안 무엇이 얼마나 잘못됐기에 그들의 흔적은 거의 찾아볼 수 없는 걸까? 매그놀리아 묘지라 불리는 인근의 흑인 묘지는 보기 딱할 정도로 관리가 허술해 묘비들이 무릎 높이 잡초로 가려져 있었다. 이런 이야기가 간과되고 지워지는 현실은, 델타 흑인 해방이라는 아직 완성되지 못한 긴 역사의 한 단면이었다.

노예제의 종식은 새로운 불의를 가져왔다. 전후 재건 체제는 흑인들이 힘을 얻는 데 보탬이 되었지만 그 힘의 빠른 소멸은 더 큰 절망을 낳았다.

노예해방 후 여남은 해가 지나기도 전에 악독한 소작제도가 발달했다. 그 작동 방식은 다음과 같았다. 연말 크리스마스 전후로 소작농들은 농장 사무실로 불려 가 한 해의 경작에 대한 보수를 받았다. 니콜라스 레만이 말한 대로, 그것은 보통 쓰라린 좌절의 순간이었다.° 소작농들이 받은 종이에는 숫자 하나가 덩그러니 적혀 있었다. 그것은 그가 농장주에게 빚진 액수를 뜻하기도 했고, 일 년 내내 일해서 번 돈이 고작 몇 달러에 지나지 않음을 뜻하기도 했다. 상세한 산출 과정을 요구하는 것은 치명적일 수 있었다. 소작제가 각별히 고통스러웠던 이유는, 거짓 약속을 제시하는 기만적인 측면, 그리고 당신의 가난은 당신 자신의 잘못이라는 농장주들의 거듭된 주장 — 당신과 그는 단순히 사업 파트너이며, 당신의 손실은 엄연히 거기 그 내역서에 명시돼 있다는 주장 — 때문이었다. 레만은 이렇게 썼다. 소작농으로서 당신은 자신의 삶이 자유로운 미국인의 삶과 이론적으로 얼마간의 유사성을 띠도록 구성되었음을 본다. 하지만 현실은 완전히 달랐다. 거기에는 단 두 가지 설명이 가능했고, 어느 쪽도 만족스럽지 않았다. 그 하나는 당신의 억압에 골몰하는 음모가 존재한다는 것이고, 다른 하나는 — 백인들의 설명대로 — 당신이 열등하고 무능하다는 것이었다.°°

남부 농촌 지역 흑인들의 절박함은 라이베리아 이주 열풍으로도 확인된다. 헬레나는 초기 아프리카 귀환 운동과 관련된 활동들이 일어나고 확산한 곳이었다. 라이베리아행 엑소더스 아칸소 이민단Liberian Exodus Arkansas Colony의 첫 번째 회의는 1877년 헬레나 제3침례교회에서 열렸다. 하지만 실제로 라이베리아로 건너간 사람은 얼마 되지 않았다 — 필립스 카운티에서는 고작 100명 정도에 불과했다. 그들은 너

---

o   Nicholas Lemann, *The Promised Land: The Great Black Migration and How It Changed America*, Knopf Doubleday Publishing Group, 2011, p. 15.

oo   Ibid., p. 17

무 가난한데다 해안에서 너무 멀리 떨어진 내지에 거주했고, 백인 농장주들은 날조된 부채에서 그들을 놓아주려 하지 않았다.

헬레나의 흑인들이 이주 운동을 조직하던 무렵, 프레더릭 더글러스는 이주 — 서부로든, 북부로든 혹은 아프리카로든 — 에 찬성하는 모든 운동을 강하게 비난했다. 그는 남부에서 위대한 일이 이루어져야 한다고 역설했다. 더글러스에게는 남부가 고향이자 조국이었고, 자신의 정치적 힘과 가능성의 토대였다. 1879년, 그는 다음과 같이 선언했다. 이제 막 약간의 재산을 축적하고 가정의 토대를 마련하기 시작한 남부의 흑인들은, 그 얼마 안 되는 것들을 성급히 처분해 미시시피 강변으로 향해서는 안 된다. 제 고향을 버리고 새로운 곳을 찾기 전에 먼저 자기 주변을 자신이 바라는 대로 만들고자 열과 성을 다할 필요가 있다. 더 나은 생활 조건을 찾아 이곳저곳을 떠도는 것은 결코 좋은 습관이 못 된다. … '나는 여기서 태어났고 이곳 사람들을 모두 안다'라고 말할 수 있는 것이, '나는 여기서 이방인이며 누구도 알지 못한다'라고 말하는 것보다 더 즐거운 법이다.

더글러스의 낙관주의는 그를 더욱 무신경하게 만들었다. 흑인이 남북전쟁에서 싸워 이길 수 있었다면, 이제 자유를 싸워 쟁취하지 못할 이유도 없었다. 흑인의 이주는 흑인 개개인의 힘의 행사를 의미하기도 하지만, 비열하고 무법한 남부 주들의 승리를 인정하는 셈이기도 하다고 그는 주장했다. 무엇보다도 더글러스는 몽상가였다. 그는 재건의 약속을 믿었고, 그것이 실패한 기획임을 받아들이려 하지 않았다. 그는 흑인들이 (그 자신은 재건하고자 했던) 남부를 포기하는 식으로 자유를 표현하리라고는 예상하지 못했다. 자신은 세계에서 가장 이름난 도망자였을지언정 그는 흑인들이 남부에 머물기를 원했다.

더글러스는 소수에 속했다. 상황을 더 깊이 이해했던 다른 흑인 지도자들은 남부의 억압적인 제도들이 제한이나 시정 없이 그대로 유지되리라 보았다.

헬레나가 바로 그랬다. 남부의 다른 주들과 마찬가지로 아칸소는 노예였던 이들의 노동력을 착취할 방편으로 그들을 교도소에 가두었다. 노예해방 전 교도소 수감자들은 대개 백인이었다. 노예의 노동력이 필요했던 주인들이 체포된 흑인들을 모두 보석으로 빼냈기 때문이다. 그러나 노예해방 후 교도소를 채운 이들은 불균형적으로 흑인이 많았다. 역사가 데이비드 오신스키에 따르면, 지방법원은 주 전역에서 노동력에 굶주린 고용주들을 위한 컨베이어 벨트로 기능했다. 혐의는 경미했고 형량은 가혹했다. 필립스 카운티에서 노예였던 흑인 두 명은 940밀리리터짜리 위스키 주문서를 위조한 죄로 각각 징역 18년, 36년을 선고받았다.

한 해방 노예는 새로운 체제가 도리어 노예제만 못하다고 기술했다. 자유는 가짜였고 게임의 규칙은 조작됐다. 노예였던 이들과 그 자녀들은 전부터 늘 하던 일─제방 건설, 늪지 준설, 면화 수확─을 계속했다. 산업화는 이내 그들의 일을 더욱 위험하게 만들었다. 석탄광, 제재소, 철도 공사장에서는 사망자가 빈번히 발생했다.

하지만 그런 와중에도 존엄을 위한 다른 근간들은 지속되고 확산되었다. 흑인 부모들은 흑인을 위한 학교를 시작했다. 필립스 카운티에서는 그늘진 숲이 교실이 되었고, 바닥이 깔리지 않은 노새 외양간도 교실이 되었다. 그들을 돕고자 인디애나주에서 이주한 퀘이커교

○ 더글러스는 노예로 태어났으나 북부로 탈출해 자유인이 되었다.

도들도 있었다. 지역민들은 그들을 "검둥이들의 선생, 검둥이들을 응석받이로 만드는 이들"이라 불렀다. 헬레나에 주둔해 있던 흑인 군인들은 퀘이커교도들의 사우스랜드대학 건립을 돕고자 2000달러를 모금했다. 이 대학은 곧 미시시피 강 서쪽에 위치한 최초의 흑인 고등교육기관이 되었다. 그리고 언제나 블루스가 있었다. 술집과 주크박스 식당을 가득 메운 사람들은 춤추고, 유혹하고, 사랑에 빠졌으며, 밀주를 나눠 마셨다. 금주법이 엄격히 시행된 미시시피주에 비하면 아칸소는 술이 넉넉한 편이었다.

그러나 블루스와 자유 학교로는 백인 우월주의가 추동하는 폭력을 막을 수 없었다. 재건 체제 말기부터 제2차 세계대전까지 필립스에서는 미국 내 그 어떤 카운티보다 더 많은 린치가 발생했다. 역사가 낸 우드러프가 썼듯이, 일레인 대학살 당시 필립스 카운티의 한 교사는 흑인 28명이 살해당하고 그 시체가 구덩이에 던져져 불태워지는 것을 목격했다. 그는 또 헬레나 근처의 한 다리에 시신 16구가 매달린 것을 보았다. 그리프 스토클리는 멤피스 지역신문의 기사를 인용했다. 격분한 시민들은 헬레나에서 일레인으로 향하면서 흑인들의 시체에 대고 총을 쏘기도 했다. 한 지역 주민은 이렇게 증언했다. "그들이 총질하고 불을 지르길래 우린 돌아서서 동쪽 철로로 달려갔어요. 하지만 백인들은 우리를 앞질러 막아서려고 하면서 내내 우리한테 총을 쏴댔어요. … 저녁 5시가 되도록 총 든 백인들이 300명 넘게 나타나서 남자들뿐만 아니라 여자와 아이들까지 쏴죽였어요."

대학살 후 4년이 지난 1923년에도 폭력을 향한 욕망은 여전히 사나웠다. 헬레나의 큐 클럭스 클랜 집회에는 테네시와 미시시피에서 온 사람들이 1만 명 이상 운집했다. 그 무렵 아칸소 델타를 방문한 전미유색인종지위향상협회 지부장은, 오늘날 아칸소 농촌 지역은 30여 년 전보다, 아마 그 어느 때보다도 더, 유색인들에게 안전하지 않다, 라고 결론지었다.

많은 사람이 아칸소를 떠났다. 그들은 라이베리아 대신 북부로 향했다. 1920~30년대에 아칸소를 떠난 이들의 비율은 전체 흑인 인구의 3분의 1로 미국 내 다른 어떤 주보다 높았다. 그리고 그때 면화 채집기가 등장했다. 이 혁신적인 기계는 시간당 450킬로그램의 면화를 수확할 수 있었다. 사람의 수확량은 고작 9킬로그램이었다. 순식간에 흑인 노동력 — 델타에서 거의 한 세기 동안 필수 불가결했던, 그 때문에 피비린내 나는 내전이 벌어지고, 부랑자법이 고안되고, 형량이 부당하게 부과되고, 수감 시설이 증설되고, 반란이 진압되고, 파종기나 수확기에 학교가 문을 닫았던 — 은 시대착오적인 것이 되어 버렸고, 흑인들은 낡은 신발처럼 버려졌다. 할 수 있는 사람들은 계속해서 북부로 떠났다. 엑소더스는 증가했다.

남부 전체에서와 마찬가지로, 아칸소를 떠난 사람들은 대체로 더 나은 교육을 받은 이들이었고 인맥이 있었다. 남은 사람들은 보통 델타의 가장 후미지고 깊은 내지에 살았는데, 그들은 떠날 재원을 마련할 수도 없었고 글을 읽거나 쓸 줄도 몰랐다. 그리고 그들은 두려웠다. 고용주와의 "계약"을 위반하게 되는 것이 두려웠고, 떠나지 못하는 가족과 사랑하는 이들에 대한 폭력적인 보복이 두려웠으며, 미지의 낯선 장소가 두려웠다. 악조건은 사람을 떠날 수밖에 없게도 하지만 떠날 힘을 소진시키기도 한다. 시카고, 뉴욕, 로스앤젤레스와 같은 도시로 이주한 사람들의 험난하고 용감한 여정에 관해서는 많은 이야기가 전해진다. 하지만 남은 사람들은 관심 받지 못했다. 그렇다면 1879년의 흑인 이주에 대해 지나치게 냉담했던 더글러스는 어쩌면 용서받을 수 있을지 모르겠다. 그는 남은 이들에게 연민을 표했으니까.

오늘날 델타에 산다는 것은, 이 오래된 질문의 그늘 아래 산다는 걸 의미한다 — 내게는 여기를 떠나 다른 곳에 정착할 수단이 있는가? 노예해방이나 민권운동과 마찬가지로, 20세기 초의 대이주는 그 나름의 구원 알레고리를 제공했다는 사실을 나는 이해하기 시작했다. 그런 이야기에서 흑인들은 남부를 벗어나 북부의 바글대는 용광로에 합류해 자유를 얻는 쪽을 택했다. 여기서 탈출은 영웅적인 일이었다. 그들은 자녀를 위해, 존엄과 생존을 위해, 북부를 향해 그곳을 빠져나온 것이다. 여기서 중요한 건 그들이 떠난 곳이 어디냐가 아니라 떠났다는 사실이었다. 그들이 떠난 곳 — 델타, 블랙 벨트,° 디프사우스 전체 — 은 존재하지 않는 곳이나 다름없었다. 결국 그곳은 마치 나쁜 기억처럼, 지나간 과거처럼 와해되고 말았다.

그렇게 대이주 이야기는 떠나지 못했거나 머무는 쪽을 선택한 사람들을 지워 버렸다. 그들은 아마도 가장 궁핍한 사람들, 외부 세계와의 접촉이 가장 적었던 사람들, 패배에 가장 익숙했던 사람들이었을 것이다. 그럼에도 불구하고, 아마도 바로 그런 특징들 덕분에, 그들은 견뎠다. 그들은 나이를 먹고 자녀를 낳았으며, 그 자녀들이 마주한 세상은 암울했다. 일자리는 거의 없고 학교는 형편없었다. 폭도와 린치 이야기는 아득히 멀게 느껴졌다. 어떤 부모는 자녀들에게 말했다. 결국 너희는 혼자 힘으로 일어서야 한다고.

° 목화 재배에 적합한 비옥한 검은 토양이 띠처럼 이어진 지역으로, 미시시피주와 앨라배마주에 해당한다.

패트릭과 마일스, 타미르를 포함한 내 학생들은 남겨진 이들의 후손이었다.

일주일 뒤면 부모님이 도착할 예정이었지만 나는 여전히 헬레나에 머물겠다는 계획을 말하지 못하고 있었다. 친구들이 모여 내가 전략을 짜도록 도와주었다.

"주말까지 기다렸다가 그때 말씀드려." 다른 친구는 반대했다. "처음부터 말씀드려. 그냥 해치워 버리는 게 나아." "아냐, 아냐." 또 다른 친구가 말했다. "두 분이 모든 걸 다 보실 때까지 기다려."

두 분이 모든 걸 다 보실 때까지. 이 말은 내게 희망을 불어넣어 주었다. 우리는 계획을 세웠다. 우선 부모님과 함께 옥수수빵과 갈비구이를 먹는다. 부모님께 내 교실을, 교실 벽에 걸린 사진이며 시를 하나하나 보여 드린다. 그리고 "델타 아이돌" 행사에 모시고 간다. 친구들이 시작하는 보이즈앤걸즈클럽º 지부의 기금 마련을 위한 이 대규모 행사에서, 일레인, 마벨, 헬레나 등 필립스 카운티 곳곳에서 온 아이들이 춤추고 노래하고 시를 낭송하고 공연할 것이다. 드소토의 학생들도 참여할 예정이라 십여 년 만에 처음으로 흑인 학생과 백인 학생이 한 무대에 서게 될 것이다. 친구 대니와 내가 그 행사를 위해 쓴 보도 자료 — 신문사는 이 자료를 전혀 수정하지 않고 그대로 실었다 — 도 보여 드린다.

마지막으로 모두가 동의한 한 가지는, 내가 집을 청소해야 한다

º 방과 후 프로그램을 제공하는 청소년 단체.

는 것이었다.

부모님이 도착하기 전주에는 학생들과 미시시피주 클리블랜드에 다녀오기로 했다. 나는 랩과 구어에 관한 워크숍을 겸한 이런 현장 학습을 전보다 더 자주 다녔다. 아침에 학생 몇 명을 차에 태워 당일치기로 멤피스 도서관이나 빌 스트리트의 서점 같은 데를 다녀오는 식이었다.

나는 운전이 서툴렀고 학생들은 그걸 재밌어 했다. 그들은 내가 하는 모든 실수를 잡아냈다. 나는 방향 바꿀 곳을 놓치거나 갓돌을 타고 넘었고 빨간 신호등을 지나쳤다. 한 번은 엉뚱한 진입로에 주차를 했고, 후진해서 되돌아 나오다 우체통을 들이받았다. "제길." 내가 말했다.

보통은 혼자만의 생각에 잠겨 있던 패트릭이 크게 반색했다.

"어, 선생님이 욕을 하셨어!"

"선생님, 면허증은 경품으로 받은 거예요?"

"선생님은 우릴 가르치셔야죠, 죽일 게 아니라요."

"어우, 중국에서는 차를 이렇게 몰아요? 난 중국은 절대 가지 말아야지."

"선생님한테 중국인이라고 하지 마! 선생님은 미국에서 태어나셨어." 패트릭이 말했다.

"그래도 중국인 맞잖아."

아이들은 교실보다 규칙이 적은 내 차를 더 좋아했다. 구체적으로 그건 벌칙에 대한 염려 없이 말다툼을 벌일 수 있다는 뜻이었다.

음악을 들을 수 있다는 것도 좋아했다. 그들은 라디오 채널을 이리저리 돌리고 내 CD들을 뒤적거렸다. 내가 갖고 있던 닉 드레이크, 수프얀 스티븐스, 아이언 앤 와인의 음악은 끝내 좋아하지 않았다. 그들은 누가 음악을 고를지를 두고 아웅다웅했다.

투팍의 CD를 발견한 건 패트릭이었다. 그는 <변화>Changes를 틀고 대시보드를 손가락으로 두드렸다. "오, 분위기 업된다." 타미르가 뒷좌석에서 말했다. "투팍, 멋진데."

앞좌석에 앉은 패트릭은 가사에 귀를 기울였다.

"하지만 넌 그 돈을 추잡하게 벌었어, 애들한테 크랙을 팔아서." 그는 창밖을 내다보면서 가사를 되뇌었다.

나는 그의 시선을 따라가 보았다. 여덟 살 정도밖에 안 돼 보이는 남자아이 하나가 스쿠터를 타고 있었다. 패트릭은 꼬마를 향해 고갯짓을 했다. 패트릭을 본 아이는 의심스러운 눈길로 빤히 쳐다보더니 가던 길을 갔다. "아는 애야?"

"아뇨." 그가 말했다. "그냥 친근하게 대하는 거예요." 패트릭은 콧노래를 흥얼대기 시작했다.

목적지보다는 거기까지 차를 몰고 가는 길이 언제나 더 즐거웠다. 내가 굳이 말하지 않아도 아이들은 열심히 창밖을 살폈다. 패트릭은 늘 그가 앉은 쪽의 창을 내렸다. 불어 드는 바람이 증거인 양, 우리가 어딘가로 향하고 있다는 사실을 확인하고 싶어 하는 것 같았다. 차는 힘을 느끼게 해주었다. 광활한 텅 빈 공간, 끝없이 펼쳐진 평원을 순식간에 가로지를 수 있었다. 지나지 못할 곳은 어디에도 없을 것 같았다. 헬레나 다리 위를 달려 미시시피 강을 건널 때는 아무도 입을 열지 않았다. 대부분은 그 다리를 건너 본 적이 없었기 때문이다.

다리를 건널 때 차 안의 고요는 묵독 시간의 바로 그 고요와 같왔다.

부모님은 3박 일정으로 헬레나에 오셨다. 우리는 갈비구이와 옥수수 빵을 먹었다. 두 분은 내 친구들이 보이즈앤걸즈클럽을 위해 준비한 서면 경매에 참가했고, 지하실행이라는 걸 뻔히 알면서도 값비싼 오리 그림을 구매했다. 매 공연이 끝날 때마다 진심으로 박수를 보냈고, 가스펠송 공연 때 아버지는 몸을 흔들기도 했다. 어머니와 나는 놀란 눈길을 주고받았다.

사흘째 되던 날, 부모님은 나와 함께 학교를 방문했다. 나는 학생들의 시가 붙어 있는 벽 쪽으로 안내했다. 아빠는 시 하나를 반쯤 읽다가 발걸음을 옮겼다. 어머니는 인디애나(그즈음 두 분은 그리로 이사하셨다)에서 가져온 샤프펜슬을 나눠 주고 아이들의 환심을 얻었다. 하지만 부모님을 제대로 자극한 건 방과 후 수학 수업이었다. 패트릭, 마일스, 에런과 다른 아이들이 교실 앞 보드에 붙어 서서 문제를 풀고 있었는데, 아버지는 도저히 가만히 있을 수가 없었다. "아니, 아니, 이렇게 해야 더 빠르지." 아버지는 이렇게 말하며 앞으로 뛰어나와 내 마커를 가져갔다. 아버지의 성미를 아는 어머니는 헛웃음을 지었다.

학생들은 키득거렸다. 아버지의 방식은 나와 정반대였다 — 거칠고 직접적이고 쉬웠다. 이제 아버지는 마커를 마일스에게 건넸다. 마일스는 아빠 식대로 문제를 푼 다음 등을 돌려 내 눈치를 살폈다.

"거 봐." 아빠는 의기양양하게 말했다. "더 빠르지." 어쩌면 나는 부모님을 전혀 알지 못했던 것도 같았다.

학생들은 아버지를 내려다볼 만큼 키가 컸고, 그 틈에서 아버지는 안경을 쓴 아시아계 엘프처럼 보였다. 아버지는 분수의 뺄셈이 들어간 까다로운 다른 문제를 풀기 시작했다. 설명에 너무 열을 올린 나머지 하마터면 안경이 벗겨질 뻔했다.

그날 저녁, 우리는 포치에서 아이스티를 마셨다. 나는 희망적이었고 심장이 엄청나게 두근거렸다. 그냥 말하자, 나는 생각했다.

"생각해 봤는데요." 내가 말을 꺼냈다. "어쩌면 여기 몇 년 더 있을 수도 있겠어요. 그런 게 있대요, 입학 연기라고. 많이들⋯."

"여기서?" 부모님은 동시에 말씀하셨다.

아버지의 얼굴이 일그러졌다. 어머니는 두 손으로 얼굴을 감쌌다.

"여기서?" 충격을 받은 아빠는 거듭 물었다.

이미 사람들에게 내가 로스쿨에 갈 거란 이야기를 했노라고, 대체 무슨 짓이냐고, 누굴 거짓말쟁이로 만들 셈이냐고, 정말로 갈 생각이 없다면 지원은 뭐 하러 했냐고, 두 분은 말했다.

"너처럼 똑똑한 애가 왜 이런 데서⋯." 아버지는 집 밖을 가리키며 손을 흔들었다. 똑똑한이라 말할 때 아버지의 목소리가 어색하게 꺾였다. 목의 핏줄이 불뚝거리는 게 보였다.

"너, 행복하니?" 어머니가 아버지의 말을 끊었다. "널 좀 봐." 그녀는 중국어로 말했다. "네 몸을 보라고." 불어난 내 몸무게 얘기였다. "넌 네가 말할 때 어떤지 아니? 모르겠지. 늙은이 같아. 너무 심각하다고. 너랑 얘기하다 보면, 내 딸이 자기가 젊다는 걸 잊어버렸구나, 하는 생각이 들어. 외모도 신경 안 쓰고, 남자 친구가 없어도 신경 안 쓰잖아. 꼭 행복해지기 싫은 사람 같아. 그저 학교, 아이들, 학교, 아이들. 걔들은 네 애가 아니야. 애를 갖고 싶기는 하니? 여기 네 친구들은 죄다 커플이더라. 걔네들은 네가 외롭거나 말거나 신경 안 써. 걔네들 잘못은 아니지, 커플이란 게 원래 그런 거지. 하지만 나는 신경이 쓰인다고, 신경 쓰는 건 이 엄마 아빠뿐이라고." 어머니는 잠시 숨을 돌렸다. "넌 정상이 아니야. 네 사촌들, 걔네가 정상이지. 걔네는 결혼하고, 과학자가 되고, 행복하게 살잖아. 걔네는 그런 게 너무 쉬워. 하나도 힘들지가 않아. 걔네는 부모 말을 들어. 너도 좀 평범하게 살면 안 돼? 대체 왜 그러는 거니? 아무도 테레사 수녀하고는 결혼하고 싶어 하지 않는다고."

난 깜짝 놀랐다. 부모님이 내가 여기 있는 걸 얼마나 싫어하는지 나는 미처 깨닫지 못하고 있었다.

어머니는 계속했다. "넌 대학에 간 뒤로 변했어. 널 하버드로 보내는 게 아니었어. 거기 사람들은 다들 자기가 세상을 바꿀 수 있다고 생각하지. 네가 그럴 수 있다고 생각해? 신문을 봐. 아무것도 변하지 않아. 네가 그렇게 특별한 것 같아? 네가 엄마 아빠보다 더 낫다고 생각해? 그런 책들을 다 읽고, 다른 사람들을 돕고 싶어 하니까?" 어머니는 같잖다는 듯이 웃었다. "엄마 아빠는 아무도 안 돕는 거 같니? 우린 널 돕고 있어. 널 학교에 보냈잖아. 널 대학에 보낸 게 누구니. 네가 집에서 편히 잘 수 있던 건 누구 덕분이니. 그리고 우린 매일 일해."

아버지는 통증을 느끼는 듯 가슴을 거머쥐고 말했다. "넌 우리를 무시해."

그러고는 자리에서 일어나 엄마를 두고 휙 나가 버렸다.

엄마는 걱정하며 뒤따라갔다.

다음 날 아침 일찍 나는 부모님과 함께 멤피스 공항으로 갔다. 우리는 도중에 아침을 먹으러 식당에 들렀지만 거의 아무 말도 하지 않았다.

"우린 행복한 가족이야, 그렇지?" 마침내 아버지가 말했다. 그리고 스스로 그 질문에 단호히 답했다. "우린 행복해."

부모님과 공항에서 헤어진 후 나는 집으로 돌아가고 싶지가 않았다. 대신 멤피스와 헬레나 사이의 61번 국도를 오갔다. 나는 두 분을 생각하며 목이 메었다.

열 살 무렵인가, 캘러머주에 있는 한 세차장에서 아빠가 다른 차 뒤에 줄을 섰는데 어디선가 찢어지는 고함소리가 들렸다. "이봐!" 뒤쪽에서 한 여자가 창밖으로 몸을 빼고 우리를 향해 소리를 질렀다. "어이 거기 칭크°랑 칭크 딸 말야. 새치기잖아!" 우리가 정말 새치기를 했나? 내 머릿속을 채운 건 그 질문이었다 — 나는 칭크가 뭔지 몰랐다. 아빠는 차에서 뛰쳐나가 곧장 여자에게 소리쳤다. "야 이 망할 년아!" 나는 몸이 움츠러들었다. 주변 사람 모두가 아빠가 나쁜 말 하는 걸 들을 텐데. 하지만 충격적이게도 그녀 역시 움츠러들었다. 그가 반격하리라는 생각은 못 했던 것이다. 아빠의 욕설은 유창했고 분노는 사나웠다. 나는 아빠가 곧장 그녀를 때리기라도 할까 봐 겁이 났다. 하지만 그러진 않았다. 아빠는 자리로 돌아왔다. 그러고는 내게, 마치 나도 뭔가를 잘못한 것처럼 소리를 질렀다. "기억해, 넌 미국 사람이야. 미국 시민이야. 넌 여기서 태어났다고. 무슨 말인지 알아? 알겠냐고!"

부모님이 나를 이웃에 소개할 때면, 간혹 내 말투에 놀라는 기색이 두 분의 표정에서 읽히곤 했다. 마치 내게 중국어 억양이 없다는 사실을 잠시 잊고 지내다 외부인의 등장을 계기로 다시금 상기하게 된 것처럼 말이다. 두 분에게 나라는 존재, 특히 내 영어는, 화평을 청하

○ 중국인을 비롯해 그와 용모가 유사한 아시아인을 이르는 멸칭.

는 공물이자 반격이며 전투 구호였다. 부모님은 이렇게 말하는 듯했다. 얘가 말하는 걸 들어 보세요. 얘한테는 우리 같은 억양이 없어요, 얘는 당신들과 같아요. 부모님에게 오빠와 나는 미국인이었다 — 아시아계 미국인도 중국계 미국인도 아닌, 그냥 미국인. 아마도 그건 시대적인 배경이 작용한 결과였을 것이다. 하지만 동시에 부모님이 기꺼이 포기한 것이 무엇인지를 대변하기도 했다.

델타의 친구들은 부모님이 내게 행사하는 영향력을 이해하지 못했다. "부모님 옆에서 넌 어린애 같아." 한 룸메이트는 이렇게 핀잔을 주었다. "어떻게 그들이 너한테 뭘 해라 마라 할 수 있는 거지? 넌 성인이야." 그러나 아시아계 부모가 자신들의 실망을 자식들에게 견딜 수 없는 고통으로 만드는 능력은 결코 과소평가해선 안 된다. 대중문화에서 그들이 재현되는 모습조차 실제에 비하면 긍정적인 편이다. 적어도 우리 집에선 울고불고 소리 지르기, 창피 주고 죄책감 자극하기 정도는 통상적인 기법이었다.

그러나 사실 그런 것들은 다 본질적인 게 아니었다. 부모님의 전략이 효과적인 진짜 이유는 그들이 말하지 않는 것들에 있었다. 그들은 내 공부와 내 책에 자신들이 저축해 놓은 돈을 쏟아붓는 걸 아무렇지 않게 생각했다. 자신의 삶에서는 큰 성공을 바라지 않았다 — 우리의 성공이 더 중요했다. 오빠와 내게는 집안일을 시킬 생각조차 하지 않았다. 공부는 전력을 기울여야 할 일이라고 믿었기 때문이다. 혹시라도 자신들의 억양을 닮을까 봐 책을 읽어 주지도 않았다. 그들의 역사는 등한시했기에 모국어를 배우게 하지도 않았다. 그로 인해 자식들로부터 평가절하를 당하게 되는 것이, 그들이 치를 이민의 대가였다.

"넌 우리를 무시해." 부모님은 상처 받은 표정으로 내게 말했다. 두 분이 그렇게 말한 건 처음이 아니었지만, 내가 그 뜻을 알아들은 건 그때가 처음이었다. 그래서 나는, 그러고 싶지 않으면서도, 마음이 아리고 약해지는 걸 어쩌지 못했다. 그래, 그들은 나와 대화하는 방법을 몰랐다. 내가 원하는 바를 차분히 설명하도록 나를 이끌어 줄 방법을 몰랐다. 그래서? 그게 뭐 대수라고. 철 좀 들자. 그리고 어쩌면 그들은 내가 나 자신에 대해 인정하려 들지 않는 무언가를 알고 있는지 몰랐다.

한번은 아이들이 나를 향해 중국인을 비하하는 소리를 내는 걸 듣고 라일리 선생님이 호통을 쳤다. "쿠오 선생님은 우리와 마찬가지로 소수자야. 근데 어째서 선생님한테 상처를 주는 거니? 그건 너희 자신을 상처 주는 일이야." 학생들은 부끄러워하며 아무 말도 못 했다. 그들은 고개를 돌려 내 얼굴과 이목구비를 새로운 눈으로 살폈다. 나는 그들이 우리의 관계에 대해 곰곰이 생각하는 걸 알 수 있었다. 나는 어떤 이방인이나 야오밍의 친척이 아니라, 그들과 비슷한 누군가일지도 몰랐다. 나는 그렇게 말해 준 라일리 선생님이 너무나 고마웠다. 당신과 나, 우린 서로 비슷해요, 라고 말해 준 그녀가 얼마나 좋았는지.

황인종, 몽고 인종(대법원), 역겨운 중국인(역시 대법원). 이런 말들은 뚜렷이 다른 별개의 문화들을 추방 가능한 단일한 개체로 뭉뚱그리고 아시아인을 백인으로부터 분리했다. 1954년 '브라운 대 교육위원회' 판결이 나오기 전까지, 미시시피주의 중국인 아이들은 "유색인"이라는 이유로 백인 학교에 다니는 것이 금지되었다. 1943년에 공식 금지령을 도입하면서 아칸소주의 한 상원의원은 이렇게 말했다. "여러 의원님들 가운데 흑인이 본인의 자녀들과 같다고 생각하는 분은 없을 거로 압니다. 또한 저는 황인종인 그 누구도 저나 여러분의 자녀와 같다고 생각하지 않습니다."

제2차 세계대전 중 거의 1만7000명에 이르는 일본계 미국인이 포로 신분으로 헬레나에서 남쪽으로 160킬로미터 떨어진 아칸소 델타 지역으로 압송되었다. 대부분 캘리포니아에서 연행된 그들이 7일간 열차로 나라를 가로지른 끝에 마주한 것은 뱀이 들끓는 황무지에 반쯤 지어진 더러운 막사였다. 일부 구역엔 망루는 있어도 수돗물은 없었다. 그렇게 수감된 이들 대다수가 미국에서 태어났다는 사실은 중요하지 않았다. 서부방위사령부의 지휘관은 일본인은 적성 인종enemy race이라고 썼다. 또한 미국에서 태어나 미국 시민권을 소유한 많은 2세·3세 일본인은 "미국화"했으나 인종적 특성은 희석되지 않았다, 라고도 했다.

일본계 미국인들은 델타에서 나무를 베고 땅을 개간하고 작물을 심었다. 캘리포니아에서부터 농사를 지었던 이들도 있었지만, 사무직에 종사했던 터라 난생처음도끼 쓰는 법을 익혀야 했던 이들도 있었다. 그들의 노동 덕분에 전에는 쓸모없던 토지의 가치가 7~15배까지 뛰어올랐다. 일본인들이 이 땅을 사서 전후에도 머물 것을 두려워한 주 의회는 일본인이나 그 후손은 아칸소주에 있는 어떤 땅도 매입하거나 소유권을 보유할 수 없다 라는 내용의 법안을 통과시켰다.

라일리 선생님이 학생들에게 한 말은, 우리가 모두 델타의 백인 우월주의 역사라는 동일한 맥락 속에 있다는 뜻이었다. 그녀의 말은 내가 델타에 오고 싶었던 이유를 정확히 표현해 주고 있었다 — 나는 연대 의식을 보여 주고 싶었다. 하지만 이제 그 말은 설득력이 없어 보였다. 델타 아시아인의 투쟁은, 내 학생들과 라일리 선생님의 투쟁만큼이나 내 것이 아니었다. 내 조상은 여기 출신이 아니었다. 내 조부모는 전쟁 중에 구금된 적도 없었고, 이곳 학교에 다니는 것이 금지된 이들도 아니었다. 미국에서 나의 역사는 매우 짧고 단순했다 — 내 부모님은 사람들이 거의 들어 본 적도 없고 나 역시 잘 알지 못하는 나라에서 왔다. 그래서 나는 일종의 대체재로 — 이제 이 점은 명백해 보였다 — 흑인 전통에 기대었고, 그럼으로써 내 역사의 부재를 채우고 미국의 과거에 대해 지분을 주장하려 했던 것이다.

나는 운전을 계속했다. 중간에 럭키스트라이크 카지노에 주차했지만 곧 되돌아 나왔다. 북쪽으로 갔다가 남쪽으로 내려왔다 다시 북쪽으로 올라갔다. 도로변을 따라 피칸 나무들과 기이한 십자가들, 텅빈 들판, 그리고 물속에 뿌리를 내린 고목 한 그루가 지나갔다.

"여기서?" 아버지는 팔을 흔들어 이곳을 가리키며 말했다. 여기는 부모님이 찾아온 미국이 아니었다. 그들은 이곳을 알지 못했다. 헬레나의 이민자 집단은 하나둘 사라졌다. 한때 헬레나의 중요한 구성원이었던 델타 유대인, 델타 레바논인, 델타 중국인은 더는 그곳에 없었다. 그들은 이민자였고, 그들의 정체성은 거기에 있었다 — 그들은 다른 곳으로 떠났다. 그 순간 모든 것이 기이하리만치 명료해졌다. 델타를 바라보는 부모님의 시각이야말로 내 학생들의 시각과 가까웠다. 델타는 막다른 곳, 탈출해야 할 곳이었다.

라일리 선생님이 우리의 유대를 선언했을 때, 그녀는 내가 정말로 어디에 속하는지를 자문하게 했다. 내 부모님은 지나치게 겸손했다. 그들은 내게 자신들의 역사에 관해 많은 이야기를 들려주지 않았다. 자신들이나 그들이 지나온 여정에는 그리 특별할 게 없다고 생각했기 때문이다. 그리고 그들의 말을 액면 그대로 받아들인 것이 내 과

오였다고, 쓰라린 마음으로 나는 생각했다. 부모님이야말로 내가 가장 먼저 연대를 표했어야 할 이들이라고. 내가 자신들에게 속한 듯 취급하는, 잔소리 많고 생활력 강하고, 살과 피로 이루어진 존재들. 어쩌면 나는 정말로 그들에게 속해 있을지 모른다. 그들에게 지켜야 할 도리가 있을지 모른다.

종종 그랬듯이, 내가 어머니의 말에 반감을 느낀 이유는 부분적으로 그 말이 사실이기 때문이었다. 나와 가장 친한 친구들은 거의 다 커플이었다. 나는 매일같이 우리 집 앞길을 따라 조금 떨어진 곳에 있는 대니와 루시네 집으로 건너갔다. 그들은 고양이 두 마리를 키우고 있었는데, 나는 마치 그들의 세 번째 고양이처럼 내킬 때마다 그곳을 드나들고 그들의 소파에서 잠이 들었다. 졸다가 깨보면 스토브 위에는 칠리 스튜가 끓고 있고, 내 몸에는 담요가 덮여 있었으며, 두 사람은 행여 날 깨울까 봐 조용히 속삭이며 발끝으로 살금살금 걷고 있었다. 저녁을 먹고 나면 대니는 내게 기타를 가르쳐 주고 루시는 우리가 연주하는 곡에 맞춰 노래를 불렀다. 그해 우리 집에서 함께 살던 친구들도 커플이었다. 한 명은 가톨릭 신자, 다른 한 명은 유대인이었던 그들은 나중에 아이를 낳게 되면 크리스마스트리를 세울지 말지를 두고 아웅다웅했다. 그런 말다툼의 반복조차 내게는 요원하기만 한 아기자기한 가정생활의 한 단면처럼 보였다.

하지만 어머니가 제기한 혐의를 뒷받침하는 결정적인 증거는 내 유일한 싱글 친구인 비비언과의 대화에 있었다. 우리는 델타가 외딴섬 같다고 이야기하곤 했다 — 싱글인 사람은 계속 싱글일 수밖에 없었다. 우리 또래는 아무도 없었다. 우리는 그 많은 튀김 음식과 스트레스 때문에 얼마나 살이 쪘는지 한탄했다. 그리고 장기간 머물기로 결정한 친구들은 거의 모두 커플이라는 사실에 씁쓸해 했다.

나는 내가 외롭다는 걸 인정해야 했다. 유쾌하지 않은 진실은, 내가 거의 스물다섯이 되도록 한 번도 남자 친구를 사귀어 본 적이 없다는 것이었다. 델타로 오기 한 해 전, 나는 장학금을 받아 영국에 갔었다. 거기서 처음 제대로 술을 마시고, 귀를 뚫고, 상대는 알아채지도 못한 굴욕적인 짝사랑을 했다. 나는 다소 의기소침한 상태로 영국을 떠났지만, 그해 여름 델타에 도착할 즈음에는 언제 그런 일이 있었냐는 듯, 드높은 이상을 좇던 예전의 모습으로 되돌아갔다. 대학 시절에 나는 연애는 평범한 애들이나 하는 짓이라 치부하면서, 그것이 내 헌신의 강도와 사소한 것들에 대한 초연함을 보여 주기라도 하는 것처럼 굴었다. 나는 여성스럽고 이국적인 아시아 여성을 둘러싼 고정관념을 너무 자랑스럽게 거슬렀다. 나는 스스로 독신주의 페미니스트라며 사람들에게 농담을 던지곤 했다. 멜빵바지를 즐기고 옷 색깔의 조화에 무심했으며, 부르주아적인 이성애보다 여성 간의 우정이 우월하다고 열변을 토했다. 하지만 이제 나는 무안했다. 내 선언은 지나치게 소란스러웠던 것 같았다. 나는 세상과 상호작용하는 중요한 방법 하나를 놓치고 있었다.

게다가 비비언도 떠날 예정이었다. 미시간대 공공정책 대학원에 합격했기 때문이었다. 며칠 전, 저녁을 먹으러 우리 집에 들른 그녀가 말했다. "오늘 쿠퍼 선생이" — 그녀가 있던 밀러의 교장이었다 — "몽둥이를 들고 복도에서 어떤 애를 쫓아 달려갔어. 애가 싸움을 벌였나 봐." 그녀는 팔을 들어 올려 그를 흉내 냈다. 움켜쥔 주먹은 금방이라도 내려칠 기세였다. "어쨌거나 애는 도망쳤어." 비비안은 서글프게 웃었고, 나는 잠시 그녀가 다른 사람처럼 보였다. 학교의 역기능에 대한 그녀의 실소는 내게 떠나도 된다는 허락처럼 느껴졌다.

　제대로 된, 어려서 내가 다니던 곳과 같은 그런 학교에서는 교직원 전체가 하나의 기본 단위처럼 움직인다. 어른들은 한 팀의 릴레이 주자들이 배턴을 주고받듯 문제 학생을 인도하고 인계받는다. 교장은 학부모-교사 회의를 주관하고, 상담사는 정기적인 상담을 진행한다. 어른들은 머리를 맞대고 아이를 위한 계획을 세운다. 그러나 제대로 돌아가지 않는 학교에서 주로 경험하는 것은 포기의 정서다. 포기란, 방해가 되는 학생을 교실 밖으로 내보내는 것, 그를 변화시키는 데 보탬이 됐으면 했던 수업으로부터 아이를 배제하는 것이다. 포기란, 피난처가 돼 줘야 할 학교가 도리어 불안정한 환경으로 학생을 추방하는 것이다. 교장이 출근하지 않은 날, 벌을 받아 교실에서 쫓겨난 학생들은 갈 곳이 없었다. 그들은 학교를 여기저기 배회하며 아무 교실에나 들어가려고 문을 두드렸다. "문을 잠그세요." 라일리 선생님은 충고했다. "계속 두드리겠지만 결국은 다른 데로 갈 거예요."

　내 부모님의 생각이 그렇게 잘못된 걸까? 대부분의 부모는, 이민자건 아니건, 자식이 델타로 가는 걸 바라지 않을 것이다. 내 부모님은 내가 결혼하고 자식을 낳고 좋은 직업을 갖고 돈을 벌기를 바랐다. 행복에 관한 그들의 관념은 매우 미국적인 것이었다. 나를 아는 거의 모든 사람이 이미 내게 떠나기를 허락한 듯 보였다. 나는 왜 남으려고 하는가? 그건 어처구니없는 생각이었다. 나는 미시간 출신의 아시아계 미국인 여성이었다 — 나와 이곳 사이에 어떤 유대가 있을 수 있나? 이제는 여기 정착하려던 내 시도가 부조리해 보일 뿐이었다. 대체 내가 뭐라고.

　집에 주차할 무렵에는 거의 어두워져 있었고, 난 떠나기로 마음을 먹었다. 나는 오래도록 뜨거운 샤워를 했다. 밖으로 나와 우연히 거울에 비친 내 모습을 보고 나는 깜짝 놀랐다. 델타에 온 후 처음으로 나는 내가 예뻐 보인다고 생각했다.

내가 그렇게 결심한 지 2주 후, 재정 부족으로 인해 더는 스타를 유지할 수 없다는 교육청의 발표가 나왔다. 스타의 모든 학생과 교사는 헬레나의 기간 고교인 센트럴로 보내질 거라고 했다. 대안 학교에 대한 교육청의 실험 — 실험이라는 말이 적절하다면 — 은 그렇게 7년 만에 끝이 났다. 헬레나에서 스타의 퇴장은 별다른 이야깃거리가 되지 못했다. 유일하게 그 문제에 대해 숙고하고 의견을 낸 쪽은, 센트럴 근방 부자 동네에 거주하던 백인들이었다. 그들은 불량한 아이들이 자기 집과 너무 가까워지는 "위험"에 대해 우려를 표했다. 사실 그들을 비난할 순 없었다. 안전을 이유로 — "위험"과 거리를 두기 위해 — 교외에 거주하는, 인종을 불문한 대부분의 중상위 계층 가정들보다 그들을 조금이라도 더 못마땅하게 볼 근거가 있을까? 이 작은 도시에서는 백인들 거주지를 조금만 벗어나도 가정집 창문에 무작위로 벽돌이 날아들었고, 노인들이 구타당하거나 주머니가 털렸으며, 사람들이 자기 집 진입로에서 총으로 위협을 당했다.

　학생들이 나를 바라보며 물었다. "선생님도 센트럴로 가시는 거예요?"

　나는 고개를 저었다.

　패트릭은 펜을 내려놓았다. 교실은 정적에 휩싸였다. 컴퓨터가 둔한 기계음을 냈다.

"난 로스쿨에 진학하게 됐어. 내년에는 여기 없을 거야."

긴 침묵이 흘렀다. 학생들 중에서 가장 상냥했던 모니카가 겨우 입을 열었다.

"선생님, 선생님은 좋은 변호사가 못 될 거예요."

"어째서?" 나는 부러 화난 척 두 손을 허리로 가져갔다.

"왜냐하면 선생님은 너무 착하니까요."

나는 모두를 둘러보았다.

"너희들이 보고 싶을 거야. 너희는 내가 아는 가장 강한 사람들이야." 패트릭은 눈도 깜박이지 않고 나를 쳐다보았다. 내 말을 한마디도 놓치지 않으려는 듯했다. 에런도 그랬다. 지나도. 모니카도. 케일라도. 그들은 모두 나를 믿었다. 불현듯 그런 생각이 들었다 — 그들은 나를 믿었고, 내가 그저 친절을 베풀었다거나 돈을 벌려 했다거나 그들에게서 뭔가를 얻어 내려 했다고 생각하지 않았다. 크게 보아 1년은 긴 시간이 아니다. 하지만 우리는 매일을 함께 지냈고, 서로를 신뢰하게 됐다.

학교에서의 마지막 날, 우리는 "현장학습의 날"을 갖기로 하고 밖에서 햄버거를 사먹고 놀았다.

"가지 마세요, 선생님." 모니카가 말했다. 그녀의 표정에 나를 비난하는 기색은 없어 보였다.

나는 여름의 마지막 날까지 헬레나에 머물렀다. 새로 생긴 보이즈앤걸즈클럽을 위한 임시 공간에서 탁구를 치고, 우리 집 포치에 앉아 메릴린 로빈슨의 『길리아드』를 읽었다. 사람들이 바란 최선은 쓸모 있는 삶이고 최악의 공포는 목적 없는 삶이었다고, 그녀는 썼다.° 교실의 짐을 정리하는 데는 한참이 걸렸다. 아무것도 버리고 싶지 않아서였다. 나는 열다섯 살 남학생들 사이에서 의외로 엄청난 인기를 끌었던 내 스티커들을 간직했다. 학생들이 자유 작문 시간에 쓴 글도, 그들의 사진도 간직했다. 패트릭이 그린 그림 한 장도 챙겼다. 거기에는 "우리를 위해 주시는 선생님들"이라는 글귀와 함께 내 사진이 들어가 있었다.

떠나기 전날 밤, 나는 대니와 루시를 보러 갔다. 우리는 밤새 이야기를 나눴다. 나는 그들에게 전에 일했던 홈리스 쉼터에 관해 이야기했다. 한 남자가 쉼터로 찾아와 치약을 건네받는다. 그는 보통은 공항에서 잠을 자는데 그날따라 경찰이 귀찮게 한다고 말한다. 나는 남자와 몇 시간 동안 대화를 나눈다. 다음 날 밤에 빈 침대가 없을 경우를 대비해, 나는 남자에게 지하철 표 한 장을 준다. 그렇지만 쉼터를 나오면 나는 변함없는 일상을 이어 간다. 필요하지 않은 물건에 돈을 쓰고, 중요하지 않은 일들을 걱정한다. 이게 말이 되나? 절대적으로 버림받은 사람, 누더기를 걸치고 추위에 벌벌 떨며 악취를 풍기는, 입에서 알코올 기운이 느껴지고 말이 꼬이는 그런 사람을 본다면, 그 눈을 똑바로

o 『길리아드』, 공경희 옮김, 마로니에북스, 2013, 75쪽. 길리아드는 아이오와 주의 가상의 지명으로 존 에임스 목사 집안이 삼대째 살던 곳으로 설정돼 있다. 전체 이야기는 에임스 목사가 일곱 살 난 아들에게 보내는 편지 형식으로 이루어져 있으며 해당 부분은 목사가 노예제 폐지를 지지했던 자신의 할아버지를 추억하는 대목이다.

쳐다본다면, 이후의 나는 완전히 다른 사람이 되어야 하지 않나? 내 삶은 영구히 달라져야 하지 않나? 물론 내 친구들은 내가 정말로 묻고 싶은 게 무엇인지 잘 알았다.

"너희는 얼마나 더 머물 생각이야?" 나는 결국 그 말을 꺼냈다. 그들은 비난하는 뜻 없이 부드럽게, 서둘러 떠날 생각은 없다고 답했다. 대니와 루시는 내가 행복하기 바란다고 말하며 기타를 선물해 주었다.

떠나는 날 아침은 덥고 화창했다. 차를 몰아 델타를 빠져나오면서 그제야 비로소 나는 우리 모두가 공통된 인간성을 갖고 있다는 볼드윈의 주장 — 흑인이건 백인이건 우리는 서로의 일부이다 — 이 자연스러운 인간적 감정이 아닌 노력에 근거한다는 사실을 깨달았다.

사람은 오로지 자기 자신에게서 직시할 수 있는 것만을 타인에게서 직시할 수 있다, 라고 그는 썼다.° 공통된 인간성이라는 이상, 즉 사랑에 대한 믿음은 올바른 출발점이 아니었다 — 믿음은 거저 얻어지는 것이 아니기 때문이다. 우리는 자신을 무너뜨리고 완전히 해체해야 했다. 노력을 기울이고 고통에 맞서야 했다. 볼드윈이 그랬듯이, 애써 절망을 다잡아 우리 모두가 불가분의 운명을 함께한다는 믿음을 만들어 내야 했다.

나는 학생들에게 힘겨운 노력을 요구했다. 데이비드에게 애써 그린치 사진을 보게 만들었다. 그는 책상에 엎드렸다. 조상이 모욕당하는 모습 때문이었을까, 아니면 그 수업 자체에 대한 불만 때문이었을까? 그는 자신에게 기대되는 어떤 역할 — 그 괴기스러운 광경의 증인

° *Nobody Knows My Name: More Notes of a Native Son*, New York: Dial Press, 1961.

이 되는 것, 그런 상황이 종료되었다는 사실에 안도하는 것 — 을 감지하고 거기 저항했던 걸까?

나는 또한 학생들에게 글 쓰는 노력을 기울이게 했다. 패트릭의 이웃에 사는 열다섯 살 리아나는 할머니가 키우는 아이였다. 주님, 제가 가장 이해가 안 가는 건, 어째서 저와 제 여동생을 보살필 수 있도록 할머니한테 좋은 남자 친구와 좋은 일자리가 생기지 않는 거죠. 어째서 할머니가 로또 같은 거에 당첨되거나 돈이 좀 생기지 않는 거죠. 40에이커와 노새°은 어떻게 된 거죠.

"40에이커와 노새?" 나는 놀라서 물었다. 다른 학생들은 아무도 그 표현을 몰랐다. "이걸 어디서 배웠어?" 나는 거듭 물었다.

리아나가 말했다. "할머니한테서요." 그녀는 누군가가 할머니에게 한 약속을 어겼다는 생각에 속이 상했다.

마일스는 계속해서 글을 썼다. 하지만 그의 다음 시는 첫 번째 시의 실성한 쌍둥이 버전 같았다. 나는 형을 죽인 남자가 벌을 받을지 궁금하다 / 그 가게를 보면 형이 생각난다 / 나는 그 남자를 죽이고 싶다 / 해치우면 왕이 된 느낌일 텐데. 나는 종이를 쥔 채 마비된 것처럼 자리에서 꼼짝하지 못했다. 귀가 뜨겁게 달아올랐다. 글쓰기는 그에게 "끝맺음", 비통함의 끝, 흔히들 말하는 새로운 시작을 가져다주지 못한 게 분명했다. 도리어 글쓰기는 더 큰 고통으로 향하는 문을 열어젖혔다.

그리고 패트릭은 정말로 노력했다. 패트릭은 스스로 등교를 계

° 남북전쟁 말미에 자유인이 된 흑인들에게 땅 40에이커(약 16만2000제곱미터)와 노새 한 마리를 지급한다는 약속이 있었으나 곧 무효화되었다.

속했다. 매일 아침 잠자리에서 일어났고, 매일 아침 버스에 올랐다. 처음에 나는 그의 결석을 이해하기 어려웠다. 그러나 이제는 그럴 만도 하다는 생각이 들었다. 학교는 왜 나와야 할까? 졸업하면 정말 그의 세상이 나아질까? 그 후에는 무엇을 할 수 있을까? 그의 가족 중에서 고등학교를 졸업한 사람은 없었다. 그럼에도 그는 학교에 왔다. 그는 거리를 떠도는 동물에 관해 시를 쓰고 캔자스의 마법사에 관한 책을 읽었다. 그는 딜런 토머스의 시구를 가져다 노트에 적어 넣었다. 어둠은 길, 빛은 장소Dark is a way and light is a place.º "소리가 좋아서요." 그는 말했다.

볼드윈은 『다음 심판은 불』에서 이렇게 썼다. 우리는 … 마치 연인들처럼, 상대에게 의식을 가지라고 요구하거나 그들의 의식을 일깨워야 한다.ºº 내 학생들은 그렇게 했다. 그들은 요구했고, 내 의식은 더 넓어졌다. 그러나 모두가 알면서도 아무도 말하지 않은 진실이 있었다. 나는 떠날 수 있었다. 나는 원한다면 언제든 교실을 박차고 나가 다시는 돌아오지 않을 수 있었다. 나는 떠날 수 있고 그들은 그럴 수 없다는 것이, 내가 쥔 패였다.

진부한 말이지만, 정말로 내가 준 것보다 얻은 게 더 많았다. 내가 얻은 것은, 하루가 의미 있었다고 판단하게 해줄 한 가지 척도였다. 나와 환경이 전혀 다른 사람과 어렵지만 온전한 관계를 맺을 수 있었나 하는 게 그 척도였다. 너무나 진실해서 내가 그런 관계를 맺고자 시도

º <생일에 부치는 시>Poem on His Birthday, 『딜런 토머스』, 김천봉 옮김, 이담북스, 2014.

ºº 「십자가 아래에서: 내 마음속 구역에서 보낸 편지」, 145쪽.

했다는 사실조차 잊게 하는 관계. 너무나 절실해서 나로 하여금 다음 날에도 그 자리를 지키고 싶게 만들고 또 내가 그러리라는 걸 그 사람도 믿게 하는 관계. 만약 그런 관계를 맺을 수 있다면, 어쩌면 나는 거짓만 늘어놓는 위선 덩어리가 되지 않을지도 몰랐다. 내가 좇는 진보적인 이상을 실질적인 것으로, 내 뼈와 살의 일부로 만들 수 있을지도 몰랐다.

학생들에게 노력을 요구하는 동안 나 스스로는 어떤 노력을 기울였을까? 많은 걸 했다고 생각했는데, 떠나면서 돌아보니 2년은 아무것도 아닌 것 같았다. 어쩌면 나는 전혀 변한 게 없는지도 몰랐다. 가르치는 게 너무 힘겨웠던 날들이 떠올랐다. 그런 날엔 내가 스스로에 대해 갖고 있던 생각들, 내가 갖고 있다고 생각했던 선의와 인내심, 신념 같은 것들이 수면 위로 떠올라 산산이 부서지곤 했다. 누군가가 다른 아이를 놀렸다가 보복과 분출과 대혼란이 이어지고, 나는 선 자리에서 목의 정맥이 부풀어 오르고, 아이들은 내가 무슨 말을 하나 기다리며 지켜보던 그런 날들.

어떤 사람은 분명 내가 신물이 난 거라고 생각했을 것이다. 다 포기하고 차에 올라 훌쩍 떠나고 싶었을 거라고. 아마도 사실이었을 거다. 하지만 정반대로 느낄 때도 많았다. 그래도 남은 하루를 잘 수습할 수 있을 거라고 말이다. 터져 나오는 분을 이기지 못한 아이는 자기가 또 모든 걸 망쳐 버렸다고 느낀다. 오늘의 폭발로 어제의 성공은 사라지고 점수판은 깨끗이 지워져 0점으로 돌아가 버렸다고. 하지만 나는 그들에게 다가가 이렇게 말했다. 그 무엇도 네가 한 일을 없애지 못해. 저기 네 사진 보여? 네가 읽고 있는 책이 보여? 나는 말했다. 자폭하고, 실패하고, 넘어지고, 속상해 하고, 다시 일어서고. 그러는 게 사람이야.

넌 강하고 선해. 날 믿어.

말은 중요했다. 말은 사람을 일으켜 세웠다. 하지만 어떤 학생들에게는 내 응원의 말이 거의 필요 없었다. 패트릭 같은 아이는 남을 위해 나설 줄 알았고 자기만의 지혜를 나눠 주었다.

어느 4월 오후, 일주일 내내 비가 내린 탓에 지붕에 누수가 발생해 교실에 있던 책 여러 권이 못쓰게 되었다. 학생들은 크게 낙담했다. 모니카는 흠뻑 젖은 책을 긁적였다. 나는 당황해서 어찌할 바를 몰랐다.

"다들 그만 울어." 패트릭은 이렇게 말하더니 일어나 밖으로 나갔다. 몇 분 후 그는 양동이와 걸레를 가지고 돌아왔다.

2부

나갔다가

들어왔다가 바쁜

고양이의 사랑.

〔 4 〕

이반 일리치의 죽음

로스쿨에 다니면서 나는 급속하게 나 자신이 낯설어졌다. 좋은 학생이 못 된다고 느껴지기는 난생처음이었다. 수업 시간에는 소심했고 말하기가 겁났다. 성적은 평범했다. 나는 내가 똑똑해 보이는지 걱정이 됐다. 가장 똑똑해 보이는 사람들은 망설임 없이 신속하게 규칙을 적용했다. 그들은 요구받는 것을 해냈다. 말하자면 어떤 문제든 추상적으로 다루었고, 그 문제가 실제로 사람들이 겪은 일일 수 있다는 생각 때문에 마음이 흐트러지지 않았다.

계약법 강의 첫날, 교수님은 남편과 사별한 한 여성의 이야기를 들려주었다. 남편이 가입한 생명보험 계약의 세부 조항을 들어, 보험사는 아내에게 보험금 지급을 거부했다. 우리는 그 세부 조항에 대한 설명을 듣고 경악했다. 아내는 보험금을 지급받아야 할까? 전체 수강생 80명 중 거의 전부가 그렇다고 손을 들었다. 하지만 학기가 거의 끝나 갈 무렵 교수님이 같은 사례를 제시했을 때 여전히 그렇다 쪽에 표를 던진 수강생은 얼마 없었다.

그 첫 학기에 나는 레오 톨스토이의 『이반 일리치의 죽음』을 읽었다. 이반은 법대생과 변호사를 거쳐 판사가 된 인물이었다. 그는 열심히 일하고, 지위가 높아지고, 승진을 기다리고, 승진에 실패해 비관하고, 승진하고, 다시 지위가 높아지고, 마침내 판사로 임명된다. 그는 모든 면에서 올바르고 품위 있고 훌륭한 삶을 살았노라 자부한다.

그러나 그가 병에 걸리면서 모든 게 달라진다. 그는 육체적 고통에 덜컥 겁을 먹는다. 그는 신음하고 뒤척인다. 그리고 자기 안에서 어떤 목소리를 듣기 시작한다.

도대체 네가 바라는 게 뭐지? 목소리가 묻는다.

이반은 고통받지 않기를 바란다고, 살기를 바란다고 답한다.

목소리가 대꾸한다. 살기를? 어떻게 살기를 바라는데?°

이반은 목소리에 귀 기울일 때 고통이 사라지는 걸 느낀다.

그는 자신이 제대로 살지 못한 건 아닌지 자문한다. 하지만 그럴 리 없지 않은가. 그는 해야 할 일을 소홀히 한 적이 한 번도 없었다.

다 자기가 잘못 살아서 그런 일을 당한다는 생각이 자꾸만 들었지만, 그럴 때마다 그는 자신이 얼마나 올바르게 살았는지를 되새기며 그 이상한 생각을 얼른 떨쳐 버렸다.°°

로스쿨에서 나는 난생처음으로 돈 냄새나는 행사를 경험했다. 바로 기업법 전문 로펌이 주최하는 채용 파티였다. 2학년이 시작될 무렵부터 나는 검정 드레스를 입고 엄마의 진주 목걸이를 하고서 내가 기업 인수합병에 무척 관심이 많다는 걸 채용 담당자들에게 설득하는 데 많은 시간을 보냈다. 이 취기 도는, 레스토랑 순회 시즌의 모든 행사는 ─ 셰 앙리 레스토랑의 와인과 연어 케이크든, 찰스 호텔의 거대한 초콜릿 분수든 ─ 우리를 유혹하기 위해 고안된 것이었다. 우리는 일단

○　『이반 일리치의 죽음·광인의 수기』, 석영중·정지원 옮김, 열린책들, 2018, 110쪽.

○○　같은 책, 111쪽.

로펌에 지원해 여름방학 동안 거기서 일한 다음 최종적으로 — 숙취를 지나치게 티 내지 않는다는 가정하에 — 입사 제안을 받게 되어 있었다. 유혹과 더불어 작용하는 다른 힘은, 필요(로스쿨 학자금 대출이 엄청났다), 사회적 압력(모두들 그렇게 산다), 그리고 합리화(세상이 대부분 기업에 의해 좌지우지되므로 기업이 어떻게 돌아가는지는 알아 둬야 한다)였다. 나는 기업법 쪽을 "가장 쉬운 길"이라 부르며 "죽고 나서 묘비에 끝까지 모든 옵션을 열어 두었던 사람이라고 적히기를 바라는 사람은 없겠지" 하던 교수님의 말을 애써 머릿속에서 지워 내려 했다.

나는 2학년과 3학년 사이에 뉴욕 맨해튼의 한 로펌에서 "여름내기"로 한 달을 보냈다. 일은 숨 막혔지만 급여는 경이로웠다. 여름내기들은 5코스 점심을 공짜로 먹을 수 있었고, 며칠에 한 번씩은 근사한 음식과 무제한 음료가 제공되는 저녁 행사에 참석할 수 있었다. 한번은 아시아계 미국인들을 기념하는 "다양성" 행사 — 기조 연설자는 "<서바이버>에 출연한 아시아계 남성"이라 홍보되었다 — 가 열렸다. 어느 날 저녁에는 고급 치즈 만들기 강좌가 있었다. 어떤 로펌은 공중그네 타기를 배우는 하룻밤 수업에 여름내기들을 보내기도 했다.

모든 여름내기에게는 변호사 멘토가 배정되었다. 내 멘토는 꼬박꼬박 맨해튼의 훌륭한 일식 레스토랑에서 점심을 사주었다. 나는 그가 맘에 들었다. 내가 전해들은 다른 멘토들과 달리 그는 나를 채용하는 데 별 관심이 없어 보였기 때문이다. 사실 그는 나보다 한 살 어렸지만 몸가짐은 노인 같았다. 얼굴은 초췌하고 여기저기가 쑤신다면서 술 이야기를 자주 했다. 한국계 미국인인 그는 대학에서 로스쿨, 로스쿨에서 로펌으로 연달아 직행한 모양이었다. 그는 묘하게 향수 어린 말투로 학창 시절의 시험 기간을 회상했다. 나는 시험이 그에게는 해야 할 과제가 명확했던, 아무런 질문도 필요 없던 시절을 상기시키는 게 아닐까 생각했다.

그 4주 동안 나의 뉴욕은 톨스토이의 모스크바와 꽤 비슷했다. 우리는 따분한 일과를 먹고 마시기로 달랬으며, 다음 날 이어지는 따분한 일과를 또다시 먹고 마시기로 달랬다. 나는 그런 먹고 마시기가 좋기도 하고 싫기도 했다.

그 여름 부모님이 찾아와 타임스퀘어에 위치한 로펌 건물 앞에서 만나 점심을 함께했다. 고층 빌딩들을 올려다보는 두 분은 갑자기 매우 이민자 같아 보였다. 새삼 그들이 미국에 이르기까지의 여정이 무척이나 길게 느껴졌다. 그들은 30년도 더 전에 작은 섬나라 타이완에서 미시간으로 건너와 영어를 배우고 일자리를 얻고 미국 중서부의 교외에서 두 아이를 키웠다. 그리고 여기, 그들이 성공했다는 증거가 머리 위로 우뚝 솟아 있었다. 바로 이 높은 빌딩 안에서 딸이 일하고 있는 것이다. 점심을 먹으면서 저녁을 뭘 먹을지 생각하는 성격인 아버지는, 내가 얻어먹은 5코스 요리를 설명해 보라 했고 나는 순순히 응했다. 두 분은 로펌 직원 누구도 행복해 보이지 않는다는 내 말을 이해하지 못했고 나는 굳이 장황하게 설명하지 않았다.

로펌 근무는 4주 후에 끝났다. 로펌은 채용 전략의 일환으로 남은 여름 동안 내가 비영리단체에서 인턴으로 일할 경우 급여를 지불해 주기로 했다. 나는 로펌의 내 자리를 재빨리 정리한 후 — 간직하고 싶은 물건은 전혀 없었다 — 뉴욕에 남아 '더도어'라는 단체에서 일했다. 더도어는 아동 및 청소년을 위한 춤과 랩 수업, 현장 상담 프로그램을 갖춘 떠들썩한 분위기의 복지 기관이었다. 나는 인신매매로 미국에 오게 된 중국 아이가 비자를 발급받도록 도와주었다. 행복했다.

그 4주 사이에 나는 로펌에서 지급받은, 여름이 끝나면 반납해야 할 블랙베리 폰을 잃어버렸다 — 아마 더도어의 내 책상 어딘가에 혹은 전혀 엉뚱한 곳에 있었을 것이다. 어느 금요일 아침, 내 손으로 준비한 노동자 권리 훈련 과정 때문에 한껏 들떠 있던 차에 내 개인 휴대폰으로 전화가 걸려 왔다. "지금 어디예요?" 로펌의 여름내기 담당자였다.

"네? 무슨 말씀이세요?" 나는 되물었다. 듣자 하니 내가 입사를 제안 받은 여름내기들을 위한 축하 행사를 놓친 모양이었다. 관련된 정보가 그 사라진 블랙베리 폰으로 전달된 것이었다.

"당신은 입사 제안을 받았어요." 그녀가 말했다. "감사합니다." 나는 그제라도 그녀가 제안을 무르지는 않을까 불안해하며 답했다.

다른 여름내기들은 입사 제안을 받고 나서 부모님께 연락했지만 나는 그러지 않았다.

나는 데이트를 해보려고, 아니 데이트하는 방법이라도 배워 보려고 했다. 그런 만남에서 나는 어김없이 헬레나에서 아이들을 가르친 일에 관해 이야기했다. 하지만 모든 강렬한 경험이 그렇듯, 그것을 말로 표현하기는 어려웠다. 또 여전히 꽤 최근의 경험이었기 때문에, 아직은 그 일이 과거로 — 단순히 "좋은 경험"으로 — 생각되지 않았고 그러고 싶지도 않았다. 아마 이것이 내가 그 후로도 계속 델타 이야기로 되돌아간 이유일 것이다. "상대가 동의만 해준다면 전 그곳으로 돌아가 정착할지도 모르겠어요." 나는 첫 데이트에서 이렇게 말하곤 했다.

그러고는 어째서 내 데이트에 진전이 없는지 의아해 했다.

로스쿨 마지막 학년을 시작할 무렵, 나는 다른 동기들과 마찬가지로 대체로 졸업 후의 일자리를 찾는 데 몰두해 있었다. 로펌의 입사 제안이 있긴 했지만 받아들여야 할지 확신이 서지 않았다. 나는 정부나 비영리단체를 염두에 두고 있었다. 그런 면에서 하버드생은 운이 좋았다 — 비영리단체는 자리가 귀했고, 채용을 하더라도 편파적으로 상위권 학교 졸업자를 선택하는 경향이 있었다. 다른 로스쿨에 다니던 친구들은 아무리 이런 공공 부문 일을 하고 싶다 해도 민간으로 갈 수밖에 없었다. 나는 선택의 사치를 누릴 수 있었다. 하지만 어디서 일해야 할까?

처음 로스쿨에 진학할 때 나는 시민적 권리로서의 교육을 위해 싸워 보겠다는 생각을 갖고 있었다 — 학부 시절부터 나는 남부 학교의 흑백 분리 정책을 철폐하기 위해 목숨을 내걸었던 1950~60년대 민권 변호사들을 존경했다. 나는 전미유색인종지위향상협회 법률방어기금을 목표로 삼고 로스쿨 1학년을 마친 여름에 그곳에서 인턴으로 일했다. 하지만 학교는 더는 민권 변호사들의 전장이 아니었다. 브라운 대 교육위원회 소송 당시 전미유색인종지위향상협회 법률방어기금의 수석 변호인이었던 로버트 카터 판사는 1980년에 쓴 에세이에서 그 상징적인 승리에 대해 숙고한 바 있다.

카터 판사에 따르면, 당시 변호인들의 주된 오류는 인종 통합 교육이 곧 교육의 평등을 의미한다고 가정한 것이었다. 그렇더라도 그들을 탓할 수는 없었다. 브라운 판결이 나오기 전까지 남부의 교육 당국은 흑인 학교를 공적으로, 노골적으로, 뻔뻔스레 차별했다. 브라운 소송의 변호인들이 수집한 허다한 증거가 드러내듯이, 학생 1인당 교육예산에는 엄청난 격차가 있었고, 흑인 교사와 교장의 급여는 참담한 수준이었으며, 시설은 낙후돼 있었다. 그러나 그들은 브라운 판결 이후에야 비로소 법적으로 시행되는 인종 분리 자체는 근본악이 아님을, 그것은 더 크고 더 치명적인 질병인 백인 우월주의의 부산물이자 증상일 뿐이라는 사실을 이해했다. 두말할 나위 없이, 백인 우월주의의 해악은 국소적인 병변에 그치지 않는다.

북부의 경우, 부유한 백인들은 흑인들과 같은 학교에 다니는 걸 피하기 위해 교외로 빠져나갔다. 주거지의 분리는 그때나 지금이나 아이들 사이에서 인종적 고립을 야기하는 가장 흔한 원인이다. 그것이 바로 백인 아이들은 백인 아이들끼리, 흑인 아이들은 흑인 아이들끼리 학교에 다니는 이유이며, 브라운 판결이 나온 1954년보다 오늘날 교육의 분리가 더 심각한 이유다. 한편 남부에서는, 아칸소 주지사가 주 민병대를 동원해 학교 건물을 봉쇄해 버렸다. 델타 같은 농촌 지역에서는 소규모 사립학교가 우후죽순 문을 열었다. 1980년에 이미 카터 판사는 자기 세대에는 통합이 이루어지지 않으리라는 걸 예감하고 있었다. 그러나 현재 상황에서 통합에만 집중하는 것은 중산층만이 감당할 수 있는 사치이다. 그들에게는 만족스럽지 못할 경우 공립학교를 떠날 재력이 있다. 오늘날 아동교육을 위해서는 — 그의 표현대로라면 현실의 삶을 위해서는 — 흑인들이 다니는 학교에서 양질의 교육이 이루어지게 하는 데 집중해야 한다. W. E. B. 듀보이스가 1935년에 한 말에는 선견지명이 담긴 듯하다. 그는 분리된 학교든 통합된 학교든 마법은 없다고 경고했다. 흑인에게 필요한 것은 분리된 학교도 통합된 학교도 아니다. 그들에게 필요한 것은 '교육'이다.

학교 통합의 꿈을 고수한 이들도 있었다. 그들의 주장은 흑인 아이가 공부를 하는 데 백인 아이의 존재가 필요하다는 게 아니었다. 그보다 통합의 의의는, 사회학자 올랜도 패터슨이 썼듯이, 일생의 태도가 형성되는 중요한 시기를 아프리카계 미국인과 유럽계 미국인이 한자리에서 함께 보내게 하는 데 있었다. 연구에 따르면, 흑인과 함께 학교를 다닌 백인은 더 관용적이고, 아프리카계 미국인의 교육 및 경제적 기회를 확대하는 데 더 우호적인 경향이 있다. 또한 흑인 아이는 사회적 자본에 접근할 기회를 획득하고 더 다양한 집단과의 유용한 연결망을 얻었다. 서굿 마셜 판사가 썼듯이, 우리 아이들이 함께 공부하지 않는 한 우리 국민이 함께 사는 법을 배울 가망은 거의 없다.

나는 두 의견 사이 어딘가에 위치했지만, 곧 내 의견이 혹은 통합에 관한 한 그 누구의 의견이건, 대법원에 의해 무의미해지는 걸 보고 말았다. 2007년 6월 말의 무더운 어느 날, 나는 대법원의 역사적인 판결을 듣기 위해 법률방어기금 전 직원들과 함께 법원 계단을 올랐다. 숨죽인 사람들로 꽉 들어찬 법정에서, 로버츠 대법원장은 시애틀과 루이빌 교육청이 학교 배정 시 인종을 고려할 수 없도록 금지하는 판결을 내렸다. 그는 두 교육청의 제도를 인종 균형 맞추기로 규정하고, 브라운 판결의 입장은 인종이 학교 배정의 기준이 될 수 없다는 것이었다며 인종에 근거한 차별을 막으려면 인종에 근거한 차별을 막으면 될 일이라고 언급했다. 브라이어 대법관은 자신의 소수 의견을 낭독하며 이렇게 비판했다. "법제사에서 이토록 적은 사람이 이토록 많은 것을 이토록 빨리 바꾼 일은 흔치 않다." 스티븐슨 대법관 역시 소수 의견을 내고, 다수 의견은 브라운 판결의 역사를 수정했다는 점에서 잔인한 아이러니라고 꼬집었다.

나 역시 낙담했다. 로스쿨에 오면서 나는 어떤 식으로든 내가 힘의 지렛대에 더 가까워졌다고 생각했다. 그러나 민권 변호사들에게 대법원 판결은 학교 통합 문제가 사실상 막다른 골목에 다다랐음을 시사했다. 두 지역의 교육 당국이 분리의 역사를 직시하고 자발적으로 통합을 시도했건만, 대법원이 그들의 조처를 위헌으로 판결한 것이다. 교육법 교수 제임스 라이언이 썼듯이, 나를 비롯해 통합이라는 목표를 추구한 많은 이들은 상실감과 배신감을 느낄 수밖에 없었다.

다음 해 여름, 나는 로펌과 더도어에서 일했다. 두 곳은 달라도 너무 달랐다. 나는 내가 어느 쪽에 속하는지 판단하고자 고민을 거듭하다 3학년이 시작될 무렵에 마음을 정했다. 만약 로스쿨에서 뭔가 하나를 얻어 갈 수 있다면, 그건 위기에 처한 가난한 사람들에게 도움이 될 만한 기본기의 습득일 거라는 판단이 들었다. 집주인이 쫓아내려 할 때, 고용주가 노동의 대가를 지불하지 않을 때, 정부가 어머니나 아버지를 추방할 때, 그들은 무엇을 할 수 있을까? 나는 캘리포니아주 오클랜드에 있는 비영리단체인 라자법률센터에서 일하기로 마음먹고, 공익 법무 활동을 지원하는 펠로우십 프로그램에 신청했다. 센터가 자리한 프루트베일이라는 지역은 나중에 오스카 그랜트가 경찰에 살해된 사건°으로 널리 알려졌다. 내 의뢰인이 될 사람들은 대부분 스페인어를 사용하는 불법 이민자였다. 센터의 변호사는 이렇게 말해 단번에 내 마음을 얻었다. "화려한 일은 아니죠. 하지만 여긴 사람들이 안심하고 찾아와 도움을 청할 수 있는 몇 안 되는 곳이에요."

나는 펠로우로 선정되어 지원금을 받게 되었다. 그래도 수입은 빠듯할 것 같았다. 캘리포니아 일부 공립학교의 교사 월급보다도, 그리고 생활비를 감안하면 아칸소에서 일할 때보다도 적은 금액이었다.

○ 2009년 1월 1일, 싸움이 일어났다는 신고를 받고 출동한 경찰이 용의자들을 체포하는 과정에서 무장하지 않은 22세 아프리카계 미국인 그랜트에게 실탄을 발사해 사망에 이르게 한 사건.

하지만 빈약한 급여는 내 양심이 온전하다는 증거처럼 보였다.

그때 헬레나에서 걸려온 대니의 전화를 받았다. 나쁜 소식이었다. "패트릭 브라우닝이 네 학생이었지?" 대니가 그렇게 말을 꺼냈을 때 나는 패트릭이 죽은 줄 알았다.

하지만 그게 아니었다. 패트릭이 누군가를 죽였다. 그는 구치소에 있었다. 싸움을 벌였고, 상대를 세 번 찔렀다고 했다.

나는 어안이 벙벙했다. 뭔가 착오가 있는 게 분명했다. 패트릭이 사람을 죽였을 리 없었다.

나는 대니와 좀 더 이야기를 나누었다. 그에게 구치소 면회 시간이 언제인지, 토요일에도 문을 여는지 아느냐고 물었다. 나는 결석을 알리기 위해 교수님들께 이메일을 썼다.

패트릭이 체포된 지 사흘이 지난 토요일 오전, 나는 면회 시간이 끝나기 전에 필립스 카운티 구치소에 도착했다. 땅딸한 2층짜리 벽돌 건물은 밖에서 보기엔 그저 평범했다.

로비로 들어서니 낮은 천장 여기저기 물 자국이 보였다. 유일한 장식품은 한 기마 보안관의 흑백사진이 담긴 액자였다. 안내문에는 면회자의 모든 귀중품은 접수처에서 교도관에게 맡기라고 적혀 있었다. 나와 함께 기다리던 유일한 다른 면회자는 중학생으로 보이는 남자아이였다. 그는 도리토스 과자 한 봉지를 맡겼다.

교도관은 좁은 복도로 나를 안내했다. 그는 의아해 하며 나를 곁눈질했다. "걔가 무슨 짓을 했는지는 알죠?"

"패트릭은 훌륭한 학생이었어요." 나는 짧게 답했다.

그는 대꾸 없이 유리창 하나를 가리켰다. 건너편에서 패트릭이 기다리고 있었다.

창 쪽으로 걸어가면서 나는 내 기억 속의 패트릭 — 벌어진 앞니를 보이며 어중간하게 미소 짓는, 재미있어 하는 기색과 수심 어린 표정이 멋쩍게 섞인 — 을 기대했다. 숙제를 하지 않았을 때나 내가 집으로 찾아갔을 때 혹은 그를 칭찬했을 때 보이던 그 표정 말이다.

패트릭의 얼굴은 여위어 있었다. 줄무늬 죄수복은 그에게 두 사이즈는 커 보였다. 입꼬리는 아래로 처져 있었다. 그는 나이가 더 들어 보였다. 마지막으로 본 게 2년 전이었으니 그럴 만도 했다.

그는 나를 보고 깜짝 놀랐다.

나는 벽에 걸린 검은색 전화기를 집어 들었다.

"선생님, 그러려고 했던 게 아니에요." 그가 무턱대고 사정하는 투로 말했다.

그것이 그의 첫마디였다. 흔히 듣는 말이었다. 뭔가 잘못한 어린아이의 말. 사실 그는 더는 어린아이가 아니었다. 아마 열여덟 살이나 열아홉 살이었을 것이다. 하지만 내 마음속에서 그는 여전히 어린아이였던 것 같다.

나는 그에게 무슨 일이 있었던 건지 물었다. 그날 밤, 집으로 돌아온 그는 막내 여동생 팸을 찾았다고 했다. 팸은 열여섯 살, 특수학급 학생이었다. 그는 이웃집 문을 두드렸지만 대답이 없어 다시 집으로 돌아왔다. 그때 팸이 마커스라는 남자와 함께 포치로 다가왔다. 두 사람은 취한 것처럼 보였다 — 남자는 확실히 취해 있었다. 마커스는 패트릭에게 헛소리를 지껄이기 시작했다. 패트릭은 그에게 포치에서 내려가라고 했다. 하지만 마커스는 포치를 떠나려 하지 않았다. 패트릭은 그의 주머니에 무기가 있을지 모른다고 생각했다. 그리고 겁이 나서 칼을 집어 들었다. 그날 조카의 유모차를 고치느라 쓰고 놔둔 것이었다. 그냥 겁만 주려고 했지만 싸움이 붙었다. 마커스는 절뚝거리며 돌아섰다. 집안으로 들어가려던 패트릭은 마커스가 보도 근처에 쓰러진 걸 보았다. 경찰이 왔다. 그들은 패트릭에게 수갑을 채웠다. 그는 구치소에서 사흘을 보냈고, 나쁜 사람들이 같이 있으며, 그 안이 지옥 같다고 했다.

나는 마커스와 팸이 어떤 관계인지 물었다. "같이 자는 사이요." 그는 잠시 멈췄다. "그를 죽이려던 건 아니었어요."

그는 침묵했다. 우리는 유리 너머로 서로를 바라보았다. 그가 고개를 저었다. "뭐가 뭔지 모르겠어요, 선생님."

그 말을 할 때의 표정과 말투가 그를 덜 낯설어 보이게 했다.

우리는 더 이야기를 나누었다. 엄마 아빠는 어떻게 지내시나? 괜찮다. 그럭저럭 잘 지내신다. 음식은 어떤가? 별로다, 진짜 별로다. 학교는 어땠나? 따라갈 수가 없었다. 그냥 안 나갔다. 노력은 했다, 진짜로. 하지만 그는 학교에 관해서는 더 말하고 싶어 하지 않았다.

교도관이 나를 데리러 왔다. 면회 시간은 끝났다.

나는 자리에서 일어섰다. 그리고 마지막으로 패트릭을 봤던 때를 생각했다. 우리가 함께한 그해가 끝나 갈 무렵, 패트릭의 내면에서는 일종의 자기 인식이 깜박이기 시작했다. 긍지라 부르기에는 아직 너무나 소심했던 자기 인식. 나는 그걸 자신에 대한 일종의 온기라 부를 수 있을 것 같았다. "여기서는 제 소리가 들려요." 패트릭은 우리 교실을 두고 내게 그런 말을 했었다. 이제 그 온기는 사라졌거나 휴면기에 들어갔다. 우리가 이룬 것이 무엇이든, 그것들은 이제 희미해졌다. 그 성취들은 여전히 의미가 있을까?

나는 패트릭에게 편지하겠노라 말했다. 그 약속은 반드시 지키겠다고 나는 다짐했다.

패트릭이 체포된 그 무렵에 나는 글쓰기 수업을 받고 있었다. 그를 면회하고 온 후부터는 내 교사 시절에 관해 쓰기 시작했다. 나는 광적으로 몰두하며 모든 걸 기억해 내려 했다. 델타를 떠난 지 2년이 흘렀지만 어떤 학생들의 이름은 반사적으로 다시 떠올랐다. 마일스, 타미르, 케일라. 글을 쓴다는 건 옛 꿈속으로 다시 걸어 들어가는 것과 같았다.

처음에 글쓰기는 다급하고 절실하게 느껴졌다. 글쓰기는 나를 패트릭과 연결해 줬고, 그 애가 어떤 애였는지, 델타에서의 내 시간들이 어땠는지를 기억하게 해주었다. 나는 혼자 방 안에서 델타를 직시하면서 내가 델타를 위해 한 일은 무엇이고 하지 못한 일은 무엇인지 숙고할 수 있었다. 나는 자신을 정직하게 평가하려고 애썼다. 그리고 내가 떠난 것과 패트릭이 학교를 그만 둔 것 사이에 어떤 연관이 있는지를 두려운 마음으로 자문했다. 백신이 몸속에 어떤 병원체를 주입하는 것과 마찬가지로, 글쓰기는 내 안에 어떤 음陰의 생명력을 불어넣었다. 나는 위험을 받아들이고 과오의 가능성을 인정하는 가운데 더 강해지고 있었다.

하지만 이상한 느낌도 들었다. 글을 마친 즈음에는 사실상 패트릭과도 끝을 본 듯한 느낌이었다. 그에 대한 내 기억은 작은 것 하나라도 파헤쳐지지 않은 것이 없었다. 그의 몸짓들이 내 머릿속에서 반복 재생될 정도였다.

그를 기억하는 과정에서 나는 그를 이미 잃어버린 사람처럼 취급했다. 내가 글을 쓰는 동안 패트릭은 종이 위의 존재 — 나를 위해 복무하고 델타를 잊지 않으려는 나의 필요에 복무하는 존재 — 가 되고말았다.

5주가 지났다. 2008년 11월, 오바마가 대통령 선거에서 승리했다. 보스턴의 바람 부는 저녁, 나는 뉴스 가판대 세 군데를 들른 끝에『더 보스턴 글로브』가 다 팔려 나가지 않은 곳을 찾았다. 패트릭이 오바마의 의기양양한 사진을 봤으면 했고, 이 역사적인 사건에 그도 함께하는 느낌이기를 바랐다. 소포를 싸면서 제임스 볼드윈의『다음 심판은 불』도 함께 넣었다. 내가 좋아하는 구절 옆에는 X자 표시를 했다. 그 책은 학생들이 지겨워할까 봐 수업 시간에 함께 읽은 적이 없었다.

그리고 그에게 편지를 썼다. 편지는 지나치게 의례적인 말투로 시작했다. 어떻게 지내? 난 잘 지내.

> <

붉은 샤쓰를 입은 흑인 남성이 관목 울타리 바로 왼쪽에 엎드린 채 쓰러져 있었고, 몸 아래 피가 보임. 나와 로즈 경관이 현장에 있었고, 내가 피해자의 몸을 뒤집었을 때 그는 숨을 제대로 쉬지 못했음. 이어서 나는 맥박을 찾으려고 시도하나 찾지 못함 찔린 것으로 보이는 상처가 두 군데 크게 있었고 동공은 반응이 없고 확장되어 있었음.

로스쿨 마지막 학기 봄, 나는 예전에 국선변호사로 활동하셨던 교수님께 패트릭 사건에 대한 경찰 기록을 보여 드렸다. 교수님의 가차 없음이 패트릭에게 도움이 되지 않을까 하는 기대 때문이었다. 나는 전에 그녀의 형사소송 변호 실습수업을 들으며 몇 가지 사건을 다룬 적이 있었다. 당시 내 주요 의뢰인은 폭행 및 구타로 기소된 헤로인 중독자였는데, 피해자는 그의 어머니였다. 그녀는 멕시코 출신의 67세 당뇨병 환자였고, 뇌졸중을 다섯 차례 겪은 끝에 휠체어에 의지해 생활하고 있었다. 가족 모두가 그에게 신물이 나 있었다. 그는 어머니의 장애 수당을 훔쳤고, 약에 취해 집안을 엉망으로 만들었고, 가족들이 집에서 쫓겨나게 할 뻔했다.

교수님은 내게 그 어머니가 사는 곳을 알아내 직접 만나 보고, 소취하를 권유해 보라 하셨다.

"그러니까 저더러 그 … 그 어머니와 얘기를 하라는 말씀이세요?" 나는 초조하게 침을 삼키며 말했다.

"그럼 누구겠어?"

나는 교수님이 시킨 대로 아파트를 찾아갔다. 그렇지만 — 어쩌면 내게는 다행스럽게도 — 어머니는 완강했다.

다른 사람은 몰라도 그 교수님이라면, 사건에서 패트릭에게 유리한 측면을 찾아낼 수 있을지 몰랐다.

패트릭의 영장에 기록된 혐의는 최고형이 가능한 가중 일급 살인이었고, 아칸소주에서 최고형은 독극물 주입에 의한 사형이었다. 나중에는 일급 살인으로 내려갔지만 혐의는 여전히 과도했다. 배심재판은 비용과 시간이 많이 소요되며, 혐의를 부풀리는 것은 피고인을 겁주어 유죄 답변을 이끌어 내려는 검사의 전형적인 전술이다. 주 정부가 과도한 혐의를 적용하는 데는 더 단순한 이유도 있다—그럴 수 있기 때문이다. 과도 기소는 이런 메시지를 전달한다. 우리에게는 너를 정말로 괴롭게 할 힘이 있다. 그러니 우리에게 복종해라. 일급 살인으로 유죄판결을 받을 경우 형량은 무기징역이며, 치사의 경우는 3~10년 형이다. 평생을 감옥에 갇힐 위험을 무릅쓰고 배심재판이라는 도박을 감행할 피고인은—무고한 이들이라 해도—거의 없다.

검사가 혐의를 과소하게 또는 법규를 감안해 적용하는 경우는 일부 특정 사건—이를테면 피고인이 대중의 동정을 산 경우—에 국한된다. 예를 들어, 자기 집 현관에 서 있던 일본인 학생을 직사 거리에서 쏴 죽인 루이지애나의 백인 남성은 법적으로 유의미한 두 가지 요소를 참작해 치사로 기소되었다. 하나는 "성城의 원칙"—누군가의 집은 그 사람의 성이며, 누구나 자기 성을 방어할 권리가 있다—이고, 다른 하나는 순전한 공포였다. 이 둘은 분명 패트릭의 경우에도 적정 기소를 위해 고려됐어야 할 요소다. 하지만 패트릭은 교외에 사는 백인이 아니었다. 그래서 일급 살인으로 기소된 것이다.

교수님은 과도 기소가 놀랍지 않은 듯했다. "혐의를 낮춰야지." 그녀가 서류를 넘겨 보며 말했다. 하지만 잠시 후에 물었다. "얘가 바로 경찰이랑 얘기를 했어?"

"피의자 권리 포기서에 서명했더라고요." 나는 말했다.

그녀는 다시 서류로 고개를 숙였다.

"변호사가 같이 없었다고?"

"네." 나는 서둘러 말을 이었다. "기록에는 미란다 권리를 고지했다고 돼 있지만, 솔직히 미란다가 뭔지, 거기 어떤 권리가 수반되는지 몰랐을 거예요."

교수님은 이 주장에 관심을 보이지 않았다. 사실 그건 가난하고 교육 받지 못한 형사피고인 대부분에 해당하는 문제였다. 하지만 미란다 대 애리조나 판결 관련법은, 정신장애가 있는 피고인에 대해서조차 거의 예외를 두지 않는다.

"범행을 자백한 거야?"

"네. 그리고 걔 아버지도 진술서에 서명했어요."

교수님은 서류를 닫았다. 그는 자백을 했다. 법적 유무죄에 대해서는 의문의 여지가 없었다. 그가 범인이었다. 사건은 지극히 평범했다 — 싸움이 벌어졌고, 그 끝은 유감스러웠지만 터무니없지는 않았다. 그는 싸움에서 이겼고, 그런 다음 경찰한테 모든 걸 말했다. 그는 자신을 과도하게 보호했고, 그러고는 전혀 보호하지 않았다.

교수님은 서류를 돌려주며 말씀하셨다. "너무 늦었다는 말은 하기 싫지만 자네가 할 수 있는 일은 별로 없어."

이건 "접전이 예상되는" 사건이 아니었다. 노련한 변호사인 그녀가 내게 희망은 없다고 말하고 있었다.

⚡

나는 여름 동안 변호사 시험을 치른 후 캘리포니아로 이사했다. 9월이었고, 난 새로운 시작을 앞두고 있었다. 한 달 반 뒤면 오클랜드에서 펠로우로 근무를 시작할 예정이었다.

어머니는 샌프란시스코로 날아와 짐 푸는 걸 도와주었다. 특유의 꼼꼼함으로 내 옷가지 하나하나 — 블라우스, 재킷, 드레스, 바지 — 를 빠짐없이 다려 주며 서부로의 긴 여정에서 생긴 주름들에 한탄스레 고개를 저었다. 어떤 블라우스와 재킷이 특히 잘 어울린다고 생각되면 같은 옷걸이에 함께 걸어 두었다. 우리는 동네로 산책을 나갔다. "여기선 행복하겠다." 어머니는 기분 좋게 말했다.

샌프란시스코에서 내가 살 곳은 미션 지구에 있었다. 내 친구 아디나가 둘이서 지낼 아파트를 찾아냈다. 1년 임대계약을 맺고 보증금을 치른 우리는 함께 살 생각에 한껏 들떠 있었다. 집이 있는 거리를 따라 조금만 내려가면 마크 비트먼[요리 전문 기자]이 좋아하는 제과점 타틴이 있었다. 어떤 블록은, 신기하면서 반갑게도, 훌륭한 서점이 세 군데나 가까이 모여 있었다. 동네 한쪽에서는 디에고 리베라에게서 영감을 받은, 환상적인 색채로 소용돌이치는 벽화가 나를 반겼다. 반대 방향으로 걸어가면 장난스럽거나 역설적이거나 난해한 상호들 — 이를테면, 레스토랑 '외국어 영화' — 에 웃음이 나왔다.

구석구석마다 술집들이 해피 아워를 광고했다. 크고 멋들어진 양치기 견종들이 말도 안 되게 작은 치와와들과 산책길을 공유했다. 거리를 돋보이게 하는 건 언제나 어지러운 옷차림 — 아가일 무늬, 부츠, 레깅스, 관습을 거부하는 모자들 — 의 사람들, 그리고 더 많은 사람들이었다. 이미 젠트리피케이션이 시작됐지만 임대료는 아직 감당할 만했다.

어머니가 떠난 다음 날, 친구가 남편과 함께 찾아왔다. 우리는 버스를 타고 오션비치로 나가 태평양을 바라보았다. 소금기 섞인 공기, 안개의 흐릿하고 극적인 효과. 환상 속에 존재하던 캘리포니아는 이제 나의 현실이었다. 사워도우 한 덩이를 나눠 먹으며 모래밭에 앉아 있던 우리 셋은 뭔가가 컹컹 짖어 대는 소리를 좇다가 근처 섬에 무리지어 있던 바다표범을 발견했다. 공을 따라 바다로 뛰어든 골든레트리버는 의기양양하게 물을 뚝뚝 흘리며 아끼는 보물을 입에 물고 나왔다.

나와 함께 글쓰기 수업을 받던 사람들은 패트릭에 관한 내 글이 매체에 실릴 수 있을 만큼 훌륭하다고 말해 주었다. 나는 기고를 고려하다가 죄책감을 느꼈지만 이내 스스로를 달랬다. 우월감에 도취된 글도 아니었고, 나의 도덕적인 결함을 축소하지도 않았다. 나는 패트릭과 내 학생들을 따뜻하고 인간적으로 그리려 애썼다. 하지만 그런 노력이 있다고 해서 타인의 이야기를 발설하는 행위에 내재하기 마련인 힘의 행사, 친밀함에 대한 배신이 무마될 수 있을까?

선생님 한 분이 나를 『뉴욕타임스 매거진』과 연결해 주었고, 편집자는 "라이브즈"Lives 칼럼난에 내 글을 싣겠다고 했다. 나는 만약 패트릭이 싫어하면 그 일은 없던 일로 하기로 다짐하고서 그에게 내가 쓴 에세이를 보냈다.

하지만 그는 답장이 없었다. 내 편지를 받기는 한 걸까?

나는 편집자에게 글을 게재해도 좋다고 알렸다.

일을 저지르고 나니 걱정이 시작됐다. 패트릭이 어떻게 생각할지 염려스러웠다. 자신에 대한 내 묘사가 잘못됐다고 생각하면 어쩌나? 내가 그의 이야기를 쓰는 데만 정신이 팔려 정작 그는 신경 쓰지 않았다고 생각하면 어쩌나? 그것은 글쓰기와 타인을 위한 마음 씀 사이의 이상하고 갑작스럽고 예기치 못한 대립이었다. 나는 후자에 대해서 한 번도 의심해 본 적이 없었다. 사실 그것은 내 정체성의 전부나 다름없었다. 물론 나를 아는 사람은 누구나 내가 흔히들 말하는 '눈물 헤픈' 진보주의자라는 걸 안다. 그렇다 해도 내 눈물은 진심이다! 그런데 이제 내 진정성은 글을 실은 행위로 인해 훼손된 것처럼 보였다.

나는 작은 다짐을 하나 더 했다. 10월에 다시 패트릭을 보러 가면 ─ 나는 오클랜드에서 일을 시작하기 전에 한 번 더 그를 방문하기로 계획해 두었다 ─ 직접 글을 보여 주자.

> <

10월 초의 어느 토요일 아침, 마지막으로 패트릭을 본 지 거의 꼭 1년 만에, 나는 차를 몰아 헬레나의 카운티 구치소로 갔다. 오가는 차량은 거의 없었다. 거리는 텅 비어 있었다. 주차에 소요되는 노력만으로 영혼이 털리기도 하는 샌프란시스코에서 한 달을 지낸 터라, 입구 바로 앞에 비어 있는 주차 공간이 믿기지 않았다.

나는 대기실로 들어가 앉았다. 접수처에는 주황색 정자체로 '접견 시간'이라 안내되어 있었지만 교도관은 보이지 않았다.

이번에는 어떤 여자가 유일한 다른 면회자였는데, 그녀의 셔츠에는 '엿 같은 질문 사절'이라고 적혀 있었다.

10분 후 교도관 한 명이 커다란 과자 봉지를 들고 나타났다.

나는 그에게 패트릭 브라우닝을 보러 왔다고 말했다.

"못 봅니다." 그가 말했다.

"지금 접견 시간 아닌가요?" 내가 어리둥절하게 물었다.

"내가 데리고 나오기 싫을 수도 있죠." 그는 이렇게 말하더니 내게 윙크를 했다.

나는 비로소 이해했다. 그는 내게 "그냥 장난"을 치고 있었고, 나도 장난으로 응하기를 기대하고 있었다. 이제 더는 어리둥절하지 않았다. 사실 그가 직무에 걸맞은 태도를 보였다면 그게 더 놀라운 일이었을 거다.

나는 부러 화난 표정으로 이마를 찌푸렸다. 그러자 그는 고개를 까딱하며 따라오라는 신호를 보냈다.

"남자 친구 있어요?" 그가 물었다. 별안간 내 손 위로 그의 손이 느껴졌다. "반지는 없는데." 그가 나를 향해 입술을 오므려 내밀더니 씩 웃었다.

델타에서는 가벼운 농담이라는 것이 성희롱이었다. 내 외모가 어떤지는 나이가 쉰 아래이기만 하다면 그리 중요하지 않았다.

그는 자기소개를 했다. 이름은 숀이고 만나서 무척 반갑다고 했다.

숀은 내게 변호사 접견실을 쓰게 해주겠다고, 투명 가리개를 사이에 두고 말하는 것보다는 그 편이 나을 거라고 했다. 그가 왜 그러는지는 분명치 않았다. 내가 가족이 아니라는 걸 알겠어서? 내가 동양에서부터 먼 길을 찾아왔다고 생각해서? 아니면 그의 수작을 받아 줬기 때문에?

그는 흐릿해진 스텐실 글씨로 '심문실'이라 표시된 별실로 나를 데려갔다. 방 안은 눅눅하고 퀴퀴한 냄새가 났다. 구석에 놓인 양동이가 물을 받고 있었다. 그 위를 보니 검보라색 얼룩이 천장에 번져 있었다. 나는 희미하게 독성이 느껴지는 냄새를 들이마시기 싫어 숨을 참아 보려 했다. 그때 패트릭이 나타났다. 그는 깜짝 놀라더니 미소를 지었다.

"어떻게 지내?" 내가 물었다.

"괜찮아요, 선생님. 잘 지내고 있어요."

그러더니 갑자기 뭔가가 생각난 듯 말했다. "선생님은 어떻게 지내세요?"

"잘 지내."

"지금은 어디 사세요?"

"캘리포니아."

그는 주의 깊게 "캘리포니아"라고 다시 한 번 읊조렸다. 그는 그 단어를, 아니면 어떤 지도를 마음속에 떠올려 보는 듯했다.

나는 그에게 가족들은 어떤지 물었다.

"잘 있어요." 거기서 그는 말을 멈췄고 우리 둘 다 조용했다. 그는 내가 더 많은 말을 듣고 싶어 한다는 걸 알아챘다.

"요전에 다녀갔어요. 아빠랑 누나랑 여동생들이랑 다들 와서 그 창 안을 가득 메웠어요." 그가 말했다.

"여자 형제가 셋이야?"

"네, 선생님."

"남자 형제는 없고?"

"없어요."

교사였을 때 나는 패트릭의 가정환경에 대해 거의 알지 못했다. 그가 여자 형제만 셋이고 남자 형제가 없다는 건 분명 몰랐다. 이제 나는 이 점이 무척 중요하다는 걸 이해했다. 그의 어머니는 분명 하나밖에 없는 아들이자 집안의 남자였던 패트릭에게 여동생을 찾아보라고 부탁했을 것이다.

"엄마는 안 오셨어?"

그는 고개를 저었다. "엄마는 일을 해야 해요, 그리고 사실 엄마는 … 엄마는 절 보는 걸 힘들어 해요. 가족들 안 본 지 몇 개월 됐어요."

그의 가족은 카운티 구치소에서 멀지 않은 곳에 살았다. 아마 8킬로미터도 안 되는 거리였을 것이다. 내가 놀란 표정을 지었는지 그가 고개를 숙였다. "솔직히 말씀드리면, 제가 이런 식으로 가족들을 보기가 싫어요, 선생님." 그는 적합한 단어를 찾느라 말을 멈췄다. "만나면 전 웃어요, 하지만 그렇잖아요…. 전 척하는 게 싫어요. 그래서 그냥 오지 말라고 해요."

패트릭은 다시 말이 없었다.

"그래, 그럼 우리 그 얘긴 하지 말자." 내가 말했다.

학교는 우리가 교감했던 곳이었다. 그래서 나는 알고 싶었다. 그는 왜 학업을 포기했을까? 어쩌다 그렇게 된 걸까? 내게는 1년 전 그 밤에 무슨 일이 있었냐는 질문만큼이나 이 질문들이 중요했다. 아마도 마음 깊숙한 곳에서 나는, 만약 그가 계속 학교를 다녔다면 이런 일은 일어나지 않았을 거고 우리가 구치소에 있지도 않을 거라 생각했던 것 같다. 나는 그가 학교를 그만둔 데는 어떤 숭고한 이유가 있을지 모른다고 혼자 상상했다. 어쩌면 누군가가 — 그의 어머니나 누이 중 하나가 — 병에 걸리는 바람에 그가 일자리를 얻어 병원비를 벌어야 했을지도 모른다고.

"그래서 학교는 언제부터" — 나는 포기라고 할 뻔했다 — "안 나간 거야?"

내 목소리는 부자연스럽게 가벼웠다.

패트릭은 고개를 돌렸다. 그는 그 이야기도 하고 싶지 않아 했다. "노력은 했어요…." 그가 입을 열었다. "스타에서 선생님이 기울여 주신 그런 관심을 거기서는 받지 못했어요. 삼각법trigonometry도 제대로 못 배웠어요." 그는 한 음절이라도 틀릴까 천천히 그 단어를 발음했다.

"널 힘들게 한 게 그거였어? 수학?"

"네, 선생님."

"학점은 어떻게 받았어?"

"낮게요."

"낮다면 … F?"

그는 고개를 숙였다.

"사실대로 말씀드리면, 전 삼각법에 대해 아무것도 몰라요."

"네가 수학을 곧잘 했었는데." 난 그가 분수 계산하던 걸 기억하며 말했다.

"그 수학은 안 되더라고요."

"선생님한테 도와 달라고 하진 않았어?"

패트릭은 여전히 고개를 숙인 채였다.

"부탁할 생각은 해봤니?"

나는 중립적인 어조를 유지하려 애썼다. 하지만 이내 내가 어떤 어조를 쓰건, 심지어 무슨 말을 하건, 무의미하다는 생각이 들었다. 그건 수습 불가능한 대화였다 — 난 그의 선생이었고 그는 학교를 그만뒀다.

"제가 별로…" 그는 말끝을 흐렸다. "그런 부탁은 부담스러워서요."

스타에서의 수학 수업이 삼각법에 대한 대비가 돼 주었을 가능성은 전무, 절대적으로 전무했다. 내 방과 후 수학 수업은 분명 그러지 못했다. 그리고 스타의 공식 수학 교사는 밀러의 야구팀과 축구팀 코치를 겸하고 있었다. 그는 경기와 훈련을 위해 아이들을 학교 경찰관에게 맡기고 조퇴하는 일이 잦았다.

불과 몇 분 전까지만 해도 나는 패트릭이 어째서 학교를 그만두게 됐는지 이해하지 못했다. 이제는 상황이 완벽히 그려졌다. 30명의 얼굴이 넘실대는 수학 교실에서 뒷자리에 앉아 다른 아이들을 바라보는 그가 조용히 모두의 관심에서 멀어지는 모습이 떠올랐다. 그는 수업에 빠지기 시작한다. 특히나 수학은 지식이 계속 쌓여야 따라갈 수 있는 과목이라 하루만 빠져도 다음 날은 길을 잃는다. 그래도 그는 새 출발을 기대하며 다시 학교로 돌아온다. 그때 사인, 코사인, 탄젠트 같은 단어들, 삼각형과 도형들이 어지러이 춤추는 문제지가 주어진다. 그는 좌절할 수밖에 없었을 것이다. 내가 알기로 패트릭은 한 번도 도움을 구한 적이 없었다. 건네는 도움을 받기는 해도 먼저 부탁하는 법은 없었다.

그렇지만 나는 다시 냉정히 생각했다. 사실 그는 쉽게 포기하는 성향이 있었다.

나는 의자에 등을 기댔다. 결국 학교 이야기도 가족 이야기와 마찬가지로 더는 진전이 어려웠다.

"국선변호사와는 얘기해 봤니?"

"누구요?"

"네 담당 변호사."

"아뇨. 누군지 몰라요."

"법정 출석 날짜는 잡혔니?"

그는 고개를 저었다. "그거에 대해선 아무것도 몰라요."

"무슨 혐의로 기소되는지는 알아?"

패트릭은 그 사건에 대해 자기가 모르는 뭔가를 내가 알지도 모른다는 생각에 처음으로 몸을 앞으로 기울였다. 그는 일이 어떻게 돌아가는지 전혀 갈피를 잡지 못하고 있었다. "선생님, 제가 뭘로 기소되는 거예요? 아무도 그런 얘기를 안 해줘요."

그의 기소 — 그래, 당연한 일이었다. 그것이 지금 그가 얘기하고 싶은 문제였고, 그가 생각하기에 내가 그를 도와줄 수 있을지 모를 문제였다. 나는 몇 가지 기본적인 사항은 알고 있었지만 그걸 그에게 전달하는 사람이 내가 되리라고는 예상하지 못했다.

난 신중하게 단어를 골랐다. 전에는 주제와 상징을 창의적으로 설명하려 고심했다면, 이제는 범의犯意, 사전 악의 같은 난해한 법률 용어를 사용하지 않으려 애썼다.

"중요한 건 마음 상태가 어땠느냐는 거야." 나는 설명을 시작했다. "일단 일급과 이급 … 이 있어." 나는 살인이라는 말을 하고 싶지 않아 잠시 머뭇거렸다.

"일급은 상대를 고의로…."

패트릭이 내 말을 끊었다. 그가 내 말을 가로막은 건 그때가 처음이었다. 그는 몸이 굳어지고 목소리가 절박하게 높아졌다. "고의로 그러지 않았어요. 전 단지 제 여동생을 지키려 했던 거예요. 그 사람이 이상한 말을 하기 시작했어요, 피가 어떻다느니, 자기가 있던 갱단이 어떻다느니. 진짜 미친 것처럼 헛소리를 했어요. 전 그냥 돌아서려고 했는데, 그가 절 붙잡았어요."

"그가 무슨 말을 했는지 기억해?"

패트릭은 흥분한 게 당황스러웠는지 의자 뒤로 몸을 뺐다. "기억이 잘 안 나요." 그가 낮은 소리로 말했다. "헷갈려요, 전부 다 순식간에 일어난 일이라."

나는 헛기침을 했다. "그 순간에 네 기분은 어땠어?"

"선생님, 전 정말로 그를 해치거나" — 그는 용기를 내려고 잠시 멈췄다 — "죽일 생각이 없었어요." 죽인다는 말을 하고 그는 조용해졌다. "전 … 전 경찰한테서 제가 무슨 짓을 했는지 듣고 그냥 울음이 터졌어요. 정말 고의로 그런 게 아니에요. 정말 제 여동생을 지키려 했을 뿐이에요."

"네가 왜 울었는지 기억해?"

"저더러 사람을 죽였다고 하니까요! 전 그런 … 모르겠어요."

그의 음성이 갈라지면서 어색하게 높은 소리를 냈다. 패트릭은 두 손으로 머리를 감싸더니 움켜쥐었다.

그때까지 나는 그 죽은 사람에 대한 궁금증을 애써 밀어내고 있었다. 그는 어떤 사람이었을까? 그에게도 분명 가족이, 어머니와 아버지가, 형제자매가 있을 것이다. 나는 애도하고 있을 그 다른 사람들을 떠올리기가 부담스러웠다. 이론적으로는 그들의 슬픔이 패트릭 가족의 슬픔보다 크다는 걸 이해하면서도, 내게는 그들을 헤아릴 여유가 없었다.

패트릭과 마커스를 동시에 생각하기는 불가능해 보였다. 한쪽을 연민하는 것은 다른 쪽을 의심하는 것이었다. 그건 어떤 천문학적인 제약과 같았다. 한 별의 빛이 다른 별에 영향을 미친다면, 두 별을 동시에 바라볼 순 없었다.

"치사는," 나는 설명을 이어 갔다. "살인과 다른데, 왜냐하면 고의로" — 나는 죽인다는 말을 쓰고 싶지 않아 다시 머뭇거렸다 — "그런 게 아니라서 그래."

하지만 패트릭은 제 기억에 지쳐 방전된 상태였다. 그때 손이 고개를 빠끔히 들이밀더니 시계를 가리키고 사라졌다.

곧 일어서야 했다. 하지만 아직 패트릭에게 그에 관해 쓴 글을 보여 주지 못했다. 그런 글이 존재한다는 걸 그는 마땅히 알아야 했다.

나는 가방에서 얄팍한 『뉴욕타임스 매거진』을 꺼냈다.

"이건 내가 너에 관해서 쓴 글이야. 너랑 내가 스타에서 가르쳤던 경험에 관해서." 그는 과연 그 글을 읽어 보고 싶을까?

"네, 선생님." 그의 대답은 너무나 자동 반사적으로 순응적이어서 내 질문을 제대로 듣지 않았다는 걸 알 수 있었다.

"시작해 보자." 나는 첫 문장을 손가락으로 가리켰다.

패트릭은 집중해서 긴장한 채로 몸을 내밀었다. 순간 나는 그가 초조해 하고 있음을 깨달았다. 책이건 잡지건, 그가 뭔가를 소리 내어 읽어 본 게 과연 얼마 만이었을까? 더군다나 교사 앞에서? 그의 왼손은 떨리고 있었다. 그는 제 손을 제어하려는 듯 손가락을 오므려 주먹을 꽉 쥐었다. 오른쪽 손가락으로는 찢어지기라도 할까 조심조심 종이를 집었다.

나는 그가 내 학생이었던 게 얼마 전이었는지 계산해 보았다. 3년 하고도 4개월이었다. 그는 내가 델타를 떠난 다음 해에 학교를 그만뒀다. 엄밀히 말해 그는 8학년밖에 마치지 못한 것이었다.

나는 그만두고 싶은 충동을 느꼈지만, 패트릭은 성큼 앞서 나갔다. 그는 자신감을 가장하며 무척 빠른 속도로 읽기 시작했다. 하지만 당장 자신을 설명하는 문장에서부터 막히고 말았다. 그의 내면에는 어떤 넉넉함이 있었다.

"죄송해요, 선생님." 그가 말했다.

나는 달아오른 그의 얼굴을 보았고 내 얼굴도 마찬가지라는 걸 깨달았다.

우리는 막히고 더듬기를 계속했다. 그가 읽었다. 재미있어 하는 기색과 수심 어린 표정이 멋쩍게 섞인. 그러고는 내가 고쳐 주기를 기다리며 슬쩍 곁눈질을 했다.

"죄송해요." 그가 다시 말했다. "이젠 많이 잊어버렸어요."

나는 그의 눈이 맨 마지막 줄을 향해 휙 내려가는 걸 보았다. 자음과 모음이 가하는 맹렬한 공격의 종료가 약속된 지점은 거의 그 페이지 바닥이었다.

나는 패트릭에 관한 글쓰기의 윤리성 문제에 골몰한 나머지 우리가 이런 기본적인 문제에 직면하리라고는 상상조차 못 했다. 그는 글과 너무 동떨어져 지낸 탓에 이제는 거의 읽지를 못했다. 이것이 내가 과거의 그를 회상하는 데 급급해 미처 생각하지 못한, 진짜 패트릭이었다.

나는 그날 저녁, 내 읽기 연습의 자기 매몰적인 어리석음에 대해 생각했다. 대체 그건 무엇을 위한 것이었을까? 나는 그를 그런 상황에 몰아넣지 말았어야 했다. 그는 당황했다. 그건 잔인했다. 적어도 나는 그 글을 왜 썼는지를, 내가 자기 회의에 빠지기 전에 가졌던 애초의 동기를 솔직하고 단순하게 설명했어야 했다. 내가 이 글을 쓴 이유는, 내게는 글쓰기가 뭔가를 이해하는 수단이기 때문이야. 나는 너에 대한 이해, 그리고 나 자신에 대한 이해에 더 가까워지려고 이 글을 썼어. 혹은 그가 읽는 걸 돕고 단어의 뜻을 설명해 줬어야 했다. 하지만 나는 가르친 지가 너무 오래된 나머지 교사로서의 감각을 잃어버렸고, 그가 이해하지도 못하는 글을 혼자서 더듬더듬 읽으며 부끄러워하도록 그냥 내버려 두었다.

패트릭은 드디어 글의 마지막 부분에 이르렀다. 나는 패트릭에 대한 죄책감을 떨치지 못했다. 그는 죄책감에서 망설였다. 연속되는 치경음이 입안에서 머뭇거렸다. "죄책감." 나는 그를 바로잡아 주었고 그는 그 단어를 되풀이했다.

마침내 읽기를 마치고 패트릭은 한숨을 내쉬었다. 그의 어깨가 느슨해지며 아래로 내려오는 게 느껴졌다. 나도 긴장이 풀렸다.

그는 검지 끝으로 종이를 쓸었다. 반들반들한 표면이 좋고 피부에 닿는 느낌이 신기한 모양이었다.

"어떻게 생각해?" 나는 물었다. 내 목소리는 부자연스럽게 밝았다.

"음…" — 그는 할 말을 생각했다 — "좋아요."

우리는 서로를 바라보았다. 그는 말을 좀 덧붙여야 한다는 걸 감지했다. 그가 말했다. "선생님은 기억력이 좋으세요." 그리고 이어서 말했다. "솔직히 말씀드리면 전 이런 게 다 기억이 안 나요."

나는 물었다. "네가 양동이와 걸레를 들고 들어왔던 건 기억해?"

그는 고개를 저었다.

나는 물었다. "날 차까지 바래다준 건?"

그는 다시 고개를 저었다.

내 글은 누군가 다른 사람에 관한 것이었다 해도 과언이 아닐 듯싶었다.

"비가 온 건 기억나요." 그가 거들었다. "비가 많이 왔죠." 그리고 말했다. "최고의 학교는 아니었어요. 그래도 선생님이 거기 계셨고, 선생님은 제게 마음을 써주셨어요. 그래서 학교에 가는 게 — 그게 정말로 어떤 의미를 갖게 됐어요. 나를 위해 주는 누군가가 있어서요."

그는 고개를 돌렸다. 그러더니 잡지를 후루룩 넘겼다. 그는 다양한 색상의 사진이나 그림이 들어간 페이지에서만 잠깐씩 멈췄다.

"선생님이 이걸 다 만드셨어요?" 그가 다 훑어본 후에 물었다.

나는 영문을 몰라 미간에 주름이 잡혔다. 뭘 만들었다고? "아, 아니야." 내가 알아듣고 말했다. "이건 잡지야." 나는 표지가 보이도록 넘기고 말했다. "여기 뭐라고 적혀 있는지 보이지?"

"더 뉴욕타임스 매거진." 그는 한 자도 빠짐없이 소리 내어 읽었다. 그러고는 물었다. "뉴욕 사람들이 이걸 읽어요?"

"아, 뉴욕 밖에 있는 사람들도 많이 읽어. 아마 수백만 명은 될 거야."

그 숫자는 그에게 별 의미가 없는 것처럼 보였다.

"선생님 뉴욕에 가 보셨어요?" 그가 물었다.

나는 그렇다고 대답했다.

"거긴 어떻게 가요?"

"난 비행기를 타고 갔어. 그는 뭔지 안다는 듯 고개를 끄덕였다. 나는 대화를 이어 가려고 그에게 비행기를 타본 적이 있느냐고 물었다.

"아뇨."

"아칸소 밖으로 나가 본 적 있어?"

"멤피스에 한 번 가봤어요." 그가 잠시 멈췄다. "그리고 미시시피도요. 멤피스로 가려면 거길 지나가야 하니까요."

나는 말없이 고개를 숙였다.

패트릭이 말했다. "네, 망가졌어요. 그리고 잘 안 맞아요."

그는 내가 자기 샌들을 보고 있다고 생각했다. 그 샌들은 주황색인데다 너무 커서 마치 광대의 신발 같았다. 발등 한쪽은 떨어져 있었다.

"저런, 불편하겠다."

"예, 불편해요, 선생님."

우리는 말없이 신발만 보며 앉아 있었다. 그는 팔을 아래로 늘어뜨려 발등과 밑창을 연결하는 하나 남은 봉제선을 만지작거렸다.

패트릭은 고개를 젓더니 뭔가 말을 꺼낼 듯 입을 떼다가 이내 멈췄다. 내게 할 말이 있지만 주저하는 것 같았다.

나는 고개를 끄덕이며 그의 말을 기다렸다.

"전 그 앨 생각해야 해요, 제"—그의 목소리가 떨렸다—"딸이요."

그 단어는 그의 입에서 나온 말이라기엔 외국어처럼 생소했다.

나는 깜짝 놀라 그 애가 몇 살인지 물었다.

"이제 한 살 생일 지났어요." 그가 잠시 멈추더니 말했다. "전 아무런 … 아무런 본보기가 못 되겠죠."

"누구한테도요." 그가 말했다. "별수 없죠."

다시 침묵.

내가 다시 침묵을 깼다.

"이름은 뭐야?"

"체리시요." 패트릭의 얼굴이 살짝 밝아졌다. "그렇지만 전 체리라고 불러요."

"누가 지은 이름이야?"

"애 엄마가 지었어요. 트레저라는 이름의 조카가 있대요."°

나는 고개를 끄덕였다. 달리 무슨 말을 해야 할지 떠오르지 않았다. 면회 시간은 끝난 건가? 그래도 그렇게 떠나는 건 아니지 싶었다.

"언제 태어났어?"

"6월에요." 그가 말했다.

"그럼 3개월 정도 같이 지냈겠구나."

° 체리시cherish와 트레저treasure 모두 '아끼다', '소중히 여기다'라는 뜻이 있다.

"네."

"어떻게 생겼어?"

"사람들이 절 닮았대요." 그의 입이 움찔거리며 미소에 가까워졌다. "턱이 넓고 피부색이 밝다고요." 하지만 웃음이 채 완성되기 전에 입은 다시 느슨해졌다. "아무튼 사람들이 그래요."

"정말 귀엽겠다."

그는 고개를 떨구고 뭔가 다른 생각에 잠겼다. 그가 목소리를 낮췄다.

"선생님." 마침내 그가 속삭였다. "누가…" 그리고 멈췄다. "여기 있는 누가 그러는데, 제가 열서너 번을 찔렀대요."

그는 뭔가를 찾는 것처럼 내 얼굴을 들여다보았다. 순간 나는 그가 그 말의 진위를 알지 못한다는 걸 깨달았다.

"누가 그런 말을 해?"

"그냥 어떤 사람이요. 자기가 저희 집 건너편에 살았다면서 그날 거기 있었대요. 지금 여기 16인실에 있어요. 그 사람이 여기 재소자들 여럿한테 그 얘기를 했어요."

"패트릭, 나 좀 봐."

그가 나를 보았다.

나는 그에게서 시선을 떼지 않고 말했다. "전에 여기 왔을 때 내가 경찰 사건 기록을 읽었어." 나는 천천히 말했다. "경찰은 네가 그를 가슴에 두 번, 팔에 한 번 찔렀다고 했어. 그러니까 — 열세 번이 아니야." 내 목소리는 매우 낮았다. "알겠어? 그 사람들 말 믿지 마."

그는 한숨을 쉬더니 머리를 축 늘어뜨렸다. 뒷목에 잡힌 주름이 보였다.

"패트릭, 고개 좀 들어 봐."

그는 마지못해 고개를 들어 올렸다. 내 눈을 찾는가 싶더니 마주치는 순간 눈길을 돌렸다.

"너희 가족은 널 무척 사랑해." 내가 이야기를 시작했다. 어린 친구에게 응원의 말을 건네는 게 너무 오랜만이었다. 어쨌거나 나는 진부한 표현을 이어 갔다. "우리 모두 널 사랑해."

귀에 들리는 내 말은 공허했다 — 내가 뭐라고 이런 말을 하며, 내가 뭐라고 그를 위로한단 말인가? — 하지만 패트릭은 벌써 몸을 앞으로 기울이고 있었다. 그는 마치 내 말이 그에게 어떤 근원적인 자양분이 되기라도 하듯, 처음으로 정신을 집중하고 있었다. 나는 문득 전에 가르쳤던 케일라가 생각났다. 그녀를 차로 집에 데려다주면서 격려의 말을 한마디 건넨 적이 있었다. 지나가듯 무심코 한 말이었고, 아마도 넌 똑똑한 애라는, 누가 봐도 명백한 말이었다. 하지만 그녀는 고마움에 얼굴이 환하게 빛났다. "선생님, 이번 주에 제가 처음으로 들은 긍정적인 말이에요."

"난 널 아주 잘 기억하고 있어." 나는 패트릭에게 말했다. "내 수업에서 넌 정말 훌륭했어, 그리고 난 네가…" 나는 멈췄다. "네가 여전히 그렇다는 걸 알아."

그는 진지하게 고개를 끄덕이며 미소를 지으려 애썼다. 이 고통스러운 공손한 몸짓으로 그는 내 말이 혹은 어쩌면 격려의 말을 하려는 내 노력이, 그에게 뭔가를 의미한다는 걸 보여 주려 했다.

나는 떠나려고 자리에서 일어났다. 그도 일어섰다.

"편지할게."

"예, 선생님."

그는 답장할게요, 라고 하지 않았다.

그는 곧 봬요, 라고 하지 않았다.

나는 문을 향해 손을 뻗었지만 그가 더 빨랐다. 그는 나를 위해 문을 열어 주었다.

"면회 와주셔서 감사해요, 쿠오 선생님."

쿠오 선생님. 또 누가 여전히 나를 그 호칭으로, 그런 말투로 불러 줄까? 그에게 나는 다른 이름이 없었다.

나는 먼지 쌓인 복도의 좌우를 살피며 교도관을 찾았다. 그리고 아직도 그 거대한 과자 봉지를 들고 있는 그를 보았다. 나는 고개를 끄덕여 면회가 끝났다는 걸 알렸다.

우리는 나란히 걸어가다가 '도서관'이라고 표시된 문을 지났다. 나는 바로 걸음을 멈췄다.

"저긴 뭐죠?" 나는 흥분하며 가리켰다.

그는 계속 걸었다. "그 안엔 플라스틱 식기류밖에 없어요."

> <

나는 밖으로 나왔다. 열기 가득한 정체된 공기가 나를 깜짝 놀라게 했다. 구치소 안이 서늘했다는 걸 그제야 깨달았다.

토요일 오전이고 시내는 고요했다. 업체들은 문을 닫았고 가게들은 비어 있었다. 근처 바닥에는 널빤지와 쓰레기가 뒤섞여 뒹굴고 있었다. 이것이 델타였다. 어떻게 묘사해야 할까. 이 숨 막히는 인적의 부재를, 그러나 동시에 아름답기도 한 이 고요를.

처음 여기 왔을 때 난 스물두 살이었다. 남극대륙은 세상 끝에서도 아름다움을 찾아내는 부적응자들을 끌어들인다. 마찬가지로 나는 델타의 모든 곳에서 비슷한 아름다움을 보았다. 전봇대를 휘감아 오른 칡넝쿨에서, 만조의 물속에 서있는 사이프러스 나무에서. 사람들은 내게 이곳의 교사 일은 고되다고, 약한 사람은 견디지 못할 거라고 말했다. 하지만 부상 없는 전투를 전투라 할 수 있겠는가? 나는 부상을 입고자 자원한 것이었다.

그 후로 나는 떠났고, 다시 시작했고, 살아남았고, 전진했다. 이제 나는 방문자로 돌아왔고, 패트릭은 혼자였다. 우리 사이의 불평등은 더 커졌다. 우리는 둘 다 성장했고, 시간은 우리를 갈라놓았다. 그는 내가 다시 돌아오리라 기대하지 않고 감사를 표했다. 그는 내게서든 그 누구에게서든 거의 아무것도 기대하지 않았다. 어쩌면 그는 뭔가가 잘못되리라는 의심을 내내 품고 있었는지 모른다. 그러니까 그가 느낀 충격은, 하필 이런 식으로, 즉 그 일이 일어났다는 데 있는지 몰랐다. 그는 말썽에 휘말리지 않게 조심했고 다른 아이들이 서로를, 그리고 스스로를 해치는 걸 지켜보며 그들로부터 거리를 두고 지냈다. 그는 그 모든 것에서 벗어나리라 기대하진 않았겠지만, 이렇게 바닥으로 떨어질 줄은 결코 몰랐을 것이다.

델타에 있을 때 나는 자유의지에 관해, 그리고 그것의 존재 여부가 농촌 지역 흑인의 삶에서 지니는 의미에 관해 자주 생각했다. 헬레나의 아이들을 걱정시키고 혼란스럽게 했던, 보이지 않는 먹구름과 같던 그 무서운 질문은, 과연 나는 내 주변 사람들보다 더 높이 올라갈 수 있을까 하는 것이었다. 한 개인의 너무나 많은 부분이 그가 태어나기 훨씬 전부터 결정되기 때문이다. 반면에 로스쿨 동기들과 함께 지내면서 내가 갖게 된 의문은, 우리 같은 특권층이 대체 어쩌다 자신이 얼마나 자유로운지를 — 혹은 적어도 대부분의 다른 사람들보다 얼마

나 더 자유로운지를 ― 알지도 받아들이지도 못하게 되었는가 하는
것이었다.

하버드 동기들 대부분은 로펌의 입사 제안을 받아들였다. 몇몇
에게는 로스쿨에 다니느라 진 빚을 갚아야 할 필요가 매우 현실적인
문제였다. 어떤 이들에게는 로펌에서 일하는 것이 정말로 그들의 꿈
이었다. 하지만 대부분은 제안을 받아들이는 확고한 이유가 없었다.
한 친구는 얼마 전 아널드앤포터의 제안을 받았다고 했다. 나는 들어
본 적이 없는 곳이었지만 그의 말투로 보아 이름 있는 회사라는 걸 알
수 있었다.

나는 물었다. "받아들일 거야?"

그의 입술이 움찔했다. "잘 모르겠어." 그는 행운이라는 덫에 갇
힌 것처럼 보였다.

나는 사람들을 거울처럼, 마치 그들이 나 자신의 비밀을 비추는
것처럼 여기곤 했다. 이제 그의 얼굴을 살피면서 나는 궁금해졌다. 나
도 이런 사람인 걸까? 나 역시 그저 내 선호와 안위를 정당화하기 위
해 결정 아닌 결정을 내리며 살아온 걸까?

구치소 밖에서 내 차 옆에 선 채로, 나는 다시 이반 일리치를 생각
했다. 그는 정확히 그가 해야 하는 대로 행동한다. 그는 판사석에 앉아
청원자들에게 처분을 내린다. 그들을 대할 때 그는 자신이 권력을 쥐
고 있음을 의식하면서도 그 사실을 누그러뜨리는 특정한 방식의 말투
를 사용한다. 그는 자신의 삶이 모든 면에서 올바르고 품위 있고 훌륭
했노라 자부한다. 대체로 이반 일리치의 삶은, 삶이란 으레 그래야 한다
는 자신의 신조대로, 순조롭고 유쾌하고 품위 있게 흘러갔다. … 이런 일
을 할 때는 공무의 일상적인 흐름을 방해하기 마련인 모든 날것들, 생동

하는 것들을 배제하는 요령이 필요했다.°

나는 동부에서 서부로 옮긴 결정이 용감했다고 생각했다 ─ 로펌의 제안을 거절하고 비영리단체에서 일하기로 한 나는 새 출발을 앞두고 있었다. 올바르고, 품위 있고, 훌륭한 삶. 이반은 자기 인생을 그렇게 자평했다 ─ 나도 그처럼 생각하기 시작한 걸까? 표면적으로 볼 때, 이반은 명백히 나쁜 짓은 하나도 저지르지 않았다. 하지만 그는 엘리트 사회집단의 일원으로서 다른 부류의 사람들에 대한 일정한 태도, 경향을 형성했다. 그것은 자신의 삶은 껄끄럽기보다 편안할 것이며, 양심의 가책에 시달리는 일은 없을 거라고 기대하는 태도였다.

나는 삶의 생동하는 모든 것들에 등을 돌렸던 걸까? 갇혀 있는 패트릭을 생각하며 내 양심이 동요하기 시작했다.

[이반은] 이따금씩 느끼던 희미한 충동, 즉 지체 높은 이들이 바람직하게 여기는 것들에 저항하고 싶어 했던 그 충동 … 이야말로 진짜이고, 나머지는 모두 잘못된 것인지도 모른다는 생각이 들었다. 그의 일, 살아온 방식, 가족, 그리고 사회와 직장에서의 이해관계가 모조리 잘못된 것인지도 몰랐다. 그는 이 모든 것들을 스스로에게 변호해 보려 했지만, 돌연 자신이 변호하려는 것들이 더없이 하찮다는 느낌이 들었다. 변호할 것은 아무것도 없었다.°°

나는 텅 빈 도로를 달리며 이제 더는 학생과 교사가 아닌 패트릭과 나 사이에 조금 전 무슨 일이 일어났는지를 이해해 보려 애썼다. 우리는 정말로 무슨 이야기를 나눴던 걸까? 무슨 이유에선지 나는 우리

---

o 『이반 일리치의 죽음』, 50쪽.

oo 같은 책, 118쪽.

가 서로에게 할 말이 더 많을 거라 생각했었다. 한 번 선생은 영원한 선생이라고들 한다. 상투적인 말이지만 여기에는 일말의 진실이 있다. 한 번 가르친 학생에 대한 책임감을 선생은 결코 떨쳐 버릴 수 없다. 그들에게 다른 길이 펼쳐질 순 없었을까 자문하며 교사로서 잘못한 것은 없는지 되묻는 게 선생인 것이다.

내 안에서 어떤 목소리가 말했다. 만약 네가 떠나지 않았다면 패트릭은 구치소에 갇히지 않았을지 몰라. 넌 그에게 빚이 있어. 목소리는 계속됐다. 가지 마. 모든 걸 멈추고 잠시 여기 머물러.

정신 차려, 내가 반박했다. 3주 후면 출근이야. 상사 될 사람한테 전화해서, 미안해요, 생각해 보니까 안 되겠어요, 그러게? 그리고 거기서 일할 수 있도록 널 인터뷰하고 자금을 지원한 펠로우십 재단에는 뭐라고 할래? 저기, 제가 아칸소에 가서 할 일이 … 할 일이 뭔데? 이건 무책임하고 불성실한 짓이야. 넌 이제 어른이야, 어른답게 행동해. 그리고 엄마 아빠도 모처럼 흡족해 하잖아. 그들은 네가 이제 마음을 잡았다고 생각하고 있어. 넌 변호사 시험을 봤고 아마 합격일 거야. 넌 일자리를 찾았고 그들은 캘리포니아를 좋아해. 엄마는 바로 얼마 전에 네가 온갖 잡동사니들을 옮기는 걸 도와줬잖아. 그 모든 드레스며 접시며 ― 그것들은 죄다 어디다 보관하려고? 그리고 널 대신할 세입자를 구해야 할 거야. 아디나한테는 미운털이 박히겠지. 아디나는 그 집을 찾으려고 엄청 많은 아파트를 보러 다녔다고.

나는 목소리에게 말했다. 넌 지금 이성적으로 판단하지 못하고 있어. 너는 앞으로 나아갔는데 패트릭은 여기 구치소에 있는 게 미안해서. 그에게 갓난 딸이 있고 그가 딸에 대해 생각하기를 두려워하는 게 마음 아파서. 패트릭에 대한 글쓰기가 네게는 너무나 큰 의미가 있었지만 막상 그에게는 무의미했다는 사실에 마음이 무거워서. 더는 읽을 줄 모르는 그에게 읽기를 강요한 게 미안해서. 그 에세이가 실은 그가 아닌 너 자신, 지난 시절에 네가 어떤 사람이었는지에 관한 글이라는 자책 때문에. 그때의 넌 얼마나 순진했는지. 넌 네가 그의 집 포치에 앉았을 때, 그가 네 교실의 빈백에 앉아 책을 읽게 했을 때 네가 그의 인생을 바꿨다고 생각했지. 하지만 지금의 패트릭을 봐. 홀로 구치소에 갇혀 너에게든 누구에게든 아무런 기대도 하지 않는 패트릭을. 자신을 탓하는 패트릭, 자기가 무슨 죄목으로 기소되는지도 모르는 패트릭, 자기가 사람을 몇 번 찔렀는지도 모르고 그저 목숨을 앗아갔다는 것만 아는 패트릭. 이제 너도 알겠지. 그때나 지금이나 너란 사람이 할 수 있는 일이 얼마나 보잘것없는지를.

아니. 목소리가 말했다. 그건 냉소적인 생각이야. 낙관론이 반드시 어리석은 걸까? 너에겐 믿음이 있었어. 매일 아침 잠자리에서 일어날 때마다 넌 출근해서 네 일을 해내는 게 얼마나 중요한지 되새겼어. 그리고 그건 실제로 중요했어. 아이들이 책 읽는 동안의 그 정적을 기억해? 아무런 강제도 필요 없었지. 왜냐하면 아이들 모두 잘 알고 있었으니까. 그 20여 분이 그들을 어떤 새로운 곳, 은밀하고 안전한 어딘가로 데려간다는 사실을. 그런 순간에 그들은 자신이 얼마나 고요해지고 얼마나 집중할 수 있는지 깨달았지. 그들의 의식은 넘칠 듯이 충만해졌어. 바깥에서 볼 때 델타의 교실은 감상적이거나 대수롭지 않아 보일 수 있어. 바깥에 서라면, 포부와 체념이 섞인 지적인 어조로 델타에 관해 말하는 게 더 현명할 테지. "역사적으로 소외된 이 지역을 되살리기 위한 거국적인 노력과 광범위한 부의 재분배가 있지 않는 한," 너는 안경을 바로잡으며 진지한 말투로 이렇게 말할 수도 있을 거야. "희망은 거의 없습니다." 하지만 그 안에서는, 그 무엇도 그렇게 단정할 수 있을 것 같지 않았어. 그 안에서는 단 하루, 단 한 시간에도 너무나 많은 일이 일어날 수 있었어.

그러다 넌 떠났어. 넌 법을 배우고 싶다며 네가 떠나는 걸 정당화했지. 법은 알아 두면 좋은, 무척 강력한 언어니까. 아마 더 폭넓은 변화를 일으킬 수도 있겠지. 하지만 어쩌면 넌 델타에서 배우기 시작한 언어는 잊어버렸는지 몰라. 환경이 다른 사람들과 소통하게 해준 바로 그 언어 말이야. 그것 역시 강력한 언어인데도. 어쩌면 그것이야말로 단 하나의 중요한 언어일 텐데. 그래, 맞아, 넌 비영리단체에서 일할 거야. 하지만 뉴욕이나 베이에어리어 같은 곳에는 비영리단체에서 골라 쓸 수 있는 교육 받은 박애주의자들이 차고 넘쳐. 넌 그저 더 쓰이기 편한 여건에 있을 뿐이고. 델타로 돌아갈 바라는 건 잘못이 아니야. 누군가가 널 필요로 하고 있다는 느낌이 동기가 된다는 건 부끄러운 일이 아니야. 날것, 생동하는 것과 함께하고픈 욕망을 차단하지 마. 공무와 무관한 걸 받아들이려는 욕망을 차단하지 마. 그냥 ─ 생각 ─ 마.

방어력이 약해지기 시작했다. 나는 만약 돌아오기로 결정한다면 여기서 뭘 할 수 있을지 생각해 봤다. 패트릭의 사건이 해결되도록 돕는다? 하지만 그 사건은 명료했다. 내 선생님의 판단이 그랬다. 다시 아이들을 가르칠 수도 있었다. 하지만 어디서? 스타는 문을 닫았다. 어쩌면 보이즈앤걸즈 클럽이 대안일 수 있었다. 나는 클럽 시설이 지어지도록 힘을 보탰지만 여태 직접 보진 못했다. 혹은 델타에 관해 글을 더 쓸 수도 있었다. 하지만 너무 늦었다는 게 할 말의 전부라면, 글쓰기는 무의미했다.

글은 쓰지 마. 글쓰기도 문제야. 글을 쓰려면 문을 닫아야 해. 그건 우울한 사람들이나 하는 짓이지. 넌 사람들과 부대끼고 행동하는 부류였어. 학생들이 핸드폰으로 전화해도 받던 사람. 지인들이 으레 그녀는 내 곁에 있어 줬어요, 라고 말하던 그런 사람.

인정해. 진실은 이거야. 네가 성급하게 떠났다는 것. 넌 그저 어쩌다, 기본적으로 우연히, 로스쿨에 진학해 볼까 생각했어. 그리고 부모님께 굴복했지. 넌 나약했어. 넌 가르치는 게 대단한 일이 아니라고 생각했어. 델타는 정착할 곳이 아니라고 생각했어.

하지만 머문다고 뭐가 달라지지? 나는 물었다. 그저 내 마음의 짐을 덜기 위해, 전에 못 다한 일을 만회하기 위해 머물려는 건 아닐까? 내게도 패트릭에게도 모든 길이 열려 있는 것처럼 보이던 때로 돌아가기 위해서?

생각하지 마. 그냥 돌아와. 지금 돌아오지 않으면 패트릭에겐 영영 기회가 없을 거야. 지금 돌아오지 않으면 네게도 영영 기회가 없을 거야. 넌 다시는 돌아오지 않을 테니까.

아칸소에서 인디애나까지는 차로 여덟 시간이 걸렸다. 나는 미주리 어디쯤에서 주유소에 차를 세우고 타이어에 공기를 채웠다. 가슴속에서 심장이 쿵쾅대는 게 느껴졌다.

우선 내 지원금의 출처인 펠로우십 재단 이사에게 사실을 알려야 했다. 그녀는 정확한 언술, 완벽한 기억력, 경탄을 자아내는 빨간 정장으로 유명했다.

나는 그녀에게 전화를 걸었다.

"제가 패트릭 사건을 챙겨야 할 것 같아요." 그녀는 이미 『타임스』 칼럼을 읽었기 때문에 그가 내게 어떤 존재인지를 설명할 필요는 없었다. "그에게 가능한 선택지를 함께 살펴볼 충분한 시간이 필요해요. 그리고 제가 지금껏 델타로부터 도망치고 있었고, 거기 못 다한 일이 남아 있다는 느낌이 들어요."

"시간이 얼마나 필요하죠?"

그건 알 수 없었다. "5월까지요." 그렇게 말했지만 추측일 뿐이었다. 5월까지라면, 그와의 관계를 되살리기에 충분하면서도 그녀가 거절할 정도로 긴 시간은 아닌 듯했다.

그녀가 계산했다. "7개월이요? 그 정도면 충분한가요?"

"예. 7개월이요." 나는 진작부터 그렇게 결심했던 것처럼 거듭 말했다.

내가 일하기로 돼 있던 라자 법률 센터의 이사에게도 전화를 걸었다. 그녀는 물었다. "정말로 캘리포니아로 올 생각이긴 한가요? 그렇지 않다면 우리도 준비를 해야 해요."

나는 캘리포니아를 포기하고 헬레나에 아주 눌러앉는 건 어떨까 잠시 상상해 보았다. 나는 포치에서 맥주를 마시고, 아이들과 함께 식물을 가꾸고, 챙 넓은 모자를 쓰고 있다. 또한 도덕적이고 진솔하며 육체적으로 강건할 것이다. 마치 톨스토이의 『안나 카레니나』에 등장하는, 농민들에게서 귀동냥한 곡조를 흥얼거리며 외바퀴 손수레를 끌던 남자 주인공 레빈처럼 말이다. 하지만 이내 나는 짝이 있는 친구들이 휴가를 떠나고 없을 때 혼자 멤피스로 차를 몰고 나가던 숱한 날들이 떠올랐고, 또 언젠가 식료품점에서 웬 노인이 불쑥 다가와 자기가 제2차 세계대전에서 일본 놈들과 싸웠노라고 떠들던 일이 생각났다. 나는 그가 연대감을 표하는 건지 적대감을 표하는 건지 알 수가 없었다. 그건 그가 나를 어떤 종류의 동양인으로 보았느냐에 따라 달랐을 것이다.

"아뇨, 아뇨, 계속 있지는 않을 거예요." 내가 말했다. "스페인어도 연습하고 있는 걸요." 나는 이렇게 덧붙이며 그녀가 스페인어로 무슨 말을 하면 어쩌나 싶었다. 그랬다면 여보세요? 여보세요? 하고는 끊어 버렸을 것이다. 하지만 그녀는 계속 영어로 말했다. "행운을 빌어요. 소식 주세요."

다음으로는 아디나에게 전화해 샌프란시스코에 있는 우리 아파트에 대해 의논해야 했다. 그녀가 엄마와 내가 이삿짐을 풀고 접시와 램프 정리하는 걸 도와준 게 불과 얼마 전이었다. 나는 그녀에게 사과하고 내 보증금을 가지라고 고집했다. 그리고 곧 돌아가서 내 짐을 빼겠다고 말했다.

마지막으로 부모님. 두 분이 마지막인 이유는 내가 가장 두려워하는 존재가 그들이기 때문이었다. 지난 몇 년간은 순탄치 않았다. 나는 그들에게 뉴욕 로펌 1년차 연봉을 발설하는 실수를 저질렀다. 그들은 변호사가 돈을 그렇게 많이 버는지 몰랐다. 그걸 거절하겠다는 건 그들에게 미친 짓으로 보였다. 싸움이 시작되었다. 기대와 실망의 역학 관계라는 측면에서, 그 싸움은 2년 전 델타에서 있었던 싸움의 되풀이였다. 하지만 나는 그 사이에 배운 게 있었다 ─ 허락을 구하지 않고 단호히 버틸 것. 오빠가 내 편이 되어 준 것도 도움이 됐다. 졸업이 다가올 즈음, 엄마 아빠는 그 싸움에 대해 완전히 잊은 듯했다. "집으로 오렴." 그들은 내가 변호사 시험을 준비할 곳이 필요하다는 걸 알고 있었다. 그리고 이렇게 덧붙였다. "우린 네가 원하는 거라면 언제나 지지해 줬잖니." 그들은 탁월한 역사 수정주의자였다.

집은 언제나 공부하기에 최적의 장소였다. 우리 집은 공부하는 사람을 왕처럼 떠받들고 절대로 방해하지 않았다. 나는 부모님의 식탁을 작은 마을 삼아 책과 노트로 성을 쌓았다. 아빠는 내가 계약과 불법행위에 관한 따분한 규칙들을 외우는 걸 듣고 있다가 이따금씩 "그거 참 한심한 법이네. 왜냐하면 말이다" 하고 훈수를 뒀다. 어머니는 과일과 차를 가지고 들렀다. 망고를 갈라 과육이 많은 부분을 썰어 낸 후 내가 먹도록 접시 위에 올려 두고서 자신은 남은 속 부분을 갉아 먹었다.

변호사 시험을 보기 이틀 전에 가장 친한 친구의 결혼식이 있었다. 부모님은 내가 여행 가방을 싸는 동안 — 드레스는 벽돌책들에 깔려 압사했다 — 미심쩍은 눈길로 지켜보았다. "큰 시험 앞두고 결혼식에 가는 사람이 있다는 말은 한 번도 못 들어 봤다." 아빠가 한마디 했지만 더는 아무 말이 없었다.

떠나기 전날 밤, 어머니는 나를 따로 불러 자신도 예전에 타이완에서 중요한 시험을 치른 적이 있다고 말했다. 재능 있는 고등학생이던 그녀는 의사가 되고 싶었다. 그러기 위해서는 졸업하는 해 말에 대학 입시라는 큰 시험을 치러야 했다. 십 대에 보는 그 한 차례의 시험으로 그녀가 꿈꾸는 직업을 가질 수 있는지가 결정되었다. 그것은 트라우마를 낳는 제도였다. 일본이나 한국, 중국에서와 마찬가지로 그 시험을 전후로 어김없이 자살 사건들이 발생했다. 물리학 시험이 있던 날, 그녀는 공황에 빠졌고 시험을 망쳤다. 그녀는 내게 자신의 점수를 일러 주고는 고개를 돌렸다. 나는 고개를 돌리기 직전에 그녀의 얼굴을 보았다. 그리고 그 순간 특별히, 그녀를 깊이 사랑했다.

어머니는 풀타임으로 일하며 요리도 청소도 혼자 도맡아 했다. 이십 대 후반에 그녀의 큰 꿈은 박사 학위를 받는 것이었다. 그녀는 미시간주립대학에 등록했다. 하지만 두 아이도 모자라 늙어 가는 시부모와 시누이까지 모두 우리 집에서 복작였으니 당연히 힘에 부쳤다. 그녀는 결국 학업을 포기했다. 엄마 세대의 많은 여성들, 특히 이주 여성들이 그랬듯이, 그녀는 거의 격려를 받지 못했다. 한참 후, 엄마는 이 책의 씨앗이 된 내 에세이를 읽고 이렇게 편지했다. 오늘 아침 두 번째 읽고, 눈물, 그리고 다시 읽는다, 정말로 감동스러워. 사람들도 진실한 이야기라고 생각할 거 같다. 계속 글을 쓰렴, 너의 느낌을 다 매일매일 기록하렴.

어릴 적 아버지는 내 피아노 레슨이 끝날 때까지 밖에서 기다렸지만, 어머니는 자주 수업 끝자락에 들어와 피아노 선생님의 이야기에 귀를 기울이곤 했다. "어떻게 하면 소리가 이어질까?" 선생님은 그 질문이 일으키는 실존적 동요는 인지하지 못한 채 내게 이렇게 물었다. 그러고는 건반 하나를 두드렸다. 소리가 크게 울리다 점점 사라졌다. 우리는 말없이 들었다. 그녀는 다시 한 번 건반을 두드렸다. 우리는 기다렸다. 이번에는 소리가 사라지지 않고 이어졌다. "이제 네가 한 번 해봐." 그녀가 말했다. 어머니는 내 손을 보고 있었다. 내가 잘 배우는지 감시하거나 단속하는 게 아니었다 — 사실 그 소중한 순간에 그녀는 나를 잊고 있었다. 어머니는 자신이 직접 피아노를 치고 싶었지만 그건 사치라고 생각했다. 그래서 부모들이 흔히 그러듯 자신이 원하는 걸 내게 주었다. 내가 연습할 때면 부엌에서 허밍으로 따라 부르는 소리가 들리곤 했다. 야채 다지는 소리 위로 어머니의 맑고 밝은 음성이 울려 퍼졌다.

타이거 맘은 규율이 엄격한, 보통은 아시아계 부모를 이르는 약칭이 되었다. 내가 보기에 이 말은 완전히 틀렸다. 연약함을 힘으로 오인하고 있기 때문이다. 내 어머니가 배움에 대해 권위적이었던 이유는 달리 어찌해야 할지를 몰랐기 때문이다. 그것은 교수법상의 선택이 아니라 어떤 절박함이었다. 자녀들의 성공이 아니라면 그녀가 어디서 자신을 확인할 수 있었겠는가?

집에서 변호사 시험을 준비하는 동안 나는 나보코프의 『프닌』을 읽었다. 뉴욕주 북부의 어느 러시아 망명자에 관한 이 재미난 책의 도입부에서 대머리 프닌은 강의를 하러 가는 길인데, 자기가 엉뚱한 기차에 오른 줄도 모르고 객차에 앉아 있다. 나는 흥분했다. 프닌! 여기 내가 기다려 온 이민자가 있었다. 프닌은 비참한 중국인 철도 노동자가 아니고, 천대받는 쿨리가 아니고, 부당하게 억류된 일본인이 아니었다. 프닌은 오키도키, 요컨대 같은 영어 표현을 익혔다. 미국 세탁기에 매료된 프닌은 순전히 빨랫감들이 돌고래처럼 연신 재주넘기하는 광경을 보려고 그 안에 반바지와 손수건을 집어넣곤 했다. 고통스러운 치과 수술 후 프닌은 의기양양하게 새로 생긴 그의 보물을 자랑한다. 그에게 미소로 화답하는 그것, 그가 동료들에게 보여 주려고 수시로 입에 넣었다 뺐다 하는 그 물건은 의치였다. 프닌은 등 뒤에서 매정하게 조롱당하고 별종이라 불렸지만 전혀 그런 줄 몰랐다. 불쌍한 프닌! 영웅적인 프닌!

그러니 내 부모님은 프닌과 전혀 달랐다. 몸이 둔한 것도 아니었고, 푸시킨에 대해선 들어 본 적도 없었으며, 디피컬티difficulty를 지피쿨치로 발음하는 것도 아니었다. 하지만 따지고 보면 프닌과 꽤 비슷했다. 그들에게도 프닌스러운 순간이 있었다. 어머니는 요거트와 요가를 같은 단어로 오인해 "요거트 열심히 해"라고 말한 적이 있다. 미국에서의 첫 5년과 햄버거의 발견에 관해 이야기할 때는 행복한 한숨을 내쉬었다. 아버지는 침을 튀기며 게걸스레 엄청난 양의 국수를 후

루룩 후루룩 넘기곤 했다. 안경에 김이 서리면 속도를 내기 위해 안경을 벗었다.

부모님은 젠체하는 법이 없었다. 아는 변호사가 한 명도 없던 그들은 변호사의 수입을 듣고 깜짝 놀랐다. 대학 생활을 시작하는 내게 그들은 졸업하고 의대에 가야 한다는 것과 연애를 하지 말라는 것 외에는 아무런 조언도 하지 않았다. 이 점은 그들이 실상 내게 얼마나 무해했는지를 증명한다. 사실 그들의 조언이 그토록 독단적이었던 이유는, 그들이 이미 내게 해준 것, 즉 기회로 가득한 유년기를 제공해준 것 이상으로는 더는 날 도울 수 없다는 걸 감지했기 때문이다. 결국 내게는, 독자로서 내가 프닌이 엉뚱한 기차에 올라탔음을 알았던 것과 마찬가지로, 세상이라는 맥락에서 내 부모를 바라보고 평가할 힘이 있었다. 나는 그들보다 강했다.

부모님에 관한 생각은 집의 진입로로 들어서는 중에도 여전히 내 머릿속을 가득 채우고 있었다. 프닌이 사랑스러웠던 건 그의 트라우마가 감춰져 있기 때문이었다. 아무도 그를 가리켜 이방인 프닌! 이민자 프닌! 역사에 짓눌린 프닌!이라 하지 않았다. 프닌을 읽는 즐거움은 여기에 있었다 — 그는 세상을 이해하는 데 너무나 일관되게, 너무나 고집스럽게, 너무나 당당하게 실패했기 때문에, 우리는 그를 배반한 세상을 잊어버린다. 나는 프닌처럼 내 부모도 그들이 통제할 수 없는 작용들의 귀결이라는 생각이 들었다. 아빠 역시 이민자의 자식이었다. 그의 부모는 1949년에 중국을 떠나 타이완으로 건너갔고, 그 세대 난민들이 대개 그랬듯 다시는 헤어진 가족과 만나지 못했다. 내 부모님은 타이완의 계엄 체제하에서 성장했고, 민주화 이전에 나라를 떠났다. 타이완에 대한 그들의 기억은 그들이 그곳을 떠난 1970년대에 머물러 있었다. 아마 스스로 인정하는 것 이상으로, 그들은 자신들을 키워 낸 조국 타이완을 더는 알지 못할 것이다. 그리고 바로 그 때문에, 자신들이 미국에서 나보다 더 오래 살았다는 사실을 자주 상기시키는 건지도 모른다. 그들은 내가 자신들을 미국인으로 여기길 바랐다.

이미 가을이라 쌀쌀했지만, 부모님은 나를 맞이하러 서둘러 차고로 달려 나왔다. 아빠는 내 짐을 챙기고 엄마는 내 머리를 쓰다듬었다. 두 분은 식사도 하지 않고 나를 기다리고 있었다.

그들은 델타로 돌아가기로 한 내 결정을 어떻게 받아들일까? 내가 차질 없이 삶을 이어 갔으면 하는 그들의 바람을 나는 알고 있었다. 그들은 내가 이기적으로, 그들을 고려하지 않고 결정을 내린다고 생각했다. 그리고 그건 사실이었다 — 그들의 의견을 무시하는 법을 배운 건 내 인생에서 무척 중요한 일이었다. 그래도 내가 자신들을 소중히 여긴다는 걸 그들이 알았으면 했다.

저녁을 먹으면서 나는 부모님에게 잘 보이고 싶을 때면 늘 그랬듯이, 평소보다 중국어를 더 많이 사용하려고 애썼다. 나는 짧고 느긋한 문장으로 천천히 말하자며 자신을 타일렀다. 내 영어는 언제나 너무 빨랐다. 아버지는 내 말을 대부분 이해했지만, 어머니는 그러지 못했다. 그동안 우리는 어떻게 의사소통이라는 걸 해왔던 걸까? 우리는 무슨 이야기를 했던가? 우리의 관계에는 성적과 상이라는 매개체가 필요했다. 세상이 나를 어떻게 평가하나? 학교 선생님들은 나를 좋아하나? 나는 똑똑한가? 성적은 이런 질문에 답해 주었다. 성적은 부모님이 나를 판독할 수 있게 해주었다.

그리고 이제 남은 인생에 내가 성적을 받을 일은 없어진 지금, 우리에게 성적을 대신해 줄 수 있는 건 단 하나, 이야기인 것 같았다. 내가 그들을 감동시키고 그들을 이해시킬 이야기를 할 수 있을까? 이것이 당장의 과제였다.

나는 중국어와 영어를 오가며 그들에게 패트릭을 만난 이야기를 들려주었다. 나는 그 구치소가 내가 가르쳤던 학교와 마찬가지로 노후하고 무책임하게 운영되고 있다고 말했다. 그리고 패트릭은 자기 변호사의 이름도 모른다고 했다. 그러자 아빠는 고개를 절레절레 흔들었다. 나는 패트릭이 전에 배웠던 걸 거의 다 잊어버린 것 같다고 말했다. 글 읽기를 시키자 발음이 틀릴까 봐 전전긍긍했다고. 그리고 그간의 모든 일에도 불구하고 패트릭은 여전히 착한 아이었다고 말했다. 자기를 찾아와 줘서 고맙다고 말했다고. 마치 다시는 날 보지 못할 것처럼, 마치 누구에게든 아무것도 기대하지 않는 것처럼. 그리고 모든 걸 자기 탓으로 돌렸다고. 나는 부모님께 아마도 내가 델타에서 다시 살게 될 일은 없을 거라고 했다. "두 분 말씀이 옳았어요. 전 거기서 행복하지 않았어요. 하지만 돌아가서 그곳과 화해할 시간이 필요해요. 그래서 얼마간은 거기 머물러야 할 것 같아요." 마침내 나는 그렇게 말했다.

나는 어머니의 얼굴에서 그녀가 내 말을 이해했다는 걸 알았다. 어머니는 말이 없었다. 그녀는 이야기를 더 듣고 싶어 했다.

아버지가 말했다. "비용은 어떻게 감당할 생각이냐?"

나는 전에 헬레나에서 살았던, 단단한 원목 바닥이 깔려 있고 앞마당에 무화과나무가 있던 그 방 3개짜리 집에서 내 몫의 월세가 놀랍게도 고작 150달러였던 점을 상기시켰다. 그걸 1년치로 합산하면 샌프란시스코의 한 달 월세 정도였다.

"그래, 아무도 거기서 살려고 하지 않으니까." 아버지의 말에 감정이 실려 있진 않았다.

어머니는 내가 샌프란시스코에서 아칸소로 옷가지를 옮기는 데 들일 수고를 측은히 여겼다.

그때 어머니가 뭔가를 떠올리고는 얼굴이 환해졌다. 우리 집에는 이제 아무에게도 필요 없는 책들, 내가 어릴 때 보던 오래된 책들이 너무 많았다. 어쩌면 패트릭이 그 책들을 좋아하지 않을까?

아버지는 내가 지하실을 말끔히 비울지도 모른다는 생각에 흡족해 했다.

3부

"안 돼! 안 돼!" 여왕이 말했다. "선고가 먼저 — 판결은 나중이야."

• 루이스 캐럴, 『이상한 나라의 앨리스』

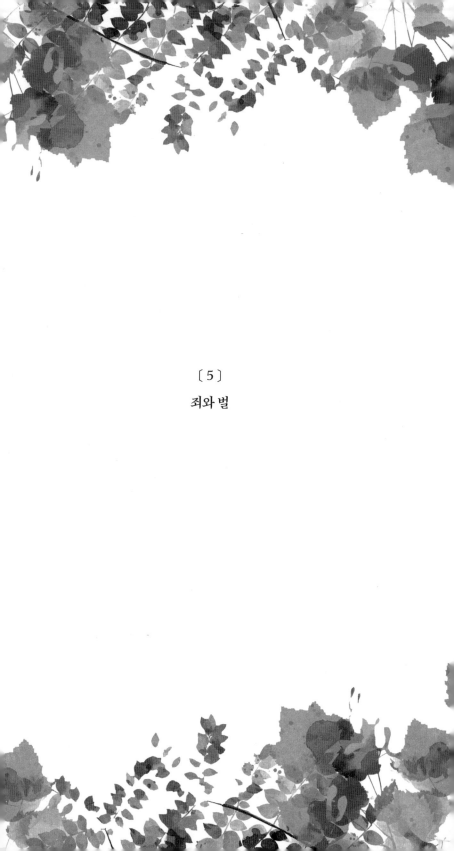

〔5〕

죄와 벌

극도로 절박하게 자기 학대가 요구되지 않는 한 대체로 나는 헬레나의 중식당을 피했다. 하지만 완벽한 출석률을 자랑하던 내 학생 에런은 거기서 식사를 하고 싶어 했고, 나는 그러자고 했다.

문을 열자 매달려 있던 종이 흔들렸다. 백인 손님 둘이 고개를 돌려 나를 쳐다보았다. 나는 곧 이해했다. 그들은 동양인으로 보이는 내가 역시 동양인으로 보이는 식당 주인에게 어떻게 말을 할지 지켜보고 있었다.

나는 영어로 인사를 건넸다.

"안녕하세요." 내가 말했다.

"안녕하세요." 그녀가 화답했다.

그러자 두 남자는 다시 음식을 먹기 시작했다.

에런과 나는 뷔페 음식 쪽으로 다가갔다. 그는 어떤 메뉴건 가리지 않고 접시를 가득 채웠다. "전 닭고기 볶음면을 좋아해요." 그가 활짝 웃으며 말했다.

에런은 잘 살고 있었다. 그는 센트럴 고등학교를 졸업한 후 지역 전문대학에서 환경과학 학위 과정을 밟고 있었으며, 맥도날드에서 파트타임으로 일하며 갓난 아들을 키우고 있었다.

"타미르 얘기 들으셨어요?" 그가 한입 가득 면을 물고서 말했다.

나는 타미르의 이름을 듣고 가슴이 뛰었다.

"아니. 어떻게 지내는데?"

"못 알아보실 거예요. 아무도 아닌 것 같거든요. 자기 모습이 없어요. 완벽히 섞여 있어요."

"섞여 있다고?"

"길거리 홈리스들이랑요." 에런은 입술에 묻은 기름을 훔치더니 다시 닭고기에 열중했다. "지금 리틀록에 있어요. 크랙 중독자로 거리에서 지내거든요. 구걸하면서요."

내가 마지막으로 타미르의 이름을 들은 건, 3년 전쯤 델타를 떠나고 나서 한 달 뒤의 일이었다. 그의 9학년 영어 교사가 내게 음성 메시지를 남겼다. 학생들에게 당신의 인생을 바꾼 사람은 누구인가? 라는 질문을 던졌는데 타미르가 나에 관해 썼다는 이야기였다.

"어떻게 하면 타미르를 찾을 수 있지?" 나는 흔들리는 목소리로 물었다.

에런은 그 질문의 무익함에 어깨를 으쓱해 보였다. 일단 공공 서비스망에서 벗어난 사람은 닿을 길이 없었다. 전화도, 이메일 주소도 없었다.

나는 에런의 태도에서 그를 가르치던 시절에도 본 적 있는 익숙한 무언가를 알아보았다. 그게 무엇일까? 샤덴프로이데schadenfreude?○ 아니, 그건 즐거움이라기보다는 희미한 자부심이 섞인 안도감에 가까웠다. 나도 그렇게 될 수 있었지만 그러지 않았어. 에런의 단단한 자존감이 그의 어조를 누그러뜨리긴 했지만 그럼에도 나는 느낄 수 있었다.

"마일스는 어때?" 나는 물었다.

○ 타인의 낭패를 고소해 하는 심리.

"마일스요? 아무것도 안 해요. 걔도 타미르처럼 될 거예요. 요샌 사람들을 쏘고 다녀요."

"쏘다니, 총을?" 나는 목구멍에 음식이 걸려 거의 질식할 뻔했다.

"예. 걘 아무 상관 안 해요. 붙잡혀도 금방 나오거든요. 이제 걔네 집은 부자라서 1초 만에 보석금을 내요. 받은 돈이 100만 달러도 더 되거든요. 이제 흥청망청해요." 마일스의 어머니가 브랜던을 쏴 죽인 꽃집 주인을 상대로 벌인 소송 얘기였다. 합의에 이르러 돈이 나온 모양이었다. "맞아요, 집도 새로 사고, 모페드, 트럭, 렉서스까지 차도 다섯 대를 샀어요. 전에 그 녀석이 몰던 차는 겨우 올즈모빌이었는데."

나는 입안의 음식을 삼켰다.

"재스민은 어떻게 지내?"

"재스민은 이제 애가 있어요."

"케일라는?"

"걔도 애가 하나 있어요."

"커샌드라는?"

"걘 둘이요. 셋일 수도 있었는데, 한 번 유산했어요."

에런은 접시를 비웠고, 나는 안 그런 척, 무심함을 가장하며 그를 뜯어보았다. 어째서 그는 졸업하고 나머지는 그러지 못했을까? 일단 그가 남자라는 게 한 가지 요인이었다. 임신한 학생들은 가족의 도움을 받지 않는 한 거의 늘 학업을 포기했다. 더불어 그의 가족은 교육을 더 잘 받았다. 내 기억에 어머니는 요양원에서 행정직 일을 했고 고졸자였다. 할머니는 시내에서 봉제 공방을 겸한 직물 가게를 운영했는데, 불황에서 살아남은 몇 안 되는 업체 중 하나였다. 스타에서 아버지나 어머니가 고등학교를 졸업하고 안정적인 일자리를 가진 아이는 거의 없었다. 결국 모든 건 이 기본 지표, 즉 가족의 교육 수준과 고용의 질로 귀결되는 걸까?

"전혀 안 드시네요, 선생님." 그가 마침내 접시에서 고개를 들며 말했다. "선생님 어머니가 해주시던 맛은 아니겠네요." 그는 내 접시에서 닭고기를 덜어 먹었다.

식사를 마치고 밖으로 나왔을 때, 나는 그에게 차로 동네를 한 바퀴 돌아보겠느냐고 물었다.

"선생님하고 드라이브를요?" 그는 껄껄 웃었다. "전 미치지 않았어요." 그러고는 조수석에 앉았다.

에런은 시키지 않아도 말을 많이 했다. 그는 지나가는 풍경을 가리키며 내게 "헬 타운"을 구경시켜 주겠다고 했다. 내가 차를 모는 동안 그가 어디서 꺾어야 할지, 어느 동네로 들어가야 할지 길을 알려 주었다.

"저쪽이 마일스가 전에 살던 동네예요, 걔네 집이 부자 되기 전에요." 그가 말했다. "보안관이 저기다 통금을 때렸어요." 나는 어떤 종류의 통금을 말하는 건지 물었다. "이동 제한이요. 대낮에 사람이 총에 맞았으니까요."

사실 에런은 내가 패트릭과 다른 학생들을 데려다주러 그 동네에 자주 들렀다는 걸 잊어버린 듯했다. 때맞춰 그는 패트릭 역시 부근에 살았다는 말을 무심코 던졌다.

"패트릭 얘긴 들으셨어요, 선생님?"

다시 또, 샤덴프로이데까지는 아니지만 남의 말 하기 좋아하는 듯한 그 말투. 하지만 이번에 나는 뭔가 다른 것, 그 아래 깔린 어떤 따뜻함이나 안타까움을 느꼈다. 억지스러운 초연함을 띤 말투. 애도를 피하기 위한 방법.

우리는 센트럴 고등학교 옆 작은 풀밭을 지나갔다. 에런은 말했다. "얼마 전에 열여섯 살짜리 하나가 죽었어요. 홈커밍 축제 때 센트럴에서 열린 미식축구 경기를 보고 오다가요. 흠씬 두들겨 맞고 머리에 총을 맞았어요. 여태 누가 그랬는지도 몰라요."

그런 다음 경찰서가 나왔고, 거기서 100미터쯤 떨어진 곳에 카운티 구치소가 있었다. "7월 독립기념일 바로 다음 날에 제 사촌이 살해됐어요. 여기 구치소 바로 옆, 보안관실 코앞에서요. 꽃다발 두세 개가 아직 거기 남아 있어요."

그는 손잡이를 돌려 차창을 내렸고 나도 속도를 늦췄다. 우리는 얼기설기 만들어 놓은 추모 공간을 함께 바라보았다. 낡고 알록달록한 물건들이 이것저것 모여 있었다. 분홍색 노란색 시든 꽃잎 조각들, 사진 액자들, 동물 봉제 인형.

내가 사촌의 죽음에 조의를 표하자 에런은 대수롭지 않다는 듯 어깨를 으쓱해 보였다. "그 일이 있기 바로 전에는 KIPP에 다니던 열여섯 살짜리 여자애가 죽었어요." 그는 학교 이름을 힘주어 말했다. KIPP(지식의 힘 프로그램Knowledge Is Power Program)은 내가 처음 헬레나에 도착하기 몇 년 전에 세워진 자율형 공립학교였다. "어떤 사람이 그 여자애 엄마의 남자 친구한테 총을 쐈는데, 그 남자 친구가 그 여자애로 자기 앞을 가렸대요, 총알받이로요. 결국 걔가 총을 맞았어요. 가슴, 팔, 허벅지요."

한 가지 변한 게 그거였다. KIPP은 초등학교와 고등학교로 확대되며 명성을 얻었다. 그곳은 학생들이 게으름을 피우지 않는 곳으로 통했다.

"걘 KIPP에 다니고 있었어요." 에런은 감탄조로 되풀이했다. 마치 그토록 성실한 학생이었으므로 그 죽음은 그녀 탓일 리 없다고 말하는 듯했다.

에런은 카운티 구치소를 가리켰다. 나는 그곳을 이미 알고 있다는 말은 하지 않았다. 그는 구치소 지붕으로 올라가 뛰어내려 탈옥한 사람을 알고 있다고 했다.

"안 다쳤대?" 내가 물었다.

"아뇨, 몸집이 좋거든요. 전혀 안 다쳤어요."

탈옥수는 여유롭게 밖을 돌아다니고 가족을 만나고서 다음 날 돌아간 모양이었다.

마지막으로 옛 시절을 추억하며 우리는 스타에 들렀다. 그곳은 버려져 있었다. 우리는 철조망 틈으로 안을 살펴보았다. 쓰레기통 하나가 옆으로 쓰러져 있었다. 다듬어지지 않은 잔디밭에는 큰 키의 잡초들이 무성했다.

돌아가는 차 안에서 에런이 핸드폰으로 어딘가에 전화를 걸었다.

"지나, 누가 왔는지 맞혀 봐. 내가 지금 누구 차를 타고 있게?" 그리고 그가 말했다. "쿠오 선생님!" 그러자 전화기 반대편에서 높은 비명이 터져 나왔다. 에런은 움찔하며 귀에서 핸드폰을 뗐고, 우리 둘은 폭소를 터뜨렸다.

"선생님이랑 같이 점심 먹었어." 그가 계속했다. "근데 진짜, 안전벨트 없었음 어쩔 뻔?"

나는 소리 내어 웃으며 예전에 우리가 농담을 주고받던 그 시절로 되돌아갔다.

"거짓말 안 하고 선생님 운전 실력은 더 나빠졌어. 헬레나 도로에

움푹 팬 구멍들이 좀 많아? 한 70번은 빠진 것 같아."

그가 내게 핸드폰을 건넸다.

"지나 고든 부인!" 내가 미소를 지으며 핸드폰에 대고 말했다. "어떻게 지내?"

그녀가 말했다. "혀랑 코에 피어싱했어요. 약간 변했어요, 크게 달라진 건 없고요."

내가 이사한 곳은 대니와 루시의 집이었다. 루시는 그래놀라를 만들었고, 대니는 단어 보드게임을 꺼내 놨다. 그 집 고양이들만 나를 보고 심기가 불편한 것 같았다.

그들은 내게 헬레나 소식을 들려주었다. 좋은 소식은 다음과 같았다. 멕시코 음식점이 새로 문을 열었고, 거기서는 마가리타 칵테일을 판다. 새로 생긴 헬스장에는 신식 트레드밀과 요가 수업이 있다. 아동 도서 서가와 컴퓨터실을 갖춘 새 도서관 — 대니가 기금 조성에 기여했다 — 이 연말에 개관한다. 이제는 연례행사가 된 '우리 블루스 축제'가 또 한 번의 성공을 거두었다. 그리고 헬레나의 흑인 이주민을 기리는 공공장소인 "자유 공원"을 조성하는 공사가 곧 시작된다.

델타의 KIPP 학생들은 주에서 주관하는 수학 및 문해력 시험에서 최상위권을 기록했다. 아칸소에서 가장 빈곤한 지역의 흑인 아이들이 아칸소에서 가장 부유한 지역 사립학교의 백인 아이들보다 더 나은 점수를 거둔 것이다. 10년 전이라면 정책 입안자들 대부분이 이런 일은 불가능하다며 비웃었을 것이다. 이제 헬레나의 일부 백인 가정은 KIPP에서 배제되는 것에 불만을 제기하고 있었다.

다음 날 아침 패트릭을 만나러 가니 새 교도관인 커즌즈 씨가 있었다. 작달막하고 통통한 그는 명랑하다 못해 거의 음흉한 느낌을 풍겼다.

역시나 구치소의 그 누구도 내 이름을 기록하지도, 확인하려 들지도 않았다. 가방 검사도 휴대폰 압수도 없었다. 나는 그저 패트릭 브라우닝을 면회하러 왔다는 말만 했다.

커즌즈 씨는 나를 위아래로 훑었다. 그러더니 싱글거리며 말했다. "한 번 안아 주면 면회시켜 줄게요."

나는 헛기침을 했다. "뭐라고요?"

"한 번 안아 달라고요. 있잖아요, 옛날식으로 푸근하게."

그는 몸을 앞으로 기울이고 기다렸다.

나는 숨을 들이켰다. 몸이 맞닿자 그는 내 등을 꽉 조였다.

그런 다음 그는 히죽 웃으며 뒤로 물러났다. 우리는 나란히 걸었다.

안으로 들어갈수록 금속성의 덜컹대는 소리가 점점 커졌다. 나는 수감자들이 감방을 두드리고 있다는 걸 깨달았다.

"바깥세상 생각들이 나나." 그가 피식 웃으며 말했다.

통제실에서 교도관들은 잡담을 하고 <매트록>°을 보면서 아침을 먹고 있었다. 기름 냄새와 곰팡내가 섞인 이상한 악취가 풍겼다.

"이 빌어먹을 놈의 일, 내가 관두고 만다."

"참도 관두겠다."

◦ 1986~95년 인기리에 방영된 미국의 미스터리 법정 드라마 시리즈

"두고 봐."

"거참, 다른 데 같으면 벌써 잘렸어. 자넨 그 입이 문제야, 그건 자네도 알잖아."

"그야 알지."

나는 최대한 눈에 띄지 않으려고 애썼다. 하지만 아무도 내가 거기 있는 걸 알아채지 못한 것 같았다.

다시 그 창문 없는 방이었다. 바닥에 고인 물웅덩이의 출처를 찾아 천장을 올려다보는데 패트릭이 입구에 나타났다. 그는 나를 보더니 미소를 지으며 흑백의 줄무늬가 들어간 헐렁한 점프 수트를 추어올렸다.

"쿠오 선생님," 패트릭이 걸어 들어오며 말했다. "다시 오셨네요." 그는 놀라워하며 고개를 절레절레 저었다.

그리고 물었다. "어쩐 일이세요, 선생님?"

나는 생각보다 더 오래 헬레나에 머물게 됐다며, 여기가 그리웠노라고 말했다.

"여기가요? 말도 안 돼요." 그가 다시 고개를 저었지만 얼굴은 미소 짓고 있었다.

우리는 그간의 일을 이야기했다. 나는 그에게 인디애나에 있는 부모님을 막 뵙고 왔다고 말했다.

"선생님, 엄마 아빠가 계세요?" 그가 물었다.

나는 그렇다고 말한 다음 사진을 보여 주려고 핸드폰을 꺼냈다.

"이걸로 사진을 찍을 수 있어요?" 그가 물었다.

패트릭은 내가 엄지로 화면을 쓸면 다음 사진이 나타나는 걸 주의 깊게 살폈다.

"봤지? 이제 네가 해봐."

그는 점프 수트 옆에다 손을 비벼 닦고 화면 위에 손가락을 올렸다. 그는 조심조심 내가 했던 동작을 따라 했다.

"선생님, 부모님이랑 닮으셨어요."

그는 사진에 흥미가 가는지, 한 장 한 장을 꼼꼼히 살피며 차례차례 넘겨 보았다. "이건 뭐예요?" 그가 물었다. 어머니가 요리하는 장면을 담은 사진들이었다. 나는 국수, 중국식 야채 요리, 하는 식으로 알려 주었다— 정확한 영어 이름은 몰랐다. 몇몇은 그가 직접 답했다. "새우네요." 그가 중얼거렸다.

그러더니 그가 물었다. "선생님, 중국에 가본 적 있으세요?"

"응."

"아프리카도요?"

"응." 나는 잠시 멈췄다. "중국이나 아프리카에 가보고 싶어?"

그는 계속 사진을 들여다보며 말했다. "잘 모르겠어요. 그냥 여기서 나가고 싶어요."

그는 내 핸드폰을 돌려주었다.

"어떻게 지내?" 내가 물었다.

패트릭은 내가 금지된 주제를 건드린 듯 기분이 돌변해 어깨를 축 늘어뜨리고 의자에 등을 기댔다.

"여기선 아무 일도 안 일어나요."

"아무 일도?"

"아무 일도요. 미친 짓거리들 말고는요."

그는 두 손으로 얼굴을 쓸었다.

"여기 제 사촌이 있는데, 어떤 사람이 걜 괴롭혀요. 완전 정신이

나가서는 걔 식판을 벽에다 내동댕이쳤어요. 주스 병도 집어 던져 버렸고요." 그는 잠시 멈췄다. "그리고 사람들이 플라스틱을 태워요."

"뭘 태운다고?" 나는 제대로 알아들은 건지 의아해 하며 물었다.

"플라스틱이요." 그가 더 크게 말했다.

나는 어리둥절했다.

패트릭은 끈기 있게 설명했다. "창을 플라스틱으로 덮잖아요. 그걸 태워 구멍을 내려는 거예요."

나는 <쇼생크 탈출>에서 팀 로빈슨이 벽을 긁어내던 장면을 떠올렸다.

"왜?" 나는 이렇게 물으면서도 답이 너무 뻔한 듯싶어 스스로 멍청하게 느껴졌다. "탈옥하려고?"

"아뇨. 창으로 대마초를 얻으려고요. 그런 다음 그걸 교도관들에게 팔아요. 아니면 신임수한테요." 그는 이 말을 하며 얼굴을 찌푸렸다.

"누구?"

그가 설명했다. 신임수는 별도의 구역에서 지내는 수감자들이다. 구치소는 그들에게 잡무를 맡겼다. "그 사람들이 요리도 하고 청소도 해요. 걸레질하고 일하고 그냥 돈만 안 받아요."

"신임수라고?" 나는 되풀이했다. 그때까지 한 번도 들어 본 적이 없는 단어였다.

"네, 신임수요. 믿을 수 있어야 하는 사람이요. 믿을 만해야 하는 사람이요." 그는 화가 나서 인상을 썼다 — 그는 여전히 말이란 그것이 의미하기로 약속한 바를 의미해야 한다고 믿었다.

그가 뭔가 말하려고 입을 열다 멈췄다. 고개가 아래로 더 내려갔다. 이제는 내게 거의 익숙한 동작이었다.

"선생님, 전 이제 — 이제 어쩌면 좋죠?"

그는 얼굴을 손에 묻었다.

"통 잠을 못 자요. 그 연기를 죄다 들이마실 수밖에 없어요."

방은 적막했다. 나는 뭘 어찌해야 할지 몰랐다.

엉겁결에 나는 물었다. "옮길 순 없어? 다른 방, 아니 감방으로?"

입을 막은 두 손 사이로 뭉개진 목소리가 흘러나왔다. "교도관이 허락해 줘야 말이죠."

그러더니 갑자기 말을 쏟아 냈다. "여긴 제대로 되는 게 아무것도 없어요. 인터콤도 달려만 있지 먹통이에요. 그래서 누가 좀 와줬으면 싶을 때나 싸움이 벌어졌을 때는 창을 두드려야 해요. 얼마 전에도 어떤 사람이 감방에서 발작을 일으켰어요. 하지만 교도관들은 기분 날 때만 와서 들여다봐요. 창을 두드리는 수밖에 없지만, 그들은 정말로 상황이 심각한지 아닌지 몰라요, 왜냐하면 사람들이 별것 아닌 일에도 늘 창을 두드리니까요." 그가 손으로 관자놀이를 문질렀다. "온종일 이 지긋지긋한 틈바구니에 갇혀 있어요."

나는 그의 어깨로 주춤주춤 팔을 뻗어 조심스레 등을 두드렸다. 하지만 그는 구부린 자세로 너무나 경직돼 있어서 내 손길을 알아채지 못한 것 같았다.

"시간요." 그가 말했다. "시간을 되돌릴 순 없어요. 일어나는 모든 일은 다 인과의 법칙을 따라요. 한 날이 다음 날을 만들어요. 그래서 제가 지금 여기 있는 거예요."

패트릭은 두 손으로 얼굴을 덮었다.

"이것 봐, 패트릭." 나는 뭔가를 말하고 싶었고, 마침내 위로하는 어조로 말했다. "넌 굳세게 잘 버티고 있어. 기운 내고 어깨 펴."

그러자 그는 내 말을 문자 그대로 받아들인 듯 어깨를 폈다.

그날 오후, 뜻밖에도 교사 일을 하고 있는 오랜 친구 조던의 전화를 받았다. 조던은 티치포어메리카로 헬레나에 왔다가 그대로 눌러앉은 특별한 부류의 교사 중 한 명이었다. 그는 나보다 한 해 먼저 일을 시작했고, 집을 장만하고 다른 교사와 결혼해 두 아이를 낳았으며, 헬레나에 계속 살 계획이었다. 그는 자신의 가톨릭 신앙을 나타내는 문신을 하고 있어서 마치 사제가 된 전직 조폭 같은 <u>으스스</u>한 이미지를 풍겼다.

밀러에서 그에게 배웠던 스타의 내 학생들은 존경과 두려움이 섞인 마음으로 그를 기억했다. 아이들은 마음 깊은 곳에서 자신들의 성취에 대한 교사의 기대를 느끼고 그 수단을 제공받을 때, 그 수업을 절대로 잊지 않는다. 스스로 총명하다고 느낀 기억은, 설사 그것이 하루나 한 주에 불과하더라도, 결코 완전히 사라지지 않는다.

조던은 캘리포니아에서의 생활은 어떤지 물었다.

나는 짐짓 무심히 답했다. "괜찮아. 법률 구조 쪽 일을 하게 돼서 기대하고 있어."

나는 델타에 남은 여남은 명의 교사들을 대할 때 — 대니와 루시는 예외였지만 — 나를 가벼운 사람으로 보이게 하는 언급은 삼가는 편이었다. 아마 그들과 있으면 내 부족함이 그대로 노출되는 느낌이 들었기 때문일 것이다. 그들은 내가 하지 못한 걸 해냈고, 더구나 그러면서도 전혀 괴로워 보이지 않았다.

조던은 이제 KIPP의 교장이었다. 그는 학교에 파트타임 스페인어 교사가 절실히 필요하다고 했다. 풀타임 교사인 알바라도 선생이 일곱 시간을 떠안으며 과부하가 걸린 상태였다. "내 스페인어 실력은 형편없어. 대학 때 2년 배운 게 다야." 내가 말했다.

조던은 미소를 띠었다. 델타에서 그 정도면 상당한 가치가 있었다.

"영어는 가르칠 수 있는데." 내가 물었다. 아니, 그에게 필요한 건 스페인어 교사였다.

나는 언제나 거절에 미숙했다. 게다가 조던에게 잘 보이고 싶었다.

"딱 두 시간이야." 그가 말했다. "1학년 스페인어. 두 시간이면 괜찮겠어? 월요일부터 시작해야 하는데."

어쩌면 이것이 내가 돌아온 이유인지 몰랐다. 제대로 돌아가는 학교, 학생들이 뭔가를 성취하리라 기대되는 학교에서 가르치는 것 말이다. 시내버스 정류장에 나란히 줄지어 서 있던 KIPP 학생들에 대한 기억이 — 대부분이 필립 풀먼의 소설이건 『블랙 보이』건 책을 들고 있었다 — 따뜻하게 떠올랐다. 게다가 고정적인 수입은 요긴할 것이다 — 나는 저축해 둔 돈과 세금 환급금으로 버티고 있었다. 돌아온 지 며칠 만에 새 일자리를 얻을 수 있을 만큼 그 지역에는 중간급 전문직 종사자가 턱없이 부족했다.

"좋아, 해볼게." 내가 말했다. 스페인어로 말을 걸지도 모르는 알바라도 선생은 피해 다니기로 마음먹었다.

KIPP에서 일을 시작하기 전까지 고작 며칠밖에 남지 않았지만, 나는 패트릭의 변호사를 만나야 했다. 패트릭에게 법정 출석일을 알아봐 주겠다고 약속했기 때문이다. 그것이 그의 유일한 부탁이었다. 그는 일

년 넘게 구치소에 있었지만 그때까지도 법원에서는 소식이 없었다.

　나는 헬레나를 알았고, 그래서 절반쯤은 패트릭의 국선변호인이 운동복 차림으로 담배를 질겅질겅 씹으면서 나타나리라 예상했다. 하지만 롭은 몸에 잘 맞는 검은 정장에 멋진 연노랑 타이를 더한 점잖은 차림새였다. 그는 흑인이었고 나이는 사십 대로 보였다. 롭은 맥도날드에서 일하며 학비를 벌어 아칸소대학 로스쿨을 졸업했다. 가난한 사람도 법률 서비스에 접근할 수 있어야 한다는 신념 때문에 국선변호사가 되었다. 하지만 이내 빚을 지지 않으려면 개업을 해야 한다는 사실을 깨달았다. 헬레나에는 국선변호사가 딱 한 명 더 있었는데, 두 사람 모두 파트타임으로 일했다. 아칸소주 정부가 그 이상의 비용은 지불하려 들지 않았기 때문이다. 그들은 각각 복사기 한 대와 연간 1700부 상당의 복사비를 지원받을 뿐, 우편, 장거리 통화, 주유, 교통은 모두 사비로 해결했다. 자체 조사 — 여기에는 경찰의 직권남용에 대한 조사, 정신의학자 및 과학수사 전문가 자문 등이 포함된다 — 를 위한 예산 지원은 전혀 없었다. 그런 조사에는 롭이 감당할 수 없는 액수의 돈이 들었다.

　"패트릭하고 얘기는 좀" — 나는 단어 선택에 신중을 기하기 위해 잠시 멈췄다 — "얘기할 기회는 있었나요?" 내가 물었다.

　"제가 맡은 피고인이 100명도 넘어서요." 그가 답했다.

　그러더니 마치 내 뜻을 수긍한다는 듯 씁쓸히 말했다. "합법화된 배임 행위죠."

　롭의 설명에 따르면, 헬레나 법원은 1년에 단 네 차례 회기를 갖는다(이와 대조적으로 매사추세츠 주에서는 휴일을 제외하고 매일 형사재판이 열렸다). 헬레나에서 각 회기는 3주에 불과했다. 배심재판이 열리면 다른 모든 사건은 — 일람표에 오른 사건은 대개 100건이 넘었다 — 다음 회기로 연기됐다. 패트릭 사건과 같은 부류는 "우선순위" 사건이 아니었다. 그의 사건은 연거푸 뒤로 밀렸다.

"결함 있는 정당방위"가 아마도 패트릭을 위한 최선의 논거일 거라고, 롭은 이어서 설명했다. 그 말은 정확히 들리는 그대로를 뜻했다. 자기방어라는 패트릭의 믿음 — 그는 마커스가 무기를 갖고 있다고 생각했다 — 은 착오이자 결함이었다. 이 논리라면 혐의를 살인에서 치사로 낮출 수 있었다.

나는 폭력과 죽음이 빈번한 빈곤 지역의 경우, 대부분의 사람들이 타인은 위험하다는 믿음을 갖고 있다고 가정해도 무방하지 않겠냐고 물었다. 공포의 핵심은 바로 이런 믿음 아니겠는가? 사실에 근거할 수도 있으나 또한 착오일 수도 있는, 위해의 가능성에 대한 믿음. 설사 마커스에게 무기가 없던 것으로 드러났어도, 패트릭이 공포를 느낀 것, 자신이 위험에 처했다 여긴 것이 정말로 그렇게 큰 착오 — "결함" — 일까?

롭은 흥미로워 하는 표정이었고, 그의 미소는 이렇게 말하는 듯했다. 하버드 교육의 값어치라는 게 이 정도인가 보군.

"좋은 지적이에요." 그가 말했다. "하지만 검사에게 그렇게 말할 수는 없어요. 법은 법이니까요."

"단순하게 정당방위는 안 될까요?" 나는 그 논거를 제시했다. "당신이 열여덟 살이라 쳐봐요, 아직 애죠. 술 취한 남자가 집 포치에 나타나요. 몸집도 더 크고 나이도 더 많고 공격적이에요. 게다가 옆에는 여동생이 있어요. 걔는 열여섯 살밖에 안 됐고, 지적 장애가 있어서 특수교육을 받고 있어요. 당신은 남자에게 포치에서 떠나라고 말하지만 그는 떠나려 하지 않아요. 정말 취했고…."

"그건 어디까지나 배심원에 달렸죠." 롭이 중간에 말을 끊었다. "하지만 재판까지 가는 건 위험해요."

"만약 패트릭이 백인이었다면…" 나는 결국 이렇게 말했다. 이것이 우리가 마주한 불편하지만 엄연한 진실이었다. 술에 취한 공격적인 흑인을 자기 집에서 맞닥뜨린 사람이 백인이라면 살인으로 기소당할 리 없다는 건 더할 나위 없이 명백해 보였다.

롭은 재미있다는 표정을 지으며 눈을 반짝였다. 혹시 날 몹시 어리석은 사람으로 생각하는 건 아닌지 궁금했다. "동의합니다, 동의해요." 그가 말했다. "하지만 그건 우리가 어떻게 할 수 있는 게 아니니까요."

그 주에 나는 두 번 더 패트릭을 찾아갔다. 이 짧은 시간에도 우리의 대화는 갈피를 잃고 뒤죽박죽 뒤섞였다. 시작은 내 안부를 묻는 것이었다. "오늘은 어떠세요, 선생님?" 그는 이렇게 물었다(다소 점잖게 "안녕하세요?" 하기도 했다). 영화, 음식, 날씨 등 소소한 것 하나하나에 그는 관심을 기울였다. 대화는 주로 평범하고 일상적인 얘기들이었다. 비가 왔나요? 뭐 드셨어요? 차는 뭐 몰고 다니세요? 그는 한 마디도 놓치지 않으려고 몸을 앞으로 기울이곤 했다. 내 핸드폰의 거의 모든 사진은, 무엇을 찍은 것이든, 그를 사로잡았다. 그는 세상이 보내는 암호화된 메시지라도 담겨 있는 것처럼 그 이미지들을 열심히 살폈다. 나는 대개는 지리와 교통과 관련된 그의 질문 — 여긴 어느 도시에 있어요? 어떻게 갈 수 있어요? — 에 답했다.

하지만 이야기가 그의 일상에 관한 것으로 흘러가면, 대화는 구치소와 그곳의 위생 상태를 중심으로 맴돌았다. 샤워장은 최악이었고, 신임수들이 남은 음식물을 샤워장 배수구에 버려 바퀴벌레들이 기어 나왔다. 패트릭은 쿨에이드 음료가 문제라고 생각했다. "전 먹다 남은 쿨에이드를 변기에 쏟고 물을 내리는데 사람들은 그걸 아무 데나 버려요." 그가 말했다. 샤워할 때 그는 팔을 몸통에 바싹 붙였다. 벽에 핀 색색의 곰팡이가 피부에 닿는 게 싫어서였다.

고장 난 변기는 방치됐고, 거기서 얼마나 떨어져 있건 구치소 안은 끔찍한 냄새를 풍겼다. 신임수들은 그들이 고칠 수 없는 변기에 검정 쓰레기봉투를 씌웠다. "결국엔 똑같은 변기만 쓰게 돼요. 어떤 방에서는 그냥 바닥에다가 오줌을 쌌대요. 여기서 이 사람들이랑 갇혀 있다가 무슨 병에 걸릴지 모르겠어요."

감방에는 문이 없었고 사람들은 아무렇지 않게 패트릭의 방을 드나들었다. 어떤 남자가 건들건들 들어와 바닥에 침을 뱉고 유유히 사라진 적도 있었다. 한 늙은이는 자기가 마틴 루터 킹이라 중얼거리며 돌아다녔다. 패트릭의 사촌은 조현병이 있었는데, 2주간이나 엉뚱한 약 — 다른 수감자의 심장 약 — 을 받았다. 누가 누구를 칠 거라든가, 누가 무슨 죄를 짓고 들어왔다든가 하는 이야기가 돌았고 싸움과 고성, 벽 두드리기가 끊이질 않았다.

화장실 벽에 곰팡이가 피고 배수구에서 바퀴벌레가 기어 나오는 등 똑같은 이야기가 집요하고 지루하게 반복됐다. 때로 패트릭은 내게 이미 말해 준 내용을 잊고 다르게 말하기도 했다. "제가 있는 감방이 제일 좋아요. 다른 데는 죄다 고장 난 변기가 있거든요."

나는 그의 변호사와 만난 이야기를 꺼냈고 당연히 그가 관심을 보이리라 생각했다. 하지만 그의 질문은 단 하나였다. 법정 출석은 언제인가? 그는 속히 결말을 보고 싶어 했다. 나는 롭이 한 말을 그대로 전했다 — 날짜는 또다시 연기되었고 아마도 12월까지, 어쩌면 2월까지도 판사를 보긴 어려울 것이다. 그때부터 그는 법에 대한 관심을 완전히 잃었다. 그는 자신의 변호에 관해 이야기하고 싶어 하지 않았다. 내가 무심결에 살인 혐의라는 말을 쓰자 그는 몸을 움찔했다.

그는 자신의 과거로 화제를 돌렸다. 그에게는 어쩌면 그 밖의 다른 이야기를 하는 것, 다른 방향으로 가는 것이 불가능했는지 모른다. 돌이켜 보니 모든 일이 다 연결된 것처럼 보인다고, 그는 말했다. 열두 살 무렵 그는 자전거를 타고 뭔가를 훔치러 가고 있었다. 그건 친구의 생각이었다. 그는 그때까지 한 번도 도둑질을 해본 적이 없었다. 하지만 도중에 트럭이 덮쳤고, 그는 자전거에서 나가떨어졌다. "그건 계시였어요, 선생님."

"계시?" 나는 되풀이했다. 다른 대부분의 아이처럼 그가 신앙이 있다는 건 알았지만 얼마나 독실한지는 몰랐다.

그랬다, 계시. 하나님은 그 순간 그 자리에서 패트릭에게 말씀하셨다. 하나님은 그가 하고 있던 그것을 하지 말아야 한다고 말씀하셨다. 하나님처럼 그를 잘 아는 사람은 아무도 없었다.

패트릭은 자기 삶의 중요한 사건들을 그가 간과한 전조들로 다시 보기 시작했다. 열한 살 때 그는 뒷마당에서 휘발유 통을 가지고 장난을 쳤다. 병원에 입원했고, 몇 주를 결석했고, 뒤처지고 말았다. 쌍둥이 빌딩이 무너진 무렵의 일이었다. 그는 내게 발목에 남은 짙은 화상 자국을 보여 주었다.

"그래, 기억나." 내가 말했다.

"인과의 법칙이에요." 패트릭은 마치 그것이 자기가 지금 거기 있는 이유라도 되는 듯 되뇌었다. 그 상투적인 어구에 신학적인 무게가 더해졌다. 그는 어떤 악순환의 고리에 빠진 것 같았다. 처음은 자책, 다음은 잊고 싶은 마음, 그리고 그다음은 잊고 싶어 한 데서 오는 자책.

각 대화에는 패턴이 있었다. 그는 말을 하다가 도중에 멈추곤 했다. 뭔가를 이야기하다가 우울해져선 고개를 숙였고, 너무 깊이 숙인 나머지 등과 목이 테이블 상판처럼 반듯한 평면이 되었다. 우리 둘 다 말을 하지 않는 긴 침묵이 이어졌다. 나는 그 침묵을 가벼운 수다나 무용한 위로로 채우고 싶지 않았다. 나는 말을 하지 않음으로써 내가 정말로 어떤 사람인지를 솔직히 드러낸다고 생각했다. 나는 열렬한 사기진작용 멘트를 전하는 사람, 넌 할 수 있어, 난 널 믿어, 라고 말하는 사람이 아니었다. 말을 하지 않음으로써 난 도리어 이런 말을 하고 싶었다. 이게 진짜 나야, 무슨 말을 해야 할지 모르는 사람, 너처럼 갈피를 잡지 못하는 사람.

하지만 대체로 나는 그 침묵을 끝내 견디지 못했다 — 그는 복음을 들어야 했고 전령이 필요했다. "패트릭, 나 좀 봐." 나는 말한다. 그는 살짝 고개를 들어 나와 눈을 마주친다. 그러면 나는 힘겹게 응원의 말을 쥐어짠다. "패트릭, 넌 네 인생에서 어느 하룻밤 새 일어난 일로 규정되는 사람이 아니야, 알겠니?" 혹은 "가족들은 너에 대해 좋은 말만 해, 응? 좋은 말만." 혹은 "가족들은 널 사랑하고 그리워해." 혹은 그저 "이런 일이 일어나서 마음이 아프다." 이런 말들의 공허함이나 진부함에도 불구하고, 고르지 못한 어조에는 진심 어린 비통함이 실렸다.

그가 말로 반응을 보일 때 그것은 언제나 수긍이었다. "맞아요, 선생님." 혹은 "예, 선생님." 혹은 "감사합니다, 선생님."

전에 우리는 학교라는 세계를 공유하고 있었다. 내가 없는 3년 동안 우리는 연락만 끊어진 게 아니었다. 우리는 이제 공통분모가 전혀 없었다. 나는 그저 함께 있는 것만으로도 충분하리라 생각했지만 우리는 각자 너무 다른 세계에 살고 있었다. 그의 현실은 그의 감각을 후려치고 있었다. 나의 현실은 그가 더럽히지 않으려 조심조심 손가락 끝으로 만지는 내 밝은 휴대폰 스크린에 고스란히 드러나 있었다. 우리의 유대는 한때의 교사와 한때의 학생 사이의 것이었고, 이제 그 유대가 얼마나 허약한지 드러나 버린 듯했다.

패트릭에게는 우리의 대화가 그리 끔찍하지 않았을 수도 있다. 누군가와 이야기하는 것은 아무와도 이야기하지 못하는 것보다는 대체로 낫다. 하지만 내게 우리의 대화는 답답했다. 그 형편없는 카운티 구치소는 제 목적을 달성한 듯했다 ─ 그것은 형벌이었고, 패트릭은 끝없는 자백으로 자신을 몰아가며 그 상태를 고착화했다. 그는 죄책감을 느끼고 싶었다. 고통받고 싶었다. 그러나 나는 교구 신부 역할을 할 자격이 없었다.

하지만 마커스의 죽음이 순전히 패트릭의 잘못이라는 생각은 부조리하다, 그렇지 않은가? 살인으로 기소당한 패트릭은 전형적인 살인자와 정반대였다. 그는 자신의 흔적을 감추지 않았다. 알리바이를 지어내지 않았다. 피 묻은 흉기를 씻어 숨기지 않았다. 자신이 해친 남자가 제 발로 걸어가는 걸 보았다. 남자가 죽을 거라고는 생각하지 못했다. 포치에 앉아 경찰을 기다렸다. 기다리면서 울었다. 경찰차에 올라탔고, 변호사를 요구하지 않았고, 이제 자신의 변호에 관한 이야기도 하려 들지 않았다. 그는 사회나 가난을 탓하지 않았다. 오로지 자기 자신을 탓했다. 문제는 그가 자백하지 않은 게 아니라 너무 많은 걸 자백했다는 것이었다. 그는 남은 평생 내내 자기 죄를 고백하며 살지도 몰랐다.

그렇지만 또 어쩌면 그에게는 죄책감이 필요한지도 몰랐다. 그렇지 않으면 그 죽음은 아무 이유 없이 벌어진 일 — 마음의 상태, 몸의 충동, 그리고 우연의 일치가 겹친, 무의미한 충돌의 결과 — 이 되고 만다. 생의 의미에 대한 나름의 감각을 지키기 위해 그는 자신의 실패들을 하나의 이야기로 엮어야 했다. 그의 표현대로 "인과의 법칙"에 따라서. 줄거리는 그가 하나님 없이 살다가 인생을 망쳤다는 것이었다.

하지만 나는 그가 자신에게 하는 이야기를 믿지 않았다. 난 그 이야기를 깨뜨리고 싶었다. 그럴 수 있으려면 우리 관계가 단단해져야 했다. 하지만 내가 가진 것 중에 그와 공유할 수 있는 게 뭐가 있을까?

내가 생각해 낼 수 있는 건 책이 전부였다. 그가 좋아한 다른 것들도 있었다 — 그는 자기 고카트를 살뜰히 관리했고 정비공이 되고 싶다고 말한 적도 있었다. 내가 책 읽기가 자동차 수리 기술을 배우는 것보다 본질적으로 더 중요하다거나 책 읽는 사람이 더 나은 사람이라고 생각하는 건 아니었다. 하지만 나는 책을 사랑했고, 그때까지 내가 사랑하는 무언가를 그와 나눈 적이 없었다. 만약 내가 노래하는 법을 알았다면 우리는 노래를 불렀을 것이다.

그리하여 헬레나에 도착한 지 2주쯤 지난 10월 말에 나는 이렇게 말했다. "패트릭, 네가 해줬으면 하는 게 있어."

패트릭은 기대하는 표정으로 나를 바라봤다.

나는 말했다. "너한테 매일 숙제를 내줄 거야."

그는 작은 소리로 아이 같은 비명을 질렀다. 온종일 처음 보인 미소였다. "선생님!" 그는 소리 내 웃으며 입을 가렸다. "에이, 그런 건 다 끝났잖아요."

"달리 뭐 할 거라도 있어? 먹는 거? 그냥 빈둥대는 거?"

그는 여전히 웃고 있었다. "무슨 말씀이세요, 숙제라니." 그는 너무 오랜만에 들은 그 단어가 우스운 모양이었다. 그러더니 조용해졌다. "다 끝났는데." 그가 되풀이했다.

"그러지 말고." 나는 쾌활하게 말했다. 내 목소리는 지나치게 가볍게 들렸다.

"너무 늦었어요, 선생님." 그는 손톱으로 나무 테이블 상판을 긁적였다. "너무 늦었어요."

"너무 늦다니, 그게 무슨 말이야? 이봐, 넌 아직 고등학교도 졸업 못 했잖아." 나는 내 말이 듣기 민망했다. 그것은 아직 우리 사이에 없는 편안함을 가장하고 있었다. 그가 내가 시키는 건 뭐든 하리라는 걸 나는 이미 알고 있었다. 패트릭은 에런, 지나, 케일라처럼 언제나 어른들, 특히 내 말을 잘 들었다.

나는 좀 더 부드럽게 말했다. "네 딸이 널 보고 너와 이야기할 수 있을 때, 걔한테 책을 읽어 주면 기분이 좋지 않겠어?"

"네, 선생님."

"내 말이 맞는다는 거 너도 알지?"

"네, 선생님."

"그럼 약속한 거다. 매일 숙제."

나는 구체적으로 어떤 숙제를 내줘야 할지 몰랐다. 뭘 가르쳐야 하나? 면회를 일주일에 한 번만 온다면 숙제 검사는 어떻게 해야 하나? 그리고 혹시 내가 권위의 행사를 통해서만 패트릭과 소통할 줄 아는 거면 어쩌나?

〔6〕

사자와 마녀와 옷장

월요일 아침, 나는 패트릭의 첫 번째 숙제를 읽을 생각에 설레는 마음으로 구치소 로비에 앉아 있었다.

이번에는 접수처에 아무도 없었다. 기다리고 있던 다른 여자가 나를 보며 어깨를 으쓱했다. 나도 어깨를 으쓱해 보였다.

나는 내가 낸 숙제가 마음에 들었다. 딸에게 편지 쓰기. "아이 생각을 하게 되니 좋지 않겠어?" 내가 말했다. 딸을 떠올리면 그에게 위안이 되고, 글쓰기로 다른 사람에게 직접 말을 걸 수 있다는 걸 이해하게 될 것이다.

패트릭은 겁먹은 표정이었지만 나는 못 본 체했다.

"선생님, 저더러 편지를 … 체리한테요?"

"응, 맞아."

패트릭은 뭔가 말하려고 입을 열다가 그만두었다.

꼬박 10분을 더 기다린 후에 여자가 나를 향해 말했다. "우리가 안 보이나 봐요." 그녀는 카메라를 가리켰다. "전원이 나갔어요. 화면이 꺼져 있어요." 그녀는 접수 데스크 위로 몸을 넘겨 스위치를 건드렸다. 그러자 기계음 소리가 크게 울렸고, 감방으로 이어지는 보안문의 빗장이 탁하고 열렸다.

그녀는 문 안으로 걸어 들어갔다. 사실상 무단 침입이었다.

"여기요!" 그녀가 소리쳤다.

그제야 손이 나타났다. 다른 곳이라면 심각한 보안 침해에 해당할 사건이었건만, 그는 개의치 않고 우리 둘에게 따라오라며 손을 흔들었다.

불과 며칠 전에 헬레나 지역 신문에서 탈옥 사건을 보도한 바 있었다. 나는 이제 그게 얼마나 쉬웠을지 이해가 갔다. 사실 더 많은 사람이 탈옥을 시도하지 않는 게 놀라웠다.

숀이 내게 들어가라는 손짓을 했다.

패트릭이 나타났다.

"오늘은 어때?" 내가 물었다.

"피곤해요." 전날 밤에 그가 아는 사람이 입소했다. 가정 폭력이었다. "계속 자기가 손찌검은 했어도 그 여자를 사랑한다고 그러는 거예요. 전 사랑하는 사람은 학대하는 게 아니라고 말했어요. 그래도 그 친구를 격려해 주려고는 해요. 하지만 정말 피곤한 일이에요." 그는 한숨을 내쉬었다. 그리고 말했다. "저, 선생님, 제 부탁 하나만 들어주시겠어요?"

"뭔데?" 나는 기쁜 마음으로 물었다. 그는 법원 일정을 알아봐 달라는 것 외에는 아무것도 부탁한 적이 없었다.

"담배 좀 구해 주세요 — 잎담배요."

"아. 그거 못 하게 돼 있지 않나?"

"네, 반입 금지 물품이에요. 근데 저 정말로 담배가 필요해요."

"안 돼. 그러다 걸리면…."

"괜찮아요."

"나도 그럴 수 있으면 좋겠는데…."

"괜찮아요."

나는 안 된다고 말하며 죄책감을 느꼈다.

"숙제한 것 좀 볼까?" 나는 화제를 바꾸고 싶어서, 그리고 어쩌면 우리 둘 다 기분이 나아질지도 모른다는 생각에 그렇게 말했다.

그러자 패트릭은 피식 웃었다. "에이, 안 했어요, 선생님."

나는 고개를 숙였다. 혈압이 올랐다. 그는 왜 웃는 걸까? 숙제를 안 하는 게 우습나? 하지만 나는 감정을 다스렸다. 패트릭은 단지 현실적일 뿐이었다. 숙제는 그를 구치소에서 꺼내 주지 못한다.

그래도 내 목소리는 엄했다. "넌 이걸 진지하게 생각하지 않는구나."

페트릭은 마치 내가 그의 얼굴을 때리기라도 한 것처럼 고개를 돌렸다.

그날 오후 스페인어 수업을 위해 KIPP에 도착하자마자 나는 실수했다는 걸 깨달았다.

학생 하나가 물었다. "선생님, 보트는 스페인어로 뭐라고 해요?" 그는 보트를 좋아한다고 했다.

"지금 하는 거 다 끝내면 말해 줄게." 나는 기억해 두려 애쓰며 이렇게 답했다.

그 학생은 공손했다. 모두가 그랬다. 그들은 성실했고 공부에 열심이었다. 학교 안은 놀랍도록 안전하다는 느낌이 들었다 — 거기엔 무작위적인 폭력이 없었다. 협박도, 집단 괴롭힘도, 교활한 모욕도, 쉬는 시간에 공격당할 일도. 그리고 안전은 집중을 위한 조건을 조성해 주었다. 내가 스타에서 2년간 간절히 느끼고 싶었던 걸 여기서 10분 만에 느낄 수 있었다 — 이 아이들은 무엇이든 할 수 있고 어디든

갈 수 있었다. 바로 옆 교실에서는 연로한 흑인 교사가 수학을 가르쳤다. 그녀는 델타에서 자랐고 KIPP의 규율을 마음에 들어 했다. "흑인 교사는 학생들에게 더 엄해요." 그녀는 내게 말했다. "앞으로의 삶이 더 힘들 줄 아니까요."

교실 벽은 교사들이 다닌 대학을 나타내는 삼색기로 장식돼 있었다. 노터데임, 콜비, 아칸소, 미시간대학, 헨드릭스, 로즈 칼리지 등등. 알록달록한 펠트 삼각형들은 일제히 한 방향을 가리켰다. 그 벽장식은 형식적인 데 그치지 않았다. 나는 우연히 9학년 여학생 두 명이 깃발을 올려다보며 헨드릭스의 장점을 논하는 걸 엿들은 적이 있었다. 그 학교는 "강의 규모가 작고" "집에서 그리 멀지 않았"다.

나는 남몰래 핸드폰으로 보트의 스페인어를 찾아보았다.

다음 날 패트릭은 인사도 나누기 전에 마치 나의 적의나 반감을 차단하려는 듯이 숙제를 내밀었다.

"해왔구나, 좋아." 내가 말했다. 목소리는 한결 부드러웠다. 나는 생각했다. 그가 숙제를 신경 써야 할 이유가 있을까? 내게 숙제가 중요했던 이유는 — 유년기에 내 삶의 중심은 숙제였다 — 사실상 그것이 내 부모님의 유일한 요구였기 때문이다. 패트릭의 경우, 스타의 교사들은 학생들이 숙제를 해오리라 기대하지 않았기 때문에 굳이 숙제를 내주지도 않았다. 생각해 보면 나 역시 숙제를 그리 자주 내준 건 아니었다. 나는 그의 글을 살피려고 고개를 숙이며 별생각 없이 물었다. "오늘은 어때?"

패트릭의 숙제는 충격적이었다. 글씨는 엉망이었고 파란 잉크는

지저분하게 번져 있었다. 내가 그에게 준 싸구려 볼펜도 한몫했다. 너무 꾹꾹 눌러 쓴 탓에 잉크 덩어리가 새어 나와 종이에 얼룩져 있었다. 글자들은 마치 종이를 긁은 삐죽삐죽한 자국들이 무질서하게 교차하는 것처럼 보였다. 크기는 제각각이고 획은 주춤주춤했다.

나는 그의 필체를 전혀 알아보지 못했다.

안녕 체리 니 인생에 내가 업는게 내 잘못인 거 나도 알아. 너랑같이 잇어 주지못해 많이 아프다. 여기 사람들은 앞꺼 아닌거 갓고 싸워 참기가 힘들어. 나는 여기 일없이 안자서 내가 몰 얼마나 망첫는지 너를 생각해.

너를 사랑하는 아빠가

나는 태연한 표정을 유지하려 애썼다. 이 정도로 엉망이었나? 그랬다. 대문자, 아포스트로피, 철자 … 내 수업을 들을 때 그의 영어는 이 정도로 나쁘지 않았다. 그리고 그런 오류들은 차치하더라도, 편지의 내용 자체가 아이에게 적당하지 않았다. 아이에게 아버지의 부재를 상기시켰고, 그 부재가 그의 탓이라 말함으로써 아버지가 무슨 잘못을 저질렀는지 묻게 했다. 자신의 고통을 내비친 것도 경솔했다. 이건 아이를 안심시키는 편지가 아니었다.

하지만 아버지가 딸에게 사과하고 싶은 건 자연스러운 일이기도 하지 않은가? 적어도 그는 정직했고 딸을 사랑했다. 어쩌면 문제는 그 편지 자체가 아니라 편지의 내용이 앞으로도 반복될 소지가 짙다는 데 있었다. 미안하다, 나도 거기 있으면 좋을 텐데, 네 곁을 지켜 줘야 하는데 그러지 못하는구나. 나는 그가 패배감을 떨치는 데 숙제가 도움이 되리라 생각했지만 그것만으론 부족했다. 그가 자기 자신으로부터 빠져나오게 도와줄 무언가가 필요했다.

"실수한 거 무지 많다는 거 알아요." 그가 말했다. "죄다 헷갈려요, 선생님."

나는 가벼운 어조로 물었다. "마지막으로 연필 잡아 본 게 언제야?"

"모르겠어요. 몇 년 된 거 같아요."

어디서부터 시작해야 할까? 나는 감이 잡히지 않았다.

나는 가져간 공책을 넘겨 맨 뒷장을 펼치면서, 무슨 내용을 써야 할지 다 계획해 두었던 양 태연히 굴었다.

나는 그 페이지 가운데에 문법이라고 썼다.

그 아래에는 이렇게 적었다.

I'm   im

"자 봐. 넌 '나는'을 이렇게 썼어." 나는 im을 가리켰다.

패트릭은 글자를 들여다보았고 얼굴 근육을 긴장시키며 골똘해졌다.

"뭐가 잘못됐는지 알겠어?"

그는 말이 없었다.

"작은 실수 두 가지가 있어. 여기 보여?" 나는 I와 아포스트로피에 동그라미를 쳤다.

패트릭은 고개를 끄덕였다.

"내가 쓴 I와 네 것이 어떻게 다르지?"

"선생님 건 대문자예요."

"네가 어떻게 썼는지 알겠어?"

"네, 선생님."

"고쳐 쓸 수 있겠어?"

"네, 선생님."

패트릭이 몸을 숙였다. 그의 손은 펜에 익숙하지 않았고, 그래서 펜을 너무 세게 쥐었다.

그는 이렇게 썼다.

I'm Patrick.

"그래. 잘했어." 내가 말했다.

우리는 오후 내내 공부를 했다. 나는 자리에서 일어나 코트와 스카프를 걸치며 쾌활하게 말했다. "내일 숙제 잘 할 수 있겠지?"

"네, 선생님." 그는 얼른 대답했다.

패트릭의 순응은 나를 슬프게 했다. 내가 뭔가 나쁜 짓을 한 것만 같았다. 그의 인생에서 나는 어떤 사람일까 — 그가 부끄러워하는 것들의 세계를 더 넓히는 게 내 역할인가?

"있지. 우리 이렇게 하자. 숙제를 계속 잘 해오면 네가 원하는 담배를 사다 줄게."

이 말에 패트릭은 깜짝 놀라며 얼굴이 환해졌다.

"와, 정말로요, 선생님?"

나는 웃었다. "정말로."

"그래 주시겠어요?" 그는 내가 마음을 바꿀까 봐 겁이 났는지 곧장 덧붙였다. "그럼 뷰글러로 사다 주세요."

"뭐라고? 어디서?"

이번엔 그가 웃었다. "담배 한 번도 안 피워 보셨어요, 선생님?"

"그런 셈이지."

"잎담배예요, 말아 피우는 거요. 달러제너럴 잡화점 바로 옆에 파는 데가 있어요. 저희 집 근처 월마트 나오기 전에요. 월마트를 지나면 너무 많이 가신 거예요."

"알겠어. 그걸로 사봤다 줄게. 네가 숙제를 해오면." 우리는 마주보고 미소지었다.

패트릭의 센트럴 고등학교 성적표는 단 한 줄을 빼고는 텅 비어 있었다. F, F, F, D, D, F. 그 한 줄이 그곳에서의 한 학기 전체를 나타냈다.

나는 내 눈으로 직접 그의 성적표를 확인하고 싶었다. 그가 내게 학점을 말해 주려 하지 않았기 때문이다. 학교 교무행정실로 걸어가면서 나는 어쩌면 그의 말이 과장일지 모른다고, 영어 과목에서는 B까지도 받았을 수 있다고 생각했다. 다른 학생들도 생각났다. 그들은 어떻게 지냈을지 궁금했다. "자퇴생 명단 볼 수 있을까요?" 나는 주름이 쭈글쭈글한 교무행정사 스미스 씨에게 물었다. "2006년도요." 내가 떠난 해였다.

프린터는 시끄러운 구닥다리 — 레이저 프린터가 아니라 도트 프린터 — 였다. 용지의 세로면 끝에는 나란히 구멍이 뚫려 있었다. 나는 꼬마였던 1980년대에 그 끝을 잘라 팔찌를 만들어 놀곤 했다.

문서에는 '퇴교 현황 보고서'라는 제목이 붙어 있었다. 하지만 거기에 보고는 없었다. 그저 명단뿐이었다. 용지들이 서로 연결돼 있었기 때문에 그 명단은 마치 아코디언처럼 펼쳐져 바닥까지 늘어졌다. 단 한 해 동안 그 많은 아이들이 학교를 그만뒀다는 것이 도저히 믿기지 않았다.

내가 아는 이름들이 연달아 보였다. 타미르, 마일스, 케일라. 윌리엄, 스테퍼니. 나는 가슴이 철렁하며 어딘가에 앉고 싶어졌다. 충격이었다. 졸업한 아이는 없는 걸까? 수년 전 내 채점표 안에 손글씨로 모여 있던 그 이름들이 이제 싸구려 자동 활자로 거기 있었다.

당신의 인생을 바꾼 사람은 누구인가?

나는 그들을 바꿨나? 내 손에 들린 그 문서는 아니라고 말하고 있었다.

나는 부끄러움에 얼굴이 화끈거렸다.

각 이름 옆에는 퇴교 사유를 나타내는 숫자가 있었다. 어떤 애들은 주소 이전, 어떤 애들은 출석 일수 부족이 원인이었다. 하지만 그 사유들은 부정확했다. 명단에는 많은 학생이 타他주 이전으로 분류되어 있었고 그중엔 임신한 여학생들도 있었다. 패트릭은 명단에 두 번 올랐는데, 한 번은 출석 일수 부족(맞다), 다른 한 번은 타주 이전(아니다)으로 기록되어 있었다.

"매년 심해져요." 스미스 씨가 쉰 소리로 말했다. "내가 기억하기로 35년 전에 자퇴라는 건 없었어요. 아무도 학교를 그만두지 않았어요. 교장실로 보내면 겁이 나서 벌벌 떨었지요."

스미스 씨는 학교의 결석 처리 절차를 설명해 주었다. 매일 아침 교사들은 양식을 배부 받아 학생의 상태를 P(출석), T(지각), A(결석)로 표시한다. 주州법에 따라 결석이 열흘 연속 이어진 후에는 전환이

완료된다 — 공식적으로 퇴교생이 되는 것이다. 교무행정실은 교사들에게 그들의 성적부에서 해당 학생의 이름을 지울 수 있다고 안내한다.

"이 보고서는 누가 보지요?" 내가 물었다.

"선생님이 보시네요."

무서운 일이었다. 학생들이 포기하면 그걸로 그만, 다 끝이었다. 그들을 찾는 이도 없고 막는 이도 없었다. 더구나 퇴교의 이유조차 정확히 기록하지 않은 듯했다.

스미스 씨는 공식적으로 인정되는 결석 사유들을 보여 주었다.

의사 소견서
가족의 부고 기사나 장례식 식순지
법원 서류
구금 사실 증명서
정학 처분
학교 행사
교장이 승인한 학부모 확인서

그녀의 설명에 따르면, 미인정 결석은 총 14일까지 가능했다. 학부모 확인서가 있는 경우도 여기에 해당했다.

"말도 안 되죠. 학부모 확인서로 14일이나 면제를 받는다고요 — 이유가 뭐든, 어떤 핑계든 상관없어요. 정말로 뭘 하는 건지 누가 알겠어요? 내 생각엔 그냥 오기 싫은 거예요."

때마침 어느 어머니와 십 대 딸이 들어왔다. 어머니는 잠이 덜 깬 것처럼 보였다 — 그녀는 잠옷 차림이었다. "늦잠을 잤어요." 그 어머니는 그렇게만 말했다.

"확인서를 내야 해." 스미스 씨는 어머니는 무시하고 딸에게 말했다.

딸은 짜증스럽다는 표정을 지었다.

어머니는 서류를 달라고 했다.

스미스 씨는 서류를 건넸다.

어머니는 펜을 달라고 했다.

스미스 씨는 펜을 건넸다.

어머니는 뭔가를 끄적거리고 떠났고 딸은 수업에 들어갔다.

스미스 씨가 의미심장한 표정으로 시계를 가리켰다 — 학교 일과가 거의 절반이나 흘러 버린 시간이었다.

나는 말했다. "그러니까 만약 패트릭의 부모가 그 14일에 대해 확인서를 써줬다면, 그가 학교로 돌아올 수 있었다는 말인가요?"

"그렇다니까요."

나는 얻어맞은 표정이 되었고, 그녀는 흡족해 했다.

하지만 우리는 다른 생각을 하고 있었다. 스미스 씨에게는 패트릭이 돌아올 수도 있었다는 게 어처구니없었고, 내게는 패트릭이 학교로 돌아올 수 있도록 부모가 확인서 한 장 써주지 않았다는 게 어처구니없었다.

헬레나에는 자녀의 무단결석을 가족에게 알리는 일을 하도록 고용된 사람이 따로 있었다. 하지만 패트릭의 경우에는 거의 도움이 안 됐을 것이다. 그의 가족들은 모두 그가 학교를 그만두리라 생각했다.

"오, 주님, 세상에나, 쿠오 선생님!" 라일리 선생님이 나를 껴안으며 말했다.

스타가 문을 닫았기 때문에 이제 그녀는 센트럴에서 "교내 정학"○ 처벌을 담당하고 있었다. 그녀가 있는 곳은 찾기 어려웠다. 정학실은 마치 은둔자의 거처처럼 언덕 반대편에 외따로 떨어져 있었다. 라일리 선생님은 책상에 앉아 컴퓨터 게임을 하고 있었다. 조금 전 종이 울려 학생들은 모두 떠나고 없었다.

그녀가 밖으로 나가자는 몸짓을 했다. 나는 그녀가 담배를 피울 수 있도록 그녀의 차가 있는 곳으로 따라갔다.

"쿠오 선생님." 그녀는 담뱃불을 붙이며 곧장 본론으로 들어갔다. "스타는 처참해요. 폐허가 따로 없죠. 거기 있던 물건은 죄다 갖다 버렸어요. 선생님이 주문한 그 좋은 새 책들 말이에요, 그것들도 그냥 다 버렸어요. 아무짝에도 쓸모없다는 듯 그대로 방치한 것도 있고요. 어찌나들 헤픈지."

나는 학생들이 자기가 책을 읽었음을 다른 애들도 알아주길 바라면서 표지 안쪽에 그라피티를 남기던 게 생각났다.

"우리 애들이 보고 싶어요." 그녀가 말했다.

"애들은 어떻게 된 거죠? 대부분 여기 오자마자 학교를 그만둔 것 같던데요."

"한심한 노릇이죠. 센트럴은 한심하기 짝이 없어요. 교사들이 애들을 무서워해요, 그래서 아무것도 안 가르치죠. 애들은 고함치고 괴성을 질러요. 엉덩이가 보이도록 바지를 내려 입은 걸 보면 난 그냥 울

○ 학교에 등교는 하지만 하루 종일 정학실에만 있어야 하는 처벌.

고 싶어요. 아이들이 밖에 있을 때"— 그녀는 교정을 가리켰다 —"지켜보거나 감독하는 사람이 아무도 없어요, 교사든, 누구든."

라일리 선생님의 전에 없던 암울한 어조는 나를 혼란스럽게 했다. 스타에서 그녀는 매일같이 "하나님은 선하세요, 하나님은 선하세요" 하며 나를 맞아 주곤 했다. 스타에서 그녀는 굉장한 힘을 발휘했다. 나와 같은 신입 교사들은 그녀를 우러러보았고 학생들은 그녀 앞에서 고분고분했다. 그녀는 교원 자격증의 결여를 도덕적 권위로 보충했다. 이제 학생들과 함께 추방당한 그녀는 모래 위에 요새를 짓고 있었다.

"난 정학실에 들어오는 아이들한테 말해요, '여기선 허튼 생각 마.' 쿠오 선생님은 내가 어떤지 잘 알죠. 난 가스펠을 틀어 놓고 책상에 내 성경을 올려놓고 애들한테 말해요. '입 다물고 조용히 하는 게 좋을 거야.' 하지만 그 마을은 무너졌어요, 그들이 그 마을을 죽였어요. 그 마을은 어디 있죠, 그 마을은 어디 있는 걸까요? 쿠오 선생님, 난 기억해요. 어릴 적에는 온종일 창을 열어 놓고 잠들 수 있었어요. 창이 아무리 낮아도 신경 쓰지 않았죠. 우린 스토브에 음식을 올려놓고서 이렇게 말했어요. 이봐요 이웃사촌, 이봐요 메리, 이봐요 조앤, 내가 스토브에 목뼈 요리를 올려놨는데 지금 가게로 달려가 감자를 사야 해요. 그럼 그녀는 말하죠, 알겠어요, 걱정 마요. 그리고 정말이지 쿠오 선생님, 음식은 타지 않았어요, 음식이 타지 않았다고요. 그 정도로 사람들이 가까웠어요."

나는 그녀에게 패트릭을 보러 갔다고 말했다.

"그 아이는 악마한테 잡혔어요, 쿠오 선생님." 그녀가 말했다. "악마는 한 번 잡은 사람은 절대 놓지 않아요."

그녀는 담배를 던졌다. "우리 흑인들한테 일어나는 일들을 보면, 악마가 모든 걸 틀어쥔 것 같아요, 모든 걸요."

그 담뱃가게는 나는 처음 이용해 보는 드라이브인 방식이었다. "뷰글러 있어요?" 난 그 이름을 제대로 발음했는지 자신이 없었다. 창구의 여자는 금니를 보이며 미소 지었다. 물건을 집으러 돌아설 때 그녀의 주사위 모양 귀걸이가 달그락거렸다. 담배 포장은 하늘색이었고 트럼펫 부는 남자가 그려진 예쁜 로고가 박혀 있었다.

다음 날 아침 패트릭은 나를 열렬히 반겨 주었다. "저 숙제 다 했어요."

"이틀 연속이네! 잘했어." 나는 때맞춰 가방을 뒤지기 시작했다. 내가 담배를 사왔고 우리 거래에서 내 몫의 의무를 다했다는 걸 알리는 신호였다. 패트릭은 복도로 고개를 내밀고 교도관이 오는지 살폈다. 그는 고개를 끄덕였다.

내가 물건을 건네자 그는 능숙하게 그것을 시야에서 사라지게 했다. 이 교환 행위의 은밀함과 그가 점프 수트의 접힌 부분 안으로 물건을 집어넣는 솜씨를 보고 아주 잠깐 그에 대한 불신이 스쳤다.

나는 가방에서 책을 꺼냈다. 『사자와 마녀와 옷장』. 내가 말했다. "주말에 이 책을 다시 읽었는데 너무 좋아서 마지막에 거의 울 뻔했어."

"선생님이요? 우셨다고요?" 그는 고개를 가로저으며 웃었다.

나는 그에게 책을 건넸다.

가벼운 페이퍼백이었지만 패트릭은 마치 어떤 무겁고 깨지기 쉬운 물건을 건네받듯이 두 손을 내밀었다.

그는 고개를 숙이고 색채가 풍부한 표지 그림을 살폈다. 나는 그 책이 아동 도서라서 패트릭이 기분 나빠 하지는 않을까 불안했다. 하지만 그는 호기심을 느끼는 것 같았다. 어쩌면 딸아이를 생각하는지도 혹은 자신의 유년기를 생각하는지도 모를 일이었다. 그는 그림의 테두리를 손끝으로 따라갔다.

"뭐가 보이지?"

그는 한참을 들여다보았다. "조그만 여자애 둘이 보여요. 사자와 함께 춤을 추고 있나 봐요."

"사자는 어때 보여?"

패트릭이 머뭇거렸다.

"맞고 틀리고는 없어." 내가 말했다.

"야수 같아요. 그렇지만 다 같이 들판에서 재미있게 놀고 있어요. 해거름인 거 같아요."

나는 고개를 끄덕이고서 그가 읽기 시작할 페이지를 가리켰다.

패트릭이 읽었다.

"루시 바필드에게"

"루시가 누구인 것 같아?" 내가 물었다.

패트릭은 단어들을 뚫어져라 쳐다보았다. 마치 충분히 오래 노려보면 거기서 답이 나타나기라도 할 것처럼. 그는 불안해졌다. "모르겠어요, 선생님. 이 책에 대해선 아는 게 아무것도 없어요."

"아니야, 패트릭." 내가 말했다. "미안, 내가 설명을 안 했네. 네가 이미 알고 있어야 한다는 뜻이 아니야. 우린 단지 추측을 해보는 거야."

그는 당황해서 내 말이 들리지 않는 것 같았다.

"사랑하는 루시," 나는 일단 무시하고 시작했다. "이제 네가 읽어봐."

나는 심장이 두근거렸다. 그가 더 읽으려 들지 않을까 걱정됐다.

그는 헛기침을 했다.

"이 이야기는 너를 위해 쓴 것이란다. 그런데 글을 시작할 무렵에는 여자아이들이 책보다 더 빨리 자란다는 걸 미처 알지 못했구나." 그는 서명이 나올 때까지 계속 읽었다. "너의 사랑하는 대부, C. S. 루이스."°

패트릭의 읽기는 어색했다. 단어들의 흐름은 성급했고 구두점의 제지를 거의 받지 않았다.

나는 물었다. "그래, 루시가 누구인 것 같아?"

패트릭은 표지로 책장을 넘겨 저자의 이름을 확인했다. "이 사람의 대녀예요."

"그래." 나는 힘주어 고개를 끄덕였다. "바로 맞췄어."

"그럼 이 사람이 루시를 위해서 이걸 쓴 거예요?" 그가 물었다. "선물처럼요?"

"맞아. 선물처럼."

그런 다음 우리는 읽기 시작했다.

"옛날에 피터, 수전, 에드먼드, 루시라는 네 아이가 있었다." 내가 시작했다. "이 이야기는…."

그 방은 우리의 목적에 딱 맞는 크기로, 테이블 하나와 의자 둘이

ㅇ C. S. 루이스, 『나니아 연대기』, 햇살과나무꾼 옮김, 시공주니어, 2018, 144쪽.

놓여 있었다. 우리는 마주 보고 앉아 각자의 책을 번갈아 가며 소리 내 읽었다. ("여기 보여?" 내가 말했다. "여기가 문단 시작하는 곳이야. 그리고 그 글 뭉치가 끝나는 곳—거기 빈 곳 보이지?—거기가 문단이 끝나는 곳이야.") 내가 읽을 차례가 되면, 그는 긴장을 풀고 손가락으로 내가 읽는 단어를 따라갔다. 마치 이제 단어 하나하나가 제대로 된 대우를 받고 있다며 자신을 안심시키는 것 같았다. 그러다 내 문단의 마지막 문장에 가까워지면 다시 어깨가 굳었다. 자기 차례가 다가오고 있기 때문이었다.

"루시는 '이 옷장은 엄청나게 큰가 봐!' 하고 생각하면서, 부드러운 코트 자락을 옆으로 밀쳐 자리를 만들며 안으로 더 깊이 들어갔다. … 그런데 옷장의 딱딱하고 매끄러운 나무 바닥이 아니라, 부드러우면서도 엄청나게 차가운 가루 같은 것이 만져졌다."○

"눈 본 적 있어?" 나는 물었다. 그는 없다고 했다.

"이제 곧 보게 될 거야." 나는 명랑하게 말했다. 이 말에 패트릭은 어리둥절하면서도 기대하는 표정이 되었다.

교도관들은 수감자들을 예고 없이 이 감방에서 저 감방으로 옮겼고, 나는 패트릭이 숙제한 종이들이 흩어져 없어지는 게 싫었다. 그래서 작문 공책 한 권을 마련해 모든 과제물의 저장소로 삼기로 했다. 과제는 '어휘'(문장), '그날의 학습 포인트' 한 가지(이를테면 아포스트로피에 관해), '생각 적기', 그리고 '읽고 답하기'로 구성되었다. 읽고 답하기 문제는 구체적일 때도 있었고 — 괴물들은 왜 아슬란을 고문했을까?

○ 같은 책, 150쪽.

―더 열려 있을 때도 있었다― 에드먼드가 되어 루시에게 편지를 써보자. 생각 적기는 대체로 열린 과제였다. 이를테면 교도소에서 관찰한 내용 적기 ― 교도소에 관해 알게 된 한 가지는?

패트릭의 숙제는 나를 행복하게 했고 나날을 풍족하게 해주었다. 물론 부분적으로 그건 교사로서의 만족감이었다. 그는 자신의 능력을 발휘하고 있었다. 뭔가를 해내고 있었다. 아이러니를 그토록 빨리 이해하는 학생을 반기지 않을 선생이 어디 있겠는가. 한 주 전에 풀려났던 캘빈이 구치소로 다시 돌아온 걸 보니 아이러니했다. 지능의 활용에는 단련과 인내가 필요한 법이고, 여기 그 둘의 명백한 증거가 있었다. 동시에 부분적으로 그건 글을 만지는 데서 오는 가학적인 즐거움이었다. 나는 내게 글을 보내오는 사람들을 늘 그렇게 학대했다. 무자비한 교정을 마음 씀의 표시로 여겼기 때문이다. 그리하여 나는 패트릭의 글을 탈탈 털고, 오류에 동그라미를 치고, 명령을 내렸다. 내가 너무 철저하게 난도질한 나머지 그가 원래 뭐라고 썼는지 잘 보이지 않을 때도 있었다. 때로 나는 목청을 높였다. (아포스트로피!) 모든 쉼표 누락을 낱낱이 적발하고(나는 쉼표가 있어야 할 자리에 동그라미를 치고 이렇게 적었다. 뭔가 빠졌지?), 모든 무종지문을 낱낱이 지적했다(이 문장은 어디서 끝나야 하지?). 같은 실수를 반복하면 ― 이를테면 crying을 cring으로, trying을 tring으로 적는다면 ― 이후의 실수를 불식시키고자 추가로 숙제를 내줬다. 나는 또 그가 잘한 것을 놓치지 않으려고 최대한 노력했다. 그가 their를 there나 they're로 쓰지 않고 바르게 썼다면 이렇게 적어 주었다. 잘했어, 이게 맞는 거야!

교정이라는 작업은 나와 패트릭 사이에 기이하지만 필수적인 어떤 거리를 확보해 주었고, 내가 거의 통제하지 못하는 상황을 통제하는 것처럼 보이게 해주었다. 예를 들어, 그는 갈라놓다라는 단어를 활용해 이런 문장을 만들었다. 나와 내 가족을 갈라놓는 것은 내 생명을 줄이는 것과 같다. 나는 그 문장 옆에 웃는 얼굴을 그려 넣고 감정 인식 능력이 없는 로봇처럼 이렇게 답했다. 갈라놓다의 정확한 활용. 맞아, 구치소는 너와 네 가족을 갈라놓았어. 불손하다 같은 단어의 경우, 그는 이렇게 썼다. 감옥에 있는 사람들은 미친 말을 하고 서로에게, 심지어 노인들에게도 불손하다. 중요 어휘를 되풀이해서 활용해 보고자 나는 이렇게 한심하게 반응했다. 그래, 그들이 불손하다니 안타깝다. 나는 구치소에서 죽은 목숨이라고 말한다면 그것은 비유적인 것이다 라는 문장에는 이렇게 답했다. 비유적인의 훌륭한 활용.

그런 기계적인 부분에 대한 집중과 거리 두기는, 모든 글쓰기의 시작 단계에서 그것이 작동하도록 하는 방식인지 모른다. 하지만 내 교정은 가차 없이 정직한 것이기도 했다. 패트릭 자신이 고질적인 오류를 뿌리 뽑고자 서둘러 노력했기 때문에, 나는 어떤 의미에서 그가 내 교정을 절실히 원한다고 생각했다. 어떤 사람들은 가장 혹독하게 제시되는 지침만을 신뢰하는 법이니까. 내게, 그리고 어쩌면 그에게도 문장을 완벽하게 만드는 작업은 일종의 제어 효과를 가져왔다 — 그것은 견디기 힘든 감정의 쇄도를 저지해 주었다.

패트릭은 내가 그를 처음 가르쳤을 때는 본 적 없는 열의를 가지고 배움을 이어 갔다. 그와 보조를 맞추기 위해 내 방문은 일주일에 한 번에서 두 번으로 늘어났다. 나는 금요 어휘 퀴즈를 도입했고 그에게 색인 카드를 한 통 사줬다. 지급품은 한 달 안에 소진됐다. 그는 고무줄이 없었기 때문에, 카드는 걸핏하면 공책에서 흘러 떨어지거나 마구 뒤섞인 채 그의 손에 쥐어져 있곤 했다.

담배는 패트릭에게 전에 없던 지위를 부여해 준 모양이었다. 담배를 사탕이나 과자와 맞바꾸는 것인지, 내게 자주 이런저런 정크 푸드를 갖다줬다. "여기요." 그는 대수롭지 않게 말했다. 내민 손바닥 위에는 어느 틈엔가 점프 수트 안에서 꺼낸 커다란 스니커즈 초코바가 놓여 있었다.

"어떻게 지냈어?" 어느 월요일 아침에 내가 물었다.

"이 안에선 아무 일도 안 일어나요." 그가 말했다. "어이없게 극적인 일들 말고는요. 선생님은 주말에 뭐 하셨어요?"

"대니, 루시랑 같이 콩 수프를 해먹었어." 나는 무심코 말했다. "그리고 같이 영화를 봤지."

그는 내가 무슨 철학적인 말이라도 한 것처럼 턱에 손을 대고 아무 말이 없었다.

"어땠을 것 같아?" 내가 밝은 목소리로 물었다.

"좋았을 것 같아요."

그리고 그는 물었다. "그분들은 결혼했어요?"

"응."

"선생님," 패트릭이 물었다. "남자 친구 있으세요?"

나는 즉시 불편함을 느꼈다. 이성으로서 관심의 대상이 되는 건 중등학교에 근무하는 젊은 여교사들의 보편적인 공포였다. 반면에 이런 생각도 들었다. 나는 그의 사생활에 관해 묻는데 그는 어째서 내게 그런 질문을 할 수 없지?

"응." 내가 말했다.

그건 거짓말이었다.

"그분은 뭐 하세요?"

나는 그 말을 무시했다. "패트릭, 내가 숙제 확인하는 동안 우선 묵독 좀 하고 있을래?"

그는 책으로 눈길을 돌렸고 나는 난처함을 숨기려 했다. 그저 내가 너무 예민한 걸로 생각했다.

나는 그의 숙제를 들여다보았다. 내 질문은 이랬다. 하루 중 가장 좋은 때는?

그는 이렇게 적어 놓았다. 선생님이 하루 중 가장 좋은 때가 언제인지 물어보셔서 생각해 봤어요. 그건 아무래도 제가 선생님 얼굴을 볼 때인 거 같아요. 여기 구치소에서는 부정적인 거 말고는 정말 아무 일도 일어나지 않아요. 선생님이 그래, 하고 말할 때 선생님 목소리가 무척 섹시하게 느껴져요.

나는 멀미가 나는 것 같았다. 그는 어쩌자고 우리 공부를 이렇게 망쳐 놓는 걸까? 갑자기 내 여학생들이 너무나 보고 싶어졌다. 그들은 남자애들, 이별, 자기가 못생겼다는 느낌, 짝사랑, 싱글맘, 희망, 꽃, 촛불에 관한 글을 썼다. 그들과 함께 있을 때 나는 두려워하며 자기 검열을 할 필요가 없었다. 블라우스는 얌전했나? 치마는 충분히 길었나? 이제 나는 본능적으로 내 옷차림을 훑었다. 헐렁한 바지, 헐렁한 스웨터, 진흙투성이 운동화, 질끈 묶은 머리. 역시 그랬다. 나는 불쌍한 내 어머니를 절망하게 하는 예의 그 부스스하고 중성적인 모습의 나로 보였다. 아니다. 나는 그를 부추기지 않았다.

하지만 퇴학 후 지난 3년간 헬레나를 방황하면서 그는 어떤 관습적인 사회적 접촉도 갖지 못했고 관련된 규칙을 모두 잊어버렸다. 나는 어려 보였고, 여자였으며, 그는 남자들에 둘러싸여 있었다. 나는 그를 찾아왔다. 나는 연민을 보였다.

그럼 난 왜 화가 났을까? 그건 이제 내가 해야만 하는 일 때문이었다. 확실하게 선 긋기.

"패트릭."

그가 책에서 고개를 들었다.

"이건 용납할 수 없어. 이건 부적절해." 나는 그의 글 마지막 줄을 가리켰다.

내 말투는 나를 놀라게 했다. 바로 그것, 깐깐한 짜증이 묻어나는 교사의 말투가 아직 그대로 남아 있었다.

그는 고개를 숙였다. 나의 솔직함이 그를 부끄럽게 했다. 패트릭은 내가 그를 소름 끼치는 커즌즈 씨나 뻔뻔한 숀 혹은 형편없는 동료 수감자들처럼 생각하기를 원치 않았다. 재소자는 자신이 주변 사람들과 다르다는 걸 스스로에게 설득하며 많은 시간을 보낸다.

"죄송해요, 선생님. 무례하게 굴려던 건 아니었어요. 정말 여기선 생각이 흐리멍덩해요. 여긴 다 미쳐 돌아가고 동료 재소자들은…." 그는 말을 멈췄다.

그러니 내가 화가 난 데는 이런 이유도 있었다 ─ 패트릭은 뭘 몰라 자신의 품위를 떨어뜨렸고, 나는 그의 삶에 나타남으로써 이 실추를 야기했다.

"난 네 선생님이야."

나는 공연히 그의 책을 가리켰다. 실은 시킨 대로 얌전히 책을 읽고 있던 그를 내가 방해한 것이었지만.

그는 다시는 선을 넘지 않았다.

패트릭의 집은 모퉁이에 자리했고 포치가 딸려 있었다. 이것이 내가 3년 전의 방문에서 기억하는 전부였다. 나는 햇살이 밝게 비치는 차창 밖을 내다보며 기억을 촉발할 무언가를 찾아 헤맸다. 그러다가 잎이 무성한 미루나무들 앞에서 차를 되돌려 나왔고, 전에도 꼭 이런 적이 있었다는 이상한 느낌이 들었다.

패트릭은 내게 자기 가족이 사둔 담배를 갖다 달라고 부탁했다. 그러면 내가 돈을 절약할 수 있을 거라면서. 내게는 그의 부모와 이야기해 볼 기회이기도 했다. 아들을 면회하기 시작한 교사가 있다는 걸 그들도 알아야 할 것 같았다. 어쩌면 내가 그들에게 도움을 조금 줄 수 있을지도 몰랐다. 또 그들이 그날 밤의 사건을 어떻게 이해하고 있는지 궁금하기도 했다. 사실상 패트릭이 그날 밤 일과 관련해 가족에 대해 말한 건, 어머니가 포치에서 우는 모습을 경찰차 안에서 봤다는 게 전부였다.

내가 패트릭의 집이라고 짐작한 곳은 정사각형의 작은 단층집이었다. 초인종을 찾지 못한 나는 방충망 문을 열고 가볍게 손기척을 했다. 기다리면서 올려다보니 포치는 천장이 무척 낮아 팔을 뻗으면 거미줄이 닿을 듯했다. 작은 목련 나무 한 그루에서 떨어진 씨앗과 잎사귀가 마당에 흩어져 있었다.

삐걱거리며 문이 열렸다. 처음에는 유령이 문을 열었나 싶었다. 안쪽으로 보이는 건 어둠뿐이었다. 하지만 고개를 숙이니 풍성한 곱슬머리를 한 작은 아이가 보였다. 우리는 눈이 마주쳤다. 하지만 아이는 흥미를 잃고 아무 소리 없이 컴컴한 집안으로 아장아장 돌아갔다.

이제 그 어두운 방이 보였다. 맞다, 여기가 그 집이다.

나는 머뭇거리며 한 걸음 안으로 들어갔다. 더 분명히 보려고 눈

위로 손을 가져갔다. 아기는 소파로 돌아가 뭔가를 쿡쿡 찌르고 있었다. 아니, 뭔가가 아닌 어떤 사람, 패트릭의 아버지 같았다. 누운 자세였지만 그는 깨어 있었다.

그의 몸과 얼굴은 수척했다. 오른쪽 다리는 나뭇가지 같았다.

나는 선 채로 나를 소개했다. 전에 패트릭을 가르쳤고 지금은 구치소에서 함께 책을 읽고 있다고 했다.

"아, 예, 예. 팻이 그러더라고요, 면회 오신다고. 좋네요, 좋아요."

"숙제를 내주고 있어요. 지적인 활동을 유지할 수 있게요." 내가 말했다.

"예, 예." 그는 보고 있던 티브이 프로그램으로 휙 눈길을 돌렸다.

나는 헛기침을 했다. "패트릭, 아니 팻한테 전할 담배가 있으시다고요."

그제야 그는 마치 나를 처음 보는 듯 올려다보더니 소파 뒤를 뒤적거리기 시작했다. 그는 말없이 내가 평소 패트릭에게 사주던 것과 똑같은 뷰글러 담배를 건넸다.

"이 담배를 좋아하더라고요." 나는 대화를 시도하며 이렇게 말했다. 그리고 덧붙였다. "롭을 만나 봤어요." 나는 그가 청하지도 않는데 소파에 앉는다면 결례일까 생각했다. 아마도 그럴 것 같았다. 나는 그대로 서있었다.

"누구요?"

"팻의 변호사요."

"아, 예, 예." 그는 고개를 끄덕였다. "법정 출석일은 언제죠?"

나는 롭에 대한 언급이 내가 그의 집에 있는 걸 정당화하는 방법임을 깨달았다. 그는 내가 패트릭을 가르친다는 데는 관심이 없어 보였으므로 대신에 난 롭과 가족 사이의 중개인을 자처했다. 그들은 서로 연락한 적이 한 번도 없었다.

"원래는 12월이었는데 2월로 연기됐어요." 내가 말했다.

그는 한숨을 쉬지도 얼굴을 찡그리지도 않았다. 법원 일정의 변덕스러움은 그에게 익숙한 일처럼 보였다.

나는 이제 조금 더 가까이 다가가 손을 내밀었다.

"쿠오 선생이에요. 미셸이라고 불러 주세요."

"제임스예요. 여긴 내 손자 자말이고요." 제임스는 패트릭 누나의 아들인 그 꼬마를 가리켰다. 그리고 그제야 내게 앉으라는 손짓을 해보였다.

"아버님은 여기서 태어나셨나요?"

"여기서 나고 자랐죠. 메리도 그렇고요." 메리는 패트릭의 어머니이지 싶었다.

"아버님의 부모님도 이곳 출신이신가요?"

그랬다. 그들은 생존해 있을까?

"아니요."

"돌아가셨군요. 여기서 돌아가셨나요?"

"예."

그는 담배를 꺼냈다.

어머니가 돌아가신 후 마을 반대편에 살던 아버지에게 맡겨졌다고, 그는 담뱃불을 붙이며 말했다. 하지만 부친은 그를 원하지 않았고, 그는 거리에서 시간을 보냈다. 학교에서 쫓겨난 건 8학년 때였다. 그렇게 오래 버틴 건 기적이라고 그는 생각했다. "학교에서 그만큼이나 날 봐준 건 장애 때문이지 싶어요." 그는 변형된 다리를 가리켰다 —

소아마비였다. (이때 내 얼굴에 동정하는 표정이 스쳤는지 그는 이렇게 덧붙였다. "그래도 방아쇠 당기는 손가락은 끄떡없어요." 그는 자기 농담에 껄껄 웃으며 무릎을 쳤다. "그냥 해본 소리예요.")

"저 혹시…" 나는 망설였다. "그 … 그 사건 당일 밤에 무슨 일이 있었는지 말씀해 주실 수 있을까요?"

그러자 그가 자리에서 일어났다.

"자, 싸우는 소리가 들려요." 그가 말했다. "팻이 이렇게 말해요, '우리 집 마당에서 나가, 우리 집 마당에서 나가.' 난 일어나서 문 쪽으로 갔어요. 그 마커스라는 애가 주머니에 손을 넣었어요." — 그는 주머니에 손을 넣는 흉내를 냈다 — "주머니 안에서 계속 뭔가를 찾아요. 내가 문밖으로 나가니까 팻이 들어오면서 말해요, '아빠, 어쩔 수 없었어요, 날 먼저 공격하려고 했어요.' 내가 말했어요. '뭘 어쩔 수 없어, 무슨 짓을 했는데?' 나는 다시 밖을 봤어요. 그 녀석이 저쪽 울타리 옆에 쓰러져 있었어요. 마당 밖으로 지 발로 걸어가고 있었는데, 다 나가서 고꾸라졌더라고요." 누이 중 하나가 앰뷸런스를 불렀다. "사람들이 도착했을 때는 벌써 죽어 있었어요."

나는 팸이 어디 갔다 오는 길이었는지 물었다. "팸은 마커스가 있던 파티에 갔었어요. 저쪽 아파트에서 모여 놀았더라고요. 우린 그땐 몰랐어요. 하지만 그 집 여자는 내 딸이 집에 있어야 할 시간이라는 걸 잘 알고 있었죠." 화요일 밤이었으니 다음 날은 학교 가는 날이었다고, 그는 계속해서 말했다.

집에는 자말밖에 없었지만 그는 목소리를 낮췄다. "내 딸은, 걔는 좀 모자라요. 애가 타고 나기를 그래서 꼬마들을 좋아해요. 걔 언니는 — 쌍둥이 언니 말이에요 — 걔는 꼬맹이들하고 노는 건 벌써 관뒀지.

헌데 팸은 여전히 그래요. 어린애들하고 많이 놀아요. 무슨 말인지 알죠? 걔한테 꼬맹이들을 맡겨도 돼요, 온종일 잘 보니까. 걔는 아무하고나 말을 해요. 열여덟 살인데 하는 짓은 어린애예요.”

제임스는 또 다른 담배에 불을 붙였다. “하지만 패트릭한테 그 일이 있고 나더니 그다음부터는 딱 그만두더라고요. 학교 갔다 와서 아무 데도 안 가고. 꼬맹이들이랑 놀지도 않고. 애가 영 달라졌어요.” 그는 담배를 한 모금 빨아들였다. “지 오빠 만나러 가는 걸 힘들어 했어요. 팻은 걔한테 그래요, 네 잘못 아니다, 학교 계속 다녀라. 누이들을 끔찍이 챙기거든요, 특히 걔를요. 다른 누이들보다 팸을 훨씬 더 걱정해요.”

그가 담배를 툭 치자 재가 떨어졌다. “그냥 평범한 날이었다면 팻은 절대로 그런 짓을 했을 리가 없어요. 워낙에 주먹다짐하고 다니는 애가 아니거든요. 그런 문제는 한 번도 일으킨 적이 없었어요.” 그는 생각에 잠겨 다시 한 모금을 빨아들였다.

나는 패트릭의 아버지가 그 사건을 이해하는 데 도움을 줄 수 있을 거라 기대했지만 그도 혼란스러워 보이기는 마찬가지였다.

“팻이 전에도 한 번 그 녀석이랑 부딪혔던 것 같아요. 듣기로는 팻이 그때는 싸움을 피했어요. 녀석이 신발로 애 얼굴을 쳤대요, 싸움을 걸려고요. 그러니까 어쩌면, 팻이 제일 아끼고 제일 챙기는 누이가 팸이다 보니까…” 그의 목소리가 흐려졌다. “어쩌면 팻은 그날 밤 마커스가 팸이랑 같이 있는 걸 보고 그 녀석이 자기한테 한 방 먹일 생각에 지 동생을 어떻게 해보려 한다고 생각했는지도 모르죠.”

나는 마커스와 패트릭이 전부터 서로 알던 사이인 줄 몰랐다. 만약 부친의 추측이 사실이라면, 어쩌면 패트릭은 마커스가 자기 여동생과 어울리는 걸 보고 평정심을 잃고 자책감에 과민 반응을 보였던 건지도 모른다. 또한 그는 자기 사람을 지킬 수 있다는 걸 증명해 보일 필요를 느꼈는지도 모른다.

"어머님은 어떻게 지내시나요?" 나는 물었다. "패트릭이 어머님을 많이 사랑하더라고요."

"지 엄마라면 죽고 못 살죠."

"패트릭은 어머니께 전화하는 게 싫대요, 속상해 하셔서."

"팻이랑 얘기할 때 속상해 하는 건 맞아요. 애 엄마는 주말에도 일을 하는데 차라리 다행이에요. 안 그러면 거기 가서 걜 봐야 할 테니까요. 일이 없는 주말에 다 같이 면회를 갔는데 많이 울더라고요. 전화 통화할 때도 보면 울어요." 그는 다시 담배를 툭 털었다. "사실은 애한테 나가서 여동생을 찾아보라고 한 것 때문에 속이 상한 것 같아요. 그 말을 한 게 후회되나 봐요. 그래서 마음이 괴로운 거죠."

어느 틈엔가 앞문까지 나간 자말은 막 밖으로 발을 내디디려던 참이었다. "안 돼, 이 고무공 같은 녀석아!" 그가 소리쳤다. 자말은 돌아서서 우리를 보고 되돌아왔다. 할아버지는 꼬마를 향해 두 팔을 벌렸다. 그는 아이를 번쩍 들어 올려 무릎에 앉혔다.

"나는," 그가 말을 계속했다. "첫해에는 주말마다 찾아갔어요, 팻이 처음 갇혔을 때 말예요. 근데 걔가 그럴 필요 없다고 하더라고요. 사실 내가 자주 가는 걸 바라지 않는 것 같아요."

"어째서요?"

"글쎄요. 갇힌 모습을 보이기 싫은 거겠죠. 애가 전화를 하면 필요할 때 물건을 보내 줘요. 비누나 뭐 그런 거요."

그는 자말을 무릎 아래로 내려놓았다.

"걔가 어릴 때 난 좋은 본보기가 아니었어요. 애가 뭘 봤는지 모르겠어요, 자주 데리고 다녔거든요. 여기저기 많이 같이 다녔죠. 팻이 그걸 다 기억하는지는 모르겠어요. 서너 살쯤이었는데. 걔가 안 봤으면 했던 걸 봤을지도 몰라요. 애들은 기억 못 할 것 같은데도 기억하는 게 있더라고요."

"이를테면요?" 내가 물었다.

이제 패트릭의 아버지는 내 눈을 똑바로 바라보았다. 그는 내가 순진한 척하는 건지 의심하는 듯했다. 하지만 사실 난 그가 무슨 말을 하는지 짐작이 가지 않았다.

"그 얘기는 하고 싶지 않아요." 그가 단호하게 말했다. 그는 또 담배에 불을 붙이려고 고개를 숙이다 멈췄다. "젊었을 때 난 옥살이를 했어요. 마약이요. 몇 년 집에 없었죠. 감옥에 들어갈 무렵엔 그냥 될 대로 되라는 식으로 살던 사람이었어요. 감옥에 가든 말든 아무 상관 없었어요. 굳이 가고 싶지는 않았지만 별로 대수로운 일도 아니었죠.

"팻에게 일어난 일은…" 그가 헛기침을 했다. "내가 걜 대신할 수 있으면 좋겠어요. 이런 일이 걔한테는 다 낯설다는 거 알아요. 걔처럼 정이 많으면 그렇게 가족하고 떨어져서 갇혀 지내기 힘들어요. 나야 뭐, 그리 감정적인 사람이 아니지만요. 난 감정 같은 건 오래전에 잃어버린 거 같아요."

제임스는 여전히 라이터 불을 켠 채로 불붙지 않은 담배를 들고만 있었다. 그는 생각했다. "난 내 아들이 … 날 좀 덜 나쁘게 생각해 줬으면 좋겠어요. 여러 가지로 내가 더 나은 사람이었다면 좋았을 텐데. 모르겠어요. 혹시 내가 학교를 마쳤다면 장애가 있어도 일자리를 구할 수 있었을지도요. 뭐, 알 수 없는 일이지만요." 이제 그는 담배를 한 모금 빨았다. "아까도 말했지만, 팻은 착한 애였어요. 나보다 훨씬 낫죠." 그가 되풀이했다. "나보다 훨씬 나아요."

나는 구치소를 매일 찾기 시작했다.

"개탄스럽다."

"형편없는 거요?"

"맞아. 예문 만들어 볼까?"

"구치소는 개탄스러운 곳이다."

"완벽해." 나는 활기차게 고개를 끄덕였다. "탐구하다."

"루시요." 그가 곧장 말했다. "호기심이 많아서 옷장 안을 들여다보니까요."

"하나 더."

"체리시요. 뭐든 다 쳐다보고 만져 보고 그게 뭔지 알고 싶어 해요."

"반어적인."

"선생님이 어제 어떻게 지냈냐고 물어보시는데 제가 끝내줬죠, 하는 거요." 그는 쓸쓸함이 실린 과장된 어조로 그 단어를 말했다.

"훌륭해." 나는 답했다. "자, 여기까지. 얼마나 잘했는지 볼까? 어떤 거 같아?"

"두어 개쯤 틀린 것 같아요." 그는 대수롭지 않게 말했다.

"그보다 더 잘했어." 내가 말했다. "쿠오 선생의 맞춤 교실에서 이건 A야."

그런 다음 우리는 『사자와 마녀와 옷장』을 펴서 읽기 시작했다.

루시는 우연히 발견한 그 눈 덮인 곳에서 파우누스와 만났다. 파우누스는 반은 인간, 반은 염소였다. 어린 소녀를 본 파우누스는 너무 놀라 들고 있던 짐 꾸러미를 떨어뜨렸다.

"'반가워요, 반가워요,' 파우누스는 계속해서 말했다. '제 소개를 해도 될까요? 제 이름은 툼누스에요.'

'만나서 정말 반가워요, 툼누스 씨.' 루시가 말했다."°

이 대목에서 패트릭은 소리 내어 웃었다. "루시는 염소한테도 씨를 붙여요." 나도 웃었다.

밖은 추웠고, 툼누스는 루시에게 차를 마시자고 청했다. 그는 그녀가 있는 곳이 나니아라고 알려 주었다. "루시는 이렇게 멋진 곳은 처음이라고 생각했다."°° 패트릭이 읽었다. 그는 어색하고 단조로운 말투를 띠면서 특정 단어를 과장했다. 마치 전에 들은 적 있는 누군가의 읽는 소리를 흉내 내는 듯했다. 아마 나였을 것이다.

패트릭은 계속해서 그들이 "버터 바른 토스트며 꿀을 곁들인 토스트, 설탕을 흩뿌린 케이크"°°°를 먹는 부분을 읽었다.

그는 케이크에서 멈췄고 나는 그를 쳐다보았다 ― 우리 둘 다 배가 고팠다.

그때 파우누스의 갈색 눈에 눈물이 그득 고였다. 눈물은 그의 뺨을 타고 흘렀고 이내 코끝으로 뚝뚝 떨어졌다.

"툼누스 씨! 툼누스 씨!' 루시는 크게 걱정하며 말했다. '울지 마세

° 같은 책, 153쪽.

°° 같은 책, 154쪽.

°°° 같은 곳.

요! 울지 마세요! 무슨 일이에요? 어디 아파요? 오 툼누스 씨, 뭐가 잘못됐는지 말해 주세요.' 하지만 파우누스는 가슴이 미어지는 듯 계속 흐느꼈다. 루시가 다가가 두 팔로 그를 감싸고 손수건을 빌려줘도 그는 멈추지 않았다."°

"흐느꼈다는 건 울었다는 말이죠?" 패트릭이 끼어들었다. 나는 정확히 그렇다고 답했다.

패트릭은 다시 책장으로 고개를 숙였다. 그는 파우누스를 그린 삽화를 살폈다. 파우누스는 머리를 두 손에 묻은 채 의자에 기대앉아 있었고 구부러진 꼬리는 바닥에 닿아 있었다.

"그가 우는 모습이죠? 이게 파우누스 맞죠?"

나는 그렇다고 했다.

패트릭은 다시 읽기 시작했다.

파우누스는 루시에게 고백했다. 그는 실은 하얀 마녀가 부리는 납치범이었다. 바로 그 마녀 때문에 나니아는 언제나 겨울이라고, 그는 설명했다.

"언제나 겨울이지만 크리스마스는 절대 오지 않아요."°° 패트릭이 읽었다. 그의 목소리는 자기혐오에 빠진 파우누스처럼 쓸쓸했다.

마녀는 파우누스가 복종하지 않으면 그의 꼬리를 자르고 뿔을 베고 수염을 뽑아 버릴 거라고 협박했다.

패트릭이 읽었다. "그리고 마녀가 특별히 더 화가 나면 날 돌로 만들어 버릴 거예요. 그럼 난 마녀의 무시무시한 집에서 한낱 파우누스 석

　　　°　같은 책, 155쪽.

　　　°°　같은 책, 156쪽.

상이 되고 말 테죠."°

그는 못마땅하게 머리를 흔들었다.

"정말 끔찍하다, 그렇지?" 나는 말했다. 우리는 동시에 얼굴을 찡그렸다. "넌 그가 루시를 어떻게 할 것 같아?"

"제 생각에는…" 그는 손가락으로 턱을 문질렀다. "제 생각엔 놔줄 것 같아요."

"어째서?"

"왜냐하면 파우누스는 좋은 사람이니까요. 아, 염소인가. 암튼 뭐든간에요. 그리고 울고 있잖아요. 파우누스는 옳은 일을 하고 싶어 해요."

패트릭은 더 읽었고, 파우누스가 정말로 루시를 놔주는 걸 확인했다. "'그럼 어서 빨리 집으로 돌아가세요.' 파우누스가 말했다. '그리고… 호, 혹시 내가 하려던 짓을 용서해 줄 수 있겠어요?'

'그럼요, 당연하죠.' 루시는 이렇게 말하며 진심을 담아 그와 악수했다."°°

패트릭은 이제 깊이 몰입해 계속해서 읽어 나갔다.

파우누스는 루시에게 그녀가 빌려준 손수건을 가져도 되는지 물었다. 그녀는 좋다고 답했다. 그리고 거기서 그 장은 끝이 났다.

"네 예상이 맞았어." 내가 말했다.

그는 얼굴이 환해지더니 이내 시선을 돌렸다.

"파우누스가 왜 손수건을 갖고 싶어 했던 거 같아?"

"왜냐하면 루시가 특별한 걸 아니까요. 그래서 그녀를 기억하고

○ 같은 책, 157쪽.
○○ 같은 책, 158쪽.

싶은 거예요." 그는 생각에 잠겨 손가락으로 가볍게 턱을 두드렸다. "그리고 제 생각엔 … 그는 자기가 좋은 일을 했다는 걸 알고 있어요. 그녀를 그렇게 놔준 거 말예요. 그래서 그 손수건handkerchief은" ― 그는 더듬지 않으려고 그 단어를 천천히 발음했다 ―"그건 좋은 기념품 같은 거예요."

나는 환희에 차서 집으로 돌아갔다. 운전하면서도 비가 내리는 걸 거의 알아채지 못했다. 책. 역시 책이 가장 중요했다. 그저 아무 책이 아니라 마법을 이야기하는 책, 주인공이 아이들이고, 아이들이 선의 편에 서는 그런 책. 차고 눅눅한 구치소 안에서 책은 공상의 세계, 도피처, 독립된 공간이 될 수 있었다.

패트릭은 계속해서 속도가 붙었다. 나는 책 속에서 그가 공감하는 아이 한 명을 골라 보라는 숙제를 내줬다. 패트릭이 에드먼드에게서 자신을 본 건 예상 밖이었다. 에드먼드는 마녀에게 속아 형제들을 배신한 아이였다. 나는 패트릭이 낯선 길을 떠난 루시나 맏이로서 모두를 지킨 피터와 비슷하다고 생각하고 있었다.

저자 루이스는 에드먼드는 까닭 모를 공포의 감각을 느꼈다, 라고 썼다. 패트릭은 이렇게 썼다.

내게 그 끔찍한 사건이 일어난 뒤부터 줄곧, 어떤 날은 구치소에 있다는 데 몸서리를 치면서 깨여난다. 사실은 처음부터 꿈이였기를 바라면서. 하지만 내가 잊어버리려고 하거나 주변을 둘러보는 순간 그건 꿈이 아니다. 한번은 꿈속에서 엄마가 병에 걸렸거나 죽어버린거 같았다. 깨여

낯을 때 느낌은 너무나 충격적이었다. 나는 차마 바로 집에 전화를 걸어 확인할수가 없었다. 이것이 내가 에드먼드를 고른 몇가지 이유다.

패트릭은 한 글자 한 글자에 정성을 기울인 게 분명했다. 모든 마침표는 조심스럽게 동그라미를 달아 그렸다. 어려운 단어의 철자는 정확했다. 끔찍하다, 줄곧, 몇. 틀림없이 시간을 들여 내가 준 사전을 찾아보았을 것이다.

패트릭은 자신이 해온 숙제를 읽는 나를 지켜보았다. "아마 형편없을 거예요, 머리가 아팠거든요."

나는 말했다. "형편없지 않아. 훌륭해."

아포스트로피는 나중에 교정하기로 했다.

"어제 오후에 누이들을 봤어." 나는 좀 더 유쾌한 주제로 이야기를 돌렸다.

패트릭은 깜짝 놀라며 기뻐했다.

그즈음 나는 담배를 사지 않고 정기적으로 그의 집에서 가져오고 있었다. 이번에는 누이 셋이 모두 집에 있었고 화목한 가정의 그림 같은 장면이 펼쳐졌다. 자말의 엄마인 맏누이 윌라가 교과서로 보이는 책을 — 그녀는 지역 전문대학에서 수업을 듣고 있었다 — 읽는 동안 자말은 그녀의 머리카락을 잡아당겼다. 패트릭의 아버지와 팸이 자말을 말리려 뒤에서 붙잡았고 두 사람은 그의 애정을 두고 경쟁했다. 실랑이를 벌이는 두 사람의 무게에 눌려 낡은 소파가 가라앉았다. 다른 여동생 키라는 어머니와 함께 일하는 노인 요양원에서 긴 야간 근무를 마친 후 눈을 붙였다가 막 일어난 참이었다.

"팸은 잘 지내요?" 그는 가장 먼저 그녀에 관해 물었다.

"응, 팸은 정말 착해 보이더라."

이 말에 패트릭은 불만을 토했다. "걔는 너무 착해요. 사람들이 늘 걔한테 애를 맡기고 돈은 안 줘요. 이미 애가 있는 어른들 말이에요, 그 사람들이 자기 애들을 팸한테 맡기려 들어요. 걔가 착한 걸 아니까 이용하는 거예요. 난 팸한테 얘기해요, '널 이용하는 사람은 진짜 친구가 아니야.' 몰라서 그런 건지, 아무래도 상관없는 건지 알 수가 없어요. 팸은 그런 애에요."

"팸은 정말 사람을 잘 믿더라." 나는 동의했다. "팸과 키라가 곧 보러 오겠다고 전해 달래."

이 말은 하는 게 아니었다. 패트릭은 움찔하며 퉁명스레 손을 내저었다. 그들이 면회 오기가 너무 힘들어 미루고 있다는 걸 알고서 하는 손짓이었을까? 아니면 이미 그들을 이해하고 용서했다는 뜻이었을까?

패트릭은 책의 표지를 손가락으로 만지작거렸다.

"나니아 말이에요, 진짜 있는 곳이에요?"

"아," 나는 놀라며 말했다. "그럼 좋겠는데."

나는 나니아가 진짜가 아니어서 안타깝다는 뜻이 전달되기 바라며 고개를 저었다.

"하지만 선생님, 여기 지도가 있어요." 그의 눈썹은 고집을 부리며 근심스레 골이 졌다.

패트릭은 주름 잡힌 책등을 능숙하게 젖혀 책을 펼쳤다. 그는 나니아의 그림지도를 내 눈앞에 들이밀었다. "그리고 이게 나침반이잖아요." 그가 지도 한구석의 별을 가리키며 말했다. 그는 이미 진지하게 지도를 살펴본 게 틀림없었다.

"아마 저자가 이 지도도 그렸을 거야."

그는 실망하기보다는 어리둥절한 눈치였다. "그러니까 이게 다 지어낸 거라고요?" 그저 생각나는 대로 중얼댔을 뿐 대답을 기대하는 것 같지는 않았다. 그때 그의 얼굴이 밝아졌다. "어쩌면 나니아는 그 사람이 사는 곳과 비슷한지 몰라요 — 어느 나라 사람이라고 하셨죠?"

"영국."

"네. 어쩌면 나니아는 거기 같을 거예요."

"그럴 수 있겠다." 나는 말했다. "물론 거기에 반은 인간, 반은 염소인 존재가 살지는 않겠지만."

이 말에 패트릭은 작게 헛웃음을 쳤다.

"선생님," 그가 말했다. 뭔가 다른 생각에 잠겨 그는 손가락을 턱에 갖다 댔다. "전에 누가 저한테 그런 말을 했어요, 내가 하는 어떤 일은 남은 인생을 통째로 바꿀 수 있다고요. 그 말을 들은 건 저희 집 바로 앞이었는데, 그 말을 한 사람이 지금 바로 옆 감방에 갇혀 있어요."

패트릭은 그 사람이 또다시 자신과 가까이 있다는 사실에, 마치 그의 말이 예언이라도 되는 것처럼 놀라워했다.

"그 하루가 네 남은 인생을 완전히 바꿔 놓을 것 같아?"

"이미 그렇게 된 걸요."

"어때?" 그를 방해하고 싶지 않아 주저하다가 마침내 내가 물었다.

"멋져요."

나는 그에게 혼자 책 읽는 시간을 주기 시작했다. "예전에 묵독하던 것처럼 해봐." 나는 그가 기억해 주길 바라며 말했다. 패트릭이 읽는 동안 나는 그가 해온 숙제를 교정했지만 보통은 그보다 먼저 끝이 났다.

"지금 어느 부분 읽고 있어?"

"돌로 된 제단이 갈라진 부분이요."

"그 부분 맘에 들어?"

"네, 에드먼드랑 피터가 전투를 벌이고 있어요. 처음에는 마녀랑 싸웠는데, 에드먼드 덕분에 버틸 수 있었어요."

"거기서 어떤 점이 좋았어?"

"에드먼드요." 그는 망설임 없이 말했다. "정말 똑똑해요. 그냥 어린애인데요. 마녀가 돌로 만들려고 하니까 마녀의 손에서 지팡이를 쳐낼 생각을 해내요, 다른 사람들은 전부 우왕좌왕하고 있었지만요. 에드먼드는 처음엔 마녀 편이었어요."

"그가 왜 마녀 편에 섰다고 생각해?"

"마녀한테 속아서요. 그때는 혼자여서 그녀의 말을 따라야 했을 거예요. 그리고 그 터키 젤리를 먹기도 했고요. 그리고 왕이 되고 싶기도 했어요. 형제들이 그를 무시하고 말을 듣지 않아서 화가 나있었거든요."

"그가 어떻게 변했다고 생각해?"

"그는 전보다"— 패트릭은 여기서 원하는 단어를 찾으려 고심했다—"훨씬 더 강하고 현명해졌어요."

그가 책을 다 끝냈을 때 나는 그 자리에 있었다. 나는 곁눈으로 그가 마지막 문단에 이르러 새끼손가락으로 단어들을 훑는 모습을 보았다.

그는 믿기지 않는다는 표정으로 마지막 책장을 넘겼다 — 거기엔 아무것도 없었다. 그는 책을 뒤집어 뒤표지를 확인했다. 마치 책이 그에게 장난을 치고 있다는 듯이. 진짜로 끝난 거냐는 듯이. 그런 다음 책장을 거꾸로 넘겨 다시 읽고 싶은 장을 찾더니 조금 더 읽었다.

나중에 그에게 내준 숙제에서 나는 위로 비스듬히 올라가는 선을 하나 그렸다. "이건 이야기의 구조를 나타내는 거야." 그리고 질문했다. "갈등을 고조시키는 행동은 뭐지?"

그는 이렇게 썼다. 에드먼드는 형제들을 비버들과 버려둔 채 그들을 배신하고 마녀의 편이 되었다.

"클라이맥스에서 일어나는 일은?"

그는 답했다. 에드먼드가 용서받고 검을 받았다.

내가 판타지를 고른 건 패트릭에게 도피처가 되리라는 생각에서였다. 하지만 나니아는 그에게 현실이었다. 패트릭에게 그 이야기가 특별했던 것은 에드먼드가 달라질 수 있었기 때문이었다.

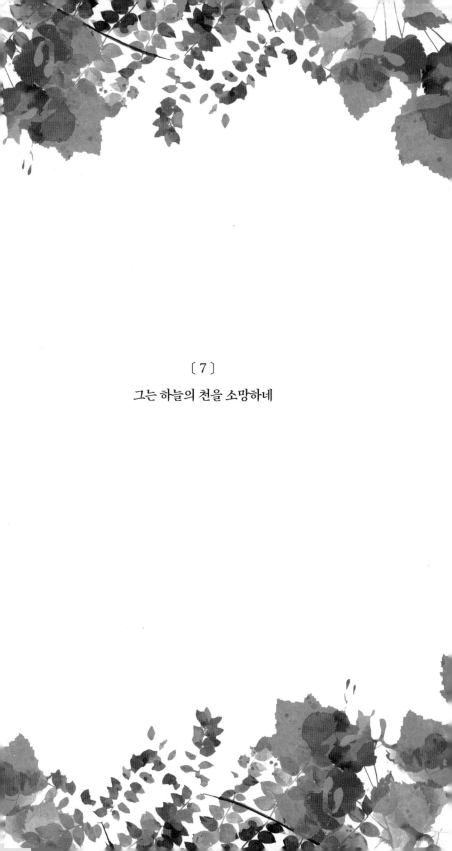

〔 7 〕

그는 하늘의 천을 소망하네

깊은 가을—

이웃은

어떻게 지내나.

• 마츠오 바쇼

새해 첫날—

만물이 깨어나네!

내 기분은 그저 그렇다.

• 고바야시 잇사

하이쿠. 시인인 조리 그레이엄 교수는 대학 때 내가 들었던 시 강좌의 첫 수업을 하이쿠로 시작했다. 그녀는 그 삼행시 형식º에 시의 본질이 고스란히 담겨 있다고 강조했다. 그리고 영어로 번역된 하이쿠 한 수를 보드에 적었다. 방랑에 병들어 / 꿈은 마른 들판을 / 헤매고 돈다. 그런 다음 그녀는 같은 시의 다른 번역을 적었다. 방랑에 병들어 / 시든 들판 위에서 / 꿈은 갈 곳을 잃었네.ºº

그녀는 그 둘이 어떻게 다른지 물었다. 나는 전혀 짐작이 가지 않았다.

그녀는 두 번째 번역을 지우고 — 별다른 설명 없이 마음에 들지 않는다고 했다 — 우리를 등진 채 판서를 계속했다. 한 해가 또 저물었구나 / 삿갓 쓰고 / 짚신 신은 채로.ººº 그리고 다음 하이쿠를 적었다. 작은 영겁의 시간이 흐르는 동안 보드 위에는 삼행시들이 크게 불어났다. 교수님이 내준 숙제는, 그중 몇 편을 — 그녀의 지시 사항은 언제나 그리 명료하지 않았다 — 택해서 각각을 열 번씩 재배열하는 것이었다.

º 하이쿠는 5-7-5의 17음절, 3행으로 이루어진 일본의 정형시로 압축과 절제미가 뛰어나며 계절을 나타내는 단어와 특정 종조사가 반드시 들어가는 것을 특징으로 한다.

ºº 『바쇼의 하이쿠』, 유옥희 옮김, 민음사, 2020, 160쪽.

ººº 같은 책, 131쪽.

기숙사로 돌아온 나는 다양한 변형을 시도해 봤지만 어느 하나도 더 나아 보이지 않았다. 나는 이렇게도 해보고 ― 어떻게 지내나 / 이웃은 / 가을이 깊은데. ― 저렇게도 해봤다 ― 가을 깊은데 / 나는 모르네 / 이웃은 어찌 지내는지. 달라진 게 있나? 더 나아졌나, 나빠졌나? 아무래도 더 못한 것 같았다. 내겐 재능이 없었다. 하지만 못마땅한 초안들을 끄적끄적 손보는 동안 내게 어떤 변화가 생겼다. 마음이 차분해지면서 몇 안 되는 단어들에 정신을 집중할 수 있었다. 처음에는 나라도 썼겠다 싶었던 본래의 텍스트들이 이제 감히 손댈 수 없는 수정 불가능한 대상으로 보였다.

패트릭은 이런 시가 존재한다는 걸 알까? 우리는 『사자와 마녀와 옷장』를 막 끝낸 참이었고, 나는 다음에 공부할 텍스트를 정하지 못하고 있었다. 이 간결한 시들이 딱 적당해 보였다. 길이가 짧으니 주눅 들 리 없었고, 마침표와 쉼표가 없어도 될 만큼 구성이 단순했다. 그저 한두 가지 이미지, 한두 가지 감각, 한 가지 놀라운 요소면 족했다. 하이쿠는 무한한 방식으로 고쳐 쓸 수 있었다(물론, 내가 깨닫게 되었듯이, 고쳐 쓰이기를 거부하기도 하지만 말이다). 하이쿠를 읽을 때는 독자가 자기 반응이 틀렸다고 느낄 소지가 적었다. 반면에 어떤 방식으로든 반응할 수 있는 여지는 더 많았다.

다음 날, 조용히 하이쿠를 읽던 패트릭이 웃었다.

"뭐가 웃겨?" 내가 물었다.

걱정 마, 거미,

난 청소를

대충 하거든.°

"거미는 바빠요, 아무도 귀찮게 안 해요. 무슨 말인지 알겠어요."

나는 하이쿠 시집 한 권을 통째로 건네며 혼자서 여유 있게 훑어

보라고 했다. "네가 좋아하는 시에 표시를 해봐. 100편이 넘으니까 시

간 충분히 갖고."

시간이 흘렀다. 나는 기다렸다. 그동안에 나는 다른 시선집을 살

펴보며 그와 함께 읽고 싶은 시에 표시를 했다.

"어떤 게 제일 좋았어?" 한참 후에 내가 물었다.

그는 골라 놓은 시들을 비교하며 뜯어보았다. 그런 다음 이 하이

쿠를 가리켰다.

밤의 꽃,

그리고 음악에 취한

사람들의 얼굴.

"아마도 이거요." 그가 말했다.

이 단어들의 집합이 다른 것보다 더 뚜렷이 그의 마음을 움직인

것이다. 이 사실은 중요해 보였다. 그는 왜 이걸 골랐을까?

"나도 이거 좋더라. 넌 이 시가 어째서 좋아?"

"진짜라서요." 그는 더 할 말이 없다는 표시로 어깨를 으쓱해 보

○ 이하 네 편의 하이쿠는 모두 고바야시 잇사의 작품이다.

였다.

"그래, 그렇구나. 또 어떤 시가 좋았어?"

패트릭은 이 시를 골랐다.

반나절을 졸아도,
아무도
벌주지 않네!

"이게 좋은 이유는?"

"왜냐하면 사실 그대로니까요. 여기서 전 온종일 잠만 자는데 아무도 뭐라 안 해요. 아무것도 안 한다고 벌주는 사람이 아무도 없어요."

나는 그가 뜻하는 게 집인지 구치소인지 물었고, 그는 둘 다라고 답했다.

그런 다음 그는 다른 시를 가리키며 말했다. "이것도 좋아요."

이슬의 세상은
이슬의 세상이지만
그렇지만.○

내가 말했다. "이거 좋지. 작가가 아들을 잃고 나서 쓴 시야."

○ 『백만 광년의 고독 속에서 한 줄의 시를 읽다: 류시화의 하이쿠 읽기』, 류시화 옮김, 연금술사, 2014, 486쪽.

그는 수긍이 간다는 듯 고개를 끄덕였다.

"이 시를 읽으면 어떤 느낌이 들어?"

패트릭은 그 페이지를 골똘히 쳐다보았다. 그리고 말했다. "받아들이는 느낌이요. 그건 그냥 그런 거라고."

그때 문득 그가 몸을 앞으로 숙이며 물었다. "지금 비가 오나요, 선생님?"

나는 시에 나오는 이슬이 그에게 비를 환기했을까 생각했다.

내가 교도소로 들어올 때는 비가 오고 있었다고 나는 말했다. 그는 내가 하나님이나 정치에 관해 뭔가 심각한 이야기라도 한 듯 진지하게 고개를 끄덕였다.

"아. 비가 그리워요. 비가 와도 알 수가 없어요. 오늘 비가 오는 것 같길래 선생님께 여쭤보려고 했어요. 정말로 비가 오는지, 아니면 다른 감방에서 샤워하는 소리였는지."

"구분이 안 가?"

"네."

비 이야기에 나는 패트릭에게 보여 주려 했던 게 생각났다. "있지." 나는 이야기를 시작했다. "더글러스라고, 인심 좋은 백인 할배를 만났어."

패트릭은 크게 웃더니 얼굴을 가렸다. "쿠오 선생님이 할배라는 말을 하다니." 그가 중얼거렸다.

나도 웃었다. "뭐가 그렇게 웃겨?"

더글러스를 만난 건 몇 주 전이었다. 그는 헬레나에 있는 모든 나무를 알고 있었다. 패트릭의 어깨가 느슨해졌다. "나무 좋아하세요, 선생님?"

나무를 많이 알진 못했지만 나는 은행나무를 좋아했다. 내가 그렇게 말하자 더글러스는 얼굴이 환해졌다. 은행나무 좋죠! 그도 은행나무를 좋아했다. 은행은 아담과 이브 시절부터 그 지역에서 자생한 오래된 나무였다. 개화 시기는 무척 짧아서 일주일밖에 안 됐다. 그 대화를 나누고 며칠 후, 나는 내 차 전면 유리에 놓인 토마토 한 봉지와 그 아래 끼워진 종이 한 장을 발견했다. 그것은 헬레나 시내의 지도였고, 마지막으로 개화 중인 은행나무의 위치가 X자로 표시돼 있었다.

"그 나무를 보니 너도 볼 수 있으면 좋겠다 싶더라." 내가 말했다.

나는 시에는 이미지라는, 그가 이미 다 아는 내용을 거창하게 표현하는 말이 있는데, 그건 우리가 보거나 듣거나 느끼거나 만질 수 있는 무언가에 대해 마음속에 떠오르는 그림이라고 설명해 주었다.

그는 그 개념을 재빨리 파악했다. "여기엔 어떤 이미지가 있지?" 나는 시를 가리키며 물었다.

"꽃이요. 볼 수 있는 거니까요. 그리고 음악이요. 들을 수 있는 거니까요."

"이 시에는?"

"이슬이요. 만질 수 있고 냄새 맡을 수 있는 거니까요." 그가 말했다. 그리고 잠시 후에 덧붙였다. "또 가끔은 볼 수도 있어요."

우리는 더 많은 이미지를 살폈다. 내가 당연하게 여기는 단어들을 패트릭은 애써 상상해야 했다 — 그가 한 번도 접해 보지 못한 걸 묘사하는 단어도 있었다. "산." 그가 읽었다. "솔직히 진짜로 본 적은 한 번도 없어요."

"바다는?" 내가 물었다.

그는 눈썹을 찡그렸고, 그러자 깊은 홈이 이마를 둘로 나눴다.

"글쎄요." 한참을 생각하더니 그가 솔직히 답했다.

"이게 오늘의 마지막 시야." 내가 말했다. "여기에는 중요 어휘가 쓰였어. 찰나. 내가 찰나가 어떻게 쓰이는지 말해 볼 테니까 무슨 뜻인지 알아맞혀 봐. 준비됐어? 좋아. 네가 어떤 새소리를 듣는다고 해보자, 하지만 그건 아주 잠깐뿐이었어. 혹은 네가 밤에 체리시가 나오는 꿈을 꿨는데 그 꿈이 순식간에 사라졌어. 그럴 때 우리는 그 새소리가 찰나다, 그 꿈이 찰나다, 그렇게 말할 수 있어. 자 그럼, 찰나가 무슨 뜻일까?"

패트릭은 생각했다. "짧다? 지나간다?"

나는 고개를 끄덕이고서 주머니에 손을 넣었다. "내 손 안에 뭐가 들었게? 한 번 알아맞혀 봐." 내가 종용했다.

"사탕이요?" 그가 물었다.

나는 패트릭에게 황금빛 은행잎 한 장을 건넸다. 그는 손가락 끝으로 잎맥을 쓸었다. 그러고는 즉석 바람개비처럼 두 손으로 잎을 팽그르르 돌렸다.

"네가 보고 있는 이 밝은·금빛은 나무에서 그리 오래가지 않아. 금빛으로 변한 잎사귀는 일이 주 지나면 떨어지거든. 그래서 그 빛을 볼 수 있는 건 찰나다, 단풍을 만끽할 수 있는 건 찰나다, 그렇게 말할 수 있어." 패트릭은 내 말은 듣지 않고 여전히 잎사귀를 들여다보고 있었다.

"무슨 생각해?"

"이 안에 햇빛이 있어요."

나는 패트릭의 말이 정확히 무슨 뜻인지 몰랐다. 그 잎사귀가 햇빛 한 줌, 빛 한 줄기처럼 금빛이라는 뜻 같기도 했고 혹은 문자 그대

로 햇빛이 한때 그 잎사귀를 비추었다는 말 같기도 했다. 그래서 나는
말했다. "참 시적인 표현이네." 그는 미소를 지었다.

"좋아, 오늘의 마지막 시. 네가 소리 내서 읽어 볼래?"

놀랍지 않은가!
번개를 보면서도 알지 못하다니
인생이란 찰나인 것을.○

"번개요." 패트릭이 말했다. 이 단어는 그를 놀라게 했다. "번개를
잊고 지냈어요."

"바쇼가 번개 대신에 어떤 다른 이미지를 쓸 수 있었을까?"

패트릭은 생각했다. "해거름이요." 그가 말했다. 『사자와 마녀와
옷장』의 표지를 본 후로 그가 그 단어를 쓴 건 처음이었다. "너무 빨리
지나가거든요. 봤는데 그다음엔 없어요. 하지만 번개랑은 달라요. 번
개가 언제 칠지는 절대 알 수 없으니까요. 해거름은 언제나 와요. 우린
언제나 하루가 끝난다는 걸 알아요."

"어느 쪽이 더 슬퍼?"

"해거름이요." 패트릭이 단언했다.

수년이 흘렀지만 나는 여전히 은행잎을 보면 해거름이 연상된다.

그 주 일요일의 장보기는 적당히 푸드자이언트에서 해결하기로 했다.

○ 『바쇼 하이쿠 선집』, 류시화 옮김, 열림원, 2015, 229쪽.

월마트가 더 컸지만, 나는 막 달리기를 마친 터라 땀을 흘리고 있었고 반바지에 스니커즈 차림이었다. 누구든 내가 아는 사람, 특히 멋진 모자와 꽃무늬 드레스를 입고 교회에서 돌아오는 사람들과는 더더욱 마주치고 싶지 않았다.

푸드자이언트의 시들어 가는 시금치와 곰팡이 핀 블루베리를 뒤적이는 동안, 나는 웬 남자가 나를 빤히 쳐다보는 걸 느꼈다. 그는 백인이었고 중년의 나이에 옷차림이 번듯했다 — 다시 말해 내가 모르는 사람이었다. 델타에서 아시아인으로 산다는 건 곧 응시의 대상이 된다는 걸 의미했기에 나는 그를 무시했다.

그 낯선 사람은 이윽고 나를 향해 다가왔다. 두 남녀가 그를 따랐고, 그들은 둥글게 나를 에워싸며 토마토로의 접근을 가로막았다.

"혹시 그 헬레나에 관한 영화에 나온 분 아닌가요?" 낯선 자가 리처드 웝저의 다큐멘터리를 언급하며 물었다. "제가 그 영화를 워크숍에서 쓴 적이 있어요." 그가 말했다. "그랬다가 크게 혼쭐이 났지만요.

"하지만 놀라운 영화였어요." 그가 계속해서 말했다. "그 중심에 당신이 있었고요." 그는 기억을 더듬으며 고개를 끄덕였다. 그는 전문 컨설턴트였고, 교사들을 대상으로 한 직무 연수 워크숍을 진행한 적이 있다고 했다. 나는 그가 헬레나 사람이 아니라는 걸 알아챘다. 만약 그가 어떤 종류건 워크숍을 이끌었다면 아마도 아칸소 내에서 좀 더 번화한 도회지인 리틀록이나 페이엣빌 사람이었을 것이다.

"당신은 아이들을 위한 재능, 진짜 재능이 있더군요. 그들과 함께 이야기하고 그들에 관해 이야기할 수 있는 재능 말이에요."

그는 내가 반응하기를 기다리며 잠시 멈췄다. 나는 고맙다고 말하며 헬레나의 다른 교사들, 특히 내가 떠났던 사실을 아는 이들이 그

장면을 목격하지 않기를 내심 빌었다.

　"저는 워크숍에서 그 다큐멘터리를 교사들에게 보여 주면서 이걸 보라고, 진짜 중요한 건 관심이라고 강조했어요. 그 영화에 나온 학생이 당신에 관해 이야기할 때 그 말을 썼죠, 어째서 당신이 그에게 큰 영향을 미쳤는지 설명하면서요. 저는 참석자들에게 교사의 관심은 누군가를 변화시킬 수 있다고 말했어요."

　그러자 그의 친구들은 그것이 무슨 독창적인 생각이라도 되는 양 진지하게 고개를 주억였다. 나는 불안한 마음으로 다음에 나올 이야기를 짐작해 보았다. 교사들에게 영화를 들이밀며 학생들에게 관심을 가지라고 훈계하는 컨설팅 프로그램이라니. 교사라면 거의 누구나 다른 교사들은 학생을 더 많이 위한다는 말을 듣고 싶어 하지 않는다. 더구나 나는 더 많이 위하지 않았다 — 나는 떠났다.

　"그랬더니 한 교사가 불쾌해 하더라고요. 그녀는 제가 한 말이 자기 자신을 겨냥한 거라고 받아들였어요." 기억 속의 갈등이 고조되면서 남자는 흥분하기 시작했다. "그녀는 그 아이가 전혀 변하지 않았다고 말했어요. 누군가를 죽이고 지금 감옥에 있다고요. 그러고는 자리를 박차고 나가 버렸어요."

　뭔가를 기대하는 세 얼굴이 나를 향했다. 나는 깨달았다. 그들은 그 불만 가득했던 교사의 이야기를 내가 확인하거나 부인해 주기를 기다리고 있었다. 그들이 보기에 모든 것은 맞고 아니고의 문제로 귀결되었다. 패트릭은 누군가를 죽였거나 아니면 죽이지 않았거나 둘 중 하나일 수밖에 없었다. 관심은 사람을 변화시킬 수 있거나 아니면 변화시킬 수 없거나 둘 중 하나다. 나는 그들이 단순하다고 생각했지만 어쩌면 나 역시 다르지 않았다.

그날 아침 나는 뭐가 됐건 내가 중요하다고 생각하는 문제에 관해 누군가와 논할 의향이, 실은 생각하고픈 마음조차 전혀 없었다. 그런데 반바지 운동복에 우스꽝스러운 머리 밴드를 두른 모습으로 푸드 자이언트 매장 통로의 형광 불빛 아래서 낯선 사람들에게 매복 공격을 당한 것이다. 그들은 무슨 일이 일어났는가를 알고 싶어 했다. 무슨 일이 일어났는가는 사실에 불과했다. 그것은 한 사람의 내면, 복잡한 회한이나 본심 같은 것과는 무관했다. 그러나 그들에게 무슨 일이 일어났는가는 그가 누구인가에 대한 이해의 준말이었다.

누군가를 X — 다른 사람을 죽일 수 없는 존재 — 로 생각했는데 그가 Y — 살인자 — 라는 말을 듣는다면 마음이 어지럽기 마련이다.

하지만 이건 누군가에 대한 판단이 맞고 틀리고의 문제가 아니었다. 폭력을 통해 한 인간의 요체와 내면의 악함이 드러나는, 어떤 이야기의 최종 결말 같은 게 아닌 것이다. 이건 다만 삶이었다. 싸움을 접해 본 사람이라면 누구나 그것이 정도의 문제라는 걸 잘 알 것이다. 벨트가 아닌 칼이었기에 얕은 상처가 아닌 치명상이 된다.

나는 남자를 똑바로 바라보며 그가 들은 바가 사실이라고, 다큐멘터리에 나오는 그 학생은 정말로 누군가를 죽여 지금 구치소에 있다고 말했다. 남자는 고개를 떨궜다. 다른 사람들도 마찬가지였다. 나는 이제 확실히 알았다. 그들은 여기 사람이 아니었다. 이곳 사람이라면 누구도, 심지어 내게 손수 파이를 먹여 주던 그 온화하고 친절한 장로교회 노인 분들조차 그렇게 충격을 받고 그렇게 연민에 휩싸이지는 않았을 것이다.

"늦은 밤에 일어난 싸움이었어요." 내가 말했다. "그" — 나는 잠시 멈추고 신중하게 단어를 골랐다 — "죽은 사람은, 나이도 더 많았고, 취한 상태로 패트릭의 집 포치에 나타났고, 그의 여동생을 데리고 있었어요. 패트릭은 겁이 났던 거예요."

세 사람은 똑같이 망연하면서도 궁금한 표정을 짓고 있었다. 마치 안 좋게 끝난 싸움에 관해서는 한 번도 들어 보지 못한 사람들처럼.

나는 그들에게 패트릭이 어떻게 지내는지, 그가 자신이 한 일로 얼마나 괴로워하는지, 정말로 얼마나 번민하는지 말하고 싶었다. 또한 그가 『사자와 마녀와 옷장』을 읽었다는 걸, 루시를 좋아하고 [형제들을 배신한] 에드먼드를 용서해 주었다는 걸 말하고 싶었다. 이런 것들은 비현실적으로 아름답고 귀한 소득이었다.

하지만 내가 하고 싶은 이런 이야기들은 그들에겐 중요하지 않을 게 분명했다. 그들은 패트릭이 아무도 죽이지 않았다는 말을 듣고 싶은 것이다. 나는 그 사실을 거의 잊고 지냈다 — 실은 그러고 싶었다. 우리가 함께 책을 읽는 이유가 바로 잊기 위해서가 아니었던가? 읽기는 우리가 과거에서 벗어나기 위한 방편이 아니었던가?

나는 엄습하는 공포를 느꼈다. 남은 생 동안 무엇을 하든, 패트릭은 결코 그 질문을 피하지 못할 것이다 — 무슨 일이 있었는가? 사실의 문제는 언제나 그의 내면에 그림자를 드리울 것이다. 나는 패트릭이 글을 쓸 때 턱에 생기는 주름, 단어를 생각해 낼 때 가늘어지는 두 눈을 생각했다. 그럴 때 그의 얼굴에는 고요, 남모르는 고투, 감정의 징표, 사고의 증거가 고스란히 드러났다.

"이만 실례하겠습니다." 나는 시들시들한 농산물이 든 카트를 밀면서 그들에게서 멀어졌다.

"선생님, 시험 붙으셨어요?" 패트릭이 나를 맞이하며 물었다.

"시험? 아! 변호사 시험. 응, 붙었어!"

그는 주말 사이에 내 시험 결과가 나온다는 걸 기억하고 있었다.

"결과가 나왔을 때 대니, 루시랑 같이 멤피스에 있었어. 그 친구들이 축하한다며 밥을 사줬지."

그는 기뻐하며 활짝 웃었다. "잘됐어요, 선생님. 사실 별로 놀라진 않았어요. 워낙 똑똑하시니까요. 식사는 어디서 하셨어요?" 나는 멕시코 음식을 먹었다고 했다.

그는 멕시코 음식에 대해 알고 싶어 했다. 혹은 시간을 끌어 보려 했던 건지도 모른다. 어쨌거나 나는 기꺼이 토르티야와 엔칠라다에 관해 설명했다.

그런 다음 우리는 시로 돌아갔다. 그는 내 『노턴 시선집』을 보고 눈이 휘둥그레졌다. "선생님, 이건 성경보다 두껍네요."

나는 그와 함께 이야기해 보고 싶었던 테니슨의 시를 찾았다.

그는 굽은 손으로 바위를 움켜쥔다.

외로운 땅에서 태양 가까이,

하늘빛 세계로 둘러싸인 채, 그는 서있다.

He clasps the crag with crooked hands.

Close to the sun in the lonely lands,

Ringed with the azure world, he stands.°

    °   <독수리: 단편>, 『테니슨 시선』, 윤명옥 옮김, 지만지, 2020, 3쪽.

〔 7   그는 하늘의 천을 소망하네 〕   267

"어떤 단어들이 소리가 비슷하지? 의미는 신경 쓰지 말고."

패트릭은 혼자서 시행을 반복해 읽으며 소리를 들어 보았다.

"crooked하고 crag 같아요."

"좋아. 넌 이미 오늘 수업의 핵심을 파악했어, 아직 시작도 안 했는데 말야. 또 어떤 소리가 비슷하지?"

"Clasps랑 crag이요." 그가 얼마간의 고민과 중얼거림 끝에 결정했다.

"맞아. 모음에 뭐가 있었는지 기억해?" 나는 그 순간 내 표현에 움찔했다. 기억해. 그건 배움을 기억의 유지 여부로 규정하는 잘못된 교수법이었다.

"A," 나는 얼른 말했다.

패트릭은 바로 뒤를 이었다. "E, I, O, U."

그는 [유사한 모음을 가까이 배치하는] 모운을 재빨리 이해했다. "close랑 lonely 같아요." [유사한 자음을 가까이 배치하는] 자운도 마찬가지였다. "Lonely lands요."

다음으로는 율격meter을 배웠다.

"우선 음절을 따져 보자. 네 이름 Patrick은 음절이 몇 개지?"

그는 당황하며 나를 바라보았다 — 금방이라도 내게 사과할 기세였다. 내가 선수를 쳤다. "패트릭Patrick이니까 두 개 있어. 팻Pat" — 나는 첫 번째 음절을 나타내기 위해 엄지를 들었다 — "그리고 릭rick." 이제 엄지와 검지가 모두 올라갔다. "이렇게 두 음절."

한 시간 동안 우리는 장단격trochee과 단장격iamb을 연습했다. 긴 음절 뒤에 짧은 음절이 뒤따르는 게 장단격, 짧은 음절 뒤에 긴 음절이 뒤따르는 게 단장격이라고 설명해 주면서 나는 임의의 단어들을 죽

열거했다. 패트릭Patrick 팸Pam 타이거tiger 빌롱belong. "이건 장단격이
야, 단장격이야?" 때로 그의 대답은 아무렇게나 나오는 대로 뱉는 것
이었다. "한 번 소리 내서 읽어 봐." 내가 조언했다. "타이거, 타이거" 그
는 반복해서 읽었다. 그리고 마침내 감을 잡았다. "장단격이요, 맞죠?"

이제 나는 『노턴 시선집』에서 예이츠의 시 <그는 하늘의 천을 소
망하네>°를 찾아 펼쳤다.

내게 금빛 은빛으로 짠

하늘의 수놓은 천들이 있다면,

파랗고 어둑하고 검은

밤과 낮과 어스름의 천들이 있다면,

그 천들을 그대 발밑에 깔아 드리련만

허나 나는 가난하여 가진 것이 꿈뿐이라

내 꿈들을 그대 발밑에 깔았습니다.

사뿐히 밟으소서, 그대 밟는 것 내 꿈이오니.

Had I the heavens' embroidered cloths,

Enwrought with golden and silver light,

The blue and the dim and the dark cloths

Of night and light and the half-light,

I would spread the cloths under your feet:

But I, being poor, have only my dreams;

　　　　　　　ㅇ <그는 하늘의 천을 소망한다>, 『생일: 장영희의 영미시 산책』, 장영희
　　　　　　　　옮김, 비채, 2006.

I have spread my dreams under your feet;

Tread softly because you tread on my dreams.

"내게 금빛 은빛으로 짠," 패트릭이 시작했다. 그는 이어서 "수놓은"을 읽었다. 나는 수놓은을 가르친 적이 없기 때문에 그의 이마에는 궁금증 어린 주름살이 잡혔다. 하지만 그 주름살은 파랗고 어둑하고 검은에 이르러 사라졌다. 이 단어들은 무척 쉬웠기 때문에 일종의 한숨 돌리기, 오아시스 같았다.

패트릭의 목소리는 이제 편안했다. "밤과 낮과 어스름의 천들이 있다면."

"어떤 행이 제일 좋아?" 그에게 물었다. 나는 주제나 의미에 관한 질문으로 겁을 주고 싶지 않았다.

그는 두 손을 모으고 신중하게 생각했다.

나는 말했다. "정답은 없어."

그는 눈으로 시행을 따라가다가는 마침내 결정했다. "파랗고 어둑하고 검은 이요."

의외였다. 나는 패트릭이 나는 가난하여 가진 것이 꿈뿐이라를 고를 거라고 생각하고 있었다. 어리석게도. 어떤 행이 그의 마음에 들었는지, 그를 감동시켰는지는 내가 알 수 있는 게 아니었다.

"어째서 이 행이 제일 좋아?" 나는 물었다.

"모르겠어요, 선생님."

나는 기다렸다.

"왜냐하면 하늘이 생각나서요. 밤에 보이는 하늘 모습이요."

"멋진데."

그가 눈을 가늘게 떴다.

"어두워지기 직전이요."

"이제 각 행의 마지막 단어가 뭔지 볼까?"

그가 중얼거렸다. "Feet", "Dreams," "Feet…" 그는 문득 각운을 깨닫고 작게 웃었다.

"예이츠가 왜 그 단어들을 반복했다고 생각해?"

"그렇게 쓸 수밖에 없어서요."

훌륭한 대답이었다. 나는 그저 고개를 끄덕였다.

"좋아." 내가 선언했다. "이제 넌 준비가 됐어."

패트릭은 기대하는 표정으로 고개를 들었다.

"이걸 외워 보자."

"지금이요?"

"응. 지금."

"말도 안 돼요, 선생님."

다음 한 시간 동안 우리는 연습했다. 그가 책장을 보지 않고 읊었다. "Of night and light and half-light." 내가 말했다. "작은 단어 하나가 빠졌어, 딱 한 음절인데." 그는 손가락으로 박자를 세어 보았다. 그랬다. half-light이 아니라 the half-light이었다. 그가 계속했다. "I would spread the cloth." 나는 그를 멈춰 세웠다. "천이 딱 한 장이야?" 그는 재빨리 고쳐 말했다. "Cloths요."

오전을 구치소에서 보낸 후, 나는 곧장 차를 몰아 KIPP으로 가서 아이들을 가르쳤다. 대니와 루시의 집으로 돌아올 무렵에는 녹초가 되어 있었다. 나는 그들의 소파에 앉아 패트릭의 숙제를 읽었다. 그날은 구치소에서 읽을 짬을 내지 못했다. ("이거 내가 집에 가져가도 될까?" 내가 그의 공책을 들고 물었을 때, 그는 이렇게 답했다. "그럼 오늘 밤엔 숙제 없어요?")

예쁜 우리 애기 체리시에게, 네가 태어났을 때 몸무게가 겨우 1,9키로였던 게 기억나네. 너무 작아서 안기가 겁이 날 정도였어. 대니얼이 네가 얼마나 연약한지 일러 줬지. 네가 깨어 있을 때, 얼마나 뚫어지게 날 쳐다봤는지도 기억나. 내가 너에게서 느끼는 그런 똑같은 황홀안 감각을 너도 느끼는 거 같았어. 네가 처음 지었던 미소는 얼마나 순박하던지. 전화로 네 소리를 들을 때마다 네가 웃는 모습을 떠올려. 이제 넌 한 살 하고 5개월이 되었구나. 네가 기어 다니고 첫 걸음마 떼는 모습을 놓치다니. 너에게도 나한테도 다 안타까운 일이지 … 곧 만나. 그때 더 이야기하자. 사랑하는 아빠가.

훨씬 좋아졌다. 그렇지 않은가? 너무 작아서 안기가 겁이 날 정도였어. 연약한 같은 단어. 똑같은 황홀안 감각. 나는 그가 감각이라는 말을 어디서 배웠는지 정확히 알 것 같았다. 그건 에드먼드는 까닭 모를 공포의 감각을 느꼈다 라는 문장에서였을 것이다. 하지만 그는 그 문맥을 더 발전시켰다. 나는 그가 딸의 웃는 모습을 떠올렸다는 사실도 좋았다. 우리는 사람을 떠올리고 산을 떠올리고 바다를 떠올리는 것에 관해 이야기한 적이 있었다. 안타까움을 언급하긴 했지만, 적어도 그 철자는 정확했다.

벌써 자야 할 시간이었지만 미처 채점하지 못한 스페인어 시험지가 여전히 쌓여 있었다. 동사 estudiar[공부하다]와 hablar[말하다]의 활용에 관한, 총 60장이나 되는 시험지였다. 어쩌자고 내가 알지도 못하는 언어를 가르치겠다고 한 걸까? 나는 구치소에서 패트릭과 그의 숙제에 관해 이야기할 시간이 더 많으면 좋겠다고 생각했다. 내가 델타에서 정말로 하고 싶은 일이 명확해지고 있었다. 그건 패트릭을 가르치는 것이었다. 공리주의적 관점에서는 최악의 선택이라 할 만했다 ― 패트릭은 한 명이고 KIPP의 학생들은 다수였다. 대학 진학률에 사활을 건 학교에 다니는, 동기가 뚜렷하고 얼굴에 생기가 도는 아이들의 승산을 높일 가능성은 카운티 구치소에 갇힌 고독한 성인의 운명을 뒤집을 가능성을 크게 앞질렀다.

나는 다시 패트릭의 편지로 돌아와 교정을 시작했다. 쳐다에 동그라미를 치고 쳐다로 고쳤다. 이런 평가도 남겼다. 세부 묘사가 다정하고 사랑스럽네!

내가 조던에게 쓴 이메일은 이별 통보처럼 보였다. 너에게 해야 할 말이 있어.

그 무렵 나는 그런 서신을 남발하는 듯했다. 난 도무지 믿지 못할 사람이 되어 가고 있었다.

조던의 반응은 너그러웠다. 그가 정말로 어떻게 생각했는지야 모를 일이었지만.

곧 패트릭은 내게 남은 유일한 학생이 되었다.

12월 중순 무렵 패트릭과 내게는 한 가지 의례가 생겨났다 ― 우리는 매일 아침 시 한 편을 암송하는 것으로 수업을 시작했다.

"선생님 먼저 하세요." 그는 먼저 문을 지나가라고 양보하는 듯 손짓하며 놀리는 투로 이렇게 말했다. 이 또한 의례의 일부였다 — 우리는 둘 다 먼저 하기를 꺼렸다.

"그는 하늘의 천을 소망하네." 내가 시작한다.

패트릭은 진지해진다. 그는 사뭇 심각한 태도로 나를 어린아이처럼 격려하며 고개를 끄덕인다. 이 시를 거의 다 외운 그는 시어 하나하나가 바르게 나오기를 초조하게 기다린다.

"내게 은빛 금빛으로 짠 — 아니다." 나는 이마를 찌푸리고 멈춰 기억을 더듬는다 … "금빛이 먼저지." 나는 시행을 토막 내며 묻는다. "금빛 은빛으로?"

나는 확신이 서지 않아 패트릭의 표정을 살핀다. 이번엔 그가 눈살을 찌푸린다. 그는 내가 실패하지 않기를 바란다.

나는 계속한다. "밤과 낮과 어스름의 천들이 있다면," 그리고 내처 말한다. "그 천들을 그대 발밑에 깔아 드리련만…."

패트릭은 고개를 저으며 부드러운 목소리로 나를 제지한다. "선생님, 한 줄 건너뛰셨어요."

"정말?" 나는 시간을 벌어 보려 한다.

그는 기다린다.

"힌트 좀 줘." 포기한 나는 부러 최대한 절망 어린 표정을 지어 보인다.

다른 학생 같았으면 자기가 안다는 사실을 과시하며 큰소리로 답을 외쳤을 것이다. 아마 나도 그런 부류의 학생이었을 거다. 패트릭은 조용했다. 그는 내가 스스로 알아내기를 바랐다.

"아!" 나는 기억해 낸다. 그가 맞았다. 나는 한 줄을 건너뛰었다. "어둑하고 파랗고 검은" 내가 시도해 본다.

"비슷해요." 그가 말한다. 그는 내가 얼렁뚱땅 넘어가기를 바라지 않는다.

나는 멍한 표정으로 그를 바라본다.

마침내 그가 누그러진다. "파랗고가 어둑하고 앞에 와요." 그가 말한다. "인생처럼요."

〔8〕

프레더릭 더글러스의 생애

개울이란?

작은 강.

들판이 타들어 가는 — 들판이 바싹 말라 버리면 어떤 일이 일어날까?

개울이 사라진다.

그다음엔 어떤 일이 일어날까?

내면의 평화가 사라진다.º

패트릭은 유서프 K의 다음 시구를 좋아한다(나도 좋다!).

이 남자 / 자기 집 마당에 심으려고 장미와 히아신스를 훔쳤던 / 그가 여기 서있다 / 눈을 감고 주먹을 꽉 말아 쥐고서ºº

패트릭의 모은 숙제는 사랑스러웠다.

long, strong, bone / bee, tree, leaf

우리가 같이 시를 암송할 때, 패트릭은 이 구절은 절대 틀리지 않는다.

그리고 벼락처럼 낙하한다.ººº

• 패트릭에 관한 글들, 2009년 내 일기장에서

º 에밀리 디킨슨의 시 <그대 작은 가슴에 개울이 있나요>와 관련된 읽고 답하기 숙제로 보인다.

ºº 유서프 커뮤니야카의 시 <아버지의 러브레터> 중에서. 자전적 이야기를 담은 이 시에서 1인칭 화자인 나는 글을 모르는 아버지를 대신해 폭력에 시달리다 집을 나간 어머니에게 보낼 사과 편지를 쓴다. 인용된 대목에서 눈을 감고 주먹을 쥔 모습은 아내에게 전할 사과의 말을 생각해 내려 애쓰는 아버지의 모습을 나타낸다.

ººº 테니슨의 시 <독수리: 단편>의 마지막 대목 — 그는 산의 절벽에서 노려본다/그리고 벼락처럼 낙하한다.

델타로 돌아오기로 결심한 후 나는 『뉴욕타임스 매거진』에 내 지난 경험에 관한 글을 싣는 것과는 도덕적으로 반대되는 뭔가를 하고 싶었다. 멀리 떨어진 내 방 안에서 델타를 기억하는 대신, 나는 그곳 사람들과 이야기를 나누고 싶었다. 패트릭을 지면에 고정하고 그의 인생이 끝나기라도 한 것처럼 애도하는 대신, 그가 다시 시작하도록 돕고 싶었다. 만약 계속 글을 쓸 거라면 그 글은 일정한 조건을 갖춰야 한다고 생각했다. 그것은 "사적인 에세이"가 아니라 — 사적이라 함은 자기만족적임을 뜻했다 — 보다 폭넓은 관점에서 역사와 사회를 아우르는 글이어야 했다. 대학 시절 내가 인종과 빈곤에 관해 이해할 수 있도록 해준, 애초에 나를 델타까지 오도록 만든 책들처럼 말이다.

하지만 내 일기장의 내용은 나를 여실히 드러내 보였다. 내가 정말로 중요하게 여기는 게 무엇인지 말해 주었다. 그건 패트릭, 오로지 패트릭이었다. 경악스러웠던 처음 상태와 현저히 대비되는 그의 손글씨, 울고 있는 파우누스의 삽화를 들여다보던 모습, 시를 외우는 일과 그것이 그토록 중요해 보이는 이유, 가르치는 건 얼마나 어렵고 퇴보는 얼마나 쉬우며 배움이란 무엇인가, 하는 것들. 이 모든 것의 중심엔 나와 패트릭이 있었다. 구치소에서 그를 보기 전까지 나는 학생이 퇴보할 수 있다고 생각해 본 적이 없었다. 마찬가지로 우리가 한 번 실패했던 선생과 학생의 역할을 새롭게 되살릴 수 있다고도 생각하지 못했다.

"그걸 아주 작은 사람이라고 생각해 봐."

나는 아포스트로피에 관해 말하고 있었다. "아주 작다는 이유만으로 그를 잊어버리는 건 너무하잖아. 못된 친구가 되면 쓰나."

패트릭이 소리 내어 웃었다.

"선생님은 친구가 많으실 것 같아요."

"좋은 친구가 몇 명 있지." 나는 조심스럽게 말했다. "그걸로 충분해." 그건 거짓말이었다. 내게 좋은 친구는 그보다 많았다.

"대니와 루시는 대학 때부터 알던 분들이에요?"

"아니, 교사 시절부터. 대니는 내가 여기 와서 맨 처음 사귄 친구야."

"그분은 좋은 선생님이에요?"

"최고지." 그리고 나는 물었다. "넌 어때?"

그는 기분이 바뀌었다. "친구요?" 그는 냉소적인 어조로 그 단어를 강조했다. "날 죽게 만드는 친구도 친구일까요?"

우리는 조용해졌다.

"저한텐 선생님이 있어요. 그리고 엄마랑 누이들도 있고요. 그걸로 충분해요.

"선생님," 그가 갑자기 말했다 — 뭔가 다른 생각이 떠오른 모양이었다. "혹시 오늘 아빠한테서 담배 좀 더 갖다주실 수 있으세요?"

그를 도와주고 싶긴 했지만 부담이 되는 건 사실이었다. KIPP에서 그 학기 수업은 마치겠다고 조던에게 약속했기 때문에 일과는 여전히 빡빡했다. "출근해야 하는데."

"퇴근은 언제 하세요?" 그가 물었다.

"여섯 시." 실은 다섯 시였다.

나는 그날 저녁 담배를 가지러 패트릭의 집으로 갔다. 패트릭의 어머니가 문 쪽으로 나왔고 내가 누군지 바로 알아보았다. 그녀는 내게 안으로 들어오라고 손짓했다. 나는 그녀가 집에 있기를 바랐다. 패트릭이 가족들 중에서 엄마를 가장 사랑했기 때문에 나는 그녀가 무척 궁금했다. 그가 엄마에게 쓴 편지에는 이런 구절도 있었다. 엄마가 너무 보고 싶어서 글을 더 쓸 수가 없어요.

그녀의 팔에는 아기 하나가 안겨 있었다. 패트릭의 딸, 체리시였다. 틀림없었다. 뺨이 통통하고 턱이 넓은 게 패트릭과 닮아 있었다. 땋은 머리 가닥들이 얼굴 옆에서 예쁘게 달랑거렸고 그 끝은 분홍색과 파란색 방울들로 묶여 있었다.

"패트릭 어머니 되시죠? 여긴 체리시구요."

그녀는 고개를 끄덕이며 금방이라도 울 것처럼 미소를 지었다.

"팻이 언제 법정에 서게 되는지 아시나요?" 그녀가 물었다.

패트릭은 법적 답보 상태에 빠져 있었다 — 그는 구속되고 기소되어 구치소에 수감돼 있었지만 법원 일정은 여전히 잡히지 않은 상태였다. 나는 그런 지연이 어처구니없고 큰 도시에서라면 허용되지 않을 거라고 말했다. "원래는 지난 11월로 예정돼 있었거든요. 근데 이제는 2월이 될 거라고 하네요."

패트릭의 아버지가 그랬던 것처럼 그녀도 법이 돌아가는 사정에 익숙한지 고개만 끄덕였다.

"패트릭은 잘 지내고 있어요." 내가 말했다.

이 말을 듣자 그녀는 곧 편안해졌다.

"패트릭이 그랬어요, 선생님이 자기를 보살피는 천사라고요. 전 정말로 하나님이 우리를 돕는다고 믿어요, 정말로 그렇게 믿어요."

"제가 숙제를 내줘서, 패트릭은 매일 책을 읽으면서 생각하는 훈련을 하고 있어요." 내가 말했다.

그녀의 마음이 딴 데로 흐르는 듯해서 나는 패트릭의 숙제를 꺼내 보여 주었다.

메리는 펼쳐진 면을 멍하니 쳐다보았다. 거기 적힌 글을 그녀가 읽어 주었으면 하는 내 바람은 깨닫지 못하는 듯했다.

그때 갑자기 집 뒤쪽에서 팸이 나타나더니 곧장 다가와 조카를 할머니에게서 빼앗았다. 아기를 번쩍 들어 올릴 때 둘은 코가 맞닿았다.

"얘가 이제 말을 많이 알아들어요, 쿠오 선생님. 그만, 안 돼, 의자 같은 말요." 팸이 자랑했다.

둘은 같이 놀려고 어디론가 사라졌다.

"요양원에서 요리사로 일하신다고 들었어요." 내가 말을 꺼냈다.

"튀김 요리를 많이 해요, 닭고기랑 생선이요. 사람들이 좋아하거든요. 노인들은 닭튀김이랑 생선 튀김을 좋아해요."

메리는 열린 사람이었다. 그러나 그건 입담 좋은 델타 사람의 잘 알려진 사교성 같은 게 아니었다. 그보다 그녀는 방어벽이나 비밀이 없어서 많은 걸 물어보기 쉬운 그런 사람이었다. 나는 그녀에게 그곳에서 일하기는 괜찮은지 물었다.

"매니저가 아주 착해요. 남자가 아주 조용해요. 고개를 숙이고 걸어 다니지만 얼굴은 웃고 있어요. 헬레나 사람인데 테네시로 나갔다가 돌아왔어요. 우리 월급을 2달러나 올려 줬어요."

"좋은 분 같네요."

"저랑 같이 일하는 육칠십 먹은 아줌마들은 이삼십 년씩 밑바닥 일을 해온 사람들이에요. 최저임금에서 몇 센트 더 받을까 말까 했죠

— 근데 그 사람이 와서 2달러를 올려 준 거예요. 그런데도 그 아줌마들은 그 사람 대하기를…" 그녀는 고개를 흔들었다. "이상해요. 사람들은 예전 같은 취급을 당하지 않으면 상대를 안 믿어요."

"어떻게 대하는데요?" 나는 그가 백인이리라 짐작했다.

"그게, 그 사람 말고 상사가 한 명 더 있는데, 그 여자는 우리를 검둥이네 뭐네 해요. 그러면 사람들이 바짝 긴장해서 예, 실장님, 예, 실장님 그래요. 여기 사람들이 존중하는 건 그런 거예요. 자신들을 개처럼 취급하길 바라요, 그래야만 똑바로 짖을 수 있는 것처럼요."

"그렇게 … 그렇게 공공연하게 검둥이라고 한다고요?"

"제가 거기서 막 일을 시작했을 무렵이었는데, 실장이 크리스마스 파티를 계획하면서 사람들한테 음악은 뭐가 좋을지 물어봤어요. 한 아줌마가, 나이가 예순다섯쯤 된 분인데, 자기가 괜찮은 곡을 좀 안다고 말했어요. 그랬더니 실장이 '검둥이 음악은 됐고' 그러더라고요. 근데 또 그 아줌마는 '예, 실장님' 그래요."

메리는 웃음을 주체하지 못했다. 즐거움이 느껴지지 않는 기묘한 웃음이었다.

"아, 세상에." 그녀는 딸꾹질을 하고는 겨우 말을 꺼냈다. "이따금 그 여자 입에서 그 말이 튀어나오면 사람들 자세가 달라져요. 이름이 롤린즈에요. 롤린즈 실장."

남편과 마찬가지로 헬레나 출신인 그녀는 1969년, 통합을 회피할 목적으로 드소토의 설립이 인가된 해에 태어났다. 메리의 모친은 헬레나 병원에서 일했고, 부친은 20번 국도에 있던 전기회사에서 일했다. 회사는 1979년 모호크 타이어의 철수 후 얼마 지나지 않아 문을 닫았다. 그때부터 그는 술을 많이 마셨고 술로 죽었다.

메리는 패트릭의 아버지를 엘리자 밀러에서 만났다. 패트릭을 비롯한 내 학생들 여럿이 스타로 쫓겨나기 전에 다녔던 바로 그 중학교였다. 그녀가 그를 사랑한 이유는 용감했기 때문이었다. 체육 교사는 백인 인종주의자였고 학생들을 검둥이라고 불렀다. 제임스는 겁이 없었다. 그는 대들었다. "그 사람은 선생한테 대놓고 욕을 했어요. 무서운 게 없었죠." 남편과 함께한 세월에도 불구하고 메리는 여전히 경탄하며 고개를 저었다. 그녀는 센트럴 고등학교로 진학했지만 임신한 후 학교를 그만뒀다. "정말 큰일이었죠. 우리 때는 섹스에 대해서 말도 못 꺼냈어요. 여자애는 결혼할 때까지 함부로 남자애랑 엮이면 안 되는 거였어요." 그녀는 집에서 쫓겨났다. 모친은 신부전으로 죽었다. 메리는 그녀가 탄산음료를 너무 많이 마셨다고 했다.

메리는 카지노에서, 피자헛에서 일을 계속했다. "전 야간 근무가 더 좋았어요. 낮에 애들을 보다가 밤에 애들 아빠한테 맡기면 되니까요, 일주일에 사나흘씩요. 그때가 좋았어요. 그 사람이 감옥에 갔을 때는, 3년 형인가를 받았어요. 그래서 전 일을 계속했죠."

"남편 곁을 지키셨네요." 내가 말했다.

"노력했어요."

"어째서죠?"

"모르겠어요. 늘 그런 말을 들어서 그런가, 다른 사람이 나한테 해줬으면 하는 대로 나도 남들한테 해야 한다고요. 제가 감옥에 갔다면, 아마 저도 그가 절 기다려 주기를 바랐을 거예요." 그녀는 깍지를 끼고 있던 손을 풀더니 머리를 긁적였다. "사랑이죠 뭐. 지금도 그래요."

그녀는 서른네 살 때 당뇨가 있다는 사실을 알았다. 혈당 수치가 200을 넘겼다. 더 많이 걸으려 노력했고 무가당 탄산음료를 마시기 시작했다. "가끔 제가 말이 어눌해요, 기억을 잘 못하고요. 당뇨 때문이에요. 스트레스를 받으면 발작을 일으켜요. 스트레스가 너무 심해요. 전 온종일 하나님께 얘기해요. 네, 그래요. 전 그분께 자주 왜냐고 물어봐요."

그녀는 정말로 하나님께 이야기하듯 말없이 천장을 올려다보았다. 나는 꽤 길게 느껴지는 시간을 기다렸다.

"음⋯" 나는 가까스로 입을 뗐다. "패트릭에게 그 일이 있고 나서는 어떻게 지내셨어요?"

"잠을 통 못 잤어요. 몇 주 동안 잠을 못 잤죠. 계속 죽은 그 애에 대해 생각하고, 걔 엄마는 어떤 사람일까 생각했어요. 그 두 사람을 같이 생각했어요. 그리고 하나님께 기도했죠, 그 엄마를 만나게 해달라고." 그녀는 희미하게 미소를 지었다. "그분은 제 기도를 들어주셨어요."

그녀는 혹시 마커스의 엄마를 아는 사람이 없는지 직장 동료들에게 물어보았다. "누군가 칼리 부인이라고 알려 줬어요. 그래서 전화번호부에서 찾아내 전화를 걸었어요. 그녀가 전화를 받았어요, 그냥 받더라고요, 그리고 나한테 집으로 오라고 했어요. 우리 집에서 두 블록인가 네 블록 떨어진 곳에 살았죠."

메리는 불안했다. 함정이 아닐까 걱정됐다. "만나러 갔다가 뭔가 나쁜 일을 당할 것 같았어요, 하나님께 맹세코 정말 그런 생각이 들었어요. 사촌이나 형제 같은 사람이 나한테 해코지를 하겠구나 싶더라고요, 진짜로요."

하지만 문을 열어 준 사람은 마커스의 어머니였고, 혼자였다.

"그녀는 제 이모랑 좀 닮아 보였어요. 키가 작고 피부색이 짙더라고요. 얼굴에는 살짝 미소를 띠고 있었어요 — 그걸 보니 다 알겠더

고요. 저한테 화를 낼 줄 알았는데 오히려 그런 일이 생긴 게 놀랍지 않다고 말했어요. 아들이 술만 마시면 엄마인 자기한테도 함부로 굴었대요. 그날 정말 난리도 아니었어요. 우린 같이 부둥켜안고 울었어요. 그 엄마가 나보다도 더 미안해 했어요. 울기는 내가 더 많이 울었고요."

메리는 회상에 잠겨 얼굴을 만지작거렸다. "전 기도할 때마다 하나님께 절 용서해 달라고, 제게 새 삶을 허락해 달라고 해요. 저는 항상 기도를 해요. 아침에 일어나면 하나님께 이건 왜 이렇고 저건 왜 저런지 물어봐요. 온종일 하나님께 얘기해요."

"하나님이 응답해 주시나요?"

"그럼요, 그럼요."

그녀는 조용해졌다. 이윽고 내가 물었다. "그 일이 놀라우셨나요? 그날 밤 일어난 일이요."

"팻은, 걔가 저지른 일은 … 모두가 깜짝 놀랐죠. 그 아인 몸으로 하는 싸움은 절대 안 해요, 그런 애가 아니에요. 제 생각엔…." 그녀는 잠시 멈췄다. "걔가 지 아버지한테 뭔가 보여 주려 했던 모양이에요."

아버지한테 뭘 보여 준다고? 내가 혼란스러운 표정이었는지, 그녀가 설명했다. "걔 아빠가 그런 걸 보고 싶어 해요. 겁이라곤 없는 사람이니까. 제 생각엔 그래서 당황하긴 했지만 물러나고 싶진 않았던 것 같아요. 걔한테 전 이렇게 말해요, '넌 누굴 죽이려던 게 아니라 네 동생을 보호하려 했던 거야.'"

나는 패트릭이 그의 아버지와 얼마나 다른지 깨달았다. 불구인 다리는 나를 오해하게 만들었다. 그는 패트릭에 비해 훨씬 더 확고한, 거리의 사고방식을 갖고 있었고 생존에 필수적인 남자들의 규칙 —

주먹은 주먹으로 갚는다, 자존심은 지킨다 — 을 체화한 인물이었다. 스타에서 어떤 학생은 내게 이렇게 말한 적이 있었다. "아빠가 그랬어요. 누가 저한테 손을 대면 한 번은 그냥 지나가도 두 번째는 맞받아쳐야 한다고요."

패트릭이 대체로 싸움을 피했다고 해서 그가 그 규칙의 영향에서 벗어나 있었다고 볼 순 없었다. 그의 아버지는 아들이 더 거칠어지기를, 맞서 싸우기를 바랐다. 어쩌면 패트릭은 싸움에 익숙하지 않던 탓에 과도한 힘으로 대응하게 되었는지 모른다. 그가 칼을 집어 든 이유도 주먹을 쓸 줄 몰랐기 때문일까? 칼이 어디서 난 건지에 대해서는 두 가지 이야기가 상충했다. 경찰 보고서에는 집안에서 가지고 나왔다고 돼 있지만 패트릭은 칼이 이미 포치에 놓여 있었다고 말했다. 나는 그에게 그 점을 확인하고 싶지 않았다. 어느 쪽을 믿어야 할지 몰랐지만 그가 겁에 질려 있었다는 것만큼은 분명했다.

"저는 어떤 일이 일어나는 데는 다 이유가 있다고 말해요. 그 남자애가 죽은 건 … 어쩌면 그 덕분에 패트릭이 거리를 둘 수 있게 되었는지도 몰라요. 그 무렵에 걔가 해리슨이라는 애랑 어울렸는데, 그 집 사람들이 다 헤로인을 했거든요. 그러니까…." 그녀는 두 손을 맞잡고 고개를 숙였다.

속으로 나는 그녀가 제정신인가 싶었다. 아들이 마약중독자가 되지 않기 위해선 누군가가 죽어야 했다는 건가? 하지만 전에 패트릭에게서 삼촌이 헤로인에 취해 이모할머니를 죽였다는 말을 들었던 기억이 떠올랐다. 그런 사정을 고려하면 교도소가 중독보다 낫다는 그저 현실적인 생각인지도 모른다.

때맞춰 그녀는 자기 남동생이 최고 보안 등급 교도소에서 종신 복역 중이라는 말을 했다. 그가 수감되었을 때 패트릭은 아홉 살이었다.

"지나간 일은 지나간 거죠. 그걸 어떻게 바꾸겠어요. 전 하루하루에 충실하려고 노력해요. 다만 앞으로의 일이 어떻게 될지는 알고 싶어요."

나는 그녀가 영적인 차원의 이야기를 하는 건지, 아니면 패트릭의 법원 일정에 관해 이야기하는 건지 알 수가 없었다.

"제가 가서 롭을 만나 볼게요." 내가 말했다.

"누구요?"

"패트릭의 변호사요."

그녀는 계속해서 자기 손을 주무르며 고개를 끄덕였다.

나는 이만 가봐야겠다고 말했다.

"좋은 소식이 있어요. 마커스는 취해 있었어요. 그것도 아주 많이요." 롭이 말했다. 그의 혈중 알코올 수치는 0.26, 음주운전 기준치의 세 배 이상이었다.

리틀록의 검시관실에서 부검 결과를 받기까지 무려 1년 이상이 걸렸다("헬레나에는 검시관이 한 명도 없나요?" 내가 묻자 롭은 웃었다).

"제가 도울 일은 없을까요?" 내가 물었다.

"사실 있긴 해요. 경찰서에 가서 마커스의 전과 기록을 떼주세요. 인신공격용이죠. 희생자가 위험인물이었다면 우리 쪽 승산이 올라가요."

위험인물? 나는 궁금했다.

그때 그가 뒤늦게 생각난 듯 덧붙였다. "어쩌면 당신에게 사건 조사를 맡길 수도 있겠어요." 그러고는 농담이라는 뜻으로 윙크를 해보였다 — 지방 국선변호인이 사건 조사를 하는 일은 없었다.

경찰서에 갔더니 웬 바구니 안에 <예수>라는 제목이 붙은 사제 DVD가 무료 배포용으로 잔뜩 담겨 있었다. 나는 마커스의 기록을 발부받았고, 차에 오르기도 전에 읽고 싶은 충동을 가까스로 다스렸다. 마커스는 소시오패스였을까? 강간범? 강력 범죄 전과는 없을까? 나는 그의 전과가 험악하기를 바랐다. 그리고 읽기 시작했다. 엉망으로 쓰인 경찰 기록은 알아보기가 여간 힘들지 않았다. 사건 발생 한 해 전인 2007년 5월, 그는 미성년자 비행을 방조한 혐의로 기소되었다. 한 여학생이 학교에 가지 않고 그의 집에 숨어 있었던 것이다. 로언 부인이 학교로 전화했다가 딸이 학교에 없음 발견. 로언 씨 옆에 사는 이웃이 마커스가 다른 두 아이와 그 집에 있다고 로언 부인에게 알림. 로언 부인은 경찰에 신고….

그가 패트릭네 포치에 나타나기 4개월 전인 2008년 5월에는 주취 난동으로 경찰이 출동했다. 2008/05/06, 소란 행위 접수되어 순찰대가 시카고길 871번지로 출동. 도착 직후 론다 샘프슨이라는 여성과 이야기, 여성은 자신의 남자 친구 [마커스] 윌리엄슨이 술에 취해 소란을 일으켰다고 진술. 남성은 이미 몇몇 신원 미상인과 한 차례 싸움을 벌였음. 윌리엄슨은 욕설을 하며 집 밖으로 걸어 나왔고 오른손에 야구 방망이를 들고 있었음. 두 차례 방망이를 버리라고 지시. 따르지 않음. 기록은 이렇게 끝났다. 윌리엄슨 씨의 입김에서 술냄새가 강하게 풍김.

같은 달 모일 오전 5:02시에 경찰은 원치 않은 남성과 관련한 신고를 받고 출동했다. 이번에도 난동이었다. 마커스는 경찰차 창을 발로 걸어차다가 최루액을 분사당했다. 그는 일주일 동안 카운티 유치장에 있었다.

그가 맨 처음 기소된 것은 8년 전인 열일곱 살 때였다. 그는 남의 집에 몰래 들어가 신발 한 켤레와 카세트테이프 한 상자를 훔쳤다.

종합해 보면, 그는 부주의에 의한 2급 기물 파손, 난동, 공공장소 음주, 체포 거부로 기소된 적이 있었지만 주 교도소에 수감될 정도의 심각한 위법행위는 없었다.

마커스는 아무리 나빠도 공격적인 성향의 알코올의존자 이상은 아니었다. 드러난 사실로 판단해 보건대, 그는 위험하기보다는 불운했다. 그의 잘못은 하필 그날 밤 술에 취해, 하필 그 포치에 나타난 것이었다.

"어떻게 생각하세요?" 나는 다음 날 롭에게 경찰 기록을 전달하며 물었다. 내가 놓친 어떤 불온한 구석을 그가 포착해 냈으면 싶었다.

롭은 탐탁지 않은 표정이었다. 그는 재빨리 서류를 훑었다.

"이름이 낯익은데. 윌리엄슨, 윌리엄슨…" 그는 기억을 더듬었다. "아, 전에 이 친구 어머니를 변호한 적이 있어요. 맞아요. 다른 아들 하나랑 어떤 집을 털었는데, 덤불에 숨어 있다가 경찰한테 붙잡혔어요." 그 둘이 훔친 건 DVD플레이어였다.

롭은 자신의 훌륭한 기억력을 자축하며 손뼉을 쳤다.

법적 논거를 구축하는 작업은 애도와는 근본적으로 반대되는 행위다. 우리는 망자에게 예의를 갖추지 않는다. 도리어 그가 품성이 좋지 않았고 따라서 자기 죽음에 일조했을 거라 암시하는 증거들을 수집한다. 나는 마커스의 책임을 부각해 패트릭의 무죄를 주장하려 했다.

"좋은 소식이 있어." 다음 월요일, 나는 롭의 여유로운 태도를 흉내 내며 말했다. "마커스는 정말로 취해 있었어."

나는 그 표현이 잘못되었음을 깨달았다. 패트릭이 움찔했기 때문이다.

"마커스의 부검 결과가 나왔어." 나는 서둘러 말했다.

부검이라는 말에 패트릭은 고개를 숙였다.

"어떻게 … 어떻게 나왔어요?"

그는 공책 가장자리를 만지작거렸다.

그러더니 불쑥 말했다. "선생님, 그가 제게 달려들었어요, 미친 소리를 하면서요. 전 계속 말했어요, '우리 집 마당에서 나가, 우리 집 마당에서 나가.'"

"혹시…" 나는 머뭇거렸다. "혹시 경찰을 불러야겠다는 생각은 안 들었어?"

그에게 이건 터무니없는 질문이었다. "아뇨, 아뇨, 아무도 경찰은 안 불러요. 여기 경찰은 경찰이 아니에요. 그들은 밖에서 대마초를 피우고 마약을 거래해요. 그런 사람들이 우리 집까지 와준다고요?" 그는 잠시 멈췄다. "게다가 그들은 아빠를 알아요 ─ 내가 먼저 시비를 걸었다고 생각했을 거예요."

KIPP이 겨울 방학에 들어가면서 나는 인디애나에 있는 부모님 댁을 찾았다. 내 스물여덟 살 생일날 오빠는 딸기 쇼트케이크를 구워 주었다. 부모님은 선물과 함께 커다란 손글씨 메시지가 적힌 카드를 건넸는데, 그 표현이 이상스러우리만치 고무적이었다. "맘에 들어?" 부모님은 몇 번이나 그렇게 물었다. 알고 보니 두 분은 홀마크 사의 카드가 진열된 통로에서 자신들이 전하고 싶은 말을 담은 카드를 고르느라 한참을 서성였지만, 문구가 가장 마음에 든 건 그림이 못생겨서 결국 아무 문구가 적히지 않은 더 예쁜 카드에 그 문구만 그대로 베껴 쓴 것이었다.

"정말 맘에 들어요." 나는 갑자기 두 분이 너무 사랑스럽게 느껴졌다.

만족한 두 분은 우리의 일상적인 대화 주제 — 나는 어째서 미혼인가 — 로 돌아갔다.

"얘가 신비감이 없어서." 어머니가 말했다.

"누구한테든 제 속을 다 뒤집어 보여 주겠지." 아빠가 동의했다.

"저 바로 여기 있거든요." 내가 말했다.

카운티 구치소로 돌아왔을 때, 새해 첫날은 지났고 빗물통은 꽉 차 있었다.

"비가 오네요, 그렇죠?" 패트릭이 물었다.

"응."

"아. 전혀 못 보니 아쉬워요."

"그동안 어떻게 지냈어?"

"아무 일도 없었어요. 크리스마스엔 음식이 좀 괜찮았어요."

"어제 헬레나에서 'MLK의 날' 퍼레이드가 있었어." 내가 말했다. 그날 헬레나는 쌀쌀했고 가벼운 비가 내렸다. 한 가게에서 내붙인 안내문에는 이렇게 쓰여 있었다. 마틴 루터 킹 그리고 로버트 E. 리의 탄

일을 맞아 휴업합니다. 아칸소주 입법부는 25년 전, 두 기념일을 하나의 주 공휴일로 합치는 법안을 통과시켰다.○

"그게 뭐예요?"

"MLK, 마틴 루터 킹."

"아, 네."

"그가 무슨 일을 했는지 알아?"

"그 사람은 죽었어요."

패트릭은 멈칫거리거나 감정을 싣지 않고 있는 그대로를 이야기했다. 나는 그에게 쉬운 공을 던졌고, 그는 걸맞게 답했다.

"그리고?"

그는 잠시 생각했다. "말하자면 예수님이랑 비슷해요."

나는 그 말이 이해가 잘 안 갔다. "죽어서?" 내가 물었다.

패트릭이 고개를 끄덕였다. "우리가 살 수 있도록이요."

나는 약간의 현기증을 느꼈다. 패트릭에게 킹은 종교적 순교자, 우리 같은 사람들보다 용감한 고독한 인물, 역사와 동떨어진 초월적 존재였다. 이런 설명에는 흑인들의 집단적인 도덕적 힘, 자신의 목숨을 걸고 킹의 길을 인도하는 데 기여한 평범한 사람들의 힘이 지워져

○ 흑인 민권운동의 대부 킹 목사의 생일은 1월 15일, 남부연합군 총사령관이었던 리 장군의 생일은 1월 19일이다. 1985년부터 아칸소에서 둘의 기념일은 1월 셋째 주 월요일로 통합돼 운영되었다. 하지만 2017년에 리 장군의 기념일을 분리·축소하는 법안이 통과됐다. 이로써 리 장군 기념일은 사망일(10월 12일)에 맞춘 10월 둘째 주 일요일이 되었고, 주의 공식 기념일이 아닌 주지사 선언에 따른 기념일로 축소됐다. 하지만 남부 몇몇 주에서 리 장군의 생일은 여전히 주 정부 공휴일이다.

있었다.

　다음 날 나는 프레더릭 더글러스의 자서전을 가지고 갔다. 『프레더릭 더글러스의 생애』는 내가 늘 일종의 뜻깊은 유물 같은 것으로 여기는 책이었다. 고등학교 때 처음 읽은 그 책을 다시 집어 들게 된 것이 딱히 설레거나 하진 않았다. 하지만 패트릭에게는 그 책을 아는 것이 중요할 것 같았다. 미국 역사에서 노예제가 의미하는 바를 명확히 설명해 줄 뿐만 아니라 그것에 맞서 싸운 한 사람의 비범한 능력을 보여 주는 책이니 말이다. "프레더릭 더글러스가 누군지 알아?"

　"그 사람은 뭔가를 만들었어요, 발명이요."

　"비슷해, 어찌 보면." 나는 그에게 속표지를 펼쳐 보였다.

현대판 노예

프레더릭 더글러스의 생애

그 자신의 저술

보스턴

1845

패트릭은 속표지를 출판 년도까지 소리 내 읽었다.

　"남북전쟁이 언제 시작됐는지 기억 — 배웠어?" 내가 물었다.

　"1940년이요?"

　그는 내 얼굴을 보더니 재빨리 고쳐 말했다. "1900년이요?"

　나는 그에게 답을 알려 주었다.

　"남북전쟁이 노예 때문에 싸운 그거죠?"

"그렇지. 애초에 왜 노예제가 있었을까?"

"돈 때문에요. 그게 싸게 먹혀서요. 우리가 일을 다 해주고, 그 대가는 그들이 챙기니까요."

"맞아, 돈이 큰 이유였어. 명석한 대답이야."

"그러니까 그가 이 책을 쓴 게 우리가 자유를 얻기 전이에요?"

"응, 맞아. 정확해."

윌리엄 로이드 개리슨이 서문을 썼다. 나는 패트릭에게 개리슨과 더글러스가 노예제 폐지론자abolitionist였다고 설명해 주었다. 그는 이 단어를 몰랐고, 나는 그가 받아 적을 수 있도록 천천히 철자를 불러주었다. 나는 폐지론자들에 관해 설명했고, 패트릭은 필기하며 내 설명을 들었다. 그는 그날의 '생각 적기'란에 이렇게 적었다.

폐지론자 — 노예제를 없앤 사람들
윌리엄 개리슨 — 백인

그는 이 두 줄 사이에 작은 곡선을 그려 넣어 개리슨이 폐지론자라는 걸 표시했다.

우리는 서문 대부분을 건너뛰고 아래 문장에 다다랐다.

노예 소유주의 기독교 신앙 고백은 명백한 사칭 행위다.

"힌트를 줄게. 이 단어는" — 나는 사칭을 가리켰다 — "자신이 아닌 다른 사람 행세를 하는 걸 뜻해."

패트릭이 고개를 끄덕였다. 나는 계속했다. "그럼 개리슨에 따르면, 이 노예 소유주는 뭐가 아니지?"

"하나님의 사람이요."

나는 고개를 끄덕였고, 패트릭은 계속 읽어 나갔다.

그는 최고 등급의 중죄인이다. 그는 인간을 도둑질하는 자다. 그를 평가하는 저울의 반대편 접시에 무엇이 올라가든 그 사실에는 변함이 없다.

나는 물었다. "이 부분을 네 말로 다시 표현해 볼까?"

그는 막힘없이 말했다. "그는 최악의 사기꾼이다."

그러더니 맨 아래에 있는 윌리엄 로이드 개리슨이라는 이름을 가리켰다.

"선생님," 그는 거의 걱정스러움에 가까운, 믿지 못하겠다는 표정으로 말했다. "이 사람이 백인이라고요?"

나는 웃었다.

"쩐다. 아니, 엄청나다고요."

그렇게 우리는 『프레더릭 더글러스의 생애』를 시작했다.

노예들 가운데 훨씬 많은 이들이 말[馬]이나 매한가지로 자기 나이를 모르며, 내가 아는 노예 소유주 대부분은 자기 노예들이 그렇게 무지한 상태로 있기를 바란다.○

○ 『미국 노예, 프레더릭 더글러스의 삶에 관한 이야기』, 손세호 옮김,
지만지, 2014, 39쪽.

패트릭은 글을 읽으면서 점점 더 목소리가 커졌고, 무지라는 단어에 잠시 머물렀다. "어처구니가 없어요. 우린 자기 나이가 몇 살인지도 몰랐어요. 백인은 어린애들도 아는 걸 우린 몰랐어요."

그가 계속 읽어 나갔다.

나는 내 어머니를 어머니로 알 만큼 자주 보지 못했다. 내 평생 네다섯 번에 불과했다. 만남은 매번 무척 짧게, 그리고 밤에 이루어졌다.○

패트릭은 불과라는 단어에서 더듬거렸지만, 내가 교정해 주기를 기다리지 않았다. 그는 계속해서 읽어 나갔다.

그녀는 스튜어트 씨 댁에서 일했는데, 그 집은 내가 살던 곳에서 20킬로미터 정도 떨어져 있었다.○○

그는 멈췄다. "20킬로미터." 그는 거듭 읽으며 그것이 얼마나 먼 거리인지 생각했다. 안타까움에 그의 이마에 주름이 잡혔다.

나는 물었다. "노예 소유주한테는 엄마와 아이를 떨어뜨려 놓는 게 어째서 유리했을까?"

"네?"

"그러니까, 어째서 쓸모 있었을까?"

○ 같은 책, 40쪽.
○○ 같은 책, 41쪽.

패트릭의 말은 급류처럼 쏟아져 나왔다. "그러면 애가 엄마를 돕지 못하니까요." 그가 소리쳤다. "애는 엄마를 지켜 주고 싶을 텐데, 그럴 수가 없잖아요. 그리고 엄마는 — 엄마는 애가 해야 할 일을 제대로 하도록 가르치고 싶을 거예요. 애보다는 아는 게 좀 더 많으니까요. 애가 도망치도록 도와줄 수도 있겠죠 — 애가 노예로 사는 게 싫을 테니까요. 그리고 제가 그 애라면, 그리고 엄마가 노예로 일하는 걸 본다면 완전 멍청이가 아닌 이상 그들이 무슨 짓을 하는지 알 수밖에 없을 거예요."

패트릭은 잠시 숨을 고르더니 이야기를 계속했다.

"모든 엄마는 자식을 사랑해요. 우리 엄마처럼요. 엄마는 저를 위해서 뭐든 해주세요. 제가 옳건 그르건, 뭐든요. 엄마는 제 옆에 있어 줘요, 바로 지금처럼요, 제가 이런 처지래도요. 그래서 자기 엄마가 누군지 아는 건 좋은 거예요, 엄마는 그런데도 나를 아껴 주니까요. 그런데 만약 어린애라면 그걸 다 모를 수 있어요. 아마 엄마가 자기를 싫어한다고 생각할 거예요, 당장 옆에 없으니까요. 엄마의 애정을 알 수가 없는 거죠. 아마 자기 엄마에 대해 끝까지 알지 못할 거예요." 그는 그 생각에 몸서리를 쳤다.

그런 다음 그는 다시 읽기 시작했다.

내가 시계를 확인했을 때, 우리는 첫 장 대부분을 소리 내어 읽은 상태였다. 벌써 6시였다. 나는 뛸 듯이 일어났다. "미안." 내가 말했다. 대니·루시와의 저녁 약속에 늦을 것 같았다.

내 목소리를 듣고 패트릭도 놀랐다. 그는 책에 푹 빠져 있었다.

나는 더글러스의 책이 그에게 지겹지는 않을까, 말이 고루하고 따분하게 들리지는 않을까 걱정했지만 그건 기우였다. 패트릭에게 그 책은 살아 숨 쉬고 힘이 넘쳤다.

"있지, 내가 간다고 그만둘 필요 없어. 계속 읽어."

이 말에 패트릭은 놀란 표정이 되었다. "책 가져도 돼요?"

그러더니 제 질문에 스스로 답하며 말했다. "아니에요, 선생님, 그럴 순 없어요."

"난 내 책이 있잖아, 봐." 나는 다른 한 권을 들어 보였다.

그는 자기 책으로 눈길을 돌려 망설이며 바라보았다.

"그럼 나중에 돌려 드릴게요." 그가 허락했다.

> <

패트릭은 불도 들어오지 않는 콘크리트 계단의 세 번째 층계에 앉아, 일주일 만에 혼자서 더글러스의 책을 절반까지 읽었다. 계단으로 간 건 감방 안에서는 집중할 수가 없어서라고 했다. "사람들이 책 읽을 때 특히 절 귀찮게 해요. 제가 화내기를 바라면서요. 여긴 맘 편히 있을 데가 없어요."

패트릭은 나보다 몇 장이나 더 앞서 있었다.

나는 그의 숙제를 확인했다. "프레더릭 더글러스를 읽으면서 놀란 점은?" 이것이 내 질문이었다.

그는 이렇게 썼다. 더글러스 씨가 그런 어려운 말들을 다 아는 게 나는 모르니까 놀랍다.

"나 자신에 대해 바꾸고 싶은 점은?" 이것이 다음 질문이었다.

그의 답은 이랬다. 내가 뭔가를 바꿀 수 있다면 그건 내가 학교를 그만 두지 않는 거다.

그리고 마지막으로 나는 이 목록을 발견하고 깜짝 놀랐다.

내가 노예와 비슷한 면

나는 무지하다
빼앗긴 것들이 있다
     구치소에 있으니까
주인 혹은 교도관이 있다
흑인이라는 거는 백인한테 더 좋은 일이다
나는 백인을 위해 일해야만 할 거다
누가 흑인을 죽여도 크게 난리 치는 사람도 없고
     머라고 이야기하는 사람도 없다
미국에서 검둥이는 잘 나가기 힘들다
다들 내가 죽거나 교도소에 갈 거라고 한다

나는 이런 비교를 유도하는 질문을 숙제로 낸 적이 없었다. 그는
스스로 이 글을 쓴 것이다. 그는 분명 무지ignorant라는 단어를 사전에
서 찾아보거나 더글러스의 텍스트와 비교해 보았을 것이다 — 철자가
정확했다.

  얼마 지나지 않아 우리는 더글러스가 처음 알파벳을 접하게 되는
그 유명한 대목을 읽기 시작했다.

  내가 올드 씨 부부네로 가서 살게 된 직후에, 올드 부인은 무척 친절
하게 내게 A, B, C를 가르쳐 주기 시작했다. 내가 알파벳을 익힌 뒤
에는 서너 글자로 된 단어들의 철자를 배우도록 도와주었다.°

패트릭은 장난스레 나를 쳐다보며 말했다. "저도 그런 분 아는데." 우리는 소리 내어 웃었고, 그는 계속 읽어 나갔다. 프레더릭이 글을 배우고 있다는 사실을 안 올드 씨는 아내에게 그만둘 것을 종용했다. 그는 노예에게 읽기를 가르치는 건 안전하지 않을 뿐 아니라 불법이라고 말했다. "당신이 저 검둥이(나를 이르는 말)에게 읽는 법을 가르친다면, 더는 그를 부릴 수 없게 된다오. 그는 영원히 노예로 살기엔 부적합해질 거요. 당장 통제 불가능해져서 주인에게 아무런 가치가 없어질 거요. 그 자신에게도 그건 아무 득이 못 되고 도리어 큰 해를 끼칠 수 있소. 그를 불만스럽고 불행하게 만들 테니 말이오."○

"이걸 네 표현으로 옮겨 보겠어?"

"세상이 어떻게 돌아가는지 알면, 그 사람은 더는 노예가 될 수 없어요. 아무렇지 않게 노예로 지낼 수 없어요."

남편의 영향으로 올드 부인은 변했다. "다정한 마음은 돌이 되었다."○○ 패트릭이 읽었다. 그는 내가 묻지도 않았는데 고개를 들고 말했다. "그녀는 더는 그를 가르쳐 주지 않을 거예요, 그는 혼자 공부해야 할 거예요." 패트릭의 말이 맞았다. 얼마 지나지 않아 더글러스는 신문을 들고 있다 들켰고, 올드 부인은 크게 화를 내며 달려와 신문을 낚아챘다.

그렇게 올드 부인은 더는 더글러스에게 글을 가르치지 않았지만, 이미 늦은 일이었다. 더글러스는 조선소에서 목수들이 분필로 글씨

○　같은 책, 83쪽.
○　같은 책, 83, 84쪽.
○○　같은 책, 89쪽.

쓰는 걸 지켜보았다. 좌현larboard은 L, 우현starboard은 S, 좌현 후미aft 는 L.A.였다. 그는 그 글자들을 베껴 쓰면서 연습했다.

그 뒤로 나는 글을 쓸 줄 아는 애들을 만날 때면 나도 글을 쓸 줄 안 다고 말하곤 했다. 그들은 으레 이렇게 대꾸했다. "못 믿겠어. 어디 한 번 보여 줘 봐." … 내 습자 책은 판자 울타리, 벽돌담, 포장된 길 바닥이었다. 내 펜과 잉크는 분필 조각이었다. 이렇게 해서 나는 쓰 는 법을 거의 익혔다.°

패트릭은 돌연 앞표지로 돌아가, 의심의 여지없는 실존 인물이 자 공경 받아 마땅한 흑인 더글러스 씨를 들여다보았다. 갈기처럼 풍 성한 그의 백발이 검은 피부와 대조를 이루고 있었다. 전에 파우누스 의 삽화를 봤을 때처럼, 패트릭은 얼굴이 찡그려질 정도로 진지한 표 정으로 진득하게 그 사진을 들여다보았다.

"있지," 내가 떠날 채비를 하며 말했다. "가게에서 네 담배를 좀 샀어. 요즘 진짜 열심히 했으니까." 나는 그에게 꾸러미를 건넸다.

"감사해요, 선생님. 근데 집에도 하나 있어요. 갖다줄 수 있으 세요?"

패트릭의 목소리는 어딘지 부자연스러웠다 ― 다급하면서 동시 에 거북했다.

    o 같은 책, 98쪽.

"이게 있잖아. 뭐하러⋯."

"그게 아니라, 그래도 아빠가 저 주려고 샀으니까요." 그는 눈을 돌렸다.

나는 의심이 갔다.

"혹시 나한테 뭐 할 말 있어?"

"예?"

"아버지 담배랑 내 담배가 뭐가 다르지?"

"그러니까, 엄마가 저 생각해서 사준 거니까요." 나는 멈칫했다. 조금 전에는 아빠가 사준 거라고 하지 않았나? "엄마가 서운해 하는 건 싫어요. 엄마는 저한테 뭘 주면 행복해 해요."

나는 그의 눈을 똑바로 바라보았다. 그는 내 시선을 견디지 못했다.

"좋아." 나는 물러섰다.

패트릭의 집에 차를 세우며 나는 불안했다. 헤로인일까? 코카인? 대마초? 그의 아버지는 담배 꾸러미에 뭔가를 넣는 게 분명했다. 하지만 설마 패트릭이 그걸 하고 있는 걸까? 그럴 리 없었다. 그의 숙제는 너무나 깔끔했다.

마당은 물이 흥건했다. 그해 1월은 비가 많이 내렸다. 큰 웅덩이에 나뭇잎과 솔방울이 떠다녔다.

나는 저벅저벅 현관문으로 다가갔다. 금세 패트릭의 아버지가 보였다 — 그는 내가 온 이유를 알고 있었다. 내가 스니커즈에 묻은 걸 닦아 내는 동안, 그는 소파 밑으로 얼굴을 들이밀었다.

나는 이제 뭔가가 잘못됐음을 확신했다. 담배를 숨겨 놓을 이유가 뭐겠는가? 나는 뒷걸음질 치면서 이렇게 둘러댔다. "나중에 다시 올게요."

"아뇨, 빈손으로 가시게 할 순 없죠."

그는 내게 여느 담뱃잎 제품과 똑같아 보이는 물건을 건넸다. 그렇지만 나는 처음으로 앞면에 붙은 스카치테이프를 알아보았다. 포장을 갈랐다가 다시 봉합한 자국이었다. 나는 경악하며 깨달았다. 지금껏 몇 번이나 그런 식으로 포장이 훼손됐을까? 나는 이런 물건을 몇 개나 패트릭에게 전달했을까 — 셋, 넷, 다섯? 다 기억나지 않을 정도였다.

대니와 루시의 집으로 돌아와 진입로에 차를 세우면서 나는 어두운 비에 차창이 가려져 다행이라 생각했다. 테이프를 떼어 내자 약간의 잎사귀가 색종이 조각처럼 흘러나왔다. 아니나 다를까 안에는 대마초가 있었다.

난 어리석었다. 패트릭은 내게 거짓말을 했고 그의 아버지 역시 그랬다.

저녁 식사 자리에서 대니는 펄펄 뛰었다. "그 아버지가 애한테 이걸 준다는 게 얼마나 골 때리는 짓인지 알아? 이것 때문에 걘 법적으로 더 큰 곤란에 빠질 수 있어! 게다가 걔 선생이자 변호사인 널 이 일에 연루시켰어!"

나는 아무 말도 하지 않았다.

"대마초보다 더 나쁜 거였으면 어쩔래? 헤로인이나 코카인, 응?"

"하지만 아니었잖아."

나는 정작 걱정되던 부분에 관해서는 대니에게 말하지 않았다.

당시 나는 변호사 등록을 위해 "도덕성 검증 신청서"를 작성 중이었다. 만약 캘리포니아 변호사 협회에서 눈치챈다면 입회에 차질이 생길 수도 있었다.

"넌 네가 왜 걔한테 담배를 줬다고 생각해?"

"모르겠어."

"보상을 주고 싶었던 거지." 그가 내 대신 대답하며 말했다. "하지만 넌 네 존재로, 걜 가르치는 거로 보상하는 거야. 그 자리를 지키는 거로."

나는 고개를 숙였다.

대니는 말했다. "그 아버지와는 거리를 둬. 그리고 물건은 없애 버려."

다음 날 패트릭은 팔을 쭉 뻗어 내게 공책을 내밀었다.

나는 받지 않았다. 당황한 그는 공책을 가슴께로 거두었다.

"네 담배에 대해 알고 있어." 나는 냉랭하게 말했다.

패트릭은 얼어붙었다.

"이게 처음은 아니지?"

그는 고개를 끄덕였다.

"왜 그랬어?" 내가 말했다. 그가 어머니를 들먹이며 거짓말하던 모습이 생각나 화가 치밀었다. "왜? 왜 그런 위험한 짓을 했어?"

그가 서둘러 물었다. "물건은 어떻게 하셨어요?"

나는 그것이 첫 반응이라는 데 더 화가 났다. "버렸어."

그는 기분이 상했다. "선생님." 목소리에 원망이 묻어났다.

"너 이게 얼마나 골 때리는 짓인지 알아?"

패트릭이 움찔했다. 나는 그 앞에서 비속어를 쓴 적이 거의 없었다. "네 선생인 나한테 구치소로 몰래 대마초를 들여오게 한다는 게? 난 변호사 선서를 앞두고 있어. 난 널 도우려는 사람이야. 근데 그런 사람한테 마약을 전달하게 해? 네 아버지는 대체 무슨 생각이셨다니?"

"전 그렇게 생각하지 않아요. 그건 제 일이고, 제 일은 제가 결정해요."

"만약 내가 네 부모였다면," 내가 시작했다. 그건 위태로운 표현이었다. "만약 내가 부모고 내 아이가 구치소에 있다면…."

"전 애가 아니에요." 패트릭이 소리쳤다.

"애처럼 행동하고 있는 건 분명해." 내가 말했다.

패트릭은 마치 내가 그의 얼굴을 후려치기라도 한 것처럼 흠칫 물러났다. 그리고 두 손으로 얼굴을 가렸다.

"손 치워."

그는 따르지 않았다.

"내 말 들은 거 알아. 날 봐. 나도 완벽하지 않고 너도 완벽하지 않아. 하지만 우리 신뢰는 완벽하게 하자."

이 말에 그는 뭔가 작은 소리를 냈다.

"그걸로 뭘 한 거야? 팔았어? 피웠어?"

패트릭은 애매하게 얼버무렸다.

"그건 중요하지 않아요 — 무슨 차이가 있겠어요."

"패트릭." 내 목소리는 이제 더 차분했다. "대체 무슨 생각이었던 거야?"

그는 대답하지 않았다. 그저 이렇게 말했다. "제가 구치소에 있지 않았다면 — 이런 일은 절대, 절대로 일어나지 않았을 거예요. 모르겠어요 — 모르겠어요, 어떻게 해야 제가 나아질 수 있을지.”

나는 그의 숙제를 책상에 남겨 둔 채 자리에서 일어섰다.

> <

내가 그토록 화가 난 진짜 이유는 뭐였을까? 누구라도 그렇듯 그저 이용당하는 게 싫어서였을까? 사실 그만큼 보편적인 감정은 드물다. 따지고 보면 그는 그저 대마초가 피우고 싶었던 철부지였을 뿐이다.

다음 날 아침 패트릭이 공책과 책을 들고 들어왔다. 그는 쭈뼛쭈뼛 공책을 내밀었다.

나는 손을 뻗어 그의 공책을 잡았다 — 화해의 몸짓이었다.

“무슨 생각 했어?” 내가 물었다.

“나쁜 생각이요. 허튼 생각.”

그는 내 눈을 피했다 — 여전히 나를 두려워하고 있었다. 내가 또 거친 말을 하거나 언성을 높일 거라 생각하는 것 같았다.

공책에는 숙제로 내주지 않은 다른 글도 적혀 있었다. 특히 한 단락은 사실상 내게 전하는 짧은 편지였다.

가족들은 늙어 가는데 전 여기 갇혀 시간을 허비하고 있어요. 엄마는 제가 집으로 돌아오기만을 기다려요. 이곳은 안그래도 망가진 저를 더 망치고 있어요. 도움이 필요한 것도 같지만, 엉망이어도 혼자가 나아요. 제 잘못은 사과드려요. 절 도우려고 애써 주셔서 감사해요.

내 목소리는 가라앉다 못해 거의 다정하게 들렸다. “어제는 흥분해서 미안해. 이 안에서 지내기가 얼마나 힘든지 난 알 수가 없어. 정말로. 오직 너만 알지."

패트릭은 아무 말이 없었다. 그는 나를 바라보며 내가 진심인지를 가늠해 보려 했다.

"그리고 네 아버지에 대해 그렇게 말해서 미안해. 아무래도 난 … 난 공감이 안 되나 봐. 그럴 수 있을 줄 알았는데, 안 될 것 같아. 내가 어릴 때, 우리 아빠는 매일 밤 내게 수학을 가르쳐 주셨어. 아빠는 절대로 나한테…."

"우린 사정이 달라요." 그가 내 말을 끊었다. "정말로요, 우리 집에선 제가 아빠의 구구단을 도와줘야 해요."

그는 목을 가다듬더니 할 말을 따져 보며 잠시 멈췄다.

"제가 어렸을 때 우린 모두 헬레나에 살았어요. 근데 아빠는 따로 약을 파는 집이 있었어요. 거길 가봤을 때가 다섯 살이었는데, 말 안 해줘도 알겠더라고요, 마약 밀매소라는 걸. 아빠는, 아빤 그 일에 전문가였어요. 일 처리가 엄격했죠. 안 믿는 사람한테는 절대로 안 팔았어요. 아빠는 제게 약 파는 요령을 가르쳐 줬어요. 그 사람들을 약쟁이라고 부르면 안 된다던가, 뭐 그런 거요. 또 일하는 사람들과 거래하는 게 낫다고 알려 줬어요, 파이프를 고친다거나, 일자리가 있는 사람들이요. 그리고 밤에는 값이 달라져야 한다고도 했어요, 더 비싸게 불러야 한다고." 몇 년 뒤 그의 아버지는 체포되었다. "보석으로 잠깐 나왔는데, 수감 전날 밤에 우리는 차를 타고 돌아다녔어요. 아빠가 이것저것 장난감을 사줬어요. 그냥 그렇게 같이 시간을 보냈죠. 다음 날 아침에 보니까 집 밖에 보안관 차가 와있었어요."

그의 아버지는 2년을 복역한 후에 풀려났지만 다시 붙잡혔고, 그로부터 얼마 지나지 않아 패트릭은 스타로 보내졌다.

패트릭은 말을 멈췄다. "아빠는 좋은 분이었어요. 진짜예요. 지금도 그래요, 아빠는 저한테 좋은 분이에요. 아빠가 제 아빠라서 저는 좋아요. 옆에 있어 줬으니까요. 집에 없고, 자식들 곁을 지키지 않는 아버지들이 많잖아요. 아빠의 아빠도 그랬어요. 그래서 아빠는 밀매하는 법을 배워야 했어요. 저한테 고카트 수리하는 법을 알려 준 것도 아빠예요. 아빠는 정말 손재주가 좋거든요. 뭘 잘 고쳐요. 그리고 그림도요, 아빠는 그림도 잘 그려요."

"그림?"

"아빠가 교도소에 있을 때, 집으로 그림 편지를 많이 보내 줬어요. 그리고 아빠는 바느질도 할 줄 알아서 옷 같은 걸 꿰매 줘요. 제 바지에 구멍이 나면 아빠가 꿰매 줬어요. 아빠는 우리 가족 중에 제일 강하지만, 제가 여기 오게 된 걸 정말로 ─ 정말로 가슴 아파했어요."

나는 목이 메었다. 그의 아버지를 함부로 판단한 건 패트릭에게 못 할 짓이었다.

그는 말을 멈췄다. "거기 말한 건" ─ 그가 공책을 가리켰다 ─ "사실이에요. 정말로요. 그동안 애써 주셔서 감사해요."

우리는 원점으로 ─ 그가 내게 고마워하는 관계, 나를 실망시켰다고 느끼는 관계로 ─ 되돌아와 있었다. 이런 역학 관계가 생겨나는 데 나 자신이 일조한 바는 얼마나 될까? 나는 그에게 성취감을 느끼게 해주는 사람이고 싶었다. 비록 우리의 운동장은 평평하지 않지만 우리는 동등하다는 걸, 그가 알았으면 했다.

"너 먼저. 그다음에 내가 할게."

그는 나를 멍하니 바라보았다.

"예이츠? 아니면 디킨슨?"

"에밀리요." 그가 말했다. 그는 디킨슨을 성이 아닌 이름으로 불렀고, 가끔은 더글러스도 "프레더릭"이라 했다.

"그대 작은 가슴에 개울이 있나요." 그가 시작했다. 그는 다음 행을 기억하려고 눈을 감았다. 낭송을 마치고 그는 말했다. "선생님 차례예요."

나는 더는 패트릭에게 담배를 갖다주지 않았고 그도 다시는 부탁하지 않았다.

우리는 프레더릭을 계속 읽어 나갔다.

"나는 글을 읽으면 읽을수록 나를 노예로 만든 자들을 더욱더 혐오하고 경멸하게 되었다." 패트릭이 읽었다. 나는 그에게 혐오하다가 무슨 뜻인 것 같으냐고 물었고, 그는 "싫어하는 거"라고 답한 후 읽기를 계속했다. "나는 그들을 자기 집을 떠나 아프리카로 건너가서 우리를 고향에서 훔쳐 온 성공한 도적떼로밖에 볼 수 없었다."°

그의 읽기 실력은 향상되고 있었다. 이제는 일정한 속도를 유지했다. 단어들은 과녁을 향하는 활처럼 잘 제어된 상태로 성급하지 않게 입 밖으로 나왔다. 멈칫거림이 사라지자 목소리의 깊이가 드러났다. 어쩌면 대마초 사건 덕분에 우리는 둘 다 홀가분한 마음으로 덜 완벽해질 수 있었는지 모른다.

"… 읽기를 배운 것은 축복이 아니라 오히려 저주였다. 그로 인해

° 같은 책, 93쪽.

내 비참한 상황에 눈뜨게 되었으되 구제책은 얻지 못했기 때문이다."○

"더글러스가 뭘 느끼고 있는 것 같아?" 나는 이렇게 물었지만 그가 읽는 소리에서 이미 그의 생각을 알 수 있었다.

"절망이요." 그가 말했다. 눈빛은 팽팽하고 강렬했다. "왜냐하면 그가 누리지 못하는 자유, 기회, 그런 모든 것들이 그를"―그는 적절한 단어를 찾느라 잠시 멈췄다―"짓누르고 있어서요. 그는 읽기가 그를 우울하게 한다는 걸 깨닫고 있어요. 그 주인이 했던 말이 사실이 되고 있어요." 그는 다시 책을 들여다보았다. "그리고 그 구덩이"―그가 언급한 것은 덕분에 나는 그 끔찍한 구덩이를 볼 수 있었지만 거기서 딛고 나올 사다리는 보이지 않았다○○라는 문장이었다―"그게 그의 느낌에 대한 은유인가, 아무튼 그거에요, 왜냐하면 그는 벗어날 수가 없으니까요."

질문에 잘 답했다는 걸 스스로도 알았기 때문에 패트릭은 내 반응을 기다리지 않고 읽기를 계속했다. "괴로운 순간이면 나는 동료 노예들의 어리석음을 부러워했다. 차라리 내가 짐승이기를 바란 적도 많았다. 가장 하찮은 파충류도 나보다는 처지가 나아 보였다. 어떻게든, 무슨 수를 써서라도, 생각이라는 걸 떨칠 수만 있다면! 나를 괴롭힌 건 내 상황에 대한 이런 끝임없는 생각이었다. 도무지 그런 생각을 떨칠 수가 없었다."○○○

패트릭의 얼굴이 일그러졌다. 그는 그 구절을 자신에게 그대로

○ 같은 곳.
○○ 같은 책, 93-94쪽.
○○○ 같은 책, 94쪽.

적용할 수 있다는 데 적잖이 놀란 것 같았다.

나는 물었다. "그는 다른 노예들과 잘 통하는 것 같아?"

패트릭은 내가 그 질문을 던진 것 자체가 답이라는 양 고개를 저었다. "여기서 프레더릭이 뜻하는 건, 노예들이 아무 걱정 없는 개, 짐승 같다는 거예요. 그는 뭣도 모르는 그들이 부러워요. 그들도 고통스럽지만 그건 정신적인 종류가 아니거든요. 그들은 그가 고민하는 것처럼 그런 식으로 고민하지 않아요. 제 동료 수감자들도 그래요. 그들은 온종일 침을 뱉고 욕을 해요. 그리고 정말 시끄러워요, 온갖 불평불만에 앓는 소리를 달고 살죠. 전 그 소리가 지긋지긋해요. 그래서 프레더릭은 마음 맞는 사람이 아무도 없어요. 그는 이제 좀 더 똑똑해졌어요, 그는 과거와 현재에 대해 알아요." 패트릭이 힘주어 말할 때, 나는 그가 같은 어조로 인과의 법칙이라 말하던 모습이 떠올랐다. "그가 읽을 줄 안다는 사실 — 그 때문에 모든 게 달라졌어요."

우리는 읽기를 계속했다. 휴가 기간이면 주인들은 노예들이 과음을 하리라는 걸 알면서도 독한 술을 내주었다. 그건 노예들이 자유에 환멸을 느끼게 만들려는 술수였다. 휴가가 끝난 후 노예들은 메스꺼움을 안고 비틀비틀 밭으로 돌아가면서 자유는 자신들에게 어울리지 않는다고, 자기들은 자유를 감당할 수 없다고 결론짓곤 했다.

이 대목에서 패트릭은 괴로운 소리를 냈다.

하지만 그는 재빨리 신음을 삼키고 읽기를 계속했다. 그는 고개를 들지 않았고 멈추지 않았다. 그는 자신에게 가장 고통스러웠던 그 느낌을 되돌리거나 지우려 하지 않았다. 읽기를 계속하는 것만이 절실했다 — 사실 거기엔 선택의 여지가 없었다.

패트릭이 더글러스의 전기를 읽으면서 느낀 것이 현실의 자각과 고통스러운 명료화였다면, 내 느낌은 그와는 뭔가 달랐다.

그전까지 난 우리가 이 책을 읽으면 노예제에 대한 경멸을 공유하며 서로 더 가까워질 것이라 생각했다. 하지만 나는 전에 비해 오히려 패트릭과 더 멀어진 느낌이 들었다. 어린 시절에『프레더릭 더글러스의 생애』는 내게 열망과 동의어였다. 문해력은 자유에 이르는 수단이었고 그를 해방했다. 노예 서사가 나타내는 바는 바로 그것이었다 ― 읽기와 쓰기는 자기 인식을 촉발하며, 그럼으로써 탈출을 위한 실천적·정신적 조건을 형성해 주었다.

하지만 나는 더글러스가 패트릭에게 촉발한 것으로 보이는 원초적인 심적 반응은 미처 예상하지 못했다. 공황, 두려움, 충격. 그리고 우울감. 카프카는 우리가 읽어야 할 책은 상처 입히는 책, 재난처럼 우리를 덮치는 책, 우리 내면의 얼어붙은 바다를 도끼처럼 내리치는 책이라고 썼다. 패트릭에게 프레더릭 더글러스의 글은 그런 도끼였고, 그는 산산이 부서졌다.

더글러스는 성공한 자의 관점에서 글을 썼다. 더글러스는 올드 부인이 그를 외면한 후에도 혼자 힘으로 글을 익혔다. 책은 더글러스에게 깨우침의 원천이었지만, 패트릭에게는 자신의 부족함을 환기했다. 그는 단어들을 사전에서 찾아봐야 했다. 그 의미를 제대로 이해하는지 자신이 없었다. 숙제를 하는 데는 담배라는 유인책이 필요했다. 자기 선생을 속여 대마초를 몰래 들여오게 했다. 그는 구치소에 있었다.

그러나 그는 알지 못했다 ― 혹은 받아들이려 하지 않았다. 책상도 조명도 없는 카운티 구치소에서 책을 읽는 패트릭이, 그가 무너지기를 기다리는 동료 재소자들 틈에서 온 힘을 다해 자신을 규율하고 있는 그가, 내 눈에는 더글러스와 너무도 비슷해 보였다는 사실을.

〔9〕

나는 기재된 모든 항목을 읽은바

—유죄 답변서

나는 라틴어로 말하는 것은 가난한 이들에 대한 배신이라고 생각한다. 왜냐하면 가난한

이들은 소송에서 오가는 말을 알아듣지 못해 좌절하며, 몇 마디라도 하려면 변호사가

필요하기 때문이다.

- 카를로 긴즈부르그, 『치즈와 구더기』에 나오는 16세기 방앗간 주인 메노키오의 말

법정 내 복장 규정

반바지 금지

바지 내려 입기 금지

남성의 경우 모자 금지

저속한 문구가 적힌 티셔츠 금지

홀터넥 상의 금지

민소매 상의 금지

플립플랍 슬리퍼 금지

실내용 신발 금지

> <

법정 문을 밀고 들어가려다 보니 거기 붙은 안내문이 눈에 들어왔다. 놀랍게도 모든 단어의 철자가 정확했다.

안에는 머리가 벗어진 한 백인 판사를 미국 국기 한 쌍이 호위하며 서있었다. 그는 고개를 숙이고 서류를 들여다보고 있었다. 그의 왼편으로는 젊은 흑인 수감자들이 줄지어 앉아 있었다. 그들은 흑백의 굵은 줄무늬가 들어간 점프 수트나 조야한 주황색의 점프 수트를 입고 있었다. 그의 오른편으로는 이론적으로 지역사회를 대표하는 배심원들의 자리가 텅 비어 있었다.

롭한테 전화가 온 건 어제였다. "때가 됐어요."

"뭐가요?"

"법원이요!" 그가 소리쳤다.

"알겠어요." 근 1년 6개월간 지연되었던 주 법원의 사건 처리 절차가 하루도 안 남기고 고지되었는데도, 나는 그것이 지극히 정상인 듯 그냥 그렇게 답했다. 롭은 오늘 패트릭이 출석은 해야 하지만 순서상 거의 맨 마지막이라 차례가 돌아오지 않을 수도 있다고 했다.

나는 뒷자리에 앉아 패트릭을 찾았고, 우리는 동시에 서로를 알아보았다. 그는 이내 고개를 숙이고 샌들의 발등 부분을 만지작거리기 시작했다. 헐거운 점프 수트를 걸친 그는 사람들의 시선을 의식하고 있었다. 그 흑백의 줄무늬가 이제 아무나 볼 수 있게 훤히 드러나 있었기 때문이다.

롭의 동료인 필립스 카운티의 다른 국선변호사가 한 수감자에게 다가갔다. 청년의 자세는 순식간에 달라졌다. 그는 팽팽하게 긴장한 자세로 몸을 앞으로 기울여 변호사의 말 한마디 한마디에 귀를 기울였다. 그는 아마도 변호사를 처음 만나는 것 같았다. 법정 중간쯤에 위치한 내 자리에서조차 그가 얼마나 절박하게 주의를 기울이고 있는지 알아볼 수 있었다.

판사가 개정을 선언했다.

그는 첫 번째 수감자의 이름을 불렀다.

한 남자가 천천히 가운데로 걸어 나왔다.

판사가 물었다. "피고, 몇 살입니까?"

"스물다섯입니다."

"학교는 얼마나 다녔습니까?"

"9학년까지 다녔습니다."

판사들은 일반적으로 피고인에게 이런 질문을 하지 않는다. 이 판사는 남자의 대답에 놀라지도, 심지어 관심이 있는 것 같지도 않았다. 아마 한때는 인도적인 의도에서 그런 질문을 했겠지만 시간이 흐르면서 의례적으로 변질된 것 같았다.

검사가 공소사실을 읽어 내려갔다. 죄목은 주거침입 절도였다.

"유죄 협상°은 마쳤습니다, 재판관님."

다음으로 판사가 말했다. "피고는 배심재판을 받을 헌법상의 권리가 있다는 사실을 이해합니까? 피고는 유죄 답변서를 제출함으로써 본인에게 제기된 혐의와 관련된 사항에 대해 항소할 헌법상의 권리를 포기한다는 사실을 이해합니까? 피고는 모든 가능한 변론에 관해 변호인과 함께 논의했습니까?"

판사는 단조로운 어투로 건조하고 효율적으로 말했다. 남자의 대답은 거의 들리지 않았고, 목소리가 울리는 리듬만 알아들을 수 있었다. 예, 예, 예.

판사가 말했다. "재판 기록에는 피고가 본인에 대한 기소 내용을 의식적으로, 이성적으로, 자유의사로 이해했다고 기재될 겁니다."

지루한 절차가 그렇게 시작됐다.

피고인들은 16세에서 60세 사이였고, 모두 흑인이었으며, 학력은 일반적으로 5학년에서 10학년 사이였다. 그들 중 누구도 조금 전 우리 모두가 목격한 그 일에 대해 언급하지 않았다 ─ 아니요, 전 제 변

° 사전 형량 조정 제도라고도 한다. 피의자가 유죄를 인정하거나 관련자에 대한 증언을 하는 대가로 형량을 감경하거나 조정하는 협상 제도

호인을 5분 전에 만났어요, 라고 말하지 않았다. 그 모든 절차가 내 눈에는 우스꽝스러운 촌극으로 비쳤지만 웃음을 터뜨리거나 분개하는 듯한 사람은 없었다.

　차라리 권태에 빠진 권력과 무기력이 자아내는 불쾌감을 뒤흔들어 줄 어떤 위기 상황이라도 발생했다면 그나마 지켜보기가 나았을 것이다. 하지만 판사와 집행관은 졸려 보였다. 법원은 기계적이라 할 만큼 효율적이지도 않았고, 관료적이라 할 만큼 조직적이지도 않았으며, 비인간적이라 할 만큼 악의적이지도 않았다. 거기 앉아 뭔가 흥미로운 일이 일어나기를 기다리면서도 내 안에선 분노가 일기보다는 그 널찍한 법정이 형언하기 어려우리만치 공허하게 느껴졌다. 하지만 나중에 패트릭은 그곳이 "신선한 공기로 가득"했다고 말했다.

휴정이 선언됐다. 롭은 내게 사건 일람표에서 패트릭의 순서를 보여주며 어째서 그의 이름이 여태 불리지 않는지 설명해 주었다. 목록은 길었다. 상당수 사건은 이미 연기되어 다음 봄까지는 심리가 이루어지지 않을 거라고 했다. 일부 수감자는 보석으로 풀려났고 다른 이들은, 패트릭이 그랬듯, 이미 구치소로 돌려보내져 다시 일정이 잡히기를 기다렸다.

　서너 명 중 한 명꼴로 전에 가르쳤던 학생들의 이름이 눈에 들어왔다 — 가끔은 두 명이 연속으로 보이기도 했다. 그 이름들 하나하나에 얽힌 기억들이 밀려들었다. 새뮤얼 토긴스. 그의 필기체는 너무 흐릿해서 알아보기가 힘들었다. 윌리엄 배츠. 브랜던이 죽던 날 함께 도둑질을 하다가 강도죄로 복역한 아이였다. "어떻게 걔를 교도소에 보낼 수 있지? 제일 친한 친구가 죽었으면 그게 벌이지." 누군가가 이렇게 말하던 게 기억났다. 그는 형기를 마치고 풀려났다가 다시 수감된 모양이었다. 저 마커스 레인. 밸런타인데이에 고백이라도 받은 사람처럼 둥근 얼굴에 홍조가 돌던 아이로 학습 장애가 있었다. 캐머런 스토리. 역시 학습 장애가 있었고(개dog의 철자를 몰랐다), 내게 남자 친구가 있는지 계속 묻던 애다. 재스퍼 선생님은 몽둥이로 그를 체벌했다. 나중에 나는 캐머런이 무슨 죄로 들어왔는지 교도관에게 물어 봤다. "글쎄요. 아마 성깔을 부렸겠죠. 아니면 좀도둑질을 했던지. 마약 밀매는 아니란 건 장담해요. 그럴 머리가 없으니까." 그녀가 피식 웃었다.

이름은 계속되었다. 레이 리드. 열다섯 살 때 내 피카소 포스터를 훔쳤던 아이. 말리크 존스. 욱하는 성미가 있고 놀랍도록 이를 많이 드러내며 웃던 그는 언젠가 이렇게 시작하는 글을 쓴 적이 있다. 내가 인생에서 제일 힘든 건 아버지 없이 자라는 거다.

나는 2년 동안 가르친 60여 명의 흑인 남학생 중에서 구치소에 수감된 전력이 한 번이라도 있는 아이들을 꼽아 보았고, 손가락이 모자랐다. 그 사건 일람표는 '퇴교 현황 보고서'의 종지부였다 — 퇴학생들은 결국 카운티 구치소에 이르렀다. 헬레나에는 일자리가 없었고, 그들에게는 기술이 없었다. 대부분은 장애가 있거나 정서적 혹은 정신적 질환이 있었다. 나는 그들이 달리 어디에 있을 거라 생각했던 걸까?

판사가 서류를 보다 말고 벽면 맨 끝에 자리한 수감자를 향해 고개를 돌리고 말했다. "거기 피고인, 이름이 어떻게 되나요?"

그 수감자는 자기를 부르는지도 모르고 멍하니 허벅지만 응시하고 있었다.

"거기 피고인." 판사가 다시 불렀다.

그제야 수감자는 고개를 들더니 질문하듯 자신을 손가락으로 가리켰다.

판사가 물었다. "변호인이 누구죠?"

법정 안의 사람들이 답을 기다리며 그를 쳐다보았다. 그는 입을 열었지만 말은 나오지 않았다. "가빈 변호사요." 마침내 그가 더듬더듬 말했다.

검사와 판사는 서류를 뒤적이기 시작했다.

"가빈 변호사는 사임했군요." 판사가 검사에게 말했다. "이 사람의 변호인이 누군지 알아야겠는데."

판사는 앞에 놓인 서류들을 더 뒤적거렸다. 검사는 가볍게 어깨를 으쓱해 보였다. 그는 어느 정도는 자신에게 운명이 걸려 있는 이 남자에게 변호인이 없다는 사실이 그리 놀랍지 않은 듯했다.

이윽고 판사가 말했다. "이리 나오세요."

수감자가 앞으로 걸어 나갔다. 그는 어깨를 펴보려 했지만 여전히 구부정했다.

"여기 얼마나 있었죠?"

"8개월이요."

판사는 고개를 숙이고 펜으로 뭔가를 표시하더니 말했다. "내일 아침 피고인에게 국선변호인이 선임될 겁니다."

판사는 그와 더는 볼일이 남아 있지 않은 게 분명했지만, 남자는 우리에게 등을 돌린 채, 아마도 떠나도 좋다는 허락을 기다리며 그대로 서있었다.

법정의 다른 사람들은 아무 말도 못 하고 그를 동정했다. 나는 패트릭을 쳐다보았다. 그새 사람들의 시선에 익숙해진 그는 이제 나머지 수감자들처럼 구부정하게 앉아 있었다.

마침내 판사가 말했다. "오늘 심리는 여기서 마치도록 하겠습니다." 나는 시계를 봤다. 아직 3시 30분도 안 된 시각이었다. 법원 일정이 그렇게나 밀리는 이유를 알 만했다. 패트릭은 내일까지 기다려야 했다. 판사는 의사봉을 두드린 후 일어났고, 우리는 고분고분한 양 떼처럼 일제히 기립했다. 패트릭은 밖으로 이끌려 나갔다.

법정 출석 이틀째, 패트릭은 딴 사람 같았다. 그는 하늘색 줄무늬가 들어간 깃 달린 셔츠에 새로 다린 카키색 바지를 입고 있었다. 키라가 그를 위해 집에서 가져온 옷이었다.

오늘은 중요한 날이었다. "끝맺음"의 날, 법적 답보 상태가 끝나는 날, 2008년 9월의 어느 밤이 최종 결론에 이르는 날인 것이다.

법원의 개별 접견실로 들어서자 키라가 나를 향해 손을 흔들었다. 그녀의 빨간 손톱이 허공을 갈랐다. 키라 옆에는 메리가 허벅지에 손을 얹고 앉아 있었다. 그들은 모두 내가 도착하기를 기다리고 있었다. 롭은 이미 없었다 — 그는 검사와 이야기 중이었다.

"쿠오 선생님, 입술이 트셨어요. 제 립글로스 쓰실래요?" 키라가 말했다.

나는 괜찮다고 했다. "오늘 귀여워 보이네." 내가 말했다. 그녀는 예쁜 블라우스를 입고 측면으로 끈을 묶게 돼 있는 긴 갈색 부츠를 신고 있었다.

"파란색 귀걸이를 하고 싶었는데 좀 과하다 싶어서요. 아시잖아요, 게토 분위기."

그녀는 패트릭을 향해 말했다. "내가 골라 온 옷 맘에 들어?"

그녀는 환하게 웃었다 — 그건 질문이 아니었다. 그러더니 한숨을 쉬었다. 그의 망가진 샌들이 눈에 들어왔기 때문이다. "신발이 이 모양인 줄 미리 알았으면 좋았을 텐데. 거기서 플립플랍을 신게 하는 줄은 몰랐네."

패트릭은 내가 처음 구치소로 면회 갔을 때 무척이나 의식하던 그 망가진 샌들을 그대로 신고 있었다. 떨어진 발등 끝에서는 이제 주황색 비닐이 너덜거렸다.

"끈을 구해서 묶었어요." 그가 말했다.

우리는 모두 말없이 그 샌들을 내려다보았다. 그때 키라가 말했다. "내가 괜찮은 신발 한 켤레 사줄게, 산뜻한 나이키로. 들어갈 때 가지고 가."

패트릭은 손을 저었다. "아냐, 사람들이 그냥 갖다 버릴 거야."

그리고 그는 물었다. "체리는 어때?"

"걘 어쩜 그렇게 오빠랑 똑같나 몰라." 키라가 말했다.

패트릭은 그 말에 기분이 좋아 보였다. 누군가에게 그 말을 들으면 그는 몇 번이고 어김없이 얼굴이 환해졌다.

"얼굴 좋아 보인다, 오빠. 피부가 밝아졌어. 오빠는 피부가 고와." 그녀가 잠시 멈췄다. "발은 못생겼지만."

우리는 소리 내어 웃었다.

키라가 화장실을 찾으러 나갔다. 패트릭이 어머니에게 물었다. "키라, 남자 친구 생긴 거 맞죠?"

"하나뿐이게." 메리는 이렇게 말하고 한숨지었다. 그녀는 앞뒤로 몸을 흔들기 시작했다. "그저 매일 밤 기도한다." 그녀는 그 자리에서 기도하는 것처럼 두 눈을 꼭 감았다.

"제 걱정은 마세요, 엄마." 패트릭이 말했다.

메리는 눈을 떴지만 여전히 앞만 쳐다보며 몸을 흔들었다. 그녀는 두 팔로 자신의 몸을 감쌌다.

"기도는 적당히 하시고 약 잘 챙겨 드세요."

"단 건 입에도 안 대는데 여전히 혈당이 높아. 스트레스야. 스트레스 때문인 게 분명해. 직장에서나, 집안에서나."

"요즘도 그레이비 없는 빵 자주 해드세요?"

"오랜만이다." 메리는 그제야 몸을 돌려 아들을 바라보았다. "정말 키라 말이 맞네. 그 옷 입으니 진짜 근사해 보여."

나는 두 사람에게 같이 사진을 찍고 싶은지 물었다. 그거라면 내가 해줄 수 있는 일이었다.

그들은 동시에 보안 요원을 쳐다보았다. 그는 고개를 끄덕여 허락했다.

메리와 패트릭은 곧장 가까이 붙었다. 이제 그들에게는 서로를 어루만질 핑계가 생겼다. 그녀는 옆으로 그를 끌어안았다. 그들은 미소를 짓더니 이내 알 수 없는 이유로 멋쩍은 웃음을 터뜨렸다.

나는 카메라폰을 내렸고 메리는 팔을 거두어들였다. 하지만 패트릭은 여전히 그녀의 어깨에 팔을 두르고 놔주지 않았다.

"어떻게 나왔나 볼래요?"

두 사람은 앞으로 몸을 숙이고 머리를 맞댄 채 말없이 자신들의 사진을 살폈다.

소리가 나더니 문이 열렸다. 롭은 전처럼 말쑥한 검은색 정장에 밝은 노란색 타이를 매고 있었다.

패트릭과 메리는 얼른 떨어졌다.

롭은 아랑곳하지 않고 파일 한 무더기를 가슴에 안은 채 말했다. "꽤 괜찮은 제안을 받았어요." 그가 두 사람에게 테이블로 와 앉으라고 손짓했고, 그들은 시키는 대로 했다.

"정말 재판까지 갈 거야?" 화장실에 갔던 키라가 방으로 돌아왔다. "그 12명은 우리랑 아무 사이도 아닌데? 여기 사람들이고? 오빠 성이 뭐야, 패트릭 브라우닝이잖아. 안 돼." 그녀는 단호하게 말하며 쯧쯧 혀를 찼다. "그 사람들은 오빠가 누구 아들인지 알아."

패트릭이 말했다. "재판까지 안 가."

나는 놀랐다. 패트릭의 가족은 아버지의 전과 때문에 배심원들이 패트릭에게 편견을 가지리라 짐작하고 있었다. 하지만 검사의 기소 죄목 — 일급 살인 — 은 명백히 과도해 보였다. 배심원 평의를 거치면 죄목이 가벼워질 가능성이 있었다.

"정당방위를 주장할 만한 증거가 충분하지 않나요?" 내가 가족들에게 말했다. "마커스는 취했고 공격적이었고 댁의 포치에 있었어요. 마커스가…" 나는 잠시 멈췄다. "마커스가 죽음에 이른 이유는 패트릭이 겁에 질렸기 때문이고 마커스가 만취해 있었기 때문이에요. 제 생각에 우리가 해봄 직한 승산 있는 이야기는, 패트릭이 지적 장애가 있는 여동생을 보호하려 했다는 거예요." 나는 팸이 그 자리에 없어 다행이라고 생각했다. "그리고 배심원단은 어쩌면 포치에 나타난 그 사람이…"

"인신공격에 쓸 만한 자료는 여기 좀 있어요." 롭이 조심스럽게 말했다.

롭은 노련했다. 그는 협상에 응하도록 의뢰인을 압박할 필요가 없다는 걸 잘 알았다. 그들은 거래 조건을 듣기도 전에 유죄 답변을 할 준비가 돼 있었다.

유죄 협상은 인간의 행동에 대한 비현실적인 가정을 내포한다. 그것은 침착하고 합리적인 행위자가 자신의 선택지를 평가하고 득과 실을 따져 재판의 위험을 추산하리라고 상정한다. 하지만 패트릭과 그의 가족은 사법제도가 자신들을 도우리라고 생각하지 않았다. 그들이 살아온 삶을 되돌아 볼 때, 재판 결과에 자신들이 조금이라도 영향력을 행사할 수 있으리라고 볼 근거는 없었다.

패트릭의 가족 누구도 법정 다툼을 원하지 않았다. 16개월이 지났건만, 그들은 여전히 그날 밤의 일을 언급하거나 잘잘못을 따지는 걸 너무나 고통스러워했다. 패트릭의 어머니는 마커스의 어머니와 함께 눈물을 쏟았고, 그것은 적어도 그녀에게는 그 일에 대한 적당한 마무리가 돼 주었다. 그리하여 모두에게 질문과 대답을 강요할 재판 대신에 가족은 제안을 받아들였다. 패트릭은 유죄 답변서에 서명하기로 했다.

이제 롭은 승리감을 감추지 않으며 말했다. "죄목을 일급 살인에서 치사로 낮췄어요. 형량은 3년에서 10년 사이가 된다는 뜻이죠. 제 생각엔 5년이 되기 전에 나올 수 있을 거예요. 교도소가 과밀이잖아요. 의뢰인 중에 5년 받고 3년 만에 나온 사람들이 있어요." 롭이 덧붙였다. "이건 제가 성사시킨 거래 중에 가장 괜찮은 축에 속해요."

롭의 장담이 그들의 결정을 굳혔다.

나는 어째서 내 마음이 그토록 불편한지 이해해 보려 했다. 그렇다, 그건 괜찮은 거래였다. 하지만 "괜찮은 거래"는 정의로운 것이었을까? 패트릭은 응분의 처벌을 받은 걸까? 만약 그 반대로 — 이런 고려는 더더욱 불편했지만 — 그가 제도의 허점을 이용해 응분의 것보다 더 "나은" 처벌을 얻어 낸 거라면? 법은 그 답을 알려 주지 않는다. 패트릭을 단죄하기 싫었기 때문에 우리 중 누구도 차마 이 물음을 입밖으로 꺼내지 못했다.

롭은 패트릭 앞에 종이 한 장을 내밀었다. 거기에는 다음을 포함한 장황한 질문들이 적혀 있었다. 피고인은 본인에게 제기된 혐의에 대해 배심재판을 받을 헌법상의 권리가 있다는 사실을 온전히 이해합니까? 또한 유죄 답변서를 제출함으로써 본인에게 제기된 혐의와 관련된 사항에 대해 항소할 헌법상의 권리를 포기한다는 사실을 온전히 이해합니까? 모든 가능한 변론에 관해 변호인과 함께 논의하였습니까?

롭은 이 질문들을 소리 내어 읽었다.

나는 패트릭이 듣지도 읽지도 않고 있다는 걸 알 수 있었다. 대개 그는 검지나 약지로 글을 따라갔다. 하지만 법의 언어는 너무나 기술적이었다. 그것은 일반인이 읽도록 의도된 것이 아니었다. 주로 돈을 내고 그것을 배운 이들이 쓰는 언어였다.

패트릭은 롭이 읽는 동안 예의 바르게 기다렸다. 그는 롭이 끝까지 읽기 전에는 서명할 수 없다는 걸 알고 있었다.

하단에는 이렇게 적혀 있었다.

나는 이 문서에 기재된 모든 항목을 읽은바, 내게 고지된 사항과 내가 가진 권리 및 제시된 질문의 내용을 이해합니다. 나는 일곱 가지 질문 모두에 대해 "예"로 답하며, 나의 행위의 의미를 인지하는 가운데 자유의사로 유죄 답변을 제출합니다.

그때 패트릭이 나를 쳐다보았다. "선생님," 그는 다급하게 말했다. "제가 이미 16개월 산 거 그 사람들이 확실히 알아요?"

"그건 자동으로 고려가 돼. 법적으로."

"그 사람들은 잊어버릴 거예요. 그러고도 남아요." 나는 그의 의심이 정당하다는 걸 알고 있었다. 헬레나에서는 모를 일이었다. "제가 16개월 산 거 꼭 인정받게 해주세요. 잊으시면 안 돼요."

롭이 펜을 건넸고 패트릭은 받아 들었다. 패트릭이 이름을 써넣었다.

롭은 서류를 폴더에 집어넣고 모두와 악수한 후 사라졌다. 그날 이후로 우리 중 누구도 그와 다시 이야기해 보지 못했다.

살인은 "범의"가 있었다는 점에서 치사와 구별된다. 범죄의 의사가 있으면 숙고하고 계획을 세운다. 더 많이 생각할수록 더 큰 죄가 된다. 미리 총을 사고 알리바이를 준비하고 살해 행위를 구상한다면 말이다.

범의가 있는 죄의 반대는 무엇일까? 주로 우연에 의해 추동된, 충분히 그것과는 다른 상황이 펼쳐질 수 있었다고 납득할 만한 범죄가 여기에 해당한다. 치사는 거의 예기치 않게 발생한 죽음이다. 죽이려는 의도 없이 죽인 것이다.

치사는 우리를 우연성에 대한 고찰로 이끈다. 만약 다른 날 다른 시간이었다면 어떻게 됐을까. 만약 어떤 이들의 행로가 교차하지 않았다면 어땠을까. 만약 X의 어머니가 그에게 여동생 Z를 찾아보라고 하지 않았다면, 만약 X의 어머니가 자기 동네가 Z가 지내기에 안전하다고 느꼈다면, 만약 특수교육을 받는 미성년자인 Z가 술이 제공되고 그녀보다 나이 많은 남자들이 있는 파티에 가지 않았다면, 어떻게 됐을까.

만약 특정한 종류의 윤리가 X의 동네를 지배하지 않았다면, 그래서 X가 싸움에서 이겨야 한다고 느끼지 않았다면 혹은 아예 싸울 필요조차 느끼지 않았다면, 어떻게 됐을까. 만약 누군가가 경찰을 불렀다면, 당연히 경찰이 출동할 거라고 믿었다면. 만약 그 칼이 생명 유지에 필수적인 장기를 가르는 대신 가벼운 상처만 냈다면. 만약 그 칼이 필수 장기를 빗나가 그 아래쪽에 상처를 냈다면 — 심실이 아니라 비장이었다면. 만약 구급차가 늦게 도착하지 않았다면.

그렇지만 X와 Y의 행로가 교차했기에, Y가 취한 상태로 Z를 집에 데려다주었기에, X가 Y에게 포치에서 떠나라고 했기에, X에게 칼이 있었기에, 한 소년의 싸움은 이제 분류 가능한 법적 실체가 되었다. 그리고 Y는 죽음의 과정을 다한 자, 사자死者가 되었다.

철학자 니어 아이지코비츠는 불운은 인간을 도저히 통과할 수 없는 도덕적 시험에 빠뜨릴 수 있다, 라고 썼다. 기본적으로 형법은 우리에게 책임이 있을 때만 죄를 물을 수 있다고 전제한다. 그러나 범죄에 기여하는 요인들은 순전히 우연적이다. 이 경우에는 헬레나의 갈랜드가와 4번가가 만나는 곳에서 태어났다는 불운이 바로 그런 요인이다. 이곳에서 자라지 않은 사람은 어떤 종류의 시험에 직면하지 않는다. 패트릭은 시험을 만났고, 실패했다.

패트릭이 키라에게 물었다. "출근은 몇 시야?"

"2시. 옷 갈아입어야 하는데."

그의 얼굴에 미안한 표정이 떠올랐다. 그는 자기 때문에 그녀가 결근하기를 바라지 않았다. "다들 집에 가도 돼요. 옷 갖다줘서 고마워." 그러더니 아무래도 못 참겠다는 듯이 덧붙였다. "아빠한테는 안 와서 내가 화내더라고 해."

모두 아무 말이 없었다.

"아빤 애들 보고 있잖아." 마침내 키라가 말했다. 그러고는 화제를 돌렸다. "난 오빠가 그런 슬리퍼를 신고 있는 게 화가 나. 정말 괜찮은 신발 안 사다 줘도 되겠어?"

패트릭이 거듭 말했다. "다들 집에 가세요."

하지만 아무도 움직이지 않았다.

"어떻게 되는지 봐야지." 키라가 말했다.

"어떻게 될 건지 다들 알잖아."

그러자 키라조차 말이 없어졌다. 그녀는 밖으로 나가 담배를 한 대 피우고 돌아왔다.

배심재판은 법정에서 사라졌고 이제 거의 티브이 속에서나 존재한다. 배심제는 영국 사법제도의 유산이지만 피고인의 "이웃과 동배同輩", 즉 해당 범죄로 피해를 본 공동체의 성원들로 배심원단을 꾸리려 했다는 점에서 대단히 미국적이기도 했다. 1700년대에서 1800년대 초까지 미국의 배심원단은 단지 법적인 평가뿐 아니라 도덕적인 판단까지 내릴 책무를 졌다. 통계가 드러내는 바는 뚜렷하다 — 살인 사건에서 배심원들은 압도적으로 유죄 평결을 기피했다. 19세기 말과 20세기 초 시카고를 예로 들자면, 전체 살인·치사 사건의 4분의 3 이상이 아무런 처벌도 받지 않았다. 형법학 교수 윌리엄 스턴츠는 이렇게 썼다. 그 당시 시카고의 살인·치사 사건들을 다룬 한 역사학자의 글을 읽노라면, 도를 넘어 격해진 술집 싸움들에 대한 개요를 읽는 느낌이다. 그런 싸움은 거의 항상 증인들 눈앞에서 벌어졌고 재판은 대개 피고의 승리로 끝났다.

그러나 지난 시절에 이렇게 좀 더 민주적인 방식으로 형사사법이 구현된 곳은 북부 도시지역뿐이었다. 델타에서 가장 지배적인 "사법" 형태는 린치였다 — 스턴츠는 이를 법적 절차의 철저한 거부라고 표현했다. 주 정부는 린치와 군중 폭력을 인가하고 종종 교사했다. 일레인 대학살 당시, 지역 경찰은 연방군의 지원을 받아 1000명 넘는 흑인을 검거했다. 헬레나 구치소에서 경찰은 그들을 구타하고 고문하고 전기의자에 앉혔다. "흑인한테는 무자비하게 채찍질을 했습니다. 매번 피가 나도록요." 나중에 한 백인 경관이 증언했다. "우리가 원하는 대로 자백을 받아 내려고 그런 거죠. 그들이나 체포해 온 다른 흑인들을 입건시킬 자백이요." 그는 또한 같은 백인에 의해 우발적으로 살해당한 백인이 있을 수 있다고 했다. 그의 기억에 따르면, 함께 있던 추적대 중 한 명이 이렇게 소리쳤다. "조심해! 지금 우리 편을 쏘고 있어!"

대부분 강요로 얻어 낸 자백을 근거 삼아 검사는 결국 흑인 122명을 기소했다. 그중 73명은 일급 살인 혐의였고, 12명이 사형을 언도받았다. 무장한 백인들이 법원을 둘러싼 가운데 진행된 이 12건의 재판에서, 백인으로만 구성된 배심원단은 매번 10분도 안 돼 평결을 냈다. 대법원은 이 가운데 여섯 건의 유죄판결을 뒤집었다. 하지만 지역에서 이에 대한 공적 평가는 거의 이루어지지 않았다. 대학살이 있고 나서 40년도 더 지난 시점에, 필립스 카운티 주민 두 명이 그들의 주장대로라면 몇 가지 "사실"을 적시하고자 기고문을 작성했다. 이 지역 사가들에 따르면, 일레인 폭동에 가담한 혐의로 기소된 이들은 모두 공정한 재판을 받았다. 군중 폭력의 시도는 없었다. … 필립스 카운티는 이 폭동이 있기 전에도, 그리고 그 후로도 한결같이 두 인종 간의 관계가 평화롭다는 평판을 누려 왔다. 이 글은 1961년 『아칸소 역사 계간지』에 게재되었다. 그로부터 35년이 지난 1996년, 『필립스 카운티 역사 계간지』는 똑같은 글을 다시 실었다.

그러나 남부 형사사법의 야만적인 역사에도 불구하고, 린치의 빈도는 1920년대 이후부터 줄어들기 시작했다. 1900년까지 한 해 평균 100건에 달하던 린치가 브라운 대 교육위원회(1954) 판결이 나올 무렵에는 사실상 종식되었다. 변화의 동인은 연방의 개입이 아니라 남부의 풀뿌리 운동에 있었다. 급진 공산주의자들로부터 전미유색인종지위향상협회 지부원들에 이르기까지 다양한 이들이 조직을 구성하고 목소리를 높여 대중의 인식을 극적으로 변화시킨 결과, 남부의 백인 엘리트들은 린치를 수치스러워 하게 되었다. 민권운동 시대에 이르러 킹과 같은 새로운 지도자들은 연방정부에 변화의 책무를 지우기 시작했다. 그들은 연방정부에 흑인을 위해 남부 주에 개입할 것을 요구했다. 그리고 여러 측면에서 성공을 거두었다. 민권법(1965)은 포괄적인 영향력을 발휘하며 남부의 짐 크로우 법을 해체했다.

그러나 연방정부만 바라본다는 건 위험한 일이다. 만약 연방정부가 등을 돌리면 어떻게 될까? 민권법 통과 후에 실제로 벌어진 일이다. 빛나는 갑옷을 입은 기사가 되어 주리라 믿었던 연방정부가 가난한 흑인을 표적으로 삼은 일련의 조치들을 도입했다. 정책 입안자들은 빈곤이 범죄의 근본 원인 중 하나라는 기본적인 생각을 멀리하기 시작했다. 역사가 엘리자베스 힌턴이 기술하듯이, 교육·고용·주거 대책은, 더러 그 자체로 옹호되긴 했어도, 갈수록 범죄 억제와는 무관한 것으로 규정되었다. 노골적인 인종주의는 잦아들었지만 정치인들은 "범죄"를 이용해 전략적이면서 정치적으로 용인 가능한 방식으로 인종을 언급하기 시작했다. 다시 말해 범죄는, 오늘날까지 그러하듯, '가난한 흑인들이 하는 짓'을 가리키는 완곡한 표현이 되었다.

또한 남부 농촌 지역의 관점에서 본 형사사법 이야기는 북부의 위선에 관한 이야기이기도 하다. 남부와 짐 크로우 체제에 대한 북부의 공격은 1950~60년대 진보적 국면의 초점이고 요체였다. 인종 분리는 북부와는 무관한 남부의 문제로 여겨졌다. 하지만 일단 흑인 이주민들이 대거 북부인의 뒷마당으로 밀려들어 오고 제조업 쇠퇴로 인해 도시 중심부에서 실직 인구가 크게 증가하자 범죄를 처벌하는 데 집중하는 정책들이 고안되고 시행되었다. 범죄와의 전쟁을 주창한 이들은 과거 분리주의자였던 이들만이 아니었다. 힌턴이 기록하듯이, 이런저런 비공개 조직들이나 더 큰 연합 전선을 이루어 활동하는 정책 입안자들 간에 초당적인 합의가 이루어졌다. 연방 기관은 범죄 억제를 주문하며 주 정부에 수백만 달러를 지급했고, 주 정부는 기소와 유죄 판결에 열을 올렸다. 사건이 급증하며 시스템이 마비되자 배심재판은 허황한 꿈이 되었다. 그 무렵 도입된 징벌 정책 중 하나가 마약 사범에 대해 장기 형량을 부과하는 것이었고, 나중에 패트릭의 아버지와 삼촌도 이를 적용받았다. 대량 수감은 민권운동에 대한 반발이 가장 파괴적인 형태로 발현된 것이라고, 민권 변호사이자 교수인 미셸 알렉산더는 적고 있다. 유죄 협상은 이 시기에 생겨나 성행하게 되었다.

유죄 협상에 관한 사회적 논의는 대개 도시지역에 초점을 맞추고 있다. 하지만 이 제도가 남부 농촌 지역에 미친 영향은 당시나 지금이나 재앙에 가깝다. 국선변호인들은 사건 조사를 위한 가장 기본적인 재원도 지원받지 못한다. 직무 수행 기준은 낮다. 검사 측과 피고 측은 엄격한 거리를 유지하지 않으며 법정 공방에 거부반응을 보인다. 농촌 지역의 변호사 부족은 교사 부족만큼이나 심각하다. 젊은 로스쿨 졸업생은 이곳에 살고 싶어 하지 않는다. 권익 옹호 및 사회 복지 제도 ― 정신 건강, 약물 중독 재활, 사회 복귀, 기본적 법률 지원을 위한 프로그램들 ― 가 부재하기 때문에 수형자들은 '유죄 협상 ― 빈곤 ― 수감'이라는 징벌적 순환에 갇혀 있다.

오늘날 남북부 모두에서 유죄 협상은 지배적이며 미국 내 전체 형사사건의 98퍼센트를 차지한다. 유죄 협상이 정의를 해친다는 점에 대해서는 많은 지적이 있었다. 어떻게 한 사람의 권리 ― 공정한 재판을 받을 권리, 시민적 자유를 누릴 권리, 무죄로 추정될 권리 ― 를 마치 시장에 내놓은 물건처럼 거래하고 교환하고 흥정할 수 있단 말인가? 유죄 협상은 마커스의 가족에게 이렇게 말한다. 당신들의 사건은 우리가 다룰 만한 가치가 없습니다. 이 사건이 우리 시스템의 흐름을 막고 있으니 걸어 내야겠습니다. 마커스 가족에게 재판은 공적 신원伸冤의 자리일 수 있었다. 술에 취해 남의 집 포치에 나타난 사람은 칼에 찔려 죽어도 되나? 여자애를 집에 데려다준 것이 죽을 이유가 되는가?

사법의 형태가 변하는 동안에도 한 가지 특징은 변하지 않았다 ― 흑인 거주지에서 발생한 범죄는 우선순위 목록에서 가장 뒤로 밀린다. 법학 교수 랜들 케네디가 지적하듯이, 여러 사회적 재난과 마찬가지로 범죄는 아프리카계 미국인에게 특히 심각한 타격을 입힌다. 백인인 미국인에 비해 강간, 강도, 폭행, 살해당할 위험이 더 크기 때문이다. 델타에서는 유난히 더 그렇다. 1900년대 초 남부의 한 진보적인 신문사 사설에는 이런 글이 실렸다. 불행히도 델타는 흑인에 의한 다른 흑인의 죽음을 심각하게 여긴 적이 없다. 1903년에 또 다른 사설에서는 이렇게 썼다. 검둥이가 다른 검둥이의 목을 긋는다. … 그리고 더 이상의 언급은 듣지 못한다. 마치 개가 개를 물어뜯은 데 불과한 양, 백인들은 그 문제에 관심이 없다. 그저 검둥이 하나가 또 죽었을 뿐이다 — 그게 다.

호텐스 파우더메이커는 미시시피 지역의 살인·치사 사건에 관한 1933년 연구에서 흑인들 간에 살인·치사가 발생하는 이유는 부분적으로는 경찰의 일관된 묵인 때문이라고 주장했다. 법 집행관들의 그런 대응은 지역 유력 인사들의 행태가 반영된 것이었다. 대농장주들은 법을 어긴 소작농들을 심지어 흉악범이라도 꼬박꼬박 보석으로 빼냈다. 이런 상황은 흑인들이 제 손으로 직접 법을 집행하도록 유도했다. 법제도로부터는 정의도 방어책도 전혀 기대할 수 없었으므로 자신의 문제는 스스로 해결해야 했으며, 많은 경우 그들이 아는 방법은 단 하나였다.

재판은 공적 판단을 의미한다. 그것은 모든 걸 송두리째 바꿔 놓은 어느 날 밤의 사건에 대해 합의된 의미를 부여하려는 시도여야 한다. 그러나 졸속으로 진행되는 유죄 협상을 통해 사법제도는 그 사건의 의미를 확정해 버린다. 흑인 거주지에서 두 위험인물 간에 벌어진 싸움이라는 것이다. 100년 이상 그래 왔듯이, 흑인에 의한 다른 흑인의 죽음은 눈에 띄지도 않고 설명도 필요 없는 일상적인 소동으로 간

주된다.

"패트릭 브라우닝." 판사가 호명했다.

패트릭이 일어섰다. 그는 바지를 추켜올리려고 얼른 허리춤으로 손을 가져갔다. 잘 맞는 깨끗한 카키색 바지를 입고 있다는 건 잊어버린 모양이었다.

가까이에서 메리가 몸을 앞뒤로 흔들기 시작했다.

패트릭은 판사 앞에 섰다. 거기서 그는 높은 보드 위에 선 다이빙 선수처럼 고독해 보였다. 각자의 책상에 앉은 검사와 변호인은 멀찍이서 지켜보는 관람객 같았다.

우리 셋에게는 그의 등과 등 뒤로 맞잡은 두 손밖에 보이지 않았다. 법정 뒤쪽에서 지켜보는 사람은 패트릭이 수갑을 찼다고 생각했을지 모르지만 사실 그건 공손함에서 나온 자세였다.

유일하게 패트릭의 얼굴을 똑바로 볼 수 있었던 판사는 고개를 숙이고 서류만 들여다보았다.

마침내 그가 입을 열었다. 고개는 들지 않았다.

"확인을 위해 묻습니다. 패트릭 브라우닝 본인 맞습니까?"

아무 소리도 들리지 않았다. 옆에 앉은 메리의 숨소리가 거칠어졌다. 그녀는 다리를 벌린 채 왼손은 왼 무릎, 오른손은 오른 무릎 위에 얹고서 자기 몸을 지탱하고 있었다.

"좀 크게 말하세요." 판사가 말했다.

패트릭이 뭔가를 말한 모양이었고 판사는 다음 질문으로 넘어갔다. "몇 살입니까?"

다시 아무 소리도 들리지 않았다.

판사가 되풀이했다. "크게 말하세요, 피고인. 목소리가 작아요."

나는 앞으로 몸을 내밀었고 키라도 그렇게 했다.

마침내 아주 낮은 소리가 들렸다.

"스무 살입니다, 재판관님."

"학교는 몇 학년까지 다녔습니까?"

"10학년까지 다녔습니다, 재판관님."

"본인이 D급 중죄로 기소되었다는 사실을 알고 있습니까?"

"예, 재판관님."

패트릭의 어머니는 무릎에서 손을 떼고 가슴을 부여잡았다.

롭이 말했다. "확인을 위해 말씀드리자면, 그는 506일을 복역했습니다."

"원고, 동의합니까?"

판사가 검사를 쳐다보았다.

"계산은 안 해봤습니다만" — 그는 천장을 올려다보며 계산을 해보는 것 같았다 — "예, 동의합니다."

판사는 고개를 숙인 채 이제 우리 귀에도 익숙해진 질문들을 쏟아내기 시작했다. 대답은 필요 없다는 듯 속사포 같은 속도였다.

"피고는 배심재판을 받을 헌법상의 권리가 있다는 사실을 온전히 이해합니까?"

"예, 재판관님."

"피고는 유죄 답변서를 제출함으로써 본인에게 제기된 혐의와 관련된 사항에 대해 항소할 헌법상의 권리를 포기한다는 사실을 온전히 이해합니까?

"예, 재판관님."

"피고는 어떤 회유나 협박 없이 본인의 자유의사로 유죄 답변서를 제출합니까?"

"예, 재판관님."

판사는 질문을 마무리하고 의사봉을 두드렸다.

그렇게 끝이 났다. 패트릭은 유죄를 선고받았다. 이제 그에게는 강력 범죄 전과가 남았고 그 기록은 지울 수 없었다.

가까이에서 부스럭대는 소리가 들렸다 — 키라가 짐을 챙기고 있었다. 우리는 서로 고개를 끄덕였고 출근이 늦은 그녀는 서둘러 떠났다.

벌써 다음 수감자가 법정 가운데로 걸어 나오고 있었다. 전날에야 처음 변호인을 만났던, 아마도 그 한 번의 대화를 위해 몇 개월을 기다렸을 바로 그 청년이었다. 어제 나는 그 청년에게 마음이 쓰였다. 이제는 눈길을 돌려 떠나는 패트릭의 모습만 바라보았다. 그 이름 모를 수감자에 대한 무심함을 패트릭에 대한 성실함으로 정당화할 수야 없겠지만 패트릭에게는 내 편향성이 필요했다.

패트릭은 다른 수감자들이 있는 곳으로 돌아가 제자리에 앉았다. 그의 얼굴이 또 보이지 않았다 — 그는 고개를 숙이고 있었다.

판사는 같은 질문으로 되돌아갔다. 몇 살입니까? 학교는 몇 학년까지 다녔습니까?

내 옆에서 메리는 눈을 감은 채 두 손을 하나로 꼭 모아 쥐고 있었다. 고난이 이미 끝난 줄도 모르고 기도 중인 것 같았다.

나는 패트릭이 유죄 답변을 마친 후에 구치소로 갔다.

그가 공책을 건넸다. 숙제를 해온 것이다.

그날은 여느 날이나 거의 비슷했지만 우리는 그렇지 않다는 걸 알고 있었다. 그래서 나는 공책을 건드리지 않았다.

패트릭과 만나기 직전에 나는 로스쿨 동창에게 전화를 걸었다. "축하해." 그가 말했다. 치사에 3~10년 형이면 "괜찮은 거래"였다. 내가 머뭇거리자 그는 참지 못하고 덧붙였다. "그만 좀 해, 걘 사람을 죽였어."

친구는 날 위로한답시고 충격 요법을 썼다.

"패트릭은 스물다섯만 되면 나올 수 있어. 그다음에 다시 시작하면 돼."

그 말이 맞았다. 나는 판단이 흐려져 있었다. 형기가 짧으니 긴 것보다는 나았다. 그래도 무거운 마음은 어쩔 수 없었다. 출소 후 패트릭에게는 전과가 남을 것이다. 그는 중죄범으로 낙인찍힐 것이다. 일자리를 구하기 어려울 것이며, 스스로도 남은 평생 자신을 달리 보며 살 것이다. 악몽에서 깨어나 샤워를 한 듯 그렇게 새 출발을 하지는 못할 것이다.

"패트릭, 법정에선 어떤 기분이었어?"

그는 팔을 아래로 뻗어 신의 발등을 만졌다.

"그냥 착잡했어요." 그가 마침내 말했다. "그냥" ― 그가 침을 삼켰다 ― "유죄판결이 난다는 것만 알고 있었죠."

"넌 네가 유죄라고 느껴?"

"전 제가 유죄라는 건 알아요."

그는 두 손에 얼굴을 묻었다.

나는 그에게 말하고 싶었다. 그건 네 잘못만은 아니야. 그건 사회의 잘못이야. 부실한 학교, 열악한 동네, 가족, 역사, 인종주의, 한 세기동안 흑인 노동력에 의존하다 나중에는 그것을 내팽개친, 이제는 유물이 된 경제구조.

하지만 이걸 어떻게 설명할 수 있을까?

그건 혹 넌 네 행동의 주체가 아니야, 라는 말은 아닐까?

그건 혹 넌 네 자신을 바꾸지 못해, 네 미래를 바꿀 수 없어, 라는 말은 아닐까?

나는 매사추세츠의 홈리스 쉼터에서 일하던 어느 1월의 하루가 떠올랐다. 그해 들어 가장 춥고 눈이 무릎까지 쌓인 날이었다. 쉼터 바깥에서 한 남자가 안으로 들여보내 달라고 사정을 했지만, 모든 침대가 다 차버려서 그럴 수가 없었다. 남자는 술 냄새를 풍겼고, 한마디도 또렷하게 말하지 못했다. 나는 거듭 말했다. "죄송해요, 근데 남은 침대가 하나도 없어요." 그는 거듭 사정했고, 나는 계속 이런 생각이 들었다. 대체 왜 내가 혹은 그 누구라도, 이 사람보다 더 많은 힘을 갖고 있어야 할까?

패트릭은 고개를 숙이고 있었다. 나는 그의 얼굴을 볼 수 없었다.

그가 말했다. "선생님, 그건 제가 저지른 짓이 맞아요."

나는 목구멍에서 뭔가가 치밀어 오르는 걸 느꼈다. 눈에는 눈물이 고였다.

그가 고개를 들고 나를 보았다.

"괜찮아요, 선생님. 울지 마세요."

이런 날 그에게 뭘 가르칠 수 있을지 나는 알지 못했다. 하지만 그대로 떠날 수 없다는 건 분명했다.

"네가 해줬으면 하는 게 있어." 나는 마커스의 어머니에게 편지를 쓰자고 했다.

그러자 그는 겁에 질린 표정이 되었다.

"지금요?"

나는 말했다. 그래, 지금. 그리고 그도 그러고 싶다는 걸 안다고, 기도하는 중에 머릿속으로 이미 천 번은 그렇게 했을 거라고 말했다. 나는 용서받기를 원한다면 제대로 용서를 구해야 한다고, 그가 그녀를 생각하면서도 동시에 그녀에 대한 생각을 피하고 있다는 걸 안다고 말했다. 뭐든 지금 우리가 하는 이것보다는 낫지 않겠느냐고. 우린 법으로부터는 지금껏 아무것도 배우지 못하지 않았느냐고. 법은 그 밤에 일어난 일과 그가 느낀 바를 이해하는 데 아무 도움도 되지 못하지 않았느냐고.

"선생님이 전해 주실 거예요?"

"내가 그분을 찾을 수 있다면."

"글씨가 엉망인데."

"안 그렇다는 거 알잖아."

"제가 쓸 테니까, 선생님이 그대로 다시 써주세요."

"아니, 안 그럴 거야."

그는 마커스의 어머니에게 편지를 썼다. 매일 밤 잠들기 전 마커스에게 용서를 구한다는 걸 그녀가 알았으면 한다고 했다. 하나님께 마커스와 그의 영혼을 불쌍히 여겨 달라고 기도하고 또 기도했다고 썼다. 그런 이야기를 꺼내기가 힘들었고, 어떤 말로도 그녀의 고통과 슬픔을 가시게 할 수는 없을 거라고도 썼다. 그리고 미안하다고, 그렇지만 이게 끝이 아닐 거라고, 천국이 있을 거라고 썼다. 마커스가 거기서 모두를 지켜보고 있다고. 여기보다 더 좋은 그곳에서 모두 다시 만나 행복해질 거라고. 그리고 편지 마지막에 이렇게 적었다. 저를 용서해 주세요, 어머니.

그런 다음 그는 편지를 봉투처럼 접었다. 종이에 두 줄 주름이 생겼다.

나는 물었다. "왜 그분을 어머니라고 불렀어?"

"왜냐하면 마커스가 제 형제니까요."

"어째서?"

"마커스는 그냥 아무나가 아니니까요."

패트릭은 왜냐하면 그는 흑인이니까요, 라고 하지 않았다. 왜냐하면 그는 내 이웃이니까요, 라고 하지도 않았다.

누군가를 핏줄로 여긴다는 건 하나의 선언이다. 외로운 모멸감에 맞서는, 세상의 시선에 맞서는, 그리된 걸 보니 뭔가 잘못을 저지른 게 분명하다는 그들의 판단에 맞서는, 우리라는 선언.

〔 10 〕

늦은 봄, 폴라에게

그의 필체는 바뀌어 있었다. 글자들은 작고 일정하고 섬세했다. 글자 위를 따라 매끈한 수평선을 그릴 수 있을 정도였다. 짙은 잉크 얼룩들, 볼펜을 너무 세게 누른 자국들은 사라졌다. 그는 펜을 제어할 줄 알게 됐다.

그는 매일 글을 썼다. 우리는 매일 시를 낭송했다.

우린 안나 아흐마토바, 월트 휘트먼, 유서프 커뮤니야카의 글을 읽었다. 데릭 월컷, 엘리자베스 비숍, 리타 도브, 체슬라브 밀로즈, 리-영 리의 글을 읽었고, 가을비를 노래한 두보의 시와 리처드 라이트의 하이쿠를 읽었다. 패트릭은 발견하고 연결했다. 라이트가 쓴 하이쿠의 한 구절, 나는 아무도 아니다는 에밀리 디킨슨의 시 <나는 아무도 아니에요, 당신은 누구죠?>º를 연상시켰다. 그는 시의 율격에 생긴 변칙을 알아보고 그 이유를 짐작했다. 나는 그를 가르치기보다는 그와 함께 공부하고 있었다. 마치 처음인 것처럼 시를 읽었고, 무엇이 좋은 시행을 만드는지 고민했다. 저녁이면 다음 날 가져갈 시를 찾았다. 살면서 그렇게 많은 시를 읽은 적은 없었다.

나는 매일 커다란 토트백 두 개에 책을 채워 양어깨에 둘러메고 구치소로 날랐다. 그 책들을 차곡차곡 쌓아 올리면, 어두침침한 심문

º <난 아무도 아냐! 넌 누구니?>, 『절대 돌아올 수 없는 것들』, 박혜란 옮김, 파시클, 2020, 49쪽.

실은 그림책, 가이드북, 문집, 사전을 갖춘 작은 도서관이 되었다. 떠날 때가 되면 패트릭은 안쓰러운 표정으로 내 가방을 보며 무겁지 않냐고 묻곤 했다. 4월이었고, 내 방문 시간은 전보다 더 길어졌다. 지난 가을에는 보통 한 시간 후면 스페인어 수업 때문에 서둘러 떠나곤 했는데, 이제는 갈 때마다 반나절씩 있었다. 대화는 옆길로 새기 일쑤였다. 혜성의 기원, 히틀러, 원자폭탄 이야기가 하루에 다 나오는 식이었다.

우리는 참고를 위해 온갖 종류의 그림을 보았다. 나는 「아칸소에서 만날 수 있는 뒤뜰의 새들」 같은, 어쩌다 생긴 팸플릿 같은 걸 들고 가기도 했다. 벌새를 살펴보던 패트릭은 이 새는 1초에 100번 날갯짓을 한다, 라고 썼다. 그는 지구의 역사를 그림과 함께 설명한 빌 브라이슨의 책에서 태양계를 살펴보고는 이렇게 적었다. 토성은 태양에서 여섯 번째로 먼 행성이다. 토성의 고리는 금색, 푸른색, 회색이 섞여 각도에 따라 다르게 보일 수 있다. 토성은 낚시 모자나 보안관 모자처럼 생겼다.

패트릭의 공책에는 하루 동안에도 너무나 많은 일이 일어났다.

매일 아침 그는 시 한 편을 모방했다. 목표는 시의 목소리, 율격, 운韻을 귀담아듣고 각각을 따라 해보는 것이었다.

필립 라킨은 이렇게 썼다. 하지만 쉼 없는 나무들은 5월마다 / 더없이 울창한 성채가 되어 일렁인다.○

패트릭은 이렇게 썼다. 어떤 이는 사라지는 가을 잎을 동정한다 / 하지만 계절이 다시 돌아오면 금빛인 것을.

딜런 토머스는 이렇게 썼다. 저 평안한 밤으로 순순히 잠들지 마세요.○○

○ <나무들>, 『필립 라킨 시선집』, 김정환 옮김, 문학동네, 2013, 175쪽.

패트릭은 이렇게 썼다. 언덕을 허물고 살 집을 지어요.

파블로 네루다는 이렇게 썼다. 내 더는 어둠 속 뿌리이고 싶지 않네. / 주춤주춤, 꿈결인 듯 몸서리치며 / 아래로, 대지의 축축한 내장 속으로 뻗어 내려가, / 빨아들이고 생각하고 매일을 먹기만 하면서.°

패트릭은 이렇게 썼다. 내 더는 무덤 속 꿈이고 싶지 않네 / 밤이면 조율도 안 된 기타처럼 징징거리고 / 늑대 소리로 울부짖으며, / 누구도 귀 기울이지 않을 불만을 호소하면서.

패트릭은 모든 시에 긴 시간을 들였다.

그는 엄지를 각 손가락 끝에 한 번씩 갖다 대며 음절을 헤아렸다.

처음에는 왼손, 다음엔 오른손.

그는 인상을 쓰며 뒤로 기대앉았다.

그는 우두둑 소리가 나도록 목을 꺾고 돌렸다.

그런 다음 그 과정은 처음부터 다시 시작되었다.

나중에 내가 그의 시를 읽는 동안 그는 저린 듯이 손을 주무르곤 했다.

어떤 시들에 대한 패트릭의 관심은 나를 놀라게 했다. 그는 휘트먼을 좋아했다. 널빤지에 못을 박는 목수의 즐거움에 관한 구절, 그리고 아이에게 노래를 불러 주는 어머니에 관한 구절을 좋아했다. 그는 또 이 시를 좋아했다. 낯선 이여! 그대 지나던 길에 나를 보고 말을 걸고 싶어진다면, 그대 내게 말 걸지 못할 이유가 어디 있겠소? 또 내 그대에

○○ <저 좋은 밤으로 순순히 들어가지 마세요> 중에서. 딜런 토머스는 이
     시를 암으로 죽어 가는 아버지를 위해 썼다고 한다.
○   <배회>, 『네루다 시선』, 김현균 옮김, 지만지, 2014, 48쪽.

게 말 걸지 못할 이유는 어디 있겠소?° 패트릭은 어느 구절 하나 우습게 여기지 않았다. 그는 그 일부가 되고 싶었다. 느낌표가 있고, 감정이 표출되고, 행갈이가 선명한 휘트먼의 시는 따라 하기 쉽고 재미있었다. 이보게, 패트릭 브라우닝! 그대 안에서 무엇이 넓어지고 있는가? 그는 또 이렇게 썼다. 오 내 손을 잡게나, 패트릭 브라우닝! 세상이 움직이고 있다네! 너무도 생생히, 전율하면서! 그리고 이렇게도 썼다. 산속 거대한 절벽에서 폭포가 떨어지는 놀라운 소리가 들리네 / 폭풍이 나뭇가지를 흔들어 잎이 몸을 떠는 소리가 들리네. 폭포, 절벽, 산, 폭풍, 나뭇잎에 관한 시구를 쓸 때 그 아름다움은 쓰는 사람의 한 부분이 된다. 우리의 마음을 움직이고 경이롭게 만드는 내적 세계가 하나 생겨나는 것이다.

그렇지만 우리가 공부한 모든 시 중에서 패트릭은 아마도 W. S. 머윈의 <늦은 봄, 폴라에게>를 가장 잘 이해했던 것 같다.

머윈은 아내에게 이렇게 썼다. 우리가 다시 올 거라고 상상할게요 / 우리가 원할 때요, 그때는 봄일 거예요.

패트릭은 딸을 생각하며 이렇게 썼다. 내가 네 곁에 있다고 상상할게 / 네가 나를 필요로 할 때, 조금 늦었더라도.

다음으로 그는 어머니를 위해 썼다. 우리가 높은 산 위에 있다고 상상할게요.

우리는 공부를 시작할 때마다 늘 머윈을 암송했고, 나중에는 너무 익숙해져 무덤덤할 정도였다.

ㅇ <그대에게>, 『휘트먼 시선』, 윤명옥 옮김, 지만지, 2020, 141쪽.

내가 시로 되돌아간 건, 산문 수업의 연이은 실패로 절박한 심정이 됐기 때문이다. 우리는 소설이나 희곡을 절반쯤 읽다가 몇 번이나 그만뒀다. 월터 딘 마이어스의 소설(그는 이 이야기가 자기 삶을 너무 많이 연상시킨다고 했다), 셰익스피어의 희곡(시간이 너무 오래 걸렸다), 성경의 「욥기」(그는 하나님이 욥을 벌준 데는 분명 이유가 있을 거라 말했고, 나는 그를 달리 설득할 수 없었다), 그리고 『그들이 가지고 다닌 것들』(그는 이 책이 너무나 폭력적이고 어느 부분이 허구인지 알 수 없어서 싫다고 했다)○이 그랬다. 결국 이것저것을 거르다 보니 시가 남았다.

"내 생각엔 네가 이 시인을 좋아할 것 같아." 조지 허버트였다. "허버트는 목사였어. 소박하고 자연스러운 목소리로 글을 썼지."

그 시는 오랫동안 많은 이들이 좋아한 <사랑 III>○○이라는 작품이었다. 여기서 '사랑'은 화자를 자신의 식탁으로 초대한다.

"넌 어느 행이 가장 맘에 들어?"

패트릭은 생각했다. 그리고 결정했다. "하지만 눈이 빠른 사랑은, 내가 미적거리는 걸 보고, 여기가 맘에 들어요."

"그는 저랑 비슷해요 — 아마 먼지가 좀 묻었을 거예요, 좀 비뚤어진 길로 갔을지도 몰라요. 하지만 사랑은, 사랑은 눈이 빠르니까, 그가 빗나가는 걸 알아채요. 나를 사랑하지 않는 사람은 내가 빗나간다고 말해 주지 않아요. 하지만 사랑은 그래요. 사랑은 나를 지켜보고,

---

○ 월남전에 참전한 한 미군 소대의 이야기로, 서로 연결된 단편들의 모음이다. 참전 군인이었던 팀 오브라이언의 반자전적 소설[이승학 옮김, 선과달, 2020]이어서 허구와 사실의 경계가 모호하다.

○○ 『조지 허버트의 'The Passion of the Christ'』, 황지인 옮김, 부크크, 2020, 53-56쪽.

그리고 내게 말해 줘요. 선생님은 어느 행이 제일 좋으세요?"

나는 마지막 두 행이 마음에 든다고 말했다. "'이리 와 앉아,' 사랑이 말했다. '그리고 내 살을 먹으렴.' / 그래서 나는 앉아 먹었다."

패트릭도 그 부분이 좋다고 했다. "사랑은 하나님이에요." 그가 말했다. "하나님이 우리를 그분의 만찬에 초대하는 거예요. 하나님이 말씀하세요, 우리 사이는 아무 문제없단다."

그러더니 그가 물었다. "혹시 어제가 부활절이었나요, 선생님?"

"응, 그랬어."

"어제 아침에 달걀이 나와서 알았어요. 보통은 아무것도 안 들어간 그릿을 주거든요. 누가 그러더라고요, 이달 첫 번째 일요일이니까 부활절이라고."

"집에서는 보통 부활절을 기념하니?"

"그다지요. 엄마가 뭔가 요리를 해주시긴 하는데. 근데 부활절 Easter에 무슨 일이 있었던 거예요, 선생님?"

그가 몸을 앞으로 기울였다.

나는 설명을 시작했다. "그러니까 … 예수님이 부활절 전 금요일에 죽임을 당하셨잖아?"

그는 몰랐는지 눈을 깜박였다. 이곳 아이들은 신앙이 있었지만 성경에 나오는 이야기에 관한 지식은 한정적이었다.

"그래서 일요일에 막달라 마리아는 친구와 함께 예수님의 무덤으로 찾아갔어."

갑작스레 등장한 어머니 이름에o 패트릭은 얼굴이 환해졌다.

---

o 마리아의 영어식 이름은 메리이다.

"그렇지만 그들은 가는 내내 걱정이 됐어. 왜냐하면 무덤 입구를 큰 돌로 막아 놓았거든. 그들은 말했지. 누가 우리를 위해 돌을 움직여 줄까? 어떻게 무덤 안으로 들어갈 수 있을까? 하지만 그들이 무덤에 도착해 보니 돌은 없었어. 그리고 누군가가 말했지. 무덤이 텅 비었어! 예수님은 거기 없었어, 왜냐하면 그분은….."

"살아났으니까요." 패트릭이 말했다. "그러니까 부활절은 예수님이 다시 태어난 날이네요?"

"그래, 맞아. 사람들은 너무나 기뻤지만 또 무섭기도 했어, 왜냐하면 도무지 믿어지지 않았거든."

내 유년기는 그다지 종교적이지 않았다. 하지만 대학 시절 친구들을 따라 예배에 갔다가 난생처음 작은 기도 모임에 참석한 적이 있었다. 사람들은 온갖 종류의 일을 두고 기도했는데, 그건 내가 보기엔 자신들의 가장 내밀한 걱정거리가 지극히 하찮은 문제들에 불과하다는 비난에 자신을 노출하는 일 같았다. 난 무슨 말을 해야 하나? 솔직히 난 꽤 잘살고 있었다. 내 차례가 왔다. "도와주세요, 하나님." 나는 주춤주춤 어색하게 입을 열었다. 딱히 누군가를 향해 말하고 있다는 생각도 들지 않았고 나 자신이 우습기만 했다. "도와주세요, 하나님." 그런데 그 이상한 구절을 반복하자 반복의 힘으로 어색함이 누그러졌고, 일정한 청원의 형식이 있다는 것이 내용에 집중할 수 있게 해준다는 면에서 그리 나쁘지 않다는 생각이 들었다. 그리고 실제로 그렇게 간청하는 태도를 취하고 있자니 억눌렀던 걱정들이 수면 위로 올라왔다. 내 친구 하나는 난생처음 심각한 우울증을 겪고 있었고, 그건 우리 둘 모두에게 낯선 경험이었다. 쉼터의 한 홈리스는 최대 이용 한도인 2주가 지난 뒤에도 로커에 짐 — 손주 사진 한 장을 포함한 인생 전체의 소지품이 담긴 쓰레기봉투 — 을 보관하고 싶었지만 직원들이 내다 버릴까 봐 걱정했는데, 내가 그의 짐을 로커에 넣고 잠가 버렸다. "도와주세요, 하나님. 제가 친구 곁을 묵묵히 지킬 수 있게 해주세요. 도와주세요, 하나님, 제가 중요한 일들에 집중하게 해주세요."

나는 이런 이야기를 패트릭에게 다 들려주었다. 그는 집중하며 들었다. 그는 내가 하나님을 믿기를 바랐다. 그리고 부활절에 대한 내 설명을 기쁘게 들었다. 그는 내가 그 이야기를 안다는 사실을 의미 있게 생각했다. 그래서 그 이야기는 내게도 의미 있는 무언가가 되었다.

5월이 가까워졌고, 나는 여름을 지낼 곳의 열쇠를 우편으로 받았다. 오클랜드 북쪽에 위치한 아파트였고, 집주인의 말에 따르면 근처에 훌륭한 레바논 식당, 에티오피아 식당, 한국 식당이 한 블록에 몰려 있었다. 나는 그곳까지 차를 몰아서 가기로 마음먹고 경로를 계획해 두었다. 로스쿨 동창 하나가 앨버커키에서 나를 만나 캘리포니아까지 운전을 도와주기로 했다. 중간에 그랜드캐니언에 들러 같이 선인장도 보고 사진도 찍기로 했다. 델타에 더 있을까도 생각해 봤지만, 이제 떠날 때가 되었다는 걸 알고 있었다.

"내가 이 글을 쓰는 이유 중 하나는, 네가 인생을 돌아보며 그간 무엇을 이루었는지 자문하게 될 때를 대비해 — 사람들은 모두 조만간 그렇게 되더구나 — 이 말을 해두고 싶었기 때문이란다." 패트릭이 읽었다. 그의 목소리에 호기심이 스며들었다. 그는 잠시 멈췄다. 아마도 자기 자신에 대해 생각하는 듯싶었다. "너는 내게 하나님의 은혜요 기적, 아니 기적보다도 더한 무언가였단다."

패트릭은 잠시 멈춰 기적이라는 말을 곱씹었다.

패트릭의 깊은 신앙심, 기쁨과 슬픔의 어조를 감지하는 능력, 시를 아는 마음과 소리에 대한 감각. 이 모든 것들이 나로 하여금 메릴린 로빈슨의 『길리아드』를 다시 한 번 집어 들게 했다. 나는 헬레나에서 보냈던 2년이 끝나 갈 무렵에 처음 이 소설을 읽었다. 늙은 목사가 어린 아들에게 쓴 편지글 형식의 이 책은 내게 사랑에 관한 다양한 이상들, 그리고 인간의 분투와 실패에 관한 이야기로 다가왔다. 이제 글 전체를 함께 읽을 시간은 없었기 때문에, 나는 단락들을 따로 떼어 시처럼 다루었고, 패트릭은 전처럼 그것들을 모방했다.

그 페이지 마지막에 다다랐을 때 나는 패트릭에게 말했다. "내가 뭘 물어볼지 알지?"

패트릭은 가장 맘에 드는 구절을 읽었다. "너는 날 잘 기억하지 못할 수도 있고, 이 작고 초라한 마을에 사는 ─ 틀림없이 넌 이곳을 떠날 테지 ─ 한 늙은이의 착한 자식이었다는 사실이 네게는 대수롭지 않게 여겨질지도 모르겠지만 말이다."°

"이 글의 어조를 어떤 말로 표현할 수 있을까?"

"기쁨에 겨운. 평화로운. 희망찬."

빠르게 연달아 나온 이 단어들은 그 자체로 마치 그가 암송하는 한 편의 시 같았다.

나는 그에게 과제를 설명했다. "머윈의 시를 모작했던 것처럼 하

° 『길리아드』, 79쪽.

면 돼. 똑같아. 단지 행이 아니라 문장일 뿐이야."

한 시간이 흘렀다.

다시 그 동작들이 반복되었다.

그는 인상을 썼다.

우두둑 소리가 나도록 목을 꺾고 돌렸다.

공책을 이리저리 넘기고 이미지를 찾아 그림책을 뒤적거렸다.

그런 다음 그 과정은 또다시 반복되었다.

마침내 패트릭은 자신이 쓴 편지를 건넸다.

나랑 너, 그리고 엄마가 베어크릭 호수로 낚시 갔던 거 기억해? 분명 기억할 거야, 그때 넌 무척 행복했거든. 그래, 언젠가 꼭 다시 데려갈게. 내가 앉아 있던 강둑 쪽으로 네가 달려오며 외쳤어. "아빠, 이거 봐." 넌 대나무 옆에 핀 밝은 분홍색 꽃을 보여 줬어. 그건 꽃잎이 여럿 달린 분홍색 작약이었지. 넌 그게 장미보다도 더 예쁘다고 말했어. 넌 한 송이를 꺾고서 "아빠, 이거 가져" 했고, 난 그 줄기를 입으로 물었어. 그러자 네 얼굴에는 함박웃음이 피었지. 그래서 난 널 번쩍 들어 올리고 입에 물고 있던 작약으로 네 코에 키스했어. 내가 널 내려놓자 네가 물었어, 우리 다음에 또 올 수 있냐고. 난 말했어, 그럼, 물론이지.

나는 그 얇은 공책 낱장을 한참 들고 있었다. 그가 그걸 썼다는 게 믿기지 않았다. 그건 기대 이상이었다. 내가 그에게 가르친 이상이었다.

그때까지 나는 패트릭에게 딱 맞는 글쓰기 형식을 찾아 헤매고 있었다. 나는 그게 시라고 생각했지만, 이제야 진짜를 찾았다. 그건 편지였다. 편지라는 표현 방식이 시보다도 더 강하게 그의 마음을 사로잡았다. 왜 아니겠는가? 그는 살면서 이미 천 번도 넘게 편지를 썼다 — 기도가 하나님께 보내는 편지가 아니고 무엇이란 말인가? 그동안 그가 쓴 글도 따지고 보면 편지였다. 체리시에게, 그리고 마커스의 어머니에게 보낸 편지들. 편지는 글쓰기에 목적을 부여해 준다. 그것은 들어 달라는 호소이고 누군가에게 말을 거는 행위다. 『길리아드』를 선택한 이유는 분명해졌다. 그 책은 친구 간의 사랑, 배우자 간의 사랑, 백인과 흑인 간의 사랑, 하나님과 그에게 간구하는 이들 간의 사랑, 목회자와 그에게 맡겨진 이들 간의 사랑도 이야기하지만, 가장 중요하게는 자녀를 향한 부모의 사랑을 말하는 책이다. 아이에게 내가 아는 것들과 아이를 위해 소망하는 것들을 어떻게 전할 수 있을까? 간직할 만한 어떤 말들을 해줄 수 있을까?

"체리는 언젠가 이 편지를 읽고 자기가 네 삶의 중심이라는 걸 알게 될 거야." 나는 말했다. "넌 정말 많이 발전했어. 처음 네 편지가 어땠는지 기억해?"

그는 내 묘사를 기다렸다.

"미안해의 반복이었어 — 네 곁에 있지 못해 미안해, 학교를 그만둬서 미안해. 나처럼 되지 마, 나처럼 하지 마. 넌 체리와 마주하기를 겁내는 것처럼 보였어. 왜냐하면 전에 네가 쓴 글들은 … 그런 글은 아이가 감당하기 버거워, 그런 것 같지 않아? 만약 7개월 전의 그 편지들을 체리가 읽었다면 어떤 느낌이었을 것 같아?"

그는 잠시 생각했다. "저만큼이나 혼란스러웠을 거예요. 아빠라는 사람이 뭘 너무 몰랐으니까요."

5월까지 그는 체리에게 매일 한 통씩 몇십 통의 편지를 썼다. 오늘의 편지는 카누 타기에 관한 것이었다. 나는 미시시피 강이 고수위로 불어났을 때 카누를 타고 가면서 찍었던 사진을 패트릭에게 보여 주었다. 홍수로 일대가 침수돼 나무가 물속에 서 있었고, 강 일부 구간은 헤엄치거나 날 수 있는 동물만이 접근할 수 있을 것 같은 수중 숲으로 변해 있었다. "나무 주위로 빙 돌아서 카누를 몰아요?" 사진을 살피던 패트릭이 놀라며 물었다. 나는 사진을 한 장 한 장 설명하고 내가 배운 이름들을 알려 주었다. "이건 버지니아 담쟁이야, 이건 미루나무, 그리고 그건 오디나무." 나는 초록색의 작은 덩어리 하나를 가리키며 말했다. "그건 통나무 위에 앉아 있는 거북이야. 잘 안 보이지만, 햇빛을 즐기고 있어."

그는 한 시간을 끄적이더니 내게 다음과 같은 글을 보여 주었다.

너와 난 카누를 타고 미시시피 강을 따라가고 있어. 나무가 아주 많아, 물속에서 한데 모여 있어 덤불 같아. 어떤 곳은 강물이 어슴푸레하지만 나무들 틈으로 햇살이 비쳐 들어. 강기슭 가까이 왜가리가 꼼짝 않고 서서 물고기를 찾고 있어. 우리가 지나갈 때 백련어가 마치 보석처럼 물 위로 올라와. 네가 말해. "아빠 저기 뱀 좀 봐." 내가 "어디" 하니까 넌 말해, "아니, 그냥 덩굴이네." 우리는 뭔가 첨벙하는 소리를 들어. 물고기가 펄쩍 뛰어올랐거나 개구리가 울었겠지. 흙탕물 위로 하얀 빛이 반짝거려. 넌 그 물이 커피처럼 보인다고 말하지.

미루나무나 측백나무 수풀로 다가가면 새들이 우는 소리를 들을 수 있어. 낮게 드리운 몇몇 가지에 오디가 잔뜩 달렸어. 넌 팔을 죽 뻗어 열매를 거머쥐어. 아직 덜 익은 건 색이 하얗지만, 먹을 수 있는 건 검푸른 색이야. 넌 한 송이를 먹고, 그러다 셔츠에 물이 들지. 노를 저으면서 난 네게 말해. 우리가 집에 있을 때 네가 낮잠을 자면 꼭 잠자는 숲속의 오디sleeping berry° 같다고.

물 위로 자라는 나무들을 보면 모양이 어찌나 다양한지 놀라워. 어떤 것들은 Y-자 모양이고, 어떤 것들은 옆으로 누운 모양이지. 버드나무는 키가 너무 커서, 꼭대기를 올려 볼라 치면 목에서 우두둑 소리가 들려. 왼편으로 통나무 하나가 떠있는데, 갑자기 그 위에 거북이 두 마리가 보여. 우리는 녀석들이 물속으로 뛰어들 때까지 지켜봐. 너는 거북이들처럼 물을 느끼고 싶어져. 그래서 카누 밖으로 한 발을 뻗어 물속에 집어넣지. 네 발이 작은 물고기처럼 수면 아래에서 살랑대는 게 보여.

나는 황홀한 기분으로 두 손을 머리 뒤에 갖다 대고 뱃머리에 앉아 있어. 바람이 불어와 나뭇잎을 흔들면 종이가 부스럭거리는 듯한 소리가 들려.

나는 감탄으로 심장이 고동쳤다. 그는 어디서 이런 발상을 얻었을까? 오디나무, 거북이, 미루나무, 버드나무가 어디서 왔는지는 알 수 있었다. 하지만 우리는 왜가리나 백련어, 체리시의 별명(잠자는 오디!)에 관해서는 이야기한 적이 없었다. 개구리울음, 흙탕물, 나무를 올려다보느라 목에서 나는 소리 같은 것도 마찬가지였다.

나는 그 편지를 두 번째 읽으면서 나 자신의 흔적 ― 우리가 나눈 대화의 침전물, 그가 내게 이야기한 추억들, 내가 그에게 가르친 단어들 ― 을 찾아보았다. 하지만 거기에 나는 거의 없었다. 그의 단어 하

○ 잠자는 숲속의 공주Sleeping Beauty에서 착안한 언어유희.

나 하나가 뻗어 나가는 작은 뿌리, 나를 넘어서는 어떤 신비로운 힘의 증거처럼 느껴졌다.

"네가 루시에 관해 한 말 기억해?"

패트릭은 멍하니 나를 바라보았다. 그는 기억하지 못했다.

"그 책이 C. S. 루이스가 루시에게 주는 선물 같다고 했던 말? 이 제 네 편지가 그런 선물이야. 언젠가 넌 체리시를 데리고 이렇게 놀러 갈 거야. 그리고 걔한테 말해 줄 수 있을 거야. 오래전부터 그날을 계 획했다고."

그리고 마지막으로 우리는 『다음 심판은 불』에 수록된, 볼드윈이 조 카에게 쓴 편지를 읽었다.

그 책은 패트릭이 구치소에 있음을 처음 알았을 때 내가 보내 준 것이었다. 하지만 그는 읽지 않고 있었다. "읽으려고 했어요." 내 물음 에 그는 그저 그렇게 답했고 나도 더는 거론하지 않았다.

볼드윈의 편지를 다시 보면서 나는 무척 신기한 경험을 했다. 내 가 읽는 글이 패트릭의 목소리로 들린 것이다.

이 편지를 쓰다가 찢어 버린 게 벌써 다섯 번이구나.

자꾸만 네 얼굴이 떠오른다. 네 얼굴은 너희 아버지인 내 동생의 얼 굴이기도 하지.

이 말을 하는 이유는 너를 사랑하기 때문이다. 부디 이 점을 잊지 말 아 다오.

이제 너도 살아남아야 한다. 우리가 너를 사랑하니까, 그리고 네 자

녀들과 그들의 자녀들을 위해서.°

볼드윈은 이 편지를 민권운동이 한창이던 1962년에 썼다. 이 간결한 글은 미국의 역사가 흑인들이 가진 사랑의 힘을 시험했다고 이야기한다. 그리하여 그들의 사랑은 얕아지고 증오는 깊어지게 되었다고. 증오가 깊어진 나머지 자신에 대한 감각을 잃어버렸고, 자신들이 이곳에 속하지 않는다는 느낌이 더 짙어지고 깊어졌다고. 하지만 그들은 이곳에 속한 이들이었다. 친구야, 여기가 네 집이니 쫓겨나지 말거라. … 네 조상은 강인한 농부들이다. 그들은 목화를 따고 강에 댐을 쌓고 철도를 깔았으며, 가장 끔찍한 역경 속에서도 무너지지 않는 기념비적인 존엄을 이루어 냈다.°°

나는 패트릭에게 며칠 뒤에 읽게 될 그 편지를 보여 주었다.

"제목이 뭐라고 돼 있지?" 내가 물었다.

그가 읽었다. "「나의 감옥이 흔들렸다: 노예해방 100주년을 맞아 조카에게 보내는 편지」."

"해방이 뭐였더라?" 내가 퀴즈를 냈다.

"노예제를 없앤 거요." 나는 재빨리 고개를 끄덕였다.

"해방 후에 흑인들이 가장 원한 건 뭐였을까?"

패트릭은 쉽게 짐작했다. "힘, 돈, 존중, 땅이요."

"그렇지, 그렇지. 특히 땅. 흑인들은 땅을 얻었을까?"

    ° 「나의 감옥이 흔들렸다: 노예해방 100주년을 맞아 조카에게 보내는 편지」, 21, 22, 25쪽.

    °° 같은 글, 29쪽.

그는 답을 알고 있었다. "아뇨."

우리는 다음 며칠을 따로 떼어 역사에 관해 이야기했다.

"남북전쟁 후에 미국 정부는 법을 만들어서 사람들한테 리틀록에 설치된 사무소에서 토지를 신청하게 했어. 뭐가 잘못됐는지 알겠어?"

패트릭은 다시 알아맞혔고, 이번에는 질문으로 답했다. "리틀록까지는 무슨 수로 가죠? 아무도 얘기를 안 해주면 그 땅에 대해 어떻게 알 수가 있죠? 아마 믿지 않았을 거예요, 속임수로 여겼겠죠. 그리고 땅은 귀하니까 사람들이 훔치려 들었을 거예요."

나는 동의했다. "말이 없는 한 돈을 내고 이동 수단을 구해야 했겠지. 그리고 부패가 있었어. 사람들은 뇌물을 받고 아무한테나 땅을 나눠 줬어." 결국 아칸소 전체에서 땅을 받은 흑인은 250가구에 지나지 않았다.

맘에 걸리긴 했지만, 다음 100년간의 주요한 세계사적 사건들은 건너뛰었다. 나는 패트릭에게 민권운동 시절의 커다란 흑백 사진들이 실린 책을 살펴보게 했다. 그리고 볼드윈이 조카에게 편지를 썼던 1962년에 무슨 일이 있었는지 알아보자고 말했다. 볼드윈은 프랑스에 있었지만 민권운동이 일어나자 미국으로 돌아왔다. 그는 남부를 방문하고 싶어 했다.○

패트릭은 사진들을 살펴보았다. 미시시피대학에서 백인 폭도들

○ 볼드윈이 쓴 미완성 에세이 「이 집을 기억하라」Remember This House를 바탕으로 한 다큐멘터리 <아이 엠 낫 유어 니그로>(2018)에 따르면, 뉴욕 출신인 볼드윈은 1957년, 백인들의 모욕과 조롱 속에 등교하는 열다섯 소녀 도로시 카운츠의 사진을 보고 그녀와 같이 있어주고 싶어 파리 생활을 청산하고 미국 남부로 갔다.

이 눈에 보이는 모든 걸 부수고 불태우고 있었다. 그들이 화가 난 이유는 제임스 메러디스와 함께 — 나는 사진에서 그를 가리켰다 — 법학 수업을 듣는 게 싫어서였다. 우리 이야기는 잠시 메러디스 쪽으로 빠졌다. 메러디스는 두려워하지 않았다. 그는 멤피스로부터 델타를 관통해 빅스버그까지 100마일을 걷겠다고 공언했다. 걷기를 시작한 둘째 날, 저격수가 그를 쓰러뜨렸다.

"죽었어요?"

"아니. 총에 맞고 쓰러졌지만 죽지는 않았어. 결국 법대에 다녔고."

그는 잠시 말이 없었다. "선생님, 제임스 볼드윈이 여기 왔다고 하셨죠?"

"응. 정확히 헬레나는 아니지만. 남부 몇몇 곳."

"가족을 보러 돌아온 거예요?"

"아니, 볼드윈은 남부에 산 적은 없었어."

패트릭은 믿을 수 없다는 표정이었다.

"나 같으면 여기 오진 않을 텐데." 그가 말했다.

"모르지, 너도 그랬을지."

"아녜요." 그가 고개를 저었다.

"글쎄." 나는 볼드윈의 편지를 읽어 오라는 숙제를 내줬다.

패트릭은 그 책을 마치 경기에서 딴 메달처럼 번쩍 들고서 걸어 들어왔다. "이건 진짜예요." 그가 말했다. 나는 가슴이 부풀어 올랐다. 드디어 읽기가 이렇게 쉬워지는 때가 왔구나. 나는 책을 건네고, 그는 스스로 읽고 감동한다. 일정 단계를 지나면, 나는 그저 배달자, 파이프 역할만 하면 된다.

패트릭은 자리에 앉더니 내 안부 인사를 기다리지도 않고 곧장 맘에 들었던 구절을 보여 주었다.

"너는 그들을 받아들여야 한다. 그것도 사랑으로."° 그가 읽었다. 그는 그 구절이 의미하는 바를 확신을 가지고, 거의 가르치듯이, 내게 설명했다. "이건 노예제와 분리 정책이 끝난 뒤에는 자존심은 접어 두고 이제 괜찮다고 말해야 한다는 뜻이에요. 제임스는 진정한 사랑에 관해 말하고 있어요. 진정한 사랑은 어머니가 자식을 위하는 사랑이에요. 어머니는 내가 어떠어떠한 사람이라서 사랑하는 게 아니에요. 어머니는 나를 사랑하기 때문에 사랑해요. 제임스는 그런 사랑이 사방으로 퍼져 나가길 원해요. 그는 사랑은 나눌수록 커진다는 걸 알아요. 우리는 더 커져야 해요, 우리는 더 나아져야 해요."

"이건 진짜예요, 선생님." 그가 되풀이했다. "그는 조카에게 편지를 쓰고 있어요 — 저도 조카가 있어요. 진짜 이 글 덕분에 제가 흑인이라는 사실에 대해 한결 기분이 나아졌어요."

나는 그가 인종적 연대를 표현한 걸 축하하고 싶었다. 난 기쁨을 숨기지 않고 열심히 고개를 끄덕였다.

"선생님은 어디가 가장 좋으셨어요?" 이제 패트릭이 내게 물었다.

"순진함이 곧 죄다. … 이 순진한 사람들에게는 다른 가망이 없기 때문이다. 그들은 사실상 자기들이 이해하지 못하는 역사 속에 여전히

° 「나의 감옥이 흔들렸다: 노예해방 100주년을 맞아 조카에게 보내는 편지」, 27쪽.

갇혀 있으며, 그 역사를 이해하기 전에는 거기서 풀려날 수 없다."°

그도 그 부분이 좋다는 데 동의했다. "너는 이 구절이 뭘 의미한다고 생각해?" 내가 물었다.

"이건 의미가 깊어요, 결코 가볍지가 않아요. 제 생각에 이건, 백인들이 우리 역사를 알지 못한다는 뜻이에요. 아니면 이해하지 못하거나요. 이건 깊은 뜻이 있어요 — 제임스는 그저 백인들이 악하다고, 그들이 거짓말쟁이라고 말하지 않아요. 제임스는 그들이 알고 싶어 하지 않기 때문에 알지 못하는 거라고, 그러니 알 턱이 없는 거라고 말해요. 어쩌면 그래서 많은 흑인들이 그냥 포기해 버리는 건지도 몰라요."

"그게 어째서 죄가 되지? 알지 못한다는 게?" 나는 더 파고들었다.

"우리 흑인들은 말하자면 버려졌어요. 그러니까 백인들이 알지도 못하고 알고 싶지도 않다는 건, 냉담하다는 말이에요. 제임스가 친구야, 여기가 네 집이니 쫓겨나지 말거라, 라고 말할 때, 저는 더글러스가 생각나요. 더글러스도 여기가 우리의 고향이라고 말했으니까요. 그래서 하나님께 감사해요, 프레더릭 더글러스가 있어서요. 그리고 그 시위대 같은 사람들이 있어서요. 그가 싸워 줘서 정말 다행이에요, 그들이 싸워 줘서 정말 다행이에요."

그러더니 패트릭은 잠시 멈춰 자신의 생각을 반추했다. "그렇지만 사실, 그들에게 감사하는 순간조차도, 그런 생각을 한다는 게 괴로워요. 사람들은 그런 생각을 하고 싶지 않아 해요. 제임스가 백인들에게 했던 말 있잖아요, 그들이 진실을 외면한다는. 제 생각엔, 그들만이

° 같은 글, 27쪽.

아니라 우리도 마찬가지예요. 술 마시고, 헤매고, 약에 취하고, 잊으려 하고, 흐리멍덩해지고 — 우린 잊고 싶어 해요. 노예제나 우리 역사에 관해 알고 싶지 않으니까요. 그건 진짜고, 고통스럽고, 괴로워요. 믿기지가 않아요. 하지만 그걸 극복할 수 있는 유일한 방법은 그것에 대해 생각하는 거예요.”

“전 노예제에 관해 아무것도 몰라요, 선생님. 하지만 제 삶에 대해서는 말할 수 있어요. 전 정말 문제가 많아요. 제 삶이 힘들다는 건 알겠어요. 하지만 얼마나 힘든지는 잘 모르겠어요. 전 제가 아는 것만 아니까요. 선생님의 삶과 비교한다면 그래, 이건 더 어려운 삶이구나, 그렇게 말할 순 있어요. 하지만 노예와 비교한다면 제 삶은 쉬워요. 근데 백인과 비교하자면 모르겠어요, 제대로 아는 백인이 아무도 없으니까요. 그러니 그들에 관해서 무슨 말을 할 수 있겠어요?”

그의 목소리는 너무나 서서히 잦아들었기 때문에 이제 그 끝의 침묵이 어색하게 느껴지지 않았다.

“가끔 저는… ” 그는 곰곰이 생각하더니 입을 열었다. “마커스와 처지가 바뀌면 좋겠어요. 그에게 목숨을 되돌려 주고, 제가 그가 됐으면 하고요.”

나는 마른침을 삼켰다. 대체 어쩌다 우린 마커스에게로 돌아왔을까?

“그냥 말뿐인지도 몰라요.” 패트릭이 얼버무리며 말했다. “이거요,” — 그가 감방 쪽을 가리켰다 — “여기선 그저 이런 것만 겪고 있으니까요. 괴로움, 고통이요. 누구나 고통은 싫어하잖아요.”

그는 잠시 쉬는 시간을 가져도 되는지 물었다.

잠시 동안 그의 기분은 고양되었다. 잠시 동안 볼드윈은 그를 탁 트인 숲속의 빈터, 높이 솟은 절벽 위로 데려다주었다. 볼드윈은 그에게 새로운 관점을 열어 준 듯했다. 그것은 허버트가 말한 '사랑' — 빠른 눈으로 빗나가는 이들을 살피고, 와서 그의 살을 먹으라 청함으로써 그들을 용서하는 사랑 — 의 관점이었다.

그러나 그가 마커스를 기억함과 동시에 그런 기분은 사라졌다. 역사에 대한 조망에서 오는 강렬한 자유를 느끼자마자 그는 자기 자신을 돌아보지 않을 수 없었다.

자신을 향한 내면의 온기는 쉽게 만들어지지 않는다. 그것이 없을 때 우리는 다른 사람들, 영웅들에게서 우리 자신을 볼 수 없다.

패트릭과 함께 볼드윈을 읽으면서 나는 비로소 깨달았다. 이것이 내가 볼드윈을 사랑하는 이유였다 — 그는 자신에게 따뜻해지려는 고투에 관해 솔직히 이야기했다. 그는 인종 문제가 그보다 더 중대한 자아라는 문제를 은폐하는 작용을 한다고 썼다. 그렇다고 그가 인종적 불평등의 존재를 부정한 것은 아니다. 하지만 더 어려운 작업은, 그런 불평등으로 인해 그리고 동시에 그럼에도 불구하고 자신이 어떤 사람인지를 알아내는 것이다. 내가 처음 델타에 왔을 때 수업 활동으로 아이들에게 <나는>이라는 시를 쓰게 한 것도 결국은 그 때문이었다 — 그건 그들의 자화상이었다. 원래는 그런 수업을 하리라고는 전혀 예상하지 못했다. 그보다는 곧장 정치와 역사에 관해 가르치고 싶었다. 마틴 루터 킹과 맬컴 엑스로 그들을 자극하고 싶었고, 그들이 오바마에 공감하기를 바랐다. 이제야 든 생각이지만, 패트릭에게 프레더릭 더글러스를 소개한 것도 같은 이유에서였다. 나는 학생들에게 모범 사례들을 제공해 주려 했고, 더글러스의 정신과 패트릭의 정신이 융합

되기를 바랐다. 그러나 이제 나는 깨닫고 있었다. 누군가를 내가 보기에 그가 담아내야 할 다른 사람들의 이야기로 채우려 해서는 안 된다. 우선은 그가 자기 자신을 어떻게 바라보고 있는지부터 살펴야 한다.

더글러스, 킹, 맬컴, 오바마는 모두 자기 삶에 관한 글쓰기를 통해 어느 정도의 자유를 달성한 흑인들이었다. 하지만 내 학생들에게는 델타에 관한 이야기가 없었고, 이 위대한 사람들을 담아낼 만한 단단한 틀이 없었다. 우리 삶에는 어떤 맥락도 없는 건가요? 우리가 힘차게 출발할 수 있도록 당신이 전해 줄 노래도, 문학도, 비타민 가득한 시도, 경험과 연결된 역사도 없다는 건가요?º 토니 모리슨은 이렇게 말했다. 이야기가 부재한다는 사실 자체가, 내가 미처 파악하지 못한 폭력이었다.

우리가 마주 앉은 책상 위에 볼드윈의 책이 거꾸로 놓여 있었다. 뒤표지 사진 속에서 볼드윈은 잘 알려진 그 부리부리한 눈으로 카메라를 똑바로 응시하고 있다.

"그는 늘 자기가 못생겼다고 생각했어." 내가 말했다.

패트릭이 말했다. "못생기지 않았는데요."

체리시가 앞문까지 뒤뚱뒤뚱 걸어 나와 방충망 밖을 내다보았다. 집 앞에 스쿨버스 한 대가 섰다. 배낭을 멘 아이들이 휘청거리며 차에서 내리더니 잡담하는 소리로 거리를 채웠다.

º 「토니 모리슨」, 『아버지의 여행 가방: 노벨문학상 수상 연설집』, 김욱동 외 옮김, 문학동네, 2009, 249쪽.

"제 아빠랑 판박이죠? 처음 봤을 때 왈칵 눈물이 났어요, 개랑 너무 닮아서요." 메리가 말했다.

나는 다음 날 떠나기에 앞서 패트릭의 가족들에게 작별을 고했다. 팸, 키라, 윌라가 차례로 나를 안아 주었다. 그런 다음 팸이 체리시를 번쩍 들어 올렸고, 셋은 체리시를 밖으로 데리고 나가 스쿨버스를 구경했다.

"필요하면 언제든 전화 주세요. 제 전화번호 아시니까요." 나는 메리에게 말했다.

그녀는 고개를 끄덕였지만, 나는 그녀가 그러지 않으리라는 걸 알았다.

메리는 잠시 조용하더니 말했다. "팻은 자기가 잘못한 걸 알아요. 그리고 자기 잘못에 대해 누구도 탓하지 않아요. 그건 기특하다고 생각해요. 팻은 자기가 우리한테 부담이 된다고 생각해요. … 이 일만 다 끝나면, 과거는 잊고 새 출발 할 수 있으면 좋겠어요."

"그럴 수 있을까요?"

"전 그렇게 믿어요. 전 하나님께 기도드려요, 매일, 온종일. 예, 전 그래요." 그녀는 마치 설교를 듣는 것처럼 고개를 끄덕이더니 두 손을 모아 쥐었다. 나는 그녀가 잠시 짬을 내 기도 중이라는 걸 눈치챘다.

"전 팻한테 언제든 돌아오라고 말해요, 여긴 늘 네 집이라고. 하지만 이젠 여기를 떠나 다른 살 곳을 찾을 때가 됐어요." 그녀가 마른침을 삼켰다. "그래도 제가 어디 있든 제 자식들은 언제나 저한테 돌아와요."

메리는 언제나 가족을 지켰고, 이제는 그들이 그녀를 지키고자 했다. 남편이 처음 교도소에 갔다 왔을 때 그녀는 그를 받아 주었다. 그가 두 번째로 교도소에 갔다 왔을 때도 그녀는 그를 받아 주었다. 남동생이 약에 취해 이모를 죽이고 종신형을 선고받았을 때도 그녀는 그를 저버리지 않았다. 임신해 떠났던 첫째 윌라가 돌아와 지낼 곳이 없었을 때도 그녀는 윌라와 손자를 망설임 없이 거두었다. 키라가 학교를 그만뒀을 때도 마찬가지였다. 메리는 모두에게 집이 돼 주었다. 그러는 내내 메리는 한 번도 일을 쉬지 않았다. 일터에서는 몇 시간이고 서서 요리를 하면서도 불평하지 않았다. 당뇨 때문에 발작이 나고 몇 차례 작은 뇌졸중을 겪었지만 계속해서 일을 했다. 상사는 검둥이가 어쩌고, 검둥이가 저쩌고 따위의 말을 해대고 다른 사람들은 화를 냈지만, 그녀는 누구와도 얽히지 않았다. 입과 혀를 지키는 자는 자기의 영혼을 환난에서 보전하느니라, 그녀는 내게 성경[잠언 21장 23절]을 인용했다. 그리고 그 구절대로 살았다. 그녀는 고요함이 좋아 밤 근무를 좋아했다.

나는 차마 두고 갈 수 없었던 이들에 대한 의무를 다하기 위해 델타에 남았던 사람들이 얼마나 많았을지 생각해 보았다. 다르고 새로운 삶을 살 기회를 포기하면서도 사랑하는 이들을 떠나지 못한 사람들. 나는 부모님을 생각하며 가책을 느꼈다. 난 끊임없이 이곳저곳 옮겨 다니며 늘 그들과 떨어져 지냈다. 그들은 내가 그러기를 바랐다. 메리가 자녀들에게 꼭 그런 마음이었듯이 말이다. 하지만 메리는 건강이 나빴다. 자녀들은 그녀가 얼마나 약한지 잘 알고 있었고 그래서 그녀를 보살피고 싶어 했다.

"어쩌면 진작 떠났어야 했어요. 저도 이 동네를 벗어나고 싶으니까요. 다른 데서는 한 번도 살아 본 적이 없어요." 그녀는 또 혼자서 고개를 주억이기 시작했다. "네, 선생님, 여기 말고는 아무 데서도요."

"짐은 다 싸셨어요?"

"응."

패트릭은 내게 숙제를 건넸다. "마지막 날인데 막 화내시는 걸 보고 싶진 않았어요." 그가 웃으며 말했다. "캘리포니아까지 가려면 주를 몇 개나 지나야 해요?"

나는 가방을 뒤져 지도책을 꺼내 내밀었다.

그는 빠짐없이 숙제를 해왔다. 나는 그의 숙제를 읽기 시작했다.

우선, 체리시에게 쓴 편지. W. S. 머윈이 쓴 <늦은 봄, 폴라에게>라는 시가 있어. 내가 외울 만큼 좋아하는 시라서 너에게도 알려 주고 싶어. 눈을 감고 단어들의 소리에 귀 기울여 봐. 그가 오려는 곳이 어디지? 그는 어째서 다시 오고 싶어 할까? 무엇이 그의 상상을 일으키는 걸까? …

체리시, 나는 "해진 슬픔"이라는 표현이 나오는 행이 가장 알쏭달쏭해. 많은 질문이 생기지. 머윈은 이 해진 슬픔이 뭔지 말하지 않지만 난 궁금해. 옷이나 신발은 닳고 해지는 것들이지. 그렇지만 해진 슬픔이라고? 머윈은 무슨 일을 겪은 걸까? …

마지막 행은 "우리의 긴 저녁과 경탄이 깃든 이곳"이야. 여기 '우리'라는 단어가 보이지? 너와 나는 어디에 서있을지 궁금하다. 우리는 무엇에 경탄할까?

다음은 그가 W. G. 제발트의 『이민자들』[이재영 옮김, 창비, 2019] 가운데서 고향 독일을 떠난 한 남자의 일기 부분을 모방해서 쓴 글이었다. 패트릭은 끈기 있게 그 책을 정독하고 있었다.

이 무렵에 그는 뭐든 할 수 있었다. 떠나기 적당한 때이기도, 떠나지 말아야 할 때이기도 했다.

다음으로 나는 스트레스에 관한 그의 에세이 ─ 하지만 우리끼리는 여전히 자유 작문이라 불렀다 — 로 넘어갔다.

여기 구치소에서 내가 처음 스트레스를 느낀 건, 쿠오 선생님께서 처음 나를 보러 오셨을 때였다. 선생님이 가고 나서 나는 면회실 안에서 눈물을 흘렸다. 거기 있던 어떤 사람이 말했다. "지가 지 삶을 망쳐 놓고선." 누군가가 나를 위한다는 생각은 스트레스다. 왜냐하면 내가 그들에게 스트레스를 주기 때문이다. 나는 어느 정도 책임을 져야 한다. … 누군가가 날 위해 준다니 눈물이 났다.

구치소에서의 첫 스트레스 유발자가 나였다는 말은 전혀 예상 밖이었다 — 나는 스트레스를 덜어 주는 사람이어야 했다. 나를 만난 후에 그가 울었다는 것도 몰랐다. 누군가에게 우는 모습을 들키고 그게 자기 잘못이라는 말을 들었다는 것도 몰랐다. 모든 건 언제나 이 지점, 자신의 과오로 돌아오는 걸까?

나는 구치소에 온 첫날을 기억해 보려 했다. 하지만 그의 기억과 마찬가지로 내 기억도 면회 자체보다는 그 후에 일어난 일들에 집중돼 있었다. 밖으로 나왔을 때 갑작스레 나를 덮쳤던 먼지 섞인 뜨거운 공기. 예전의 나를 아는 누군가와의 만남이 주는 동요와 당혹감. 내가 돌아온 이유가 그것이었을까? 나를 계속 그런 사람으로 알아줬으면 해서? 그 기억에 부응하고 싶어서?

"아론이랑 같이 스타에 갔었다고 말했던가…?" 내가 말을 꺼냈다.

패트릭이 고개를 들었다. 그는 지도책을 한 장 한 장 넘겨 보고 있었다.

오클라호마, 오리건.

"폐허가 됐어. 운동장 쓰레기통까지 다 그냥 버려진 채로. 문이 전부 잠겨 있어서 철조망 사이로 들여다보기만 했지만."

"싹 다 밀어 버리거나 하지 않고요?"

"응. 아마 그랬다면…."

"일이 엄청 커졌겠죠."

패트릭은 알 만하다는 듯 못마땅한 신음 소리를 냈다. 그는 방치돼 스러져 가는 학교를 머릿속에 그릴 수 있었다.

"솔직히 네가 다닌 학교들은 엉망이었어. 만약 그렇지 않다면 넌 어떻게 됐을까?"

"하지만 선생님을 만났잖아요."

"그거로는 부족해."

"저한테는 충분해요."

나는 고개를 저었다.

그는 샌들을 내려다보았다. 떨어진 곳은 이제 끈으로 깔끔히 묶여 있었다.

나는 출소 후 패트릭의 삶이 걱정됐다. 그가 헬레나에서 무슨 일을 할 수 있을까? 누가 그를 고용해 줄까? 그는 다시 거리를 헤매거나 자기 집 포치에 나와 앉아 있을까? 나는 그의 미래가 그려지지 않았다.

"어젯밤 대니, 루시와 같이 계셨어요?" 그가 물었다.

"응, 나한테 아들의 대모가 돼 달라고 부탁하더라." 나는 얼굴이 조금 밝아졌다.

"와. 아기가 태어날 때 옆에 있고 싶으시겠어요."

"그러게 말이야. 루시 배는 이제 진짜로 커." 나는 손동작을 해보였다.

그가 미소 지었다.

"넌 체리시가 태어날 때 옆에 있었어?"

"네." 그는 반사적으로 6월의 그 날짜를 말했다.

나는 날짜를 메모했다. "대니랑 루시가 초음파 사진을 보여 줬어."

"그게 뭔데요?"

"아기 태어나기 전에 찍는 사진이야. 본 적 있어?"

"아뇨."

"머리가 보이더라."

그는 사진을 상상해 보려는 듯 눈을 가늘게 떴다.

"체리시를 처음 안았을 때 느낌은 어땠어?"

"그때 느낌은 — 놀라웠어요, 정말로요. 나한테 딸이, 아기가 — 내 아기가 생겼다는 게요. 진짜 작았어요, 1.9킬로그램. 쬐그만 분홍 돼지 같았어요. 얼굴을 보니까 눈이 진짜 크고 진짜 — 밝았어요. 그 눈이 제 눈을 들여다보던 게 기억나요. 전 생각했어요, 얘가 … 얘가 내 딸이구나…" 그가 멈칫했다.

이제 그의 목소리가 깊어졌다. "전 애 키울 준비가 전혀 안 돼 있었어요. 하는 일도 없었고요. 그 큰 눈을 들여다보면서, 난 졸업장도 없고 직장도 없는데, 그저 그런 생각만…"

그는 목이 메었고 고개를 돌렸다.

나는 그의 숙제를 마저 보았다.

사랑하는 체리시,

어제 우리 꿈을 꿨어. 꿈속에서 너와 나는 산 속에서 세차게 흐르는 하얀 개울을 건너고 있어. 농가의 가족들이 우리를 위해 민물 연어와 엄청나게 맛있는 감자 요리를 준비해 줬어. 밤이 다가오고, 너는 언덕 바로 위에 있는 오두막을 가리켜. 나는 말해. "맞아, 우리 거기서 잘 거야."

산으로 오르는 길은 길게는 여섯 시간, 짧게는 두 시간이 걸리고, 세상에서 가장 멋진 경치를 볼 수 있어. 나무들은 근사한 상록수야. 산은 차가운 회색빛인데 꼭대기에는 눈이 덮여 있고, 등성이는 삐죽삐죽해. 기후는 여름에도 항상 선선해. 개울물은 너무 빨리 흘러서 자쿠지처럼 하얀 거품이 일고, 아름다운 폭포로 흘러들어. 그리고 사람들이 해자처럼 파놓은 신기한 수로도 있어. 수로는 그곳 농장과 오두막의 길이만큼 이어져, 딱 거기까지. 농가 사람들은 그 물이 나라 전체에서 가장 깨끗한 물로 손꼽힌다고 하더라. 산길을 따라 들어가니 파랑지빠귀, 흰머리수리, 태양새가 낮은 가지에서 쉬고 있어.

우리는 별바라기 백합이라는 꽃을 봐. 꽃잎에 분홍색 하얀색 점들이 박혀 있어. 저녁에 개울가에 앉아서 너는 말해, 거길 떠나면 그런 곳은 어디서도 못 볼 거라고.

나는 그곳 풍경에 감탄하며 한밤중까지 깨어 있어. 너는 몸을 뒤척이더니 나를 올려다봐. 그때 갑자기, 아마도 밤에 혼자가 된 도마뱀 한 마리가 창으로 들어와 구석에 몸을 숨겨. 그보다 더 나은 곳은 찾기 어려웠을 거야. 넌 그 도마뱀이 작은 다리가 달린 뱀처럼 보인다고 말해. 새벽에 네가 깨어났을 때 도마뱀은 이미 사라지고 없어. 개울 건너 언덕 위로, 천국처럼 멋진 선을 가진 회색 산이 햇빛을 받아 선명하게 보여.

실로 대단한 발전이었다. 하지만 그때 내게 떠오른, 그리고 그 후로도 여러 해 동안 나를 따라다닌 생각은, 내가 그에게 해준 게 얼마나 적었나 하는 것이었다. 겸손한 척하는 말이 아니다. 내 말은, 그의 지적 계발에 필요한 조건들이 무서우리만치 적었다는 뜻이다. 조용한 방, 얼마간의 책, 어른의 지도 약간이면 족했다. 그런데도 이런 것들이 거의 제공되지 않았던 것이다.

패트릭은 마음을 추스르고 다시 나를 보며 앉아 있었다.

"이거 내가 가져도 될까?" 그의 공책을 들며 나는 말했다.

그는 아무렇지 않은 듯 어깨를 으쓱했다. 그리고 내 얼굴을 보았다. 분명 실망한 기색이 역력했을 것이다. 이제 내게는 거의 성물과도 같던 그의 공책이 그에게는 신성하지 않았다.

그는 서둘러 설명했다. "한 달 후면 다른 데로 이감돼요. 공책들을 못 갖고 갈 수도 있어요. 그럼 그냥 없어져 버릴 테고요. 선생님이 보관해 주세요."

난 동의했다. "그래. 누가 가져갈지도 몰라."

그러자 그는 내 말을 고쳤다. "그걸 누가 갖고 싶겠어요." 그가 작게 웃었다.

아마도 누군가의 사적인 생각의 기록은 어디에서건 쓸모없는 물건일 것이다. 교도소에서는 틀림없이 그렇다 ─ 밀반입품이 더 귀한 대접을 받는다. 하지만 델타에서 그것은 특히나 더 쓸모없게 여겨지지 않을까 하는 생각이 들었다. 책 읽을 조용한 공간이 귀한 곳. 160킬로미터 반경 안에 서점이 한 군데도 없는데다 어차피 사람들에게 책을 살 만한 경제적 여유도 없는 곳. 언젠가 다른 교사가 내 교실로 쳐들어와 학생들에게 반 친구의 죽음에 관해 글을 쓰게 한다는 이유로, 그들이 그에게 연민을 느끼는 게 싫어서 나를 크게 꾸짖던 곳. 델타는 그런 곳이었다.

패트릭은 다시 지도책을 보고 있었다. 그는 지도의 범례를 마치 한 편의 시를 해독하듯 세심히 살폈다. 1센티미터는 63킬로미터에 해당했다.

"선생님, 고향이 어디라고 하셨죠? 매사추세츠요?"

"아니, 미시간."

그는 미시간을 찾았다. 나는 내가 태어난 캘러머주 카운티를 보여 주었다. "어린 시절을 보내기 좋은 곳이었어." 그는 진지하게, 마치 그 말에 심오한 뜻이 있고 나라는 사람에 대해 많은 걸 설명해 준다는 듯이 고개를 끄덕였다.

다음으로 그는 아칸소를 찾았고 강을 따라 내려가 헬레나를 찾았다.

다음은 '리틀록', '페이엣빌', 그리고 그는 '베이츠빌'을 가리키며 말했다. "여기가 괜찮겠어요."

베이츠빌은 작은 곳이었지만 헬레나보다는 컸다.

"탈출 경로를 짜고 있거든요. 차만 구하면 돼요." 그가 농담을 했다.

"좋아. 날짜만 말해. 내가 그리로 갈게."

우리는 소리 내어 웃었다.

"이제 가보셔야죠, 선생님?"

나는 시간을 확인했다.

"응."

나는 머윈의 시를 생각했다. 패트릭은 그 시를 외웠고, 딸에게 쓴 편지에서 내가 외울 만큼 좋아하는 시라서 너에게도 알려 주고 싶어, 라고도 했다.

나는 시간을 벌어 볼 요량으로 말했다. "우리 다시 한 번 낭송해 보자."

시는 편안하게 흘러나왔다. 그건 하나의 형식이고 의례였다.

우리가 다시 올 거라고 상상할게요

우리가 원할 때요 그때는 봄일 거예요

우리는 조금도 나이 들지 않았을 거예요

해진 슬픔은 이른 구름처럼 걷히고

그 사이로 천천히 아침이 모습을 드러내겠죠

그리고 죽은 자들에 대항하던 오랜 방어물은

마침내 버려져 죽은 자들에게 남겨지겠죠

빛은 지금 이 정원에서와 같을 거예요

한 세월 우리가 여기서 함께 만든

우리의 긴 저녁과 경탄이 깃든 이곳.

우리는 끝까지 한 번도 막히지 않았다. "노래 흥얼거릴 때랑 비슷한 느낌이다, 그렇지?" 내가 말했다. 시어들은 소리를 냈고 소리는 생각을 물리쳤다. 조금 뒤에는 그 말들의 의미가 더는 궁금하지 않았다. 시가 이미 우리의 일부가 되었기 때문이다.

하지만 그렇게 말하는 동안에도 나는 우리가 처음 그 시를 함께 읽었던 때를 떠올렸고 시의 의미를 이해하고자 했다. 지난 3월, 그러니까 내가 헬레나로 돌아온 지 5개월 정도 된 무렵이었다. 나는 그에게 어떤 행이 가장 마음에 드는지 물었다. 그 질문에 답하는 건 그에게 중요한 일과가 되어 가고 있었다.

"우리는 조금도 나이 들지 않았을 거예요." 그가 마침내 말했다.

난 이유를 물었다.

"왜냐하면 이곳에 있을 때면, 여긴 마치 … 마치 영원히 지속되는 곳 같으니까요. 여기서는" ― 그는 작게 헛기침을 했다 ― "더는 시간이 중요하지 않아요. 시간은 그저 멈춰 버려요."

영원히 지속되는 이곳.
시간은 그저 멈춰 버리는.
더는 시간이 중요하지 않은 곳.

나는 그가 감옥에 갇힌 탓에 많은 시간을 잃었다고 — 아니, 그보다는 허비했다고 — 느낀다는 것, 그리고 그런 느낌이 그로 하여금 자기 인생에서 허비했다고 느끼는 모든 시간을 곱씹게 한다는 걸 떠올렸다. 중요 어휘를 활용한 문장 만들기에서 그는 무분별을 넣어 이렇게 쓴 적이 있었다. 내 십 대는 무분별의 시절이었다.

"너한테도 그런 곳이 있어? 시간이 영원히 지속되는 곳이?"

"엄마요." 그는 주저 없이 말했다.

나는 눈을 깜박였다. 내가 어떤 깨달음의 문턱에 서있는 느낌이었다.

그 어떤 속임수나 마술, 신조차도 과거를 돌이키고 일어난 일을 되돌릴 순 없다. 살인을 무를 수도, 사람을 되살릴 수도, 패트릭에게 다시 십 대로 살 기회를 줄 수도 없다. 그러나 시는 혹은 적어도 이 시는 죽음을 삼키고 시간을 멈출 수 있는 어떤 감정, 어떤 존재, 어떤 무한함 가까이로 그를 데려다주었다. 다분히 초자연적으로 느껴지지만, 그건 다만 사랑의 기억이었다. 그가 집에 돌아오기를 기다리는 그의 어머니 말이다.

패트릭과 함께 책을 읽는 동안 나는 그가 새로워 보이는, 마치 이제 막 내가 알아 가기 시작하는 사람으로 보이는 순간들을 경험했다.

그 짧은 순간 우리 사이에는 어떤 신비롭고 급진적이며 개연성 없는 평등이 존재하는 듯했다. 책을 읽으면 그런 일이 가능했다. 책 읽기는 우리를, 아무리 잠깐이라도, 예측할 수 없는 존재로 만들어 주곤 했다. 우리는 타인이 당신은 이런 부류로군, 하고 단정할 수 있는 대상이 아니라 그 어떤 것도 미리 정해지지 않은 사람이 되었다. 그에게 책을 주고 기계적인 측면의 지식을 가르쳐 준 건 나였지만, 언어는 우리를 각기 다르게 움직였다. 우리는 같은 새의 노래를 들었지만, 그 노래는 우리 각자에게로 들어올 때 이미 달라져 있었다.

떠날 시간이었다. "마지막으로 네가 한 가지만 해줬으면 좋겠어." 내가 말했다.

그는 펜을 집어 들었다.

나는 펜을 내려놓으라고 말했다.

"쓸 필요 없어. 그냥 편히 있어."

나는 그에게 눈을 감으라고 했고, 그는 두 눈을 꼭 감았다. 나는 그에게 가고 싶은 곳을 한 군데 상상해 보라고 말했다. 뭐가 보였을까? 그는 물이, 다음으로는 모래가 보인다고 말했다.

"살아 있는 건?" 내가 물었다.

"게가 한 마리 있어요, 혼자서요."

"사람은 없어?" 그의 속눈썹이 떨리고 입술이 움찔했다.

"체리시요." 그가 말했다. 나는 기다렸다. "쪼그리고 앉아 있어요." 그가 계속했다. "그 게를 보면서요. 그리고 말해요, 게 다리가 조그맣다고요." 그의 입에 옅은 미소가 번졌다. "하지만 체리시의 다리도 조그마해요."

4부

〔 11 〕

부활절 아침

그의 무덤은 내가 가장

자주 되돌아가고 또 되돌아가

묻는 곳이다, 무엇이 문제이고 무엇이

문제였는지, 다른 필연에 비추어

그 모든 것들을 바라보기 위해

그러나 무덤은 치유해 주지 않을 터

그리하여 그 아이는,

뒤척이며, 나와 한 무덤에 누워야 한다

나와, 이 늙은이와 함께…

• A. R. 애먼스, <부활절 아침>

나는 캘리포니아주 오클랜드시에 살면서 프루트베일 지역에 위치한 비영리단체에서 일하고 있다. 아침이면 사무실의 열린 창으로 비둘기가 날아들어 곳곳에 실례를 한다. 나와 동료 변호사들은 이를 명예 훈장으로 여긴다. 우리는 목요일 저녁마다 "클리닉"을 열어 의뢰인을 받는다. 대개 멕시코에서 온 불법 이민자들로, 일용직 노동자, 정원사, 주방 보조, 건설 노동자, 유모로 일하다가 임금을 떼이거나 강제 추방 위기에 몰린 이들이다.

하루 일과가 끝나면 우리는 사무실 문을 걸어 잠그고 술을 마신다 — 아주 많이. 동료들은 날 스페인어식 이름으로 부른다. 미셀라다. 미셀리나. 나는 그 어느 때보다 행복하다. 폰도 폰도 폰도. 원샷. 나는 스페인어를 배우고 있다. 한 달이 채 가기 전에 나는 술집에서 누군가를 만난다. 나와 마찬가지로 "공익 변호사"라 불리는 사람이다. 내가 벌써 누군가와 데이트를 한다는 사실이 믿기지 않는다.

그러던 어느 날, 패트릭에게서 편지가 온다.

한 통이 아니라 여러 통이 한꺼번에.

그는 카운티 구치소에서 이감돼 이곳저곳을 옮겨 다니다 지금은 아칸소주 북부의 캘리코록 교도소에 있었다. 그는 내 편지들을 잘 받았다고 말하며 근황을 알려 준다.

하지만 그가 쓴 내용이 눈에 들어오지 않는다. 나는 "대체 어떻게"를 생각하느라 집중하기가 어렵다. 철자는 부정확하고 아포스트로피는 빠져 있다. 글자는 크고 둔해졌다. 마치 어떤 장인의 활자체로도 보일 법하던, 불과 3개월 전의 그 달필에 가까운 작은 글씨는 어디로 간 걸까? 그의 필체는 그가 이룬 진전이 나만의 상상이 아니라는 증거였는데.

현실적으로 생각하자. 너그럽게 생각하자. 나는 자신을 타이른다. 교육은 사업이나 회계가 아니다 — 어떤 기능이 이제는 소실되었다고 해서 투입된 시간의 가치마저 떨어지는 것은 아니다. 거기다 패트릭은 좋은 소식도 전해 온다. 그는 주 교도소가 제공하는 프로그램들을 잘 활용하고 있었다. GED° 준비반에서는 가장 높은 점수를 받았다. 10월에는 우편으로 고등학교 졸업장 복사본을 보내온다.

편지에서 그는 묻는다. 혹시 몇 달러만 빌려줄 수 있으세요? 그는 우표 살 돈이 필요했다.

나는 걱정이 되기 시작한다. 그 걱정은 패트릭이 아니라 나 자신에 관한 것이다. 나는 그 7개월이 현실에서 일어난 일이 아니고 패트릭이 글을 쓰는 동안 우리가 공유했던 그 신비로운 침묵도 내 상상이었던 걸까 생각한다. 우리가 외운 그 시들은 아무래도 내 꿈이었던 것만 같다. 더는 그 시구들이 기억나지 않기 때문이다. 출근길 지하철에서 금속 손잡이를 잡고서, 나는 그 모든 게 다 무슨 의미가 있었던 걸까 자문한다. 그리고 무언가를 더는 생각하지 않으면 그때부터 그것

○ General Education Development Test. 고교 학력 인정 시험으로, 대학 입학이나 취업에 활용할 수 있다.

은 사라져 버리는 걸까 생각한다.

그럼에도 나는 패트릭에게 엽서를 계속 보낸다. 그중 하나는 세쿼이아 나무 사진이 담긴 엽서다 — 친구들과 함께 캘리포니아에 있는 공원에 갔을 때 산 것이다. 어떻게 지내? 나는 묻는다. 이 나무들 좀 봐! 세상에서 가장 크고 가장 나이가 많아.

계약 기간이 끝나 나는 다시 이사를 한다. 그 동네가 마음에 들었지만 다른 곳에서도 살아 보고 싶었다. 이번에는 오클랜드의 차이나타운이다. 내가 세 든 건물은 누추하지만 아침이면 창문으로 아이들이 걸어서 등교하는 모습이 보인다. 등이 굽은 중국인 할아버지가 머리를 하나로 묶은 어린 손녀와 손을 잡고 걷는다. 걸음이 더 빠른 손녀가 할아버지를 잡아끈다. 저녁에는 집으로 걸어가는 길에 '성심 하드웨어' 라는 상점을 지나친다. 푸근한 중국 음식점이다.

　나는 겨울 휴가 동안 타이완에서 가족들과 만난다. 우리 넷은 섬의 동쪽 해안 근처에서 논길의 야생화를 따라 자전거를 탄다. 이곳 경치는 델타 내륙의 평지와 전혀 다르지만, 부드러운 바람과 푸른 물은 아이들을 차에 태우고 차창을 내린 채 다리를 지나던 기억을 되살린다. 한편 어머니는 자전거 타는 법을 잊었는지, 비틀거리고 덜컥거리다 넘어진다. 우리는 어머니가 일어나도록 돕는다. 어머니는 쾌활하게 다시 시도한다. 산은 초록 숲으로 뒤덮여 있지만, 짙은 안갯속에서 우리 눈에 보이는 건 파랑, 회색, 그리고 다시 파랑이 전부다. 어디를 가나 앞으로도 뒤로도 산이 우리를 둘러싸고 있어 우리는 마냥 그 안을 맴도는 느낌이다.

나는 패트릭이 쓴 시 한 편이 생각난다. 산모퉁이를 돌면 어머니가 있지, My mother is around the mountains. 첫 행은 이렇게 시작했다. 절벽을 오르면 멀리 보이고, The cliffs lift me up to see. / 사방이 온통 어머니 목소리, Her voice is in the air. 아름다운 운이 지금도 귀에 들린다. air와 around, lift와 cliffs. 하지만 특히 놀라운 건 mother와 mountains였다. 그는 어머니와 산을 보고 싶어 했고, 글쓰기는 모두가 함께할 보금자리를 마련해 주었다.

패트릭이 전화를 걸어 온다.

"저 나왔어요. 교도소가 과밀이라고 내보내 줬어요."

그냥 그렇게.

"나왔다고?" 나는 다시 묻는다. "지금 어디야?"

"집이요."

그는 2년 반을 복역했다. "가석방이에요. 모범수로요."

"정말 잘됐다. 기분 어때?"

"진짜 같지가 않아요, 선생님." 그의 미소가 그려진다.

나는 전화기를 내려놓는다. 이제 무슨 일이 일어날까?

패트릭에게는 아무 일도 일어나지 않고 동시에 모든 일이 일어난다. 그는 집으로 돌아간다. 그의 어머니는 포치에서 그를 반긴다. 9개월 뒤 그녀는 죽음을 맞이한다. 43세였다.

매일같이 이어지던 당뇨 발작이 마지막으로 찾아왔을 때, 메리는 샤워를 하던 중이었다. 그녀는 욕조에 머리를 부딪쳤다. 키라가 그녀의 주검을 발견했다.

조문은 받지 않았다. "엄마가 그러길 바랐어요." 임종 후 얼마 지나지 않아 패트릭이 전화로 알려 온다. "미리 다 준비해 놨더라고요. 엄마는 화장을 원했어요. 호들갑스러운 건 바라지 않았어요. 너무 울거나 하는 것도요."

한 달 뒤 그가 다시 전화한다.

나는 일하던 중이고, 내 사무실에는 의뢰인이 앉아 있다.

"2달러도 못 빌려주세요?"

그는 집요하다. 그의 목소리에서 무언가가, 그의 숨소리가, 그답지 않게 밀어붙이는 태도가 나를 불편하게 한다. 그는 평소의 그가 아니다. 어쩌면 뭔가에 취했는지 모른다. 약일까? 술?

나는 갈등한다.

"그건 안 되겠다. 미안해."

나는 잠시 그가 전화를 끊어 버렸다고 생각한다. 하지만 그의 숨소리가 들린다.

"여보세요?"

"네. 괜찮아요, 선생님. 이해해요."

침묵이 더 이어진다. 난처한 나는 주제를 바꿔 보려 한다.

"일자리 찾는 건 잘돼 가고?"

"노력하고 있어요, 선생님. 하지만 헬레나엔 아무것도 없어요. 거리를 돌아다녀 봐도 아무것도 없어요."

내 의뢰인은 여전히 기다린다. 예의 있게, 듣지 않는 척하며, 분명 이 전화가 사적인지 공적인지를 판단하기 위해 내 격의 없음의 정도를 가늠하면서. 은행에서 그녀의 집 현관문에 퇴거 통지서를 붙여 두고 갔다. 그녀의 절박한 사정이, 마치 그로 인해 패트릭의 절박함이 덮어지기라도 하듯 내 마음을 굳힌다.

"이제 가봐야겠다. 나중에 전화할게." 그리고 나는 전화를 끊는다.

그는 6개월 동안 소식이 없다.

친구 하나가 샌퀜틴 교도소의 '교도소대학 프로젝트'에 관해 알려 준다. 캘리포니아에서 주립 교도소 수감자에게 제공하는 유일한 학사 학위 과정이다. "거기 자원해 보지 그래. 가르치는 일 말이야."

나는 프로젝트에 합류한다. 알고 보니 나 같은 사람이 수백 명이나 된다. 저녁이면 우리는 베이에어리어에 산재한 여러 기관과 대학으로부터 샌퀜틴 교도소로 모여든다. 이곳이 보유한 자원과 아칸소의 그 카운티 구치소가 보유한 자원의 격차는 광년 단위로나 측정 가능할 것이다.

교도소에서 난 지금껏 접해 본 중에서 가장 의욕 넘치는 학생들을 만난다. "다섯 번째 읽으니까 그제야 좀 이해가 가더라고요." 한 학생이 아무렇지 않게 말을 꺼낸다. 다섯 번을 읽었다고? 나는 놀란 표정을 짓지 않으려 애쓴다. 학생들 누구도 그래 보이지 않기 때문이다. 게다가 그들이 "달리 할 일이 없다"라는 세간의 짐작은 사실이 아니다. 보통 그들의 하루는 아침 6시에 육체노동 — 가구 충전재 작업, 목공 일 등을 하고 시간당 2달러 정도를 받는다 — 으로 시작하며, 그 후에는 소모임, 마약 재활 프로그램, 알코올의존자 모임, 종교 모임, 상담이 이어진다. 그 와중에 그들은 어찌어찌 숙제할 시간을 만들어 내는 것이다.

나는 다른 교사를 만난다. 그는 넘쳐 나는 백인과 흑인 교사들 가운데 몇 안 되는 동아시아계이고 나와 연령대도 같다. 유일하게 나와 생김새가 비슷한 것이다. 그가 활기차게 한 학생에게 이야기하고 있다. 고정관념이 없지 않은 나는 그가 수학을 가르칠 거라 짐작한다. 나는 엿듣는다. 들리는 바로는 그리스비극 같다. 『안티고네』, 아니 『오이디푸스』인가? 내가 읽은 그리스 희곡은 그 둘밖에 없다 — 내 빈틈이다. "그래서 그는 자기 눈을 파내지. 이야기의 핵심은 이거야. 인간은 자기 운명을 바꿀 수 있을까?" 그러더니 그 수학 선생 아닌 자는 말을 멈추고 안경을 올린다. "어떻게 생각해?" 그가 미소 지으며 묻는다. 선택한 주제와 다르게 그는 성격이 밝다.

꼴이 우습게 된 건 나다. 교도소에는 영어 교사가 너무 많아서 그날 저녁 나는 결국 수학을 가르친다.

몇 달 후, 패트릭이 전화를 걸어와 대뜸 이제는 맑은 정신이라고 말한다.

"지금은 괜찮아요." 그는 내가 묻기도 전에 답한다. 나는 속으로 크게 안도의 숨을 내쉰다. 나는 우리가 이야기할 때 내가 얼마나 긴장하게 되는지 깨닫는다.

"그냥 잘 지낸다고 말씀드리려고 전화했어요. 선생님이 많이 걱정하시는 거 알아요." 그는 이어서 일자리를 구했다고, 헬레나 플라자 거리의 석물 가게라고 말한다.

"거기 어딘지 정확히 기억나." 나는 그 가게를 머릿속에 떠올리며 말한다. 같은 블록에 장례식장이 세 곳 있고 브랜던이 총에 맞아 죽은 그 꽃집도 있었다.

나는 그에게 일은 어떤지 묻는다. 그는 사장이 날짜와 이름을 묘비에 새기면 자기가 그것들을 트럭에 싣고서 카운티 곳곳의 묘지로 가져간다고 말한다. 그는 땅을 파고 묘비를 세운다. "괜찮은 일이에요. 밖에서 일하니 좋아요." 그가 말한다. 나는 그가 지은 시 한 편이 생각난다. 뙤약볕 아래 / 남자는 평온히 일한다 / 콧노래를 부르며.

그는 가족들이 더 싼 곳으로 이사했다고 말한다. 어머니가 벌어 오던 돈이 없으니 집세를 감당할 수 없었다. 전에 살던 집에는 다른 가족이 이사 오고, 그 포치에서는 다른 누군가가 죽는다. 이번에도 이십 대 흑인 남자다. 그는 얼굴에 총을 맞았다. 그 이상의 자세한 사정은 패트릭도 모른다.

"똑같이 거기서요." 그는 그 구절을 되풀이해 강조한다. "똑같이 거기요."

통화를 마친 후 나는 침대 밑에서 아칸소 시절의 이런저런 낱장 문서를 모아 놓은 상자를 꺼낸다. 시 한 편이 흘러나온다. A. R. 애먼스의 <부활절 아침>이다. 패트릭과 함께 읽으려고 계획했다가 시간이 부족해서 그러지 못했던 것 같다. 수개월 동안 진술서, 스프레드시트, 변론 취지서, 공식 서한지에 묻혀 지내던 내 눈은, 갑자기 밝은 빛에 노출된 것처럼, 종이 위 빈 공간에 적응하려 애쓴다.

7연으로 된 시는 어떤 경험을 회상한다. 시인이 네 살 되던 해, 아직 어린 동생이 죽는다. 내게는 이루어지지 못한 생명이 있다 / 밀쳐지고 멈추어진. 시는 이렇게 시작한다. 그의 무덤은 내가 가장 / 자주 되돌아가고 또 되돌아가. 시인은 묻고 싶다. 무엇이 문제이고, 무엇이 문제였는지, 무엇이 그 아이를 마침내 편히 잠들게 할 수 있을지. 하지만 아이는 잠들지 않는다. 그리하여 그 아이는, / 뒤척이며, 나와 한 무덤에 누워야 한다 / 나와, 이 늙은이와 함께….

　　나는 그 시를 벽에 붙인다. 그리고 패트릭에 관해 쓰기 시작한다.

알고 보니 그 수학 선생 아닌 자는 나처럼 타이완계 미국인이다. 그는 버클리대 대학원에서 종교와 독일 역사를 공부한다.

　　"독일어 할 줄 알아요?" 내가 묻는다.

　　"네, 근데….”

　　"독일어로 아무 말이나 해봐요." 내가 시켜 본다.

　　그는 수줍어하며 거절한다.

　　"사실은 못 하죠?" 내가 말한다.

　　나는 그 수학 선생 아닌 자와 데이트를 시작한다. 그의 이름은 앨버트다.

패트릭이 아칸소에서 캘리포니아행 버스를 탄다. 노동부 직업교육 과정에서 알게 된 친구를 만나러 샌프란시스코로 오는 길이다. 그는 최근 그 과정을 마치면서 목공과 배관 자격증을 땄다.

　　엄청 크고 아름다와요. 그가 로스앤젤레스와 샌프란시스코 중간 어디쯤에서 캘리포니아의 인상을 문자 메시지로 전해 온다.

부모님도 마침 샌프란시스코에 와있다. 나는 얼마 전 앨버트와 결혼했다.

패트릭이 찾아온다. 모두가 그와 악수를 한다. 아빠는 손을 뻗어 패트릭의 거대한 아프로 스타일 머리를 만져 나를 경악케 한다. 패트릭은 개의치 않는다.

우리는 단둘이 크리시필드를 걷는다. 너른 녹지 아래로 샌프란시스코 만이 보이고, 그 너머로 태평양이 펼쳐진다. 개 한 마리가 우리 옆을 지나쳐 달려간다.

나는 패트릭에게 여전히 그에 관한 글을 쓰고 있다고 말한다. 그에 관해, 우리에 관해, 구치소에서의 책 읽기에 관해, 아칸소에 관해. "괜찮아?" 내가 묻는다. "네 이름은 쓰지 않을게."

"제 이름 쓰셔도 돼요." 그가 말한다. "전 간증을 믿어요. 전 하나님을 믿어요."

나는 안심한다. 그러면서 생각한다, 이건 그가 아닌 나의 간증이라고.

나는 패트릭에게 만약 원하는 대로 다 된다면 뭘 하며 살고 싶은지 묻는다. "트럭 운전이요." 그는 18륜 대형 트럭을 몰면서 온 나라를 돌아보고 싶다고 말한다.

나중에 나는 부모님께 말한다. "전 언제나 패트릭이, 모르겠어요, 영어 교사가 된다던가, 뭐 그런 모습을 상상했는데." 그들은 피식 웃는다.

"트럭 운전이 어때서." 그들이 소리친다. "복리 후생이 괜찮아."

엄마가 말한다. "네 교사 때 월급보다 벌이가 나을 걸."

아버지도 예리하게 지적한다. "변호사 때 월급보다도."

나는 패트릭에게 트럭 기사 자리를 알아봐 주겠다고 말한다.

그는 고개를 젓는다. "중죄 전과가 문제가 될 거란 건 진작부터 알고 있었어요."

우리는 좀 더 이야기를 나눈다. 나는 그에게 어머니 일은 안됐다고 말한다.

그는 어머니의 병이 깊었고 스트레스가 컸다고 말한다. 혈당 수치가 높고 매일같이 발작을 일으켰다고. "물이요." 그가 갑자기 말한다. "엄마가 물 마시는 걸 별로 못 봤어요." 그는 새로 떠오른 단서를 곰곰이 생각한다.

난 우리가 함께 책을 읽을 때 그가 물을 좋아했던 걸 떠올린다. 그는 비, 강, 시내, 개울, 이슬 같은, 물과 관련된 이미지와 단어를 좋아했다. 중요 어휘 누그러뜨리다를 써서 그는 이런 문장을 만들었다. 비는 땅을 누그러뜨린다.

나는 말한다. "어머니가 널 무척 사랑하신 거 알지?"

"전 매일 밤 엄마한테 얘기해요."

"좋네."

"마커스한테도요, 역시 매일 밤에요."

"그들도 네게 말을 하니?"

"그럼요, 그럼요." 난 그의 어머니가 하나님에 대해 한 말을 떠올린다. 그분이 응답해 주시나요? 그럼요, 그럼요.

우리는 수평선을 향해 다가간다. 푸른 하늘과 푸른 물이 섞인다. 우리는 잠시 각자의 생각에 잠겨 말이 없다.

전에 나는 패트릭에게 이렇게 물은 적이 있다. "마커스가 왜 천국에 있다고 생각해?"

"그냥 … 남의 손에 죽거나 한 사람은 천국에 갈 거 같아요."

"넌 천국에 갈 거 같아?"

"모르겠어요. 만약 천국에 저 같은 사람을 위한 곳도 있다면요."

"너 같은 사람?"

"실수를 저지른 사람이요."

금문교의 웅장하고 아찔한 붉은 원호가 안갯속으로 사라진다. 나는 전에 그 다리의 사진을 패트릭에게 보여 준 적이 있다. 이제 우리는 함께 오래도록 그 다리를 보고 있다. 우리는 날이 저물고 있다는 걸 깨닫는다. 다리를 건너 볼 시간은 나지 않는다.

우리가 누군가의 삶을 더 낫게 바꿀 수 있다는 관념은 강력하다. 그런 생각은 특히 교사들에 관한 논쟁에 큰 영향을 미친다. 교사는 선한가 악한가, 사기꾼인가 성인인가, 부당하게 악마화되는가 아니면 맹목적으로 칭송받는가? 이런 상반된 초상은 학생의 본성에 관한 논쟁과 맞물려 있다. 논쟁의 한편에서는 학생들이 타불라라사, 무엇이든 그릴 수 있는 백지상태와 같다고 주장한다. 따라서 교사는, 그가 충분히 선하고 충분히 현명하고 충분히 관심을 기울인다면, 그 서판 위에 자신이 품은 열정과 지식을 효과적으로 각인할 수 있다. 다른 한편에서는 학생들이 폭력이나 방치, 가난과 같은 조건들에 의해 이미 일정한 형태로 영구히 굳어졌다고 주장한다. 그러므로 어떤 교사도 학생의 인생을 바꾸지 못한다. 하지만 어느 편의 주장도 완전한 진실일 수는 없을 것이다.

내가 패트릭을 만났을 때 그는 열다섯 살이었다. 그는 다섯 살 때부터 마약 거래를 지켜봤고, 열한 살 때는 사고로 제 몸에 불을 냈고, 내가 짐작 못 할 많은 일을 겪었다. 그의 운명이 나나 다른 어떤 교육자에 의해서 결정적으로 뒤바뀔 수도 있었다고 믿는다면, 그건 더없이 허황돼 보일 것이다. 누군가의 인생의 복잡다단한 초상에서 한 명의 교사는 그저 하나의 작은 점에 불과한지 모른다.

그렇지만 누군가를 학생으로 안다는 것은 그를 언제나 학생으로 안다는 것이다. 그것은 그의 분투를 마음 깊이 느끼는 것이며, 또한 그의 분투 속에서 나 자신의 분투를 느끼는 것이다. 그것은 한 학생이 각고의 노력으로 자기 형상을 갖추어 가는 모습을 — 오비디우스의 인물이 한 생명체에서 다른 생명체로 변해 가듯이 그가 스스로를 비틀고 일그러뜨려 마침내 온전한 변신이라는 과제를 완수하는 과정을 — 지켜보는 것이며, 그러고는 차마 그것을 잊지 못하는 것이다. 왜일까? 왜냐하면 그가 나를 믿기 때문이다. 왜냐하면 그가 이 새로운 자아가 주는 느낌을 더 좋아하기 때문이다. 왜냐하면 그가 이 변화된 모습을 지킬 수 있도록 나의 도움을 바라기 때문이다.

이제 스물다섯이 된 패트릭은 마커스가 죽었을 때와 나이가 같다.

패트릭의 딸 체리시는 여섯 살이고 헬레나에서 KIPP에 다닌다. 패트릭과 나는 함께 그녀의 교실을 찾아가 본다. 학생들은 도형과 동물로 만든 알록달록 커다란 패치워크 러그에 앉아 있다. 체리시는 아빠를 보고 기뻐한다. 그는 딸에게 하이쿠를 좋아하는 판다에 관한 책을 건넨다. 그녀는 책을 가슴에 꼭 끌어안고 놓지 않는다. "너네 아빠가 그거 사줬어?" 다른 아이의 물음에서 약간의 질투가 느껴진다. 체리시는 고개를 끄덕인다.

패트릭은 일자리가 더 많은 리틀록에 살고 싶었다. 하지만 아무 일도 찾지 못했다. 그는 큰 창고에 지원했지만 중죄 전과가 문제였다. 트럭 운전도 생각해 봤지만 역시 중죄 전과가 문제였다. 헬레나에서는 선택의 폭이 더더욱 좁았다. 그는 카지노에 지원했지만 소용없었다. 전과 때문이었다. KFC와 달러제너럴 잡화점에도 지원했지만 헛수고였다. 당장은 자리가 없었다. 그에겐 차도, 컴퓨터도 없었다.

나는 패트릭을 차에 태워 필립스 전문대학으로 향한다. 그에게 그곳의 수업을 들어 보라고 권하던 중이다.

담당 직원이 말한다. "먼저 배치 고사를 봐야 해요."

"그건 이미 봤어요." 그가 말한다.

나는 의아해 하며 패트릭을 쳐다본다. 그 얘기는 듣지 못했다. 등록했다가 자퇴한 건가?

그녀는 파일을 확인한다. "영어 점수가 무척 좋네요." 그녀가 놀란 목소리로 말한다. "무척 좋아요."

나는 패트릭을 본다. 그는 나를 본다.

우리는 차로 돌아온다. 나는 대학에서는 어떻게 된 건지 묻는다. 그는 용접 수업을 좀 들었지만 그만뒀다고 말한다. 그게 언제였지? 나는 묻는다. 노동부 직업교육 과정 들어가기 전에요, 그가 말한다. 나는 어머니가 돌아가셨을 때로구나, 생각한다.

다음은 도서관이다. 우리는 헬레나에 화학 공장이 생긴다는 소식을 들었다. 괜찮은 기회다. 그는 이력서가 필요하고, 그래서 나는 그를 도서관으로 데려간다. 도서관은 새로 생긴 곳이라 깨끗하고 환기도 잘된다.

도서관 컴퓨터실에 들어가니 컴퓨터 10여 대와 프린터가 있다. 우리는 그의 이력서와 자기소개서를 작성한다. 패트릭은 워드 문서를 작성할 줄도 열 줄도 모른다. 나는 그에게 방법을 알려 준다. 저는 어떤 일도 가볍게 여기지 않습니다, 그는 양쪽 검지로 키보드를 두드린다. "좋다." 내가 말한다. "자기 일에 긍지를 갖는다고 덧붙이는 건 어때? 넌 정말로 그러니까."

그는 그 문장을 더한다.

나는 지원서를 온라인으로 보내야 할 경우를 대비해 그에게 이메일에 문서를 첨부하는 법을 알려 준다.

나는 이력서 20부와 자기소개서 20부를 출력한다. 비용은 장당 25센트다. 나는 담당 직원에게 돈을 건넨다. 패트릭은 서류 준비에 돈이 드는 걸 보고 미안해하는 눈치다.

공장은 헬레나 서쪽 외곽, 강에서 멀리 떨어진 곳에 있다. 우리는 차를 몰아 맑고 푸른 하늘 아래 끝없이 펼쳐진 평평한 들판을 지난다. 수백 제곱킬로미터에 달하는 그 땅은 큰 기업의 투자자들 소유다. 사람이 살고 있음을 알려 주는 유일한 흔적은 곡식에 비료를 주는 거대한 기계들이다. 땅 주인들은 대개 델타에 살지 않고 인부들도 거의 필요로 하지 않는다.

이동 중에 나는 구치소에서 함께 공부했던 머윈의 시가 담긴 책을 건넨다. 그는 두꺼운 회색 표지를 만진다. 성인용 책을 손에 들어 본 건 한참 만인 모양이다. 나는 마음이 아프지만 내색하지 않는다.

"어디, 몇 행이나 외우는지 한 번 볼까?" 내가 말한다.

"에이, 선생님." 그는 내가 처음 구치소에서 숙제를 내줬을 때처럼 웃는다.

"너도 날 테스트해 봐."

그는 그 시가 수록된 페이지를 펼치고 읊어 본다. 나도 시도해 본다. 어떤 행들은 바로 떠오른다.

"글은 좀 쓰니?" 나는 묻는다. 그리고 안타깝지만 이미 답을 알 것 같아 기다리지 않고 얼른 덧붙인다. "가끔은 간단한 일기 같은 거로도 속이 좀 후련해지던데. 정말 도움이 돼. 난 그렇던데…." 난 말끝을 흐린다.

그는 고개를 돌려 창밖을 보고 있다. "뭐라도 돼야 할 텐데 … 그게 어려워요."

나는 볼드윈의 에세이에서 그가 밑줄 쳤던 한 구절이 생각난다. 그들은 아무것도 읽지 않았다. 낙담한 사람들에게는 그럴 시간도 기운도 없었다.° 그는 "공감이 간다"라고 했었다.

공장에서 만난 채용 담당자는 얼굴이 불그레하고 아마도 담배이지 싶은 뭔가를 씹고 있다. 그는 선심 쓰듯 내려다보는 태도를 보인다.

"가장 중요한 건," 남자가 여전히 뭔가를 씹으며 낮은 소리로 말한다. "깨끗해야 한다는 거지."

"예."

"젊은 친구, 자네 깨끗한가?"

"예, 그럼요."

"지금 이 자리에서 약물검사를 받아도 되겠어?"

"물론입니다."

° 「십자가 아래에서: 내 마음속 구역에서 보낸 편지」, 91쪽.

지금껏 나는 패트릭의 고통은 그의 범죄와 수감 생활에서 바닥을 쳤다고 생각했다. 그것은 그에게 인생 최악의 사건이었지만, 그래도 일단 출소만 하면 적어도 상황이 더 나빠지지는 않으리라 생각했다.

이제 나는 그것이 완전한 착각은 아니었는지 자문한다. 델타에 복귀하려는 그의 노력 — 일을 구하고, 익숙해지고, "뭐라도 돼 보려는" 과정 — 은 새로운 싸움이었고, 몹시도 힘겨웠으며, 수감 생활과 달리 정해진 시한도 없었다. 학교와 교도소가 그에 대해 최소한의 책임이라도 졌다면, 이제는 그 어떤 기관이나 사람도 그를 자기 소관이라 하지 않는다.

나는 캘리포니아의 내 방으로 돌아와 그의 편지들을 찾는다. 어디에 보관해 뒀는지조차 기억나지 않는다. 나는 그 편지들을 읽고 싶다. 아니, 읽어야 한다.

내가 떠난 뒤 그가 교도소에서 보낸 편지 봉투들이 노란 폴더에서 쏟아진다. 고무줄로 묶여 있지도 않고 순서대로 정리돼 있지도 않다. 지금까지 내가 이 봉투들을 열어 편지들을 읽은 건 딱 한 번이다.

나는 읽기 시작한다.

일단 읽기 시작하니 멈출 수가 없다.

그는 이렇게 쓴다. "세쿼이아 공원"은 엽서에 있던 그 거대한 나무들이 있는 곳인가 봐요. 선생님이 거길 방문하셨다니 기뻐요. 캘리포니아는 분명 미국에서 가장 멋진 곳일 거 같아요. 거긴 공기도 무척 깨끗하겠죠.

그는 이렇게 쓴다. 지금까지 제가 읽은 랭스턴 휴스의 시 중에서 가장 마음에 드는 걸 보내 드려요. 우리는 이틀에 한번씩 도서관에 갈 수 있어서 저는 거기서 책을 찾아보고 있어요.

그는 쓴다. 선생님 편지는 늘 반가와요. 선생님이 감기에 걸리시는 건 정말 싫어요. 빨리 나시길 빌어요.

　그는 쓴다. 엄마한테 편지를 쓰는데 답장은 없어요. 알아요 가족들 먹여살리느라 바쁘다는 거. 선생님도 아시다시피 전 사교적인 편은 아니지만 그래도 사람들이 하는 이야기는 잘 들어요. 시간 나시면 편지 주세요. 많이 보고 싶고 사랑해요, 선생님.

　그는 쓴다. 지난주에 예비고사를 통과했어요. 다음 주에는 GED 시험을 볼 거예요. 그리고 게시판에 제 사진이 붙었어요. 제가 성적 우수자래요.

　그는 쓴다. 저 GED 시험 붙었어요. 영어와 작문에서 600점이 나왔어요. 에세이는 4등급이고요. "최고 점수"라는 말을 들었어요.

　그는 쓴다. 선생님! 엽서들 받았어요. 제 친구들이 그 스페인 교회가 정말 거대하다고 감탄했어요. 저도 그 교회가 마음에 들어요. 스페인이랑 타이완 여행이라니 멋져요. 무사히 다녀오셔서 제 마음도 편해요.

　처음 패트릭의 편지들을 받았을 때 나는 그것들이 그의 발전을 드러내 주기를 바랐다. 패트릭의 전적이고 급진적인 변화에 대한 증거가 돼 주기를 바랐다. 하지만 그 편지들을 그렇게 바라보는 건, 그 뒤에 감춰진 노력을 간과하는 것이다. 편지란 무엇인가. 공허를 밀어내려는 시도, 필요와 우정에 대한 인정, 인간관계라는 세계에 내 자리가 있기를 바라는 소망의 표현 아니던가? 우리는 누군가에게 읽힐 가치가 있기를 소망하며 나 자신에 관해 이야기한다. 그것은 거울을 닦으면서 그 안을 들여다보기로 결심하는 것과 같다.

　그는 쓴다. 「전도서」[8장 15절]의 이 말씀을 나누고 싶어요. "사람이 먹고 마시고 즐거워하는 것보다 더 나은 것이 해 아래에는 없음이라. 하나님이 사람을 해 아래에서 살게 하신 날 동안 수고하는 일 중에 그런 일이 그와 함께 있을 것이니라."

그는 쓴다. 선생님은 저를 바닥에서 건져 내신 분이예요. 저는 선생님이 뭘 하시건 끝까지 응원할 거예요.

그리고 패트릭의 편지 가운데 내가 가장 사랑하는 것. 전 메리 올리버의 <그래, 신비>가 무척 흥미로웠어요. 풀잎이 어린양의 입에서는 양분이 된다는 구절을 읽으면서는 진짜 웃음이 났어요. 정말 멋지죠. 제가 가장 좋아하는 행은 이거예요. "어떻게 사람들은, 기쁠 때나 상처받았을 때나, 시에서 위안을 찾을까." 이 행은, 그니까 모든 걸 생각나게 해요. 선생님은 어느 행이 가장 마음에 드세요.

나는 다시 이사를 한다. 벽에 테이프로 붙여 놓았던 <부활절 아침>을 떼어 내다 모퉁이가 찢어진다. 나는 시를 읽는다. 그리고 나도 모르게 자리에 앉는다.

시의 마지막 부분은 이렇다. 화자는 산책을 한다. 이 산책에서 그는 날개가 검고 목이 흰, 독수리처럼 보이는 커다란 새 두 마리를 본다. 그 둘은 날갯짓하고, 부드럽게 미끄러지고, 하나가 급히 낙하했다가 다시 원을 그리며 돌아온다. 마치 한 폭의 그림 같은, 문자 그대로 완벽한 부활절 아침이다. 시는 둘, 닮은꼴, 쌍에 관해, 만남과 갈림에 관해 이야기한다. 두 마리 새는 하나의 패턴을 이루며 언제까지나 서로와의 관계 속에서 움직인다. 하나가 다가왔다 멀어졌다 다시 돌아온다. 그리하여 둘은 꿈속에서 만나고, 한 무덤에 들고, 공중에서 갈라진다.

내 생각에 그런 닮은꼴은, 마음만 먹으면 어디서나 찾아볼 수 있다.

인간의 마음은 어떻게 하나에서 둘로, "이루어지지 않는" 삶과 이루어지는 삶으로 나뉘게 될까? 한편의 삶은 멈추고 더는 존재하지 않는다. 다른 한편의 삶은 계속되며, 마치 제 의지와 무관하게 꽃을 피우는 나무처럼 버틴다.

그래서 패트릭은 밤마다 마커스에게 이야기하며 그를 살아 있게 한다. 자기가 죽인 그 남자가 마치 죽지 않은 것처럼. 그래서 패트릭은 잠자리에 들기 전 어머니에게 이야기하며 그녀를 자기 곁, 자신의 머리맡으로 데려온다. 그가 삶에서 가장 사랑한, 그러나 자기가 저버렸다고 생각하는, 이제는 재가 되어 버린 그녀를.

애먼스에게는 그의 동생이 죽은 자리가 세상 모든 곳 중에서 가장 소중하면서 가장 끔찍하다. 그는 이 자리를 떠날 수 없다. 그는 여기서 버티고 실패해야만 한다. 사람에게는 누구나 그런 순간이, 거듭해서 되돌아가 다시 살아나라, 라고 말하는 그런 지점이나 자리가 있는 걸까? 그렇게 우리의 그림자 자아, 우리에게 이야기하고 또한 우리를 질타하는 영적 존재를 지탱하면서 삶을 이어 가는 걸까?

여기 나의 이루어지지 않은 삶, 내가 되돌아가고 또 되돌아가는 자리가 있다.

나는 다시 델타에 있다. 때는 2006년이고, 나는 견뎌 보기로 한다. 몇 년만 더, 내 첫 8학년생들의 고등학교 졸업을 볼 때까지만. 난 외로움을 달래 줄 개를 들인다. 이 개는 굉장하다. 델타 특유의 정취가 가득한 밤, 늦게 기우는 해와 더불어 별이 보이면, 녀석은 모기 물린 자리를 긁적이고 나는 맥주를 홀짝인다. 난 부모님께 전화해 델타에 머물기로 했음을 알린다. 그렇게 말할 때 내 목소리는 떨리지 않는다. 그들을 잘 알기 때문이다. 비록 지금은 실망하더라도 결국 내 결정을 받아들이고 더 나아가 이해할 것이다.

스타가 폐교되면서 센트럴에서 가르치기 시작한 나는 패트릭이 복도를 어슬렁거리는 걸 본다. 그는 북적거림이나 소음에 지칠 때면 내 교실을 찾는다. 그가 문으로 들어서며 인사를 건넬 때 나는 혼이 나갈 정도로 지쳐 멍하니 칠판을 지우고 있다. 그는 주머니에서 구겨진 종이를 꺼내 자기가 쓴 시나 랩 가사를 보여 준다.

　　하지만 학교는 무질서하고 싸움이 일상적이며, 패트릭은 수업에 빠지기 시작한다. 나는 물론 처음에는 알아채지 못한다 — 새로 맡게 된 학생들로 정신이 없다 — 하지만 다른 교사가 내게 일러 준다. 전에 패트릭 브라우닝을 가르치셨죠? 요즘 통 안 보이네요.

　　나는 월마트에서 장을 본다. 카트를 끌고 주차장으로 나오다 생각이 난다 — 불과 몇 블록 떨어진 곳에 그가 산다. 나는 그의 집 문을 두드린다. 아무도 대답하지 않고 안은 어둡지만, 나는 그의 아버지가 소파에 누워 있다는 걸 알고 기다리면 된다는 걸 안다. 패트릭이 나온다.

　　우리는 포치에 나와 앉아 거기서 늘 그랬듯 편히 이야기를 나눈다. 그는 내가 온 이유를 안다. 죄송해요, 선생님. 나는 말한다. 미안하다는 말은 필요 없어. 그는 다시 학교에 나오겠다고 약속한다. 기운 내고 어깨 펴. 그러자 그는 내 말을 문자 그대로 받아들인 듯 어깨를 편다. 난 여기서 네가 졸업하는 걸 지켜볼 거야. 그는 고개를 끄덕인다. 나는 그에게 보이즈앤걸즈클럽이 막 문을 열었다고 말한다. 거기서 일자리를 구해 보는 건 어떨까? 그럼 우리 거기서 같이 탁구를 칠 수도 있을 텐데. 나는 농담을 건넨다. 이봐, 나 아시아인이야. 내 몸에는 탁구인의 피가 흐르고 있다고. 넌 나한테 꼼짝도 못 할 걸. 그가 웃는다. 내가 더는 화가 나 보이지 않기 때문이다. 내일 그는 자신을 증명해 보일 것이다. 약속을 지키는 사람임을 보여 줄 것이다. 그는 일어나서 차까지 날 바래다준다.

상상 속에서, 나는 델타를 떠나지 않고 그는 학교를 그만두지 않는다. 마커스가 죽을 수도 있었을 그 밤에, 패트릭은 집에서 시험공부를 하기로 한다. 그는 맑은 정신으로 집중한다. 그에게는 할 일이 있기 때문이다. 아무도 그에게 나가서 여동생을 찾아보라고 하지 않는다. 바깥에서 부스럭거리는 소리가 들리자 그의 아버지가 소파에서 일어나 남자를 향해 말한다. 썩 꺼져, 안 그러면 경찰 부를 거야. 마커스는 사라진다. 패트릭은 어수선한 소리를 듣지만 대수롭지 않게 여긴다. 그는 그대로 책을 읽는다. 포치에서는 아무 일도 일어나지 않는다. 그 포치는 그저 포치일 뿐이다. 날이 따뜻할 때 앉아서 이야기를 나누는 곳.

지금 내가 하고 있는 이게 뭔지 나는 안다. 희망적 사고, 헛된 생각이다. 나도 안다. 설사 내가 델타에 머물렀더라도 달라진 건 전혀 없을지도 모르고, 패트릭과 나는 똑같이 각자의 삶을 살았을지도 모른다는 걸. 그리고 마치 내가 그의 인생에서 너무나 중요한 존재이고 내가 그를 구원할 수도 있었다고 생각하는 것처럼 보일 줄도 안다. 하지만 그런 게 아니다.

아니, 어쩌면 그런 건지도 모른다. 왜냐하면 그 반대인 합리적 사고란, 결국 내게 이렇게 말하는 셈이기 때문이다. 넌 그렇게까지 못 해, 넌 그리 대단하지 않아, 한 사람의 삶에는 좋건 나쁘건 무수한 힘이 작용하는 법이야, 넌 대체 네가 뭐라고 생각하는 거지? 이건 내가 델타를 떠난 뒤 무거운 마음을 달래기 위해 스스로에게 하던 말이고, 아직도 나는 가끔씩 이렇게 되뇐다. 하지만 만약 그렇다면 인간은 대체 뭘 위해 사는 걸까? 사람은 다른 사람에게 의미를 지녀야 한다. 두 사람이 함께 시간을 보내며 서로를 위해 노력하고 더 온전한 자신이 되기 위해 노력했다면, 의미가 있어야 한다. 그러니 설사 내 생각이, 내 꿈이 잘 못됐다 해도 그와 반대로 아예 꿈꾸지 않는 것 역시 잘못이긴 마찬가지로 보인다.

특별히 나라서 패트릭의 인생행로를 바꿀 수도 있었다는 혹은 특별히 패트릭이라서 내게 반응했을 거라는 말이 아니다. 그보다 나는, 사람은 서로에게 강력한 영향을 미칠 수 있고 어떤 장소 — 너무 많은 이들이 떠나 버린 곳 — 와 어떤 시기 — 우리가 아직 다 자라기 전, 닳 거나 굳어 버리기 전 — 에는 더더욱 그렇다는 것을 믿지 않을 수가 없다. 그런 때 그런 곳에서 우리는 연약하고 열려 있다.

습관은 쉽게 고칠 수 없기에 그는 다시 수업을 거른다. 나는 점심시간에 볼일이 있어 차를 몰고 나갔다가 밸리드라이브 근처에서 배회하는 그와 마주칠지도 모른다.

패트릭은 내 차를 알아본다. 나는 차를 세운다. 다른 학생이었다 면 그렇게 가던 길을 멈추지는 않았을 거라 마음에 좀 걸린다. 나는 몸 을 뻗어 조수석 쪽 문을 연다. 패트릭은 차에 올라타 내가 나무라기를 기다리며 음반을 만지작거린다. 나는 운전대를 잡는다. 우리는 얼마 간 드라이브를 한다. 그는 손잡이를 돌려 차창을 내린다. 밖을 내다보 는 그의 눈길이 이곳저곳에 머문다. 땡볕에 쪼그려 앉은 홈리스, 자전 거를 타는 꼬마. 난 그의 부끄러움을 감지한다 — 그는 나를 그리고 자 기 자신도 실망시켰다고 느낀다. 부끄러움은 부드럽게 대해야 한다.

나는 음악을 끄고 간단한 질문을 건넨다. 요즘 어떻게 지내? 어디 가는 길이야? 조용한 차 안에서 우리는 내일을 위한 계획을 세운다.

나는 나를 가르쳤다

자유로움과 살아 있음을 느끼도록
잠에서 깨어나 여기 있음에 감사하도록
음식부터 가족들, 면회까지
모든 것이 축복임을 알도록.
노인이 자기 방에서 신음하고
백인들이 슬픈 이야기를 할 때도
나는 애써 괜찮다고 말한다.
내게는 완벽한 건강과 행복이 있다고.
그 순간 나는 알아챈다
소리 없이 날아 내 방을 가로지르는
평화로운 곤충들을,
구치소 안에서 매일
날 위해 태양처럼 빛나는 밝은 전구를.
신참에게나 모든 게 다 무서운 법.
내 생각을 말하자면 나는 여기 없다
그저 나만의 세계에 있다.

• 2010년 4월, 패트릭

도움 받은 문헌들

나는 남부 농촌 지역 아프리카계 미국인의 삶을 탐구하는 역사가들의
뜻깊은 작업에 빚을 졌다. 여기 작성한 목록은 완전하지 않다. 하지만
이를 통해 내게 영향을 준 문헌들을 밝히고 관심 있는 독자들을
적절한 곳으로 안내할 수 있기 바란다. 리언 리트웩Leon Litwack의
『트러블 인 마인드: 짐 크로우 시대의 남부 흑인』*Trouble in Mind: Black
Southerners in the Age of Jim Crow*(Knopf, 1998)과 로빈 켈리Robin D. G.
Kelley의『망치와 괭이: 대공황기 앨라배마 공산주의자들』*Hammer and
Hoe: Alabama Communists During the Great Depression*(University of North
Carolina Press, 1990)은 남부의 역사에 관해 내가 가장 처음 접한
입문서들이며 내게 지속적인 영향을 미쳤다. 스티븐 한Steven Hahn의
『우리가 발 딛은 나라: 남부 농촌 지역에서 흑인들의 정치적 투쟁』*A
Nation Under Our Feet: Black Political Struggles in the Rural South*(Harvard
University Press, 2003)은 내게 없어서는 안 될 자료였다. 이 힘 있는
책은 농촌 지역 흑인 빈민의 조직화 과정을 연대기적으로 서술하며,
아칸소주 필립스 카운티의 역동적인 흑인 사회운동을 조명한다.
지니 웨인Jeannie Whayne의『델타 제국』*Delta Empire*(Louisiana State
University Press, 2011)과『새로운 플랜테이션 남부』*A New Plantation
South*(University of Virginia, 1996), 낸 우드러프Nan Woodruff의
『아메리칸 콩고』*American Congo*(Harvard University Press, 2003) 그리고

제임스 콥James Cobb의 『남부 중의 남부』*The Most Southern Place on Earth*(Oxford University Press, 1992)는 19세기부터 20세기 중반까지 델타 지역에서 일어난 광범위한 사회경제적 변화를 이해하는 데 필수적이었다. 나를 예리하고 유용한 자료들로 안내해 준 지니 웨인과 패디 라일리Paddy Riley의 아낌없는 친절에 감사를 전한다.

흑인 엑소더스와 아프리카 귀환 운동에 반대한 프레더릭 더글러스의 입장에 관해서는 월도 마틴Waldo Martin의 『프레더릭 더글러스의 정신』*The Mind of Frederick Douglass*(University of North Carolina Press, 1986)과 넬 어빈 페인터Nell Irvin Painter의 『엑소더스터: 재건기 이후 캔자스로 간 흑인들』*Exodusters: Black Migration to Kansas After Reconstruction*(Norton, 1976)에서 도움을 얻었다. 아칸소의 아프리카 귀환 운동에 관해서는 스티븐 한, 아델 패턴 2세Adell Patton, Jr., 케네스 반스Kenneth Barnes의 연구를 참고했다. 이들은 초기 아프리카 귀환 운동의 가장 열렬한 지지층이 농촌 지역 흑인 빈민들이었음을 시사한다. 20세기 초에 있었던 아칸소 이주에 관한 도널드 홀리Donald Holley의 연구, 그리고 아칸소 내 불평등에 관한 찰스 볼턴S. Charles Bolton, 윌러드 게이트우드Willard Gatewood, 칼 머니헌Carl Moneyhon의 연구에도 감사를 표한다. 대이주와 관련해서는, 떠난 이들과 남은 이들의 경제적 지위를 비교한 스튜어트 톨네이Stewart Tolnay와 E. M. 벡E. M. Beck의 저서가 놀라운 통찰을 제공해 주었다. 이사벨 윌커슨Isabel Wilkerson의 『다른 태양의 온기』*The Warmth of Other Suns*(Random House, 2010)와 니콜라스 레만Nicholas Lemann의 『약속의 땅』*The Promised Land*(Vintage, 2010)은 대이주를 개괄적으로 조망함으로써 떠난 이들과 남은 이들의 경험을 맥락화하고 비교하는 데 도움을 주었다.

　　미시시피 강 서쪽에 세워진 최초의 흑인 고등교육기관과 관련해서는 토머스 케네디Thomas Kennedy의 『사우스랜드대학의 역사』A History of Southland College(University of Arkansas Press, 2009)를 참고했다. 이 책은 필립스 카운티에서 교사로 정착한 퀘이커 교도들에 관한, 그리고 더 넓게는 아칸소주의 흑인 교육에 관한 흥미진진한 지역 역사서이다. 랜디 핀리Randy Finley의 『노예제에서 불확실한 자유로』From Slavery to Uncertain Freedom(University of Arkansas Press, 1996)에는 노예해방 직후 델타의 모습이 감동적으로 그려져 있다. 아칸소주 학생비폭력조직위원회Student Nonviolent Coordinating Committee의 역할에 관한 핀리의 연구에도 감사를 표한다.

　　아칸소주 일레인에서 발생한 대학살 등 델타 지역의 인종 폭력에 관해서는 그리프 스토클리Grif Stockley의 『블러드 인 데어 아이즈: 1919년 일레인 인종 대학살』Blood In Their Eyes: The Elaine Race Massacre of 1919(University of Arkansas Press, 2001), 우드러프의 『아메리칸 콩고』American Congo, 카를로스 힐Karlos Hill의 연구, W. 버츠W. Butts와 도로시 제임스Dorothy James의 「1919년 일레인 인종 폭동의 근본 원인들」The Underlying Causes of the Elaine Race Riot of 1919(Arkansas Historical Quarterly, 20, Spring 1961), 그리고 지니 웨인의 「하류층 악한과 고위층 범죄와 부정: 일레인 폭동에서의 인종과 계급」Low Villains and Wickedness in High Places: Race and Class in the Elaine Riots(Arkansas Historical Quarterly, 58, Autumn 1999)을 참고했다.

　　아칸소 델타의 일본인 강제수용소에 관해서는 캘빈 스미스Calvin Smith, 윌리엄 앤더슨William Anderson, 러셀 비어든Russell Bearden,

제이슨 모건 워드Jason Morgan Ward, 그리고 덴쇼Densho(densho.org)의 구술사 자료에서 도움을 받았다. 델타에 살았던 아시아인의 경험에 관해서는 제임스 로웬James Loewen의『미시시피의 중국인들: 흑과 백 사이에서』*The Mississippi Chinese: Between Black and White*(Waveland Press, 1971), 레슬리 보Leslie Bow의『부분 유색인: 인종차별적 남부에서의 아시아계 미국인들과 인종적 변이』*Partly Colored: Asian Americans and Racial Anomaly in the Segregated South*(New York University Press, 2010)를 참고했다.

델타 및 남부 일반의 형사사법 역사와 관련해서는 데이비드 오신스키David Oshinsky의『노예제보다 나쁜』*Worse Than Slavery*(Free Press, 1996), 마이클 클라맨Michael Klarman의『짐 크로우에서 시민권까지』*From Jim Crow to Civil Rights*(Oxford University Press, 2004), 그리고 호텐스 파우더메이커Hortense Powdermaker의『자유 이후: 디프사우스 지역 문화 연구』*After Freedom: A Cultural Study in the Deep South*(Viking, 1939)를 참고했다.

도시지역의 수감 및 형사사법에 관해서는 윌리엄 스턴츠William Stuntz의『미국 형사사법의 위기』*The Collapse of American Criminal Justice* (Belknap Press, 2011)[김한균 옮김, W미디어, 2015]와 미셸 알렉산더Michelle Alexander의『뉴 짐 크로우』*The New Jim Crow*(The New Press, 2010), 랜달 케네디Randall Kennedy의『인종, 범죄, 법』*Race, Crime, and the Law*(Vintage, 1996), 카릴 지브란 무하마드Khalil Gibran Muhammad의『흑인이라는 죄』*The Condemnation of Blackness*(Harvard University Press, 2011), 그리고 엘리자베스 힌튼Elizabeth Hinton의 『빈곤과의 전쟁에서 범죄와의 전쟁으로』*From the War on Poverty to the*

War on Crime(Harvard University Press, 2016)를 참고했다. 도덕적 운과 형사사법에 관해서는 『법과 사회정의』*Law and Social Justice*(MIT Press, 2005)에 게재된 니어 아이지코비츠Nir Eisikovits의 글을 참고했다. 아칸소 농촌 지역의 심각한 변호사 부족을 다룬 리사 프루잇Lisa Pruitt의 저술도 큰 도움이 되었다.

　　나는 아칸소아동가족권익옹호회Arkansas Advocates for Children and Families의 활동에 감사를 표한다. 이 단체에서 2013년 2월에 내놓은 학교 처벌 관련 보고서에 따르면, 흑인 학생은 백인 학생에 비해 교내 정학은 거의 3배가량, 교외 정학은 5배 이상, 체벌은 거의 2배가량 더 자주 받았다. 인종 분리 철폐 투쟁과 민권운동에 관해서는 리처드 클루거Richard Kluger의 『순전한 정의』*Simple Justice*(Knopf, 1976)와 데릭 벨Derrick Bell의 저술이 이해의 바탕을 마련해 주었다. 로버트 카터Robert Carter 판사의 에세이는 데릭 벨이 편집한 『브라운 판결의 그림자: 학교 인종 통합에 대한 새로운 관점들』*Shades of Brown: New Perspectives on School Desegregation*(Teachers College Press, 1980)에 실린 판본을 참고했다. 교육정책 및 관련법 일반에 관해서는 제임스 라이언James Ryan의 예리한 저술을 참고했다. 리처드 호프스태터Richard Hofstadter의 『개혁의 시대』*Age of Reform*(Vintage, 1959)는 농촌과 도시의 간극을 이해하는 데 도움을 주었다. 패트릭 카Patrick Carr와 마리아 케팔라스Maria Kefalas의 『미국 중부의 공동화: 농촌 지역 두뇌 유출과 그 함의』*Hollowing Out the Middle: The Rural Brain Drain and What It Means for America*(Beacon, 1999)는 오늘날 미국 농촌 지역이 마주한 도전을 더 폭넓게 이해하게 해주었다. 남부 농촌 지역의 형사사법 및 교육 문제에 관해서는 더 많은 연구가 시급하다.

메리 베스 해밀턴Mary Beth Hamilton의 『블루스를 찾아서』*In Search of the Blues*(Basic Books, 2005)는 델타에 관한 내 생각에 지속적인 영향을 미쳤다. 좀 더 폭넓게는, 테드 지오이아Ted Gioia, 존 제레마이어 설리번John Jeremiah Sullivan, 일라이자 월드Elijah Wald의 놀라운 저술들이 델타의 문화·역사·음악을 이해하는 데 도움이 되었다.

지난 십여 년 동안 깨달음을 주는 자료들로 나를 안내해 준 에이다 레비-후센Aida Levy-Hussen에게 감사를 전한다. 그녀 자신의 통찰력 넘치는 저서 『흑인 문학 읽는 법』*How to Read African American Literature*(New York University Press, 2016)은 미국인의 상상에서 노예제가 점한 위치를 이해하게 해주었으며, 또한 민권운동 이후 작가들의 여러 기획을 훌륭하게 설명해 주었다. 리처드 라이트의 성장기에 관해서는 미셸 파브르Michel Fabre의 『리처드 라이트의 끝나지 않은 꿈』*The Unfinished Quest of Richard Wright*(University of Illinois Press, 1973)과 로런스 잭슨Lawrence Jackson의 『분노한 세대』*The Indignant Generation*(Princeton University Press, 2010)를 참고했다. 로버트 스텝토Robert Stepto의 『베일 뒤에서』*From Behind the Veil*(University of Illinois Press, 1979)는 아프리카계 미국인의 서사와 그들의 문해력 사이의 관계를 탐구한다.

아칸소역사위원회Arkansas History Commission의 팀 슐츠Tim Schultz는 아칸소주에서 발행된 신문의 마이크로필름을 제공해 주었다. 인종 분리 철폐와 드소토 학교에 관해서는 헬레나의 지역신문을 참고했다. 노예 광고와 관련해서는 『서던 쉴드』*Southern Shield*지를 참고했다. 『더 밀러 스펙테이터』*The Miller Spectator*지에서는 아칸소주 흑인들의 삶에 관한 생생한 묘사를 접할 수 있었다. 넉넉한 마음으로

제임스 볼드윈에 관한 자료를 공유해 준 케빈 슐츠Kevin Schultz에게
감사를 전한다.

나는 사생활 보호를 위해 이 책에 나오는 인물 대부분의 이름을
바꾸었다. 합성된 인물은 이 책에 등장하지 않는다. 내 끝없는 질문에
답해 주고 자신들의 경험을 공유해 준 델타 사람들의 인내와
너그러움에 감사를 표한다. 나고 자란 지역민과 간여하게 된
외부인을 막론하고, 델타를 지켜 온 모든 이들에게 찬사와 존경을
보낸다.

패트릭은 메리 올리버의 시 <그래, 신비>Mysteries, Yes(Beacon,
2009) 중에서 맘에 드는 구절을 편지에 적어 보낸 적이 있다. 여기에
시 전문을 싣는다.

진실로 우리는 신비와 함께 살고 있다
    이해하기에는 너무 놀라운 신비와.

어떻게 풀잎은 어린양의 입에서
    양분이 될까.
어떻게 강과 돌은
    비상을 꿈꾸는 우리와 달리
        내내 중력에 충실할까.
어떻게 두 손이 서로 맞닿아
    결코 떨어지지 않을까.
어떻게 사람들은, 기쁠 때나
    상처받았을 때나,

시에서 위안을 찾을까.

답을 안다고 생각하는 이들은
　언제나, 멀리해야지.

"저것 봐!" 하며 놀라 웃고
　고개 숙여 경의를 표하는 이들과는
　언제나 함께해야지.

감사의 말

이 책을 마치기까지 오랜 시간이 걸렸고 그동안 많은 빚을 졌다. 우선 내가 이 이야기를 써내리라 믿어 주고 자신의 너무나 많은 부분을 열어 보여 준 패트릭에게 감사한다. 나는 그의 통찰과 이야기, 믿음에서 배움을 얻었으며 우리가 서로 알고 지낸 모든 시간에 감사한다. 내가 그랬듯이 독자들도 그의 놀라운 면모들을 발견하기 바란다. 나는 패트릭이 자신의 말과 글을 이 책에서 나눌 수 있도록 허락해 준 데 깊이 감사하며, 그 관대함에 보답하고자 수익금 일부는 그의 이름으로 필립스 카운티 보이즈앤걸즈 클럽에 기부하고, 일부는 패트릭 자신을 위한 기금 마련에 쓰이도록 했다. 패트릭의 가족이 자신들의 이야기를 나와 공유해 준 데 대해서도 감사를 표한다. 또한 스타의 학생들이 내 수업과 삶에 가져다준 감성, 지혜, 유머에 대해서도 고마움을 전한다.

내가 글을 쓰도록 격려해 준 에이다 레비-후센, 팀과 리즈 슈링가 부부, 캐시 황은 진심 어린 감사를 받아 마땅하다. 에이다 레비-후센은 지난 십여 년간 내가 쓴 글을 사실상 빠짐없이 읽어 주었다. 아마도 이 글의 최초 버전은 그녀와의 이메일에서 시작되었을 것이다. 그녀의 강렬한 지성, 열정적이고 독립적인 마음, 너그러운 우정, 인간적 상상력, 날카로운 학식은 이 기획을 가능하게 해주었으며 내게 지속적인 영향을 미쳤다. 나는 에이다에게 헤아릴 수 없는 방식으로 빚을 졌다. 나는 또한 누구나 친구 되기를 꿈꾸는, 대체 불가한 매력의 소유자인 팀과 리즈 슈링가 부부에게 감사를 전한다. 아칸소에서 처음 만난 이래로 두 사람은 친절과 풍자적인 유머, 온화한 기질, 집에서 만든 요리, 탐구적인 대화로 나를 지탱해 주었다. 나는 언제나 그들이 이룬 가정의 따뜻함에 비추어 내 집의 온기를 가늠해 본다. 팀, 내 글을 줄곧 분별 있게 평가해 줘서 고마워. 내 대신 맥스와 오언을 꼭 안아 줘. 그리고 불굴의 힘을 지닌 나의 제제,° 캐시 황에게도 깊은 감사를 전한다. 캐시를 알게 된 이래로 그녀의 강단, 대담함, 유머, 삶을 마주하는 용기, 참된 삶을 향한 열망은 언제나 내게 영감을 주고 용기를 북돋아 주었다. 내가 그녀를 우러르지 않는 세계를 나는 상상할 수 없다.

우리 팀 사람들, 크리스틴 나라곤 게이니, 모니카 카스티요, 제니퍼 리스, 사에 타카다, 레이철 루티스하우저에게도 마음 깊은 곳에서 감사를 전한다. 크리스틴 게이니의 지지와 사랑은 흔들림 없고 영웅적이다. 내가 아는 모든 사람이 조언과 연민을 얻고자 그녀를 찾는다는 사실은 놀랍지 않다. 모니카 카스티요의 억누를 길 없는 유머, 충직함, 온화한 지혜는 수년간 내게 기쁨과 위로를 주었다. 그녀와의 우정은 내게 더없이 소중하다. 제니퍼의 열정과 기쁨은 전염력이 있으며, 그녀가 있는 곳에는 어김없이 큰 웃음이 있다. 사에의 현명한 격려에 고마움을 전한다. 가장 굳건한 친구인 그녀를 알게 되어 감사하다. 또한 레이철의 기분 좋은 활기, 지칠 줄 모르고 무조건적인 것처럼 보이는 공감 능력(우리 계속 시험해 봐요!), 멋진

___
° 중국어로 언니를 뜻한다.

요리에 감사한다.

　　드로 라딘은 처음과 나중의 원고를 읽고 도움 되는 비평을
해주었다. 나는 십 년 넘게 그의 통찰에 의지해 오고 있다. 드로와의
대화는, 정말로 멋진 사람들을 알고 그들을 내 친구라 말할 수 있는
데서 오는 기쁨과 긍지를 내게 가져다주었다. 그의 명징한 정신,
정의감, 그리고 어떤 상황에서도 위트를 가미할 줄 아는 능력에
경탄을 금할 수 없다. 고마워, 드로, 그리고 따뜻하고 사려 깊은 제니
브레스에게도 내 사랑을 전해 줘. 나는 줄리아 장에게도 감사를
표하고 싶다. 그녀는 집필 과정에서 내게 큰 빛과 위안이 되어 주었고
중요한 단계마다 원고를 위한 조언을 제공해 주었다. 줄리아를
발견한 건 지난 몇 년간 내 삶에 있었던 가장 행복한 일 중 하나다.
빼어난 분석력과 감성을 겸비한 그녀는 끊임없는 감탄을 자아낸다.

　　나의 이상적인 친구들, 크리스 림과 세라 래프에게 고마움을
전한다. 크리스는 완벽한 동지다. 그의 진실성, 유쾌한 유머 감각,
열정적인 믿음, 우정은 나를 격려하고 북돋아 주었다. 나는 세라
래프의 명쾌함과 장난스러운 총명함을 사랑하며, 애프라에게 포옹을
보낸다. 제임스 시핸과 마거릿 라비니아 앤더슨에게도 깊은 애정과
존경을 표하고 싶다. 두 사람은 따뜻함과 재치, 너그러움, 천재성,
명랑함이 깃든 자신들의 집으로 나를 반겨 주었다.

　　아칸소와 미시시피에서 만난 너그러운 이들에게 감사를 전한다.
페기 웹스터는 음악, 너른 마음, 친절을 베풀어 준 소중한 친구다.
모드 케인 하우와 지미 웹스터를 잃은 건 큰 슬픔이었다. 나는 모드의
활기차고 열린 마음을 따뜻하게 추억한다. 여전히 델타에 남아 있는
더그 프리들랜더와 애나 스코루파에게 감사하며, 그들의 헌신에

깊이 경탄한다. 나는 그레이스 후의 활기, 충직함, 풍자적인 논평을 사랑한다. 놈 오즈밴드의 유머, 활력, 시 클럽은 나를 북돋워 주었다. 캐시 커닝햄의 헌신, 따뜻함, 무한한 활력은 고무적이다. 모니크와 브라이언 밀러 부부는 별처럼 빛난다. 그들과 나눈 우정과 사려 깊은 대화에 고마움을 전한다. 에이미 샤팡티에는 교사로 일하는 동안 나를 인도해 주었다. 그녀의 연민과 따뜻함은 언제나 감탄을 자아낸다. 나는 메이지 라이트와 토드 딕슨을 경외한다. 내가 떠난 해에 델타에 도착한 두 사람은 이제 모두 교장이다. 벤 스타인버그와 알렉산드라 테르닌코의 친절과 관대함에 감사한다.

티치포어메리카의 멘토였던 마이크 마틴과 에들린 스미스는 탁월하고 헌신적이었다. 미시시피의 샌퍼드와 어맨다 존슨 부부는 열정과 활력으로 나를 자극해 주었다. 나는 쿼포 카누 컴퍼니에서 존 러스키가 하는 일들, 미시시피 강에 관련된 지식을 전파하는 데서 그가 얻는 기쁨, 환경 정의를 위한 그의 헌신에 경탄한다. 올레나 힐의 사랑, 믿음, 유머 감각은 환상적이다. 일라이자 먼디가 베풀어 준 관대함, 도움, 너른 식견에 고마움을 전한다. 함께 대화를 나눈 조지프 횟필드의 너그러움과 고무적인 말들에 감사한다. 또한 제이컵과 케이티 오스틴 부부, 홀리 피터스, 해리스 골든, 에이모스 에커슨, 마틴 머드, 톰 카이저, 루크 반 더 월, 올레나 힐, 조이스 코텀스 박사, 헬레나 제일장로교회, 존 베네츠, 앤과 존 킹 부부, 커리사 고드윈, 수잰 롤런드 브라더스, 세라 캠벨, 에밀리 쿡, 캐리앤 샤이브, 로런 러시, 리즐럿 슐렌더, 지포라 먼디, 올리 닐, 스티브 맨시니, 제이 바트, 워릭 세이빈, 리처드 웝저, 캐서린 반, 아이다 질, 마이클 스타인벡, 크리스탈과 마이클 코맥 부부, 존 쉬, 조슈아 바이버,

그리고 론 넌버그에게도 감사하다. 필립스 카운티 보이즈앤걸즈 클럽과 제이슨 롤럿의 도움과 수고, 필립스 카운티 도서관, 아칸소대학의 조슈아 영블러드, 헬레나와 관련된 마이크로필름 자료를 제공해 준 아칸소 역사위원회와 팀 슐츠에게도 감사하다. 아칸소 델타의 역사에 관한 최고의 지식과 사랑스러운 활력을 나눠 준 지니 웨인에게도 고마움을 전한다.

프랜시스 골딘 리터러리 에이전시의 샘 스톨로프에게도 감사를 전하고 싶다. 샘은 최고의 에이전트다. 그를 만나면서 나는 믿음직한 보살핌을 받고 있다는 확신이 들었고, 수년간 그의 여러 미덕에 대한 내 경탄은 깊어지기만 했다. 나는 샘의 인내심, 전망, 정직함, 현명한 직감, 배려, 확신에 감사한다. 그는 나의 대변자이자 멘토이며 친구다. 나는 또한 경이로운 일레나 실버먼의 따뜻함과 통찰에 감사한다. 맷 맥고완을 비롯한 프랜시스 골딘 리터러리 에이전시의 모두에게 감사를 표한다.

랜덤하우스에서는 우선 나의 탁월한 편집자, 힐러리 레드먼에게 고마움을 전한다. 힐러리, 모든 면에서 완벽해 줘서 — 꼼꼼하고 사려 깊고 예리하고 성실하고 나를 북돋아 줘서 — 고마워. 그녀의 공감과 비전은 에너지를 발산하며, 원고 곳곳에서 나는 그녀의 사랑을 느꼈다. 이 글은 그녀의 격려가 없었다면 끝내지 못했을 것이다. 나는 또한 이 책을 계약하고 그 기획을 믿어 준 데이비드 에버쇼프에게 깊이 감사한다. 그의 예리한 통찰, 구조와 관련한 조언, 관대함은 이 책에 반드시 필요했고, 나는 그에게 갚을 수 없는 빚을 졌다. 캐시 로드의 정확하고 세심한 교열, 루시 사일라그와 캐서린 미쿨라의 통찰과 활력, 제스 보네의 훌륭한 조언, 몰리 터핀의 지칠 줄 모르는 지원에 감사하며, 그 밖에도 켈리 치앙과 케이틀린 맥케나 등 랜덤하우스의 멋진 팀에 감사를 전한다. 로빈 시프의 표지 디자인, 알레산드로 고타르도의 표지 일러스트에 대해서도 감사의 말을 전한다. 앤디 워드는 초고를 평가해 주었다. 수전 카밀, 톰 페리, 지나 센트렐로의 도움과 너그러움에 대해서도 고마움을 전한다.

팬 맥밀런에서는 제너 콤프턴의 도움과 존 버틀러의 따뜻한 격려에 감사를 표하고 싶다.

나는 이 책 일부를 이민자 권리 보호를 위한 비영리단체인 오클랜드의 라자법률센터에서 일하는 동안 썼다. 매일같이 내게 영감을 베풀어 준 그곳 동료들 — 에즈머랄다 이자라, 퍼트리샤 살라자, 린지 휠러 리, 로라 폴스타인, 루이스 살라스, 키라 릴리언(그리고 리오와 알렉스!), 낸시 해나, 세라 마틴, 제니퍼 밀러, 비앙카 시에라, 환 비라, 폴 차베스, 칼로스 알만자, 애비 피게로아, 제스 뉴마크, 그리고 거침없는 듀오 엘리자베스 코테즈와 퍼난도 플로레스 — 에게 감사를 전하고 싶다. 에즈머랄다는 내가 오클랜드에서 처음 사귄 친구다. 그녀의 흥거운 웃음, 넉넉한 마음, 깊은 사랑의 능력에 감사하며, 우리가 함께한 그 모든 피스코사워 칵테일에 대해 고마움을 전한다. 고맙게도 제스는 내가 생각하는 진정한 영웅상에 부합하는 인물이다. 그는 두려움 없고, 타협하지 않고, 지역사회 조직에 뿌리를 두며, 깊이 공감할 줄 안다. 제스, 내게 라자센터를 알려 줘서, 혼란스러웠던 내 로스쿨 시절에 명료함을 가져다줘서, 그리고 오클랜드의 허름한 술집에서 그 엄청난 저녁을 함께해 줘서 고마워. 브리튼 슈워츠, 제일런, 서노라에게도 내 사랑을 전해 줘. 나는 또한 놀라운 지도력으로 교도소대학프로젝트를 이끄는 조디 르웬과 직원들, 그리고 탐구하는 지성과 준비된 태도로 수업에 임해 준 샌퀜틴 교도소 학생들에게 감사를 전한다.

캘리포니아에서는 유니스 초의 친절과 이민자 권리를 위한 헌신 — 그녀를 아는 누구라도 이렇게 증언할 것이다 — 이 끝없는 자극이 되었다. 시라 웍슐라그의 초자연적으로 선한 성품과 지혜는 내게 큰 기쁨이 되었다. 띠 응오의 격려, 유머, 통찰은 내게 더없이 소중하다. 척 위쵸릭과 아돌포 폰스는 영감 넘치고 따뜻하고 친절하며, 그들을 아는 것은 축복이다. 나는 메릴린 네어가 수년간 베풀어 준 따뜻함과 명쾌한 대화에 감사를 전한다. 레나 파텔과 제임스 앤드루스는 내가 글쓰기를 계속하도록 격려해 주었고, 나는 우리의 산행과 달리기를 애정 어린 마음으로 추억한다. 오마 아미와 빅토리아 리는 어디에서든 우아함과 빛을 선사한다. 데버라 켈러는 나를 친절히 격려하고 이해해 주었다. 앤드루 존스와 나는 맥주, 소금에 절인 생선, 아키 열매를 곁들인 멋진 대화를 자주 나누었다. 앤드루 특유의 부드러운 격려와 완벽한 취향에 감사를 전한다. 패디 라일리는 이 책의 한 장을 읽고 균형 잡힌 시각, 관대한 평가, 풍부한 지식을 제공해 주었다. 라디카 나타라잔의 활력은 기쁨이다. (머펫이여 영원하라!) 샤 말리의 친절과 엉뚱함은 삶의 활력이 되었다. 에벌린 루는 내게 두 번째 엄마나 마찬가지다. 그녀는 친절함, 월병, 공항 마중, 흡족한 포옹으로 나를 배부르게 해주었다.

스콧 리는 내게 형제나 마찬가지며, 평생에 걸쳐 우정을 쌓아 가는 동안 우리가 나눈 많은 대화는 서로의 신념을 형성해 주었다. 쇼누 간디는 내가 글을 쓰는 동안 (특유의) 초인적 활력을 나눠 주었으며, 내 삶에 그녀의 열정과 중독성 있는 유머 감각을 불어넣어 주었다. 나는 서머 실버스미스의 유머, 확신, 단어 게임 실력, 진실성을 몹시 사랑한다. 크리슈 수브라마니안은 이 기획이 결실을 보리라 믿고 처음부터 응원해 주었다. 그의 지혜와 우정은 위안의 원천이다. 아비와 린지 싱 부부는 일찍부터 나를 도와주었고, 아비의 국선변호사로서의 경험과 형사사법과 관련한 조언은 크나큰 도움이 되었다. 에마 매키넌은 원고를 읽어 주었다. 나는 우리의 오랜 우정이 다시 이어져 무척 행복하다. 해나 심프슨은 초기 원고를 읽고 현명하고도 따뜻한 조언을 해주었다. 사이러스 하비브는 여러 해 동안 전염성 있는 기쁨의 원천이었다. 해나 캘러웨이가 지인인 것은 기쁜 일이다. 그녀와 함께하는 시간은 너무나 편안하고 우아하고 지저이다. 정감 넘치고 너그러운 쇼비타 바트는 초기 원고를 읽어 주었고 놀랍도록 친절했다. 빅터와 제니퍼 린 부부와 애셔가 베풀어 준 사랑, 음악, 지지는 나를 무척 행복하게 해주었다. 여러 해 동안 캐런 심과 톰 루티스하우저는 자신들의 집을 활짝 열어 맛있는 음식, 뛰어난 안목, 예리한 식견을 나눠 주었다. 멋진 친구 에밀리 스토크스는 내가 처음 글쓰기를 시작할 때 꼭 필요한 격려를 해주었다. 너바나 타누키는 본질적이면서 정곡을 찌르는 조언을 해주었다. 그녀를 알게 되어 무척 기쁘다.

크리스 게이니, 데이비드 새커, 존 미나디, 세라 바이더먼, 에이미 바스키, 존도우 첸, 파이팅 리, 대니얼 스타인메츠-젱킨스, 토머스 채터턴 윌리엄스, 라이언 콜더, 캐스린 아이드먼, 마나브 쿠마, 앨버트 왕, 라훌 카나키아, 로이 챈, 제이컵 미카나우스키, 라이언 액션, 앨빈 헨리, 해나 머피, 앤디 스타우트, 제이크와 돌리 러마 부부에게도 따뜻한 감사 인사를 전한다. 나는 돌리의 탁월한 가창 수업과 응원에 감사한다. 또한 크리스 게이니의 멋진 음악과 알렉스 부시의 아름다운 영화 편집 작업에 깊이 감사한다. 푸야 샤바지언과 크리스 매큐언은 고무적이고 통찰력 있고 든든하다.

나는 훌륭한 선생님과 멘토가 있었음에 감사한다. 가정 폭력을 겪은 학생들과 장애 학생들의 권익을 옹호하는 TLPI Trauma & Learning Policy Initiative 교육법클리닉Education Law Clinic의 수전 콜과 마이클 그레고리는 로스쿨 시절 내 영혼을 지탱해 주었다. 제인 베스터는 어마어마한 격려와 지혜의 원천이다. 다시 프레이는 감사하게도 일찍부터 내게 고무적이고 통찰력 있는 조언을 해주었고, 덕분에 계속해서 글을 써나갈 자신감을 얻었다. 클레어 메수드의 탁월함과 친절은 깊은 영감을 주었다. 브렛 존스턴의 관대함과 통찰에, 그리고 학생들의 대변자가 되어 준 데 대해 감사를 전한다. 또한 랜들 케네디의 예리한 질문과 기민한 지성에 감사한다. 캐럴 스타이커의 정의를 향한 뜨거운 헌신과 학생들을 위한 한결같은 격려는 비범하다. 주디 머시아노의 지칠 줄 모르는 활력과 격려에 감사를 전한다. 모니카 와드먼, 우나 시더, 신시아 몬테이로, 캐서린 바스, 기시 젠, 라슨 선생님, 조리 그레이엄, 스티브 선생님, 아와디 선생님, 질렉 선생님, 스콧 프리즈너, 렁 선생님, 엘징가 박사님, 얭 박사님, 샤이트 선생님 부부, 싱클레어 선생님, 스트리터 선생님, 애디슨 선생님, 하크 선생님, 킹 선생님, 헌트 선생님, 리베카 잰슨, 브라이언 스넬, 짐 멘칭거를 포함한 포티지와 캘러머주의 모든 선생님께 감사를 전한다.

스캐든펠로우십의 수전 버틀러 플럼 이사는 펠로우들의 진정한 옹호자이자 대변자로서 격려와 지지를 아끼지 않았다. "라이브즈"

칼럼 기고문을 사려 깊게 편집해 준 존 글래시에게 감사하며, 『LA 리뷰오브북스』, 특히 에번 킨리, 로리 와이너, 톰 러츠에게 감사한다. 폴앤데이지소로스펠로우십의 워런 일치먼은 소중한 친구이자 멘토이다. 그의 식견, 친절, 변함없는 격려에 감사의 마음을 전한다.

존경하는 존 T. 누넌 판사와 메리 리 누넌에게도 감사를 전한다. 누넌 판사는 그의 진실성, 학식, 신념, 비범한 필력을 통해 인간적이고 지적인 법학의 모델을 제시해 주었다. 또한 메리 리는 수년간 관대함, 따뜻함, 지지를 보내 주었다.

파리아메리칸대학 공동체는 집필 막바지에 접어든 시기에 나를 배려해 주었다. 스티븐 소여의 온정과 너그러움, 미란다 스필러의 충직함과 탁월함(그리고 앨시아의 눈부심), 엘레나 버그의 고무적인 헌신, 필립 골럽의 날카로운 열정, 수전 페리의 마음 넓은 조언, 그리고 피터 헤이글의 일관된 사려 깊음과 기운을 북돋우는 활력에 감사한다. 마이클 스토플, 커스틴 칼슨, 린다 마츠, 엘리자베스 킨, 그리고 누구도 흉내 낼 수 없는 브렌다 토니에게도 따뜻한 감사를 전한다. 또 파리아메리칸대학이 제공하는 멜론연구비 덕분에 헬레나 역사에 관한 마이크로필름 자료를 열람할 수 있었음에 감사하며, 도움을 준 도서관 직원들에게 감사하다. 내게 활력과 영감을 준, 세계 곳곳에서 온 파리아메리칸대학의 훌륭한 학생들에게도 감사를 전한다.

나는 이 책을 아빠 밍-샹 쿠오와 엄마 화-메이 린 쿠오께 바친다. 내 인생의 너무나 많은 부분이 부모님 덕분에 가능했다. 모든 것의 구심점이 되어 주셨음에 감사하며, 사는 동안 내내 너그러움과 유머, 지지를 보여 주셨음에 감사한다. 오빠 알렉스 쿠오는 내가 걸음마를 떼기 시작할 때부터 내 옆을 지켰고, 내가 늦게 말문이 트이기 시작할 무렵에도, 고등학교 말하기 대회를 준비할 때도 언제나 나와 함께였다. 그는 어디서든 나를 찾아냈고, 내 말을 번역해 주었고, 나중에는 나를 코치해 주었다. 나는 올케언니 마리아 지메네스 부에도의 웃음과 영민한 통찰, 그리고 사랑하는 펠릭스의 심장 멎게 하는 매력에 감사한다. 또한 할머니 이-롱 유가 들려준 이야기들과 그녀의 중국어 수업에 감사한다. 시댁 식구인 마우-쿠엔 우와 후이-친 탕 우의 친절과 격려에 감사하며, 데비 창과 필 우의 특별한 관대함과 열린 마음, 그리고 마이카의 마음을 녹이는 미소에도 감사하다. 멋진 사촌들과 친척들에게도 감사를 전한다.

마지막으로 나의 가장 소중한 친구이자 협업자, 최고의 사랑, 이상적인 독자인 앨버트 우에게 감사한다. 나는 앨버트 같은 사람이 있을 수 있다는 걸 몰랐고, 가끔은 여전히 그가 존재한다는 게 믿기지 않는다. 나는 그의 명랑하고 밝은 활기, 무한한 친절, 말도 안 되게 다재다능한 두뇌, 그리고 거의 모든 것에 관한 호기심에 영원히 빚진 수혜자다. 고마워, 앨버트. 주저 없이 가장 올곧은 길을 선택해 줘서. 옹졸함이라고는 전혀 찾아볼 수 없어서. 그리고 기쁨과 연민으로 가득한 사람이어서 — 당신에게 그런 감정은 숨 쉬듯 자연스러워 보여. 내가 글을 쓸 때 당신은 내 곁을 지켜 줬고, 내가 흔들릴 때 당신은 흔들리지 않았어. 사랑해.

독서 안내
토론을 위한 질문과 주제들

1. 아칸소 델타나 미시시피 델타 같은 농촌 지역이 직면한 문제들은 무엇이며, 도시지역의 문제들과 어떻게 다른가요? 우리는 어째서 농촌 지역의 교육, 고용, 범죄에 관한 뉴스는 거의 듣지 못하는 걸까요? 그런 문제가 충분히 연구되고 보도되지 않는 이유는 무엇일까요?

2. 교실은 교실 밖에서 일어나는 박탈과 결핍으로부터 학생을 보호해 줄 수 있을까요? 교실이 그런 상황을 오히려 더 악화시키기도 할까요? 저자 미셸의 경험을 읽고 교실이 지닌 변화의 힘에 대한 당신의 생각은 더 굳어졌나요, 아니면 생각이 달라졌나요?

3. 책을 혼자서 읽는 것은 함께 읽는 것과 어떻게 다른가요? 누군가가 내게 책을 읽어 준 경험 혹은 내가 다른 사람들에게 책을 읽어 준 경험을 떠올려 보세요.

4. 다른 종류의 글들과 달리 시가 할 수 있는 것은 무엇일까요? 학교에서 다룬 <나는> 시와 카운티 구치소에서 다룬 시들을 생각해 보세요.

5. 교사로서 미셸에게는 어떤 변화가 생겼나요? 그녀의 교실 수업과 패트릭과의 개인 수업을 비교해 보세요.

6. 미셸과 패트릭은 전혀 모르는 사이로 만나지만 시간이 흐르면서 그녀는 그의 인생에 대해 윤리적인 책임을 느끼기 시작합니다. 어째서일까요? 그녀는 그에게 뭔가를 빚지고 있나요? 그녀는 왜 그렇게 생각하나요? 그는 여기에 대해 어떻게 반응하나요?

7. 문학 작품을 읽으면서 미셸과 패트릭은 서로가 가장 좋아한 대목이 무엇인지 묻습니다. 이런 공유가 둘 사이에 대화를 터준 이유는 무엇일까요? 이 책에서 여러분이 좋아한 대목에는 어떤 것들이 있나요?(두 사람이 함께 읽은 시와 책에서 골라도 좋습니다.)

8. 패트릭은 살면서 겪는 어려움이 자신의 환경 탓이라고 생각하지 않습니다. 미셸은 분명 그렇게 생각하지요. 이 둘의 서로 다른 견해에 대해 어떻게 생각하나요? 여러분이라면 그가 생각을 바꾸도록 설득하겠습니까?

9. 이 책에는 흑인들의 대규모 이주, 농촌 지역에서 조직된 아프리카

귀환 운동, 아칸소 델타에서 일어난 인종 폭력과 관련된 대목들이 등장합니다. 이런 역사적인 장면들은 이 회고록에 등장하는 오늘날의 상황과 사건들을 이해하는 데 어떤 도움을 주나요?

10. 이 책은 아프리카계 미국인의 이야기인 만큼 아시아계 미국인의 이야기이기도 합니다. 미셸이 아시아계 미국인이라는 사실은 그녀의 선택들, 이를테면 델타로 가기로 한 결정이나 그곳을 떠나기로 한 결정에 어떤 영향을 미쳤을까요?

11. 극단적인 힘의 차이가 있는 두 사람이 순수하게 평등한 느낌으로 교감할 수 있을까요? 미셸은 이에 대해 회의적이지만, 단 한 가지 예외적인 상황이 있습니다. 바로 그들이 함께 책을 읽을 때이지요. 문학은 혹은 종류를 불문한 예술은, 어째서 우리가 서로 평등을 경험할 가능성을 열어 주는 걸까요? 그리고 그녀는 어째서 그런 경험이 "찰나"라고 말하는 걸까요?

12. 미셸은 10장에서 — 그즈음 패트릭은 매일같이 이어진 강도 높은 수업의 결과, 정교한 문장을 구사하고 수준 높은 독서를 할 줄 알게 되었죠 — 희망적인 어조로 책을 마칠 수도 있었습니다. 하지만 그렇게 하지 않습니다. 그녀는 출소 후 패트릭의 삶이, 즉 일자리를 찾고 델타에 적응하려는 노력이 "새로운 싸움이었고, 몹시도 힘겨웠으며, 수감 생활과 달리 정해진 시한도 없었다"라고 말합니다. 미셸은 왜 이런 내용을 덧붙였을까요? 패트릭이 그 후에도 여전히 힘겹게 살고 있다면, 그들이 함께한 7개월의 의미는 달라지는 걸까요?